BASTEI
LÜBBE
TASCHENBUCH

Weitere Titel der Autorin:

Die silberne Königin
Tochter des dunklen Waldes

Unter Kati Seck

Die Stille zwischen Himmel und Meer
Dein fremdes Herz

Über die Autorin:

Katharina Seck wurde 1987 in Rheinland-Pfalz geboren. 2017 wurde sie für ihren Debüt-Roman »Die silberne Königin« mit dem SERAPH als »Bestes Buch« ausgezeichnet. Neben ihrer Tätigkeit als Schriftstellerin arbeitet Katharina Seck in einer Verbandsgemeindeverwaltung.

KATHARINA SECK

DIE LETZTE DICHTERIN

ROMAN

BASTEI LÜBBE TASCHENBUCH

BASTEI LÜBBE TASCHENBUCH
Band 20961

MIX
Papier aus verantwortungsvollen Quellen
FSC® C014496

Dieser Titel ist auch als E-Book erschienen

Originalausgabe

Textredaktion: Diana Menschig, Viersen
Umschlaggestaltung: Guter Punkt, München | www.guter-punkt.de
Unter Verwendung eines Motivs von © koya979/shutterstock
Satz: hanseatenSatz-bremen, Bremen
Gesetzt aus der Stempel Garamond
Druck und Verarbeitung: GGP Media GmbH, Pößneck
Printed in Germany
ISBN 978-3-404-20961-3

2 4 5 3 1

Sie finden uns im Internet unter
www.luebbe.de
Bitte beachten Sie auch: www.lesejury.de

Playlist

1. Lukas Graham – Love someone
2. Sundara Karma – Indigo puff
3. Ruelle – Monsters
4. Ed Sheeran – Give me love
5. Layla – Fight the fire
6. The Witcher 3: Wild hunt – Official Soundtrack
7. Birdy – Not about angels
8. The Oh Hellos – Hello my old heart
9. Lord Huron – The night we met
10. Freya Ridings – You mean the world to me
11. Freya Ridings – Castles

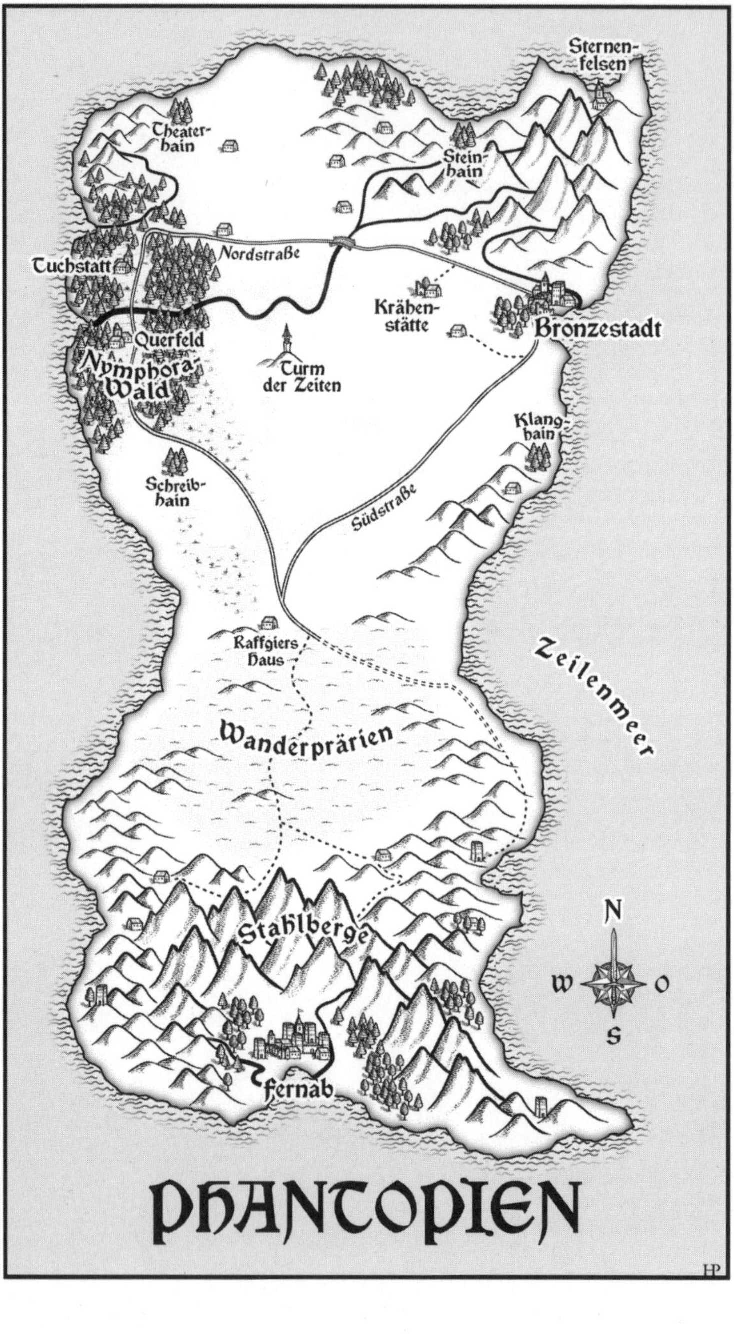
Sternen-
felsen
Theater-
hain
Stein-
hain
Tuchstatt
Nordstraße
Krähen-
stätte
Bronzestadt
Querfeld
Nymphora-
Wald
Turm
der Zeiten
Klang-
hain
Schreib-
hain
Südstraße
Raffgiers
Haus
Zeilenmeer
Wanderprärien
Stahlberge
N
W
O
S
Fernab
PHANTOPIEN
HP

Für jeden da draußen,
der noch an die Magie von Geschichten glaubt.

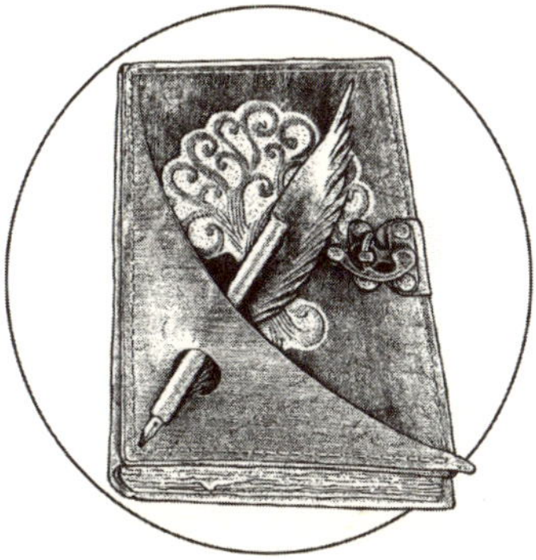

TEIL I:

Die Suche nach der verborgenen Stadt

Auszug aus »Historie Phantopiens Band 2 (Das verzauberte Zeitalter)«, niedergeschrieben im Turm der Zeiten von Chronist Odin:

Der Aufstieg des Landes, das zuvor in seiner weltlichen Einbettung eher unwichtig gewesen war, war von schleichender Natur. Es bedurfte einiger Generationen von Chronisten, um einen Zusammenhang zum Anstieg der Magie zu erkennen, und es bedurfte noch weiterer Generationen, um darin sogar den Ursprung zu finden.

Sich darauf zu einigen war beinahe ein Ding der Unmöglichkeit, denn:

Die Magie war eingekehrt. Magie, die wissenschaftlich kaum zu erfassen war. In einem Zeitalter, in dem Musik und Literatur, Theater und Bildhauerei an Bedeutung gewannen, wurde auch die Magie Teil eines Landes, das sich fortan mit den großen Ländern der Welt messen konnte.

Die wichtigste Frage aber ließen die Chronisten damals unbeachtet, möglicherweise auch, weil sie sich mit keiner fortschrittlichen wissenschaftlichen Technik herausfinden ließ:

War die Magie nun für immer Teil dieses Landes, oder würde sie eines Tages so unbemerkt verschwinden, wie sie gekommen war?

1.

Die Königin

Eine Königin, dunkler als die Nacht

Die Stadt, die angeblich so geheim und verborgen war, lag in ihrer ganzen Pracht vor ihr, in Wahrheit gar nicht so sehr geheim und verborgen. Es war vielmehr ihr Ruf oder der ihrer Königin, der die Menschen davon abhielt, die Stadt zu suchen. Meistens strandeten eher seltsame Leute an ihren verschlossenen Toren: Künstler, Dichter, gierige Kaufleute, Schatzsucher und zwielichtige Gestalten. Jene Menschen, die auf der Suche nach Dingen waren, die nicht so leicht zu finden waren und von denen sie oft nicht einmal selbst wussten, nach was genau es sie so sehr verlangte.

Die Stadt dort unten vor dem Fenster war das Schönste, das Phantopien zu bieten hatte. Fernab war eine entrückte Stadt, eine Stadt voller krummer Häuser und verwinkelter Gassen, voller Geheimnisse und mit Bewohnern, die mit ihren seltenen Gaben die Stadt am Leben hielten, wobei sie schon lange nur noch an einem seidenen Faden hing. Denn Fernab war der letzte Hort jener Magie, die Phantopien vor langer Zeit einmal besessen hatte, bevor diese mehr und mehr verschwunden und bis heute nicht zurückgekehrt war. Phantopien hatte sein goldenes Zeitalter längst hinter sich. Für Mythen und Wunder war es einst bekannt gewesen. Geblieben waren davon nur noch Geschichten, erzählt von den wenigen Dichtern, die es noch wagten, durch das Land zu reisen, um diese einzige Erinnerung an die vergangene Größe lebendig zu halten.

Aber die Königin hatte Pläne. Große, ehrgeizige Pläne. Sie

war eisern und ambitioniert, und ihre Ziele waren so hochgesteckt, dass sie so unerreichbar schienen, wie die Sterne am Firmament. Sie leuchteten in ihren Träumen und drängten alles andere in den Hintergrund. Sie hatte sich selbst das Versprechen abgerungen, ihr Leben dieser einen Aufgabe zu widmen. Sie würde diejenige sein, die Phantopien wieder zu altem Glanz verhalf. Niemand vor ihr hatte diese Stärke besessen, selbst ihre Mutter nicht, aber sie wusste, dass sie es schaffen konnte. Dass sie es schaffen *würde*.

Denn sie besaß keine Skrupel.

Jemand klopfte an das Tor zum Thronsaal, den sie nur zu Besprechungen mit der königlichen Garde benutzte, weil er kalt und zugig war. Die Königin reagierte nicht sofort. Stattdessen blickte sie immer noch reglos auf das nächtliche Treiben, das in Fernab nicht minder lebendig als am Tage war. Erst nach einer Weile öffneten die Wachen auf ihr Zeichen hin das schwere, kunstvoll verzierte Holztor, das so hoch wie zwei ausgewachsene Männer war. Vertraute Schritte hallten auf dem Marmorboden wider.

Nun endlich drehte sie sich um. Der Mann, dessen Antlitz sie beinahe so gut kannte wie ihr eigenes, blieb in angemessenem Abstand vor ihr stehen und verbeugte sich.

»Gabensucher«, begrüßte sie ihn knapp.

»Meine Königin«, erwiderte er und richtete sich auf. Seine dunklen Augen versprühten lodernden Zorn. Zorn, der ihr galt, das wusste sie. Zorn, der brannte und den er beherrschen musste, denn der Gabensucher war an sie gebunden. An seine Königin. Sie führte ihn wie eine Puppenspielerin an unsichtbaren Fäden. Ihr Wille war sein oberstes Gebot. Der Zorn durfte nur schwelen, wo er sie nicht berühren konnte.

Ungerührt musterte die Königin ihn. »Hast du die Person gefunden, die du suchen solltest?«

»Ja, meine Königin, ich glaube, das habe ich.«

»Du *glaubst*?«

»Ich habe viele Informationen über sie sammeln können. Ein Reiter der Garde ist auf dem Weg, um sie zu holen.«

»Ein Reiter?« Sie stieß sich vom Fenstersims ab und ging ein paar Schritte auf den Gabensucher zu. Er wich zurück. Kaum jemand durfte sich der Königin mehr als fünf Schritte nähern. Niemand, auch der Gabensucher nicht. *Erst recht* der Gabensucher nicht. Zwischen ihnen gab es keine Nähe, nicht einmal atmen sollte er ohne ihre Erlaubnis.

»Es war deine Aufgabe«, fügte die Königin hinzu. Obwohl ihre Stimme leiser geworden war, klang die Drohung unmissverständlich mit. »Ich habe sie *dir* aufgetragen, niemandem sonst. Du solltest diese Person selbst holen, um ihre Gabe zu testen.«

»Meine Königin, ich vertraue dem Abgesandten voll und ganz.« Der Gabensucher hielt die gebotene Distanz, doch der Zorn war nun von seinen Augen auf seinen Körper übergegangen. Er stand da wie ein Raubtier kurz vor dem Sprung.

»Ist dem so? Du weißt, was geschehen wird, sollte der Reiter scheitern. Den Preis für Versagen zahlt nicht er«, sagte die Königin immer noch ganz sanft. Ein Lächeln begleitete ihre Worte, das ihre Augen nicht erreichte. Ihre Augen lächelten niemals.

Ein Beben ging durch den Gabensucher. Er sog hörbar die Luft ein. »Ihr habt recht. Ich mache mich gleich selbst auf den Weg«, presste er hervor und ging rückwärts zur Tür.

Doch die Königin entließ ihn nicht, nicht auf diese Weise. Ihr harter Blick fixierte ihn auf der Stelle, als lägen um ihn eiserne Ketten. Der Gabensucher wand sich, ehe er sich erneut verbeugte. In seinen Augen, die er nicht niederschlug, flammte es. Feuer. Hass. Und viel mehr. Sie beide, die Königin und den Gabensucher, hatte das Schicksal miteinander verwoben. Sie waren untrennbar, sosehr er es sich auch anders wünschte. Er konnte nicht vor ihr fliehen, nicht einmal am anderen Ende der Welt wäre er vor ihr sicher. Sie würde ihn immer an einer Leine halten wie einen Köter.

»Ich mache mich gleich auf den Weg, *meine Königin*«, wiederholte er und betonte die letzten beiden Worte verächtlich.

Die Königin nickte und kehrte zum Fenster zurück, ohne den Gabensucher oder die beiden Wachen noch eines Blickes zu würdigen. Als das Tor mit einem schweren Rumpeln ins Schloss fiel, öffnete sie das Fenster, um kühle Luft einzulassen. Der Gabensucher musste sich beeilen. Viel zu lange schon war das Vorhaben, das sie mit Schweigen und böser Absicht vorantrieb, unerfüllt. Das Ziel war noch zu fern.

Die Königin war müde. Sie wollte nicht länger warten.

Es war an der Zeit.

2.
Minna

Von der niederen Kunst, die niemand hören wollte

Die Nacht, die eigentlich nur ein später Abend war, war in diesen Tagen ein Abbild ihrer selbst. Sie war abgrundtief schwarz, als hätte sie sich einen Spiegel vorgehalten und sich in ihm reflektiert. Der Mond war verborgen, nicht einmal sein blasses Leuchten war hinter den Wolkenschleiern zu entdecken.

Wenn selbst das Licht sich nicht mehr gegen die Finsternis auflehnen kann, dann stehen düstere Zeiten auf Phantopiens Schwelle, dachte Minna Fabelreich.

Die junge Dichterin mahnte sich zur Eile. Sie durfte nicht stehen bleiben, auch wenn ihre Gabe sie immer wieder drängen wollte, zu verweilen und zu beobachten. Alles konnte Inspiration sein, sogar die Dunkelheit, und Inspiration musste man inhalieren und verinnerlichen, damit man daraus eine Geschichte weben konnte, die vielleicht sogar das Potential hatte, ihre eigene Dichterin zu überdauern … oder zumindest eine Weile zu bestehen, ehe sie irgendwann in Vergessenheit geriet, weil die Menschen weder Zeit noch Muße hatten, Musik und Erzählungen zu lauschen, geschweige denn, sie weiterzutragen. So war es kein Wunder, dass es so schlecht um Phantopien stand, dass selbst die Magie schon vor langer Zeit geflohen war. Sie war ihrer Quelle beraubt worden. Ohne die Künste konnte es keine Magie geben.

Obwohl es fast stockfinster war, kannte Minna den Weg. Die wenigsten Frauen hätten es ohne Licht und ohne Begleitung gewagt, den Pfad durch diesen Wald zu nehmen, aber Minna war keine gewöhnliche Frau. Sie war eine jener Verzweifelten, die nichts mehr zu verlieren hatten, und die Wagnisse eingehen mussten, um für Leben und Träume zu kämpfen. Sie ging also Wege, die andere mieden, und sie bot Ängsten die Stirn, vor denen andere flohen. Nur so konnte sie überleben und zugleich sein, was oder wer sie sein wollte.

Der Pfad führte durch den sumpfigen Nymphorawald, dem man seit jeher nachsagte, er würde Fabelgestalten und Seenymphen in seinen Tümpeln beherbergen, aber Minna wusste es besser. In diesem Wald gab es, wie fast überall im Lande, nichts Magisches mehr. Er war ein magischer Friedhof. Es waren lediglich die Ahnungen von früher, die in den Köpfen der Menschen spukten und an denen sie so lange wie möglich festhielten, denn etwas anderes blieb den Phantopiern nicht. Wo keine Magie mehr war, konnte man sie nur noch herbeireden.

Dennoch war der Nymphorawald gefährlich, wenn auch kein fauler Zauber dahinterstecken mochte. Ein falsch gesetzter Schritt, ein Abweichen vom richtigen Pfad und man wurde zu einer verlorenen Seele von vielen. Der nachgiebige Boden konnte zur Todesfalle werden, wenn man die sicheren Stellen nicht kannte, die ein menschliches Gewicht gerade noch trugen. Der Gestank von feuchtem Morast, verwesendem Kleingetier und schimmeliger Erde lag in der Luft, und Minna hatte sich ein Tuch vor Mund und Nase gebunden, um ihn nicht so stark riechen zu müssen. Dabei fragte sie sich, wie viele Leichen sie passierte, die eins mit dem sumpfigen Untergrund geworden waren.

Ihre Schritte waren zielgerichtet und sicher. Sie hatte den Wald bereits einige Male durchquert, bot er doch die kürzeste Distanz zwischen dem Dorf Tuchstatt, wo sie gerade den wöchentlichen Textilmarkt besucht hatte, und Querfeld, einem einfachen Bauerndorf. In Letzterem wollte sie nächtigen und ein wenig Geld verdienen, sofern die Einwohner ihr wohlgesonnen waren und eine unbekannte Geschichtenerzählerin empfingen. Sie war spät dran, und um den Abend mit seinem Wein und dem fließenden Geld noch nutzen zu können, musste sie sich beeilen.

Vor ihr leuchtete ein Lichtreflex auf, ein winziger Schimmer nur, der Minna sofort zur Achtsamkeit rief. Sie kniff die Augen zusammen und suchte rasch die Gegend nach Auffälligkeiten ab. Eine weitere Gefahr waren für eine alleinreisende Frau in diesem Waldsumpf, neben dem tückischen Erdboden, umherstreunende Räuberbanden. Wenn sie auf eine solche stoßen sollte, war sie nicht nur ihren armseligen Besitz los, sondern ihr blühte noch viel Schlimmeres. Diese Verbrecher hatten keine Skrupel, sie nahmen alles, sie plünderten und brandschatzten, vergewaltigten und mordeten für das Einzige, für das sie lebten: Gold und Schätze und Geldkugeln.

Minna hatte in den Jahren, in denen sie mit ihrer brotlosen Kunst auf Wanderschaft war, vor allem eins gelernt: mit den Schatten zu verschmelzen. Lautlos wie eine Schneeflocke zu sein, wenn sie den Boden berührte, und unsichtbar wie die Nacht, in die sie sich kleidete. Minna verhielt sich, welchen Ort sie auch anstrebte, stets so unauffällig, dass die meisten Menschen sie bereits wieder vergessen hatten, kaum dass sie ihr begegnet waren. Sie trug schwarze, zerlumpte Kleidung und eine messerscharfe Klinge unter ihrem ebenso abgerissenen Umhang aus wärmendem Fell. Diese Klinge wusste sie zu benutzen, wenn es nötig war. Ihre Kapuze setzte Minna meistens nur im Schein eines Lagerfeuers ab, wenn sie mit ihrem dicken Buch dasaß und für Mahlzeiten oder Übernachtungen unter einem schützenden Dach eine Geschichte erzählte. Die Menschen, die sie in ihren Bann zog, waren dann zu sehr von ihren Worten abgelenkt, als dass sie auf ihr Gesicht achteten.

Und genau das wollte Minna. Das Einzige, was im Gedächtnis der Menschen bleiben sollte, waren ihre Geschichten, denn die … die wollte sie unvergessen machen. Eines Tages wollte sie die größte Dichterin sein, die Phantopien je gesehen hatte, und selbst in die größten Fußstapfen treten, die eine Reihe begnadeter Künstler und Dichter vor langer Zeit hinterlassen hatten. Und dafür musste sie ihr Buch beschützen, mit ihrer Klinge, mit ihrem Leben, mit allem, was sie besaß, und vor jedem, der danach trachten wollte. In diesem Buch waren auch die wirklich wichtigen Geschichten enthalten, nicht nur jene altbewährten und jedem Kind vertrauten Nacherzählungen, die sie an Herdfeuern rezitierte und welche die Menschen hören wollten.

Es waren ihre eigenen Geschichten. Geschichten, die noch unerzählt waren. Die niemand kannte außer ihr selbst.

Minna stand bewegungslos auf der Stelle. Sie zählte ihre gepressten Atemzüge und ließ die Luft im Schneckentempo aus ihren Lungen entweichen, bis sie sich sicher war, dass außer ihr niemand in der Nähe war. Das kurz aufglimmende Licht war nur der Mond gewesen, der für einen winzigen Augenblick durch einen Wolkenfetzen gebrochen und nun längst wieder verhüllt worden war. Sie war allein mit den alten Geistern des Nymphorawalds.

Flink setzte Minna ihren Weg fort. Ihre abgetretenen Stiefelabsätze saugten sich immer wieder am Untergrund fest, doch sie war zu schnell, als dass der feuchte Boden sie halten konnte. Der Wind blies eisig durch morsche Bäume und schwarzes Gebüsch. Minna aber fror nicht. Die Kälte, wie immer ein letztes Überbleibsel des vergangenen Winters, war ein lästiger Begleiter, an den sie sich in den letzten Jahren zwangsläufig gewöhnt hatte. Es würde nicht mehr lange dauern, bis die milde Jahreszeit begann. Und wenn die Menschen nicht mehr damit zu kämpfen hatten, über einen harten Winter zu kommen, waren sie vielleicht wieder eher bereit, Dichter und Künstler in ihrer Mitte willkommen zu heißen.

Bald kamen die ersten Umrisse von Querfeld in Sichtweite. Das Dorf war aus der Ferne wie ein Feuerschein, es leuchtete in dieser unvergleichlichen Dunkelheit wie eine aufglimmende Glut, unscheinbar, aber einladend. Der Mond schien ohne die

Bäume des Nymphorawaldes hier hell genug, um sein Licht auf die Dächer der Häuser zu werfen.

Nervosität stieg in Minna auf. Selbst nach all den Jahren voller gesammelter Erfahrungen war sie immer noch da, die Aufregung, die Vorfreude, der Klumpen im Magen. Würde Minna nur lästig sein wie eine Mücke oder würde man sie erzählen lassen? Würde man ihr einen Unterschlupf und eine Schale Eintopf im Tausch für das bieten, was viele Phantopier mittlerweile als eine unerwünschte Ablenkung vom wahren Leben ansahen? Würde man ihr die Möglichkeit geben, ihre Zuhörer zu verzaubern und dafür sogar ein paar Geldkugeln in ihre Hand wandern lassen? Den Geschichten lauschen wollten die Menschen manchmal noch, die Sache mit dem Bezahlen war dagegen eine kniffelige Angelegenheit geworden. Es hatte dazu geführt, dass Minna, abgesehen von dem Buch, ihrem wertvollsten Besitz, dem Messer und der Kleidung an ihrem Leib kaum etwas besaß. Dabei kam sie aus einer Familie, die andere als wohlhabend bezeichnet hätten. Sie war behütet aufgewachsen, hatte Lesen, Schreiben und Rechnen gelernt und Ahnung von Geografie, Musik und den kaufmännischen Lehren, denn ihr Vater war ein Geldmacher in einer der östlichen Hafenstädte, die man Bronzestadt nannte. Ihr Vater war aber auch ein gestrenger, konservativer Mann, der Minna in sein Geschäft, das Herstellen der phantopischen Währung, einführen wollte. Das war etwas, das Minnas Fertigkeiten und ihren Wünschen vollkommen widersprach. Sie hatte schon immer eine Vorliebe für Geschichten, für Worte und deren Kombination gehabt. Mit wenigen Worten, dachte sie, konnte man Gewaltiges bewegen. Mit wertvollen Gegenständen konnte man vielleicht das ganze Land beherrschen, nicht aber die Herzen der Menschen, und das gab dem Leben ihrer Ansicht nach einen viel tieferen Sinn.

Minna ließ den tristen Wald hinter sich, und sein modriger Gestank verflüchtigte sich allmählich. Seine schwarzen Klauen entließen sie, das Atmen fiel wieder leichter, sodass sie das Tuch vor der Nase abnahm. Das Licht des Dorfes schien über den Weg, und die Schwärze der Nacht zog sich am Himmel zurück wie ein Mahr vor dem Feuerschein. Die Dichterin erreichte nun eine Straße, die für Kutschen und Bauernwagen erbaut worden war. Eigentlich hielt Minna sich von öffentlichen Straßen fern. Da sie häufig von betuchten Adeligen oder Kaufleuten benutzt wurden, war dort die Wahrscheinlichkeit, von Banden überfallen zu werden, am höchsten. Aber Minna hatte Querfeld beinahe erreicht. Sie passierte eine Mühle und einen daneben gelegenen Bauernhof Richtung Dorfmitte. Obwohl Minna nicht zum ersten Mal hier war, ließ sie ihren Blick aufmerksam über die Dächer der Häuser wandern. Auf ihrer Reise durch Phantopien passierte sie so viele Städte und Dörfer, dass sie manchmal die Eigenheiten eines Ortes wieder vergaß. All die Häuser samt Bewohnern wurden dann zu einer gesichtslosen Masse, die sie aufs Neue kennenlernen musste. Doch genau dieser Prozess war wichtig. Aus den Geschichten jener Menschen formte sie am Ende ihre eigenen.

Bald hatte Minna das Gasthaus gefunden. Es war eigentlich kein richtiges Gasthaus, sondern vielmehr eine Schenke, die Platz für zwei oder drei Reisende bot. Sie hoffte, für ihre Erzählungen ein Zimmer für einen Abend zu ergattern, vielleicht sogar für mehrere Nächte, wenn es gut lief. Seit zwei Tagen hatte sie nichts mehr gegessen, sodass sie auch nichts gegen eine warme Mahlzeit und verdünnten Wein oder wenigstens einen Becher Milch einzuwenden hätte. In ihrer Umhängetasche befanden sich nur noch harte Brotkanten, die sie eisern aufgespart hatte, falls man sie fortschicken würde. Bis zum nächsten Dorf waren es weitere anderthalb Tagesmärsche.

Obwohl es bereits spät war, war das Dorf quicklebendig. Einige Bauern arbeiteten in den Ställen oder waren gerade auf dem Weg in die Schenke. Frauen wuschen vor Anbruch der Nacht noch rasch Kleidung und Stoffe, holten Wasser aus dem Brunnen oder schalten ihre herumlaufenden Kinder und schickten sie zu Bett. Niemand nahm Notiz von Minna, zumindest nicht offenkundig, doch genau das war ihr recht so. Sie holte sich frisches Wasser aus dem Brunnen, als sich gerade niemand dort aufhielt, und trank es in gierigen Schlucken. Dann füllte sie ihre Flasche auf, falls man sie wirklich davonjagte. Das war heutzutage nicht mehr so ungewöhnlich.

Es ist doch ein Jammer, dachte Minna. *Wir sind selbst schuld an unserem Elend. Wir verachten die Künste und trauern gleichzeitig Phantopiens alter Magie nach, die nur sterben konnte, weil die Künste vor ihr starben.*

Es war ein solches Dilemma, und Minna würde die Menschen manchmal am liebsten schütteln, damit sie es begriffen. Sie alle wollten die Magie zurück, den einstigen Ruhm und Wohlstand, aber Musik und Kunst und Poesie, der Ursprung jener Magie, galt in den Augen der Menschen als vergänglich, unpraktisch, sinnlos. Es gab Wichtigeres zu tun, als Fantasie zu schätzen oder gar zu fördern. Und so hatten sie das Schicksal der schwindenden Magie selbst erwählt.

Als Minna ihren Durst gestillt hatte, kehrte sie zur Schenke zurück, die hell erleuchtet den Mittelpunkt des Dorfes markierte. Auf dem Weg dorthin zog sie ein Salbeiblatt aus ihrem Beutel. In Tuchstatt hatte sie einige auf dem Markt für wenige Bronzekugeln ergattert, und nun war sie umso dankbarer dafür. Sie kaute die Blätter, um ihre Stimme samtweich und einsatzbereit zu machen.

Neben ihr polterte es. Jemand machte sich von innen an der Eingangstür zu schaffen, dann wurde sie schwungvoll aufgerissen. Lärm und Licht drangen heraus, dazu der Geruch von Bier, Wein, Schweiß und Wildbret. Ein großer, plumper Mann mit rotem Gesicht, einer Schürze um den Bauch und hellblondem, schulterlangem Haar kam schnaufend nach draußen. Er trug einen Sack über der Schulter, der aussah, als wäre er bis zum Bersten mit Äpfeln oder Birnen gefüllt. Beim Gedanken an das saftige Obst lief Minna das Wasser im Munde zusammen.

Was hätte sie in diesem Augenblick für einen einzigen Bissen gegeben? Energisch schüttelte sie den Kopf und ging ohne Umschweife auf den Mann zu.

»Guten Abend«, rief sie gerade laut genug, dass der Wirt sie nicht überhören konnte. Ihre Stimme war neben ihrer Kunst, Geschichten zu erzählen, das einzige Mittel, andere Menschen für sich einzunehmen, denn es kam vor, dass man sie auf den ersten Blick für eine Bettlerin hielt, die keinen ehrbaren Beruf ausüben konnte. Sie bemühte sich zwar, ihre Kleidung sauber und instand zu halten, doch das war angesichts ihrer Geldnot leichter gesagt als getan. Dass sie mehr vorzuweisen hatte, erkannte man erst auf den zweiten Blick; besser gesagt, wenn man auf den Klang ihrer Worte hörte, der wie warmer, süßer Honig war, und dann auf ihre Worte selbst, die ins Herz treffen konnten, wenn man sie nur ließ. Wenn Minna die Gelegenheit bekam.

Der grobschlächtige Mann blieb stehen und kniff mit einem Brummen die Augen zusammen. »Hab kein Geld, falls du danach suchst«, knurrte er. Sein Blick glitt abschätzig über ihre dürre Gestalt. Die Spuren des Hungers, ihres ständigen Begleiters, ließen sich auch von der weiten Kleidung nicht verstecken.

»Das ist nicht schlimm«, sagte Minna sanft. Sie klopfte auf das Buch, das sie aus ihrer Tasche gezogen hatte. »Ich suche nicht unbedingt Geld, und selbst wenn es so wäre, habe ich etwas zum Tausch mitgebracht.«

Der Wirt starrte auf das Buch in ihren Händen. Es war alt und zerfleddert, der Lederumschlag rissig und bröckelig, trotzdem fühlte sich jede Erhebung und Unvollkommenheit unter Minnas Fingern vertraut an. Es kam nicht auf die Hülle an, in die ihre Geschichten gekleidet waren. Wichtig war nur, dass sie die Worte bewahrte, um unvergessen zu bleiben. Pergament für die Ewigkeit.

»Du bist schon die Zweite in dieser Woche«, sagte der Wirt und ließ den schweren Sack von der Schulter gleiten. Sein Blick wanderte unruhig zu einer Hütte, die halbversteckt hinter der

Schenke lag und vermutlich als Scheune diente. Er wollte die Dichterin loswerden, das war kaum zu übersehen. Minna ignorierte diese Tatsache ungerührt und wartete geduldig.

»Als hätt' ich Goldkugeln zu verschenken.«

»Ich brauche kein Gold«, sagte Minna. »Eine warme Mahlzeit und eine Nacht unter Eurem Dach reichen mir völlig. Ich bin bescheiden. Es muss nicht das beste Zimmer sein, das Ihr zu bieten habt. Etwas Einfaches ist genug.«

»Nicht das beste Zimmer?«, wiederholte der Wirt spöttisch. »Wie gütig. Die sind eh' den zahlenden Kunden vorbehalten.«

Minna presste für einen kurzen Augenblick die Lippen aufeinander, um dem Mann keine passende Bemerkung entgegenzuschleudern. Bezahlung erfolgte nicht immer in Form von Geld. Bezahlung konnte alles sein. Ein Lachen, Freundschaft, die ein Leben lang hielt, ein selbstgeflochtener Korb, Liebe, die man nicht in Gold messen konnte, Treue, ein Kohleporträt, um ein Gesicht nicht zu vergessen, oder eben Worte … Worte, mit denen man alles bewirken konnte, wenn man nur wollte und die Fähigkeit besaß, sie zu beherrschen.

»Ich bezahle Euch«, sagte Minna. Ihre Stimme war noch immer sanft, aber sie war nicht mehr so federleicht wie zuvor. »Ich bezahle Euch mit einer Stube, die zum Bersten gefüllt sein wird. Ich bezahle Euch mit guter Stimmung, mit Menschen, die den ganzen Abend in Eurer Schenke verbringen und mir lauschen werden, um ihr hartes Leben da draußen einen Moment lang zu vergessen. Die gut essen und trinken und ihr Geld bei Euch lassen werden. Ich bezahle Euch mit jedem Wort, und ich schwöre, jedes Wort ist eine Bronzekugel wert.«

Minna hielt inne. Sie würde nicht flehen. Sie war eine Dichterin, keine Bettlerin, auch wenn beides in diesen Zeiten nahe beieinander lag.

Der Wirt stieß erneut ein Knurren aus und wuchtete den Sack wieder auf seinen Rücken. Sein Gesicht nahm die Farbe eines Ferkels an.

»Kommt rein. Ich gebe Euch Speis' und Trank. Die Übernachtung gibt es, wenn Ihr bewiesen habt, dass Eure Worte wirklich so viel wert sind, wie Ihr behauptet.« Er wandte sich von Minna ab, nicht ohne schicksalsergeben zu seufzen.

Bei meiner verdammten Ehre, dachte sie, *das werde ich beweisen.*

Ihr Name war nicht umsonst Minna Fabelreich, auch wenn ihn kaum jemand kannte.

Noch nicht.

3.
Finn

Ein Schatzsucher, der keiner sein konnte

Ein kräftiger Schlag traf Finn so hart an der Schulter, dass es ihn fast von den Füßen geholt hätte. Doch er hatte Rogars Ausholen vorausgesehen und rechtzeitig sein Gewicht verlagert, sodass er nur kurz ins Straucheln geriet. Der Schmerz brachte ihn kaum ins Wanken, brannte aber bis in seine verkümmerte Hand. Schwarzklaue, die kleine Elster, die auf seiner anderen Schulter saß, stob auf und krächzte erbost. Ihr Schnabel pickte kurz gefährlich in Rogars Richtung, doch der hatte seine Hand längst zurückgezogen. Der Einäugige war für sein Alter noch überraschend flink und stark, und Finn fragte sich immer wieder, woher diese Kraft kam. Gleichzeitig war Rogar auch Finns Onkel, der zugegebenermaßen inzwischen ziemlich lästig wurde. Diese unwillkommene Begleitung hatte er seinem Vater Freyd zu verdanken. Sein alter Herr schien allgegenwärtig zu sein, dabei hatte sich der legendäre Schatzsucher längst zur Ruhe gesetzt. Irgendwo in den nordöstlichen Bergen der Vier Weisen fristete er ein ruhmreiches Dasein, sich im Lichte des Namens sonnend, den er sich über Jahrzehnte aufgebaut hatte.

Freyd, der Schrecken unter den Schatzsuchern, der große Entdecker, der Finder der rubinroten Schätze, Eroberer des Untergrundes. In seinem Leben hatte Freyd so viele Schätze angehäuft, dass er einen verschwenderischen Lebensabend verbringen könnte. Wenn es nach Finn ging, konnte sein Vater das auch gern tun. Besser noch sollte er in den Berghallen verrotten, in denen er sich als König der Schatzsucher aufspielte, obwohl die Schatzsucher keinen König in ihren Reihen besaßen. Dass Freyd dabei so dreist war, sich ausgerechnet im Gebirge der Vier Weisen niederzulassen, war bereits ein Verbrechen für sich, denn dieser Ort war einst heilig gewesen, bevor die Künste mehr und mehr an Bedeutung verloren hatten.

Aber Freyds väterlicher Griff war eisern, er entließ Finn nicht einfach so in die weite Welt hinaus. Er hatte ihm Rogar und seine beiden Kumpanen ans Bein gebunden, mit denen er seit fast drei Jahren durch die Lande zog. Sein Vater hatte eine ganz genaue Vorstellung davon, wie Finns Leben auszusehen hatte: Er musste besser werden als Freyd selbst. Er sollte noch prunkvollere Schätze finden, mehr Gold, Rubine und Diamanten, er sollte diebischer, gerissener und skrupelloser sein. Und genau das sollte er seiner Familie beweisen. In der Tradition der Schatzsucher war festgeschrieben, dass die Söhne eines Tages ihre Väter übertrumpfen mussten, andernfalls wurde ihnen die Unterstützung ihrer Familie entzogen, und sie endeten als Versager gebrandmarkt, arm oder tot. Am Ende seiner Zeit mit Rogar musste Finn unter Beweis stellen, dass er würdig war, den Namen des Hauses Minengräber zu tragen.

Sein Onkel Rogar rieb ihm allerdings dauernd unter die Nase, dass Finn nicht das Zeug dazu hatte, seinen Vater jemals zu übertreffen. Er war weder so stark noch so brutal und gewissenlos wie Freyd, und vor allem: Finn war ein Krüppel. Kein Krüppel im herkömmlichen Sinne, verstand sich. Er konnte rennen und springen, war schnell und geschickt, aber Finn hatte einen Makel, der ihn in den Augen der Schatzsucher zu einem Unwürdigen machte: Seine rechte Hand war verkümmert. Die Finger waren dünn und knöchern, die Gelenke oft geschwollen und steif, kaum fähig, einen Gegenstand oder gar einen kleinen Edelstein richtig zu greifen. Die Hände waren die Werkzeuge der Schatzsucher. Ohne sie wäre es beträchtlich schwerer, feine

Edelsteine auf ihren Wert zu untersuchen oder komplizierte Schlösser zu öffnen, so jedenfalls die Worte seines Onkels. Zusammengefasst: Finn fehlte alles, um jemals ein berühmter Schatzsucher zu werden.

Rogar ließ ihn das ständig spüren. Er sprach es nicht aus, vielleicht, weil Freyd es ihm verboten hatte, doch in seinen Augen war sein Neffe eine Schande für die Familie, aus dem man nur noch mit Gewalt und Zucht etwas herausholen konnte. Er hatte Finn in diesen drei Jahren die Fähigkeit und das Wissen der Schatzsucher nur widerwillig beigebracht. Sprachen, ob gesprochen oder schon ausgestorben, die Wertermittlung von Metallen, Münzen vergangener Währungen, Schmuck und antiken Gegenständen hatte Finn schon in den Hallen seines Vaters gelernt. Die Karten- und Fährtenleserei, die Geografie Phantopiens und ferner Länder sowie das Finden von verborgenen Orten allerdings sollte Rogar ihm beibringen, weil er das aus keinem Buch der Welt lernen konnte.

Bis heute hatte Finn nicht ganz verstanden, ob Rogar tatsächlich glaubte, dass seine verkrüppelte Hand ihn daran hindern würde, ein guter Schatzsucher zu werden, oder ob er einfach auf ihn herabsah, weil sie in seinen Augen einen Makel darstellte. Vielleicht war er nicht so stark wie die anderen Männer, dafür verfügte er aber über einen klaren Verstand und genügend Intelligenz, sich alle Fähigkeiten zu eigen machen zu können, die man als Schatzsucher brauchte.

Hauptsächlich hagelte es allerdings Spott und Hohn und manchmal Schläge, wenn Finn nicht damit rechnete oder sogar, wenn er gerade schlief. Wann immer Finn sich wehrte, standen die Männer geschlossen gegen ihn. Irgendwann hatte Finn begonnen, seine Rache im Geheimen zu planen, und ließ alles über sich ergehen. Er wusste, dass er die Gruppe erst dann verlassen durfte, wenn man ihn offiziell entließ, andernfalls würde er sich künftig dauerhaft in Acht nehmen müssen. Am liebsten wollte er lieber heute als morgen verschwinden und seiner eigenen Wege gehen, von denen er genau wusste, wohin sie ihn führen würden: An den einzigen Ort, den sein Vater nie betreten hatte und der vermutlich der einzige Ort in Phantopien war, an dem es noch Schätze zu finden gab.

Fernab.

Die Stadt war der Inbegriff für all die Träume der Schatzsucher. Finn hatte so viele Mythen über sie gehört, dass sein Herz aufgeregt zu klopfen begann, wenn er nur daran dachte, sie eines Tages aufzuspüren und ihre Gassen nach all den Besonderheiten zu durchsuchen, die dort verborgen sein sollten.

Wenn Finn auch nur einen Fuß durch das Stadttor setzen könnte, würde Freyd endlich Ruhe geben. Er wäre in der Achtung seines Vaters gestiegen und hätte sein Erbe gebührend angetreten. Doch Fernab wurde nicht nur nachgesagt, dass es nahezu unmöglich zu finden war, sondern es war auch verboten, es ohne die Erlaubnis der Königin zu betreten. Und wie sollte ein einfacher Schatzsucher wie Finn an eine solche geraten? Das war ein Ding der Unmöglichkeit.

Genervt stieß Finn Rogars Hand zur Seite, als dieser ihn abermals an der Schulter packen wollte.

»Lass das«, zischte er. »Behalt deine knochigen Finger bei dir.«

Rogar blinzelte mit dem sehenden Auge. Eine Klappe verhüllte die vermeintlich leere Augenhöhle auf der anderen Seite. Manchmal fragte Finn sich, ob sein Onkel wirklich einäugig war oder ob er mit der Klappe seinen Ruf verbessern wollte.

Schließlich schnaufte sein Onkel. Mit der Hand deutete er auf die ersten Sonnenstrahlen, die sich hinter den Baumkronen am Horizont abzeichneten. Die Bande verlor den Schutz der Dunkelheit.

»Wir waren zu lahm, Bürschchen«, knurrte er.

»Und wessen Schuld ist das?«, fragte Finn. Er hatte in der Nacht mehrmals zur Eile gemahnt und die Männer angetrieben.

Doch sie hatten dem am Vorabend erbeuteten Wein zu lange gefrönt. Finn hatte als Einziger einen klaren Kopf bewahrt. Betrunken konnte man kaum zu wahrhaftiger Größe taumeln.

»Der Wein war es wert«, erwiderte Rogar grinsend. Sein Blick verklärte sich, als er noch einmal über den Inhalt des kleinen Fasses nachdachte, das sie im letzten Dorf hatten mitgehen lassen.

Wenn Finn es recht bedachte, wurden die Dinge, die sie erbeuteten, immer bedeutungsloser. Sie ergaunerten Nahrung und Wein oder Met, hin und wieder Geldkugeln, Schmuck oder ein verirrtes Huhn, das man schlachten konnte. Und noch viel schlimmer war: Sie *fanden* sie nicht. Sie *stahlen* sie. Das widersprach dem Ehrenkodex der Schatzsucher. Man suchte nach Schätzen, die keinen Besitzer hatten. Aber Diebstahl war Betrug an der eigenen Sache. Sie beschissen sich selbst.

»Wir sind doch nichts weiter als gewöhnliche Diebe«, sagte Finn laut.

Hinter seinem Onkel stießen Berd und Groban wütende Laute aus. Was ihnen an Weisheit fehlte, besaßen sie an Stärke, und Finn hätte im direkten Kampf keine Chance gegen sie, das musste er zähneknirschend zugeben.

»Wenn du so redest, ziehst du den Namen deines Vaters in den Dreck. Schwere Zeiten bedeuten eben außergewöhnliche Maßnahmen, das weißt du doch, Junge«, warnte Rogar ihn und fuchtelte mit der Faust vor Finns Gesicht herum, der sich nicht vom Fleck rührte. Er hatte schon lange keine Angst mehr vor den Männern. Jeder Schlag und jeder Hohn ließen seinen Wunsch wachsen, sich fortzuschleichen. Sie konnten die offenkundige Rebellion aus ihm herausprügeln, nicht aber seine Träume und seinen ungebrochenen Willen, sie eines Tages zu erreichen.

Er fühlte sich allmählich bereit, seinen eigenen Weg zu gehen; seinen eigenen Weg zu jener Stadt und der einzigen Möglichkeit, seinem Vater irgendwann gegenüberzutreten und zu beweisen, dass er ihn übertrumpft hatte, und dass er mehr als nur ein feiger, erfolgloser Dieb in der Nacht war.

Es war an der Zeit, nach den wahren Legenden und Schätzen zu suchen.

Sie schliefen ein paar Stunden in einem Schuppen auf altem Stroh. Könnten sie doch Stroh zu Gold spinnen, dann wäre dieser heruntergekommene Bau aus faulendem Holz und zugigen Wänden, durch die der Wind pfiff, ein Ort des Triumphes. So aber wachte Finn am späten Mittag mit durchfrorenen Gliedern und knurrendem Magen auf. Seine Hand schmerzte pochend. Das lag an der nasskalten Jahreszeit, die sich immer in seinen Knochen niederschlug. Er biss die Zähne zusammen und spreizte mit der gesunden Hand die steifen Finger. Es war ein tägliches Ritual, um ihre Beweglichkeit trotz des höllischen Schmerzes zu erhalten. Strohhalme klebten an seiner Haut und verursachten einen unangenehmen Juckreiz. Finn war versucht, aufzustehen und sich davonzuschleichen, um diesem Leben, das sich anfühlte wie das eines herumstreunenden Bettlers, irgendwie zu entkommen, doch die Bande war aufmerksam wie ein Luchs. Neben ihm lagen Rogar und Berd wie eine drohende Mahnwache und schnarchten laut. Sie konnten noch so viel saufen und scheinbar tief und fest schlafen, sobald Finn sich aus dem Staub machen wollte, bekamen sie es spitz.

Er hob den Blick, um Ausschau nach Schwarzklaue zu halten. Die blauschwarze Elster saß hoch oben auf einem Balken des Heuschuppens und wachte über ihn. Finn hatte den damals noch jungen Vogel vor zwei Jahren gefunden, als dieser verletzt war und nicht fliegen konnte. Entgegen dem Willen der Bande hatte er sich um das Tier gekümmert, sein karges Essen mit ihm geteilt und ihn so lange behütet, bis sein Flügel verheilt war. Danach hatte er es freigelassen. Doch Schwarzklaue war nicht weggeflogen. Er war bei ihm geblieben. Aus freien Stücken, nicht wie die Tiere, die von wandernden Schaustellern dressiert und mit Zwang zur Gefolgschaft gezwungen wurden.

Im Laufe der Zeit waren sie Partner geworden, die Elster und er. Schwarzklaue war entgegen den verbreiteten Märchen kein diebischer Vogel, doch er besaß eine andere Fähigkeit, die sogar die Männer irgendwann anerkannt hatten. Mit seinen scharfen Sinnen und wachem Verstand bemerkte Schwarzklaue, wenn sich fremde Menschen oder wilde Tiere näherten, und warnte sie vor allem dann, wenn die Gruppe etwas stehlen wollte. Außerdem war er ein treuer Gefährte. Selbst nach der langen Zeit ließ er sich nur von Finn berühren. Die anderen Schatzsucher konnte er nicht ausstehen, und damit hatten sie beide eine weitere Gemeinsamkeit.

Finn weckte die Männer. Bevor sie sich auf den Weg machten, durchsuchten sie den Schuppen in gewohnter Routine. Sie kannten alle Verstecke, wussten, wo Menschen für gewöhnlich ihr Hab und Gut verscharrten, um es zu verbergen. Es waren immer wieder die gleichen Orte, die niemand finden sollte und die doch so einfach zu finden waren: Unter einer losen Holzdiele, unter dem Stroh, in einem Heuballen, in der mittleren Schublade einer Werkbank, zwischen mehreren alten Laken. *Bei den Göttern*, flehte Finn jedes Mal, *habt doch mehr Verstand, ihr dummen Leute.*

Aber die Götter, sofern es sie überhaupt je gegeben hatte, scherten sich schon lange nicht mehr um das Schicksal Phantopiens. Sie waren mit der Magie verschwunden. Und vielleicht war es sogar besser so, damit sie nicht sahen, wie sehr alles in diesem Land verkommen sein musste, dass selbst ein Schatzsucher nicht mehr von einem gemeinen Dieb zu unterscheiden war.

Rogar grunzte einen Befehl, der die Männer vorantrieb. Die Bauern, denen der Schuppen gehörte, waren arm und ihre Ausbeute entsprechend dürftig. Es würde für einige Mahlzeiten, vielleicht sogar ein paar Nächte in einem Gasthaus reichen, für mehr nicht. Finn lag es auf der Zunge, Rogar zu bitten, die Handvoll Bronzekugeln an Ort und Stelle zu lassen, aber er wusste aus leidvoller Erfahrung, dass sein Onkel keine Gnade kannte, im Gegenteil. Er spielte Finns schlechtes Gewissen wie eine Karte aus: *Finde richtige Schätze, dann können die einfältigen Bauern ihr Geld behalten. Es liegt an dir, du bist schuld.*

Missmutig wegen der mageren Beute war die Bande unterwegs, als sie den Pfad nach Querfeld einschlugen. Sie waren hungrig und durstig, es verlangte sie nach stark gebrautem Bier, das ihre Gedanken und Gewissen vernebelte und die alten Zeiten von Freyds goldener Herrschaft wiederaufleben ließ. Donner und Zwirn nochmal, wie oft diese alternden Männer sich am Lagerfeuer an diesen alten Geschichten labten, als müssten sie vom Gestern leben, weil das Morgen nichts mehr zu bieten hatte. Weil er, Finn, ihnen nichts zu bieten hatte außer ständiger Enttäuschung. Weil er der Einzige war, der lieber hungern wollte, als sich vom Ersparten ärmlicher Leute zu betrinken.

Schwelende Wut, die ihn in den letzten Wochen immer öfter heimsuchte, ließ ihn die Faust der unversehrten Hand ballen. Er ließ sich zurückfallen, damit die Bande es nicht sah. Er riss einige Blätter von einem Sauerampfer ab und steckte sie in den Mund. Langsam zerkaute er die schon halb verwelkte Pflanze, bis das säuerliche Aroma den bitteren Geschmack im Mund überdeckte.

Rogar bemerkte schon bald, dass er sich von der Gruppe entfernt hatte, und stellte sich demonstrativ breitbeinig auf die Straße, bis Finn wieder aufgeschlossen hatte.

»Wir sind uns einig, Bürschchen«, sagte er mit einem schmierigen Grinsen und einem bedeutungsvollen Blick zu den anderen, der nichts Gutes verheißen konnte.

Finn spuckte die Reste des Ampfers auf den Boden. Er schaute auf und hielt dem Blick seines Onkels stand. »Dass ihr etwas Anständiges zu saufen wollt?«, fragte er mit einer Geste gen Himmel. Die Sonne hatte ihren höchsten Punkt bereits erreicht. Sie mussten sich beeilen, wenn sie Querfeld vor Sonnenuntergang erreichen wollten.

Rogar gab ein Zeichen. Die Männer umringten ihn stillschweigend, die Augen auf ihren Anführer gerichtet. Sein Onkel näherte sich schleppend wie ein alter Bär. Träge und dennoch gefährlich.

»Es wird Zeit«, knurrte er.

Und Finn wusste, was er meinte. Es war Zeit, sich zu beweisen, oder sie würden ihn zurücklassen. Nein, sie würden ihn nicht zurücklassen, sie würden Schlimmeres tun. Die Welt durfte dann nicht erfahren, dass er Schande über Freyds Namen brachte.

Schwarzklaues Schrei zerriss die Stille der feuchten Waldgegend, die sie nun erreicht hatten. Der Boden unter Finns Stiefelabsätzen wurde weich und nachgiebig, doch er kannte den verdorbenen Nymphorawald wie seine Westentasche. Sie hatten ihn auf ihrer Reise schon oft durchquert. Er würde seiner Tücke nicht zum Opfer fallen.

Er hörte das Tuscheln der Männer. Sie würden ihn nicht auf faire Weise prüfen, das wusste er. Gut möglich, dass er tot im fauligen Boden enden würde, wenn er Rogars Prüfung nicht bestand und sie ihn für unwürdig erachteten. Er wäre dann nur eine weitere verlorene Seele, nach der niemand suchen würde.

4.
Die Königin

Die Fantasie des Bösen

Die Bibliothek im Schloss war gewaltig. Sie bot Platz für Tausende Bücher, für die Geschichten dieser Welt, für literarische Reisen durch Jahrhunderte. Die Königin war in diesen Räumen aufgewachsen, und sie herrschte über sie, trotzdem war es manchmal eine Herausforderung, sich angesichts des geballten Wissens majestätisch zu fühlen. Es waren nicht nur die Bücher, die der Bibliothek ihre Imposanz verlieh, sondern auch die reich ausgestaltete Einrichtung, die vorangegangene Generationen ihr gegeben hatten. Unzählige Regale aus blankpoliertem Mahagoni reihten sich aneinander, und sie waren so hoch, dass man ihr Ende nur mit langen Leitern erreichen konnte. Der Boden war aus glattem Marmor geschliffen, und die gewölbte Decke wurde von mannsbreiten Säulen gestützt, die mit Gold verziert waren. Und die Bücher, all die Bücher verströmten eine Weisheit, der man sich kaum zu entziehen vermochte.

Außerdem, und das war ihr kleines Geheimnis, das sie nur mit wenigen Auserwählten teilte, war diese Bibliothek magisch.

Dieser Raum war auch ihr Arbeitszimmer. Hier traf die Königin wichtige Entscheidungen, hierhin zog sie sich zurück, um Strategien und Schachzüge zu überlegen, wie es ihre Vorfahren bereits getan hatten. Hier war sie dazu verdammt, alle zu übertrumpfen.

An einer Nebentür, dem Eingang, den nur sie selbst und ihre Kammerzofe sowie ihre engsten politischen Vertrauten nutzen durften, klopfte es. Einer der beiden Wachposten öffnete.

Ein Jüngling trat ein, sichtlich gebeugt vor Angst und von der Bürde der dünnen Pergamentrolle in seinen zitternden Händen. War es eine gute Botschaft? Oder eine, welche die Königin erzürnen konnte? Wie würde sie reagieren? Was würde sie tun? Was würde sie *ihm* tun?

Die Königin konnte sehen, wie sich all diese Gedankengänge in seinem Kopf überschlugen, und sie hätte gern gelacht. Es war nicht sie als Person, die den jungen Boten in Schrecken versetzte, sondern seine Fantasie. Er malte sich all die Szenarien aus, von denen er glaubte, dass sie *vielleicht* eintraten. Szenarien, die sie ihm antun konnte, wenn sie mit den Fingern schnippte.

Dabei war die Vorstellung von Schmerz viel wirkungsvoller als der Schmerz selbst. Die Fantasie konnte ein mächtiges Mittel sein. Das hatte die Königin längst erkannt, und genau deswegen hatte sie es auf selbige abgesehen.

Sie winkte den Jungen, der bebend auf der Stelle stand, mit einer raschen Handbewegung zu sich. »Komm schon her«, befahl sie ungeduldig und wies vor sich auf den massiven Holztisch, an dem sie Papiere sichtete. »Leg die Nachricht dort ab.«

Mit gesenktem Kopf gehorchte der Bote, der gerade einmal fünfzehn Jahre zählen mochte. Er durchquerte den Raum, und an seiner angespannten Körperhaltung erkannte die Königin, dass es ihn seine gesamte Kraft kostete, sich ihr zu nähern.

Nähere dich nicht der Schlange.

Wie bitteres Gift schoss ihr diese alte Erinnerung durch den Kopf, die warnende Stimme ihrer Mutter. *Nähere dich nicht der Schlange, und wenn du es doch tust, sei bereit zuzubeißen, ehe sie es tut.*

Damals war sie schwach gewesen. Die Schlange hatte sie gebissen, und das Gift hatte sie mit Fieber und Schweiß und Halluzinationen bestraft. Das, hatte sie sich damals geschworen, würde kein zweites Mal passieren. Wenn ihre Mutter gewusst hätte, wozu sie heute imstande war, hätte sie sie niemals auf diesen Pfad geführt.

Der Bote legte die Pergamentrolle ab. Obwohl er den Kopf gesenkt hielt, nahm die Königin den verstohlenen Blick wahr, mit dem der Junge die Dokumente auf dem Schreibtisch inspizierte und hastig die Listen überflog. Liste über Liste, Name über Name, manche von ihnen hervorgehoben, manche durchgestrichen, Notizen hastig daneben gekritzelt.

Als der Junge sich ertappt sah, drehte er den Kopf hastig zur Seite. Seine flammend roten Wangen bezeugten, dass er sich seiner dreisten Neugier bewusst war. Doch die Königin griff nach der Schriftrolle, ohne ihn zu beachten. Mit ihrem Schweigen verwehrte sie ihm die Erlaubnis, sich von ihr entfernen zu dürfen. Sie brach das Siegel. Es war ein Siegel aus ihrem Hause, sie kannte seine geschwungenen Linien, kannte seinen Absender. Die eilig niedergeschriebenen Zeilen einer kantigen Handschrift bestätigten ihre Vermutung.

Meine Königin,

bitte entschuldigt die Verspätung, mit der Euch diese Botschaft erreicht. Ich weiß, Ihr verachtet Unpünktlichkeit und noch mehr verachtet Ihr mich. Doch neben diesem Umstand kann ich Euch die Nachricht überbringen, dass ich jemanden gefunden habe, von dem ich glaube, dass er die Probe bestehen kann. Jemanden, der, wenn ich in meiner Annahme bestätigt werde, Eure Sammlung vervollständigen wird. Ich bin mir sehr sicher, dass ich richtigliege.

Und sollte dem so sein, meine Königin, so erinnere ich Euch hiermit als Euer untertänigster Diener an das Versprechen, das Ihr mir gegeben habt, sollte ich meine Aufgabe erfolgreich erfüllen.

Seine Freiheit gegen dieses Sammlerstück. Das war der Handel. Vergesst ihn nicht, meine Königin.

In demütigster Hochachtung
V.

Meine Königin.

Die Königin las diese beiden simplen Worte. Früher hatten sie einmal viel bedeutet. *Alles.* Nun waren sie eine versteckte Drohung, die fein säuberlich hinter galanten Worten verborgen war. Der Gabensucher konnte froh sein, dass sich viele Tagesmärsche zwischen ihnen befanden. Wäre er hier, hätte sie ihn zermalmt. Oder vielleicht auch nicht. Sie brauchte ihn. Und sie hatte ihn in der Hand. Sie wusste, wie gefährlich diese Mischung war. Es wäre einfacher, einen wilden Tiger an einer Leine zu führen. Aber die Königin brauchte den salzigen Geschmack von Gefahr auf der Zunge. Der Gabensucher war nahe daran, ihr ebenbürtig zu sein. Das machte es noch herausfordernder, ihn zu unterwerfen.

Der junge Bote räusperte sich. Auch wenn er es nicht zeigen wollte, war er nervös. Auf seiner Stirn glänzten einige Schweißtropfen. Ständig verlagerte er sein Gewicht von einem Bein aufs andere.

»Möchtest du gehen?«, fragte die Königin sanft.

Er geriet noch mehr ins Schwitzen. »Ich möchte Euch dienen, Eure Majestät«, sagte er ausweichend. Natürlich wollte er gehen. Er wollte nichts lieber, als so schnell wie möglich aus diesem Raum zu verschwinden.

»Dein Wunsch sei dir erfüllt«, sagte die Königin und wies auf die Tür. »Geh.« Sie nickte den beiden Wachen kaum merklich zu.

Der Bote atmete erleichtert aus und verbeugte sich ausladend. Dann bewegte er sich rückwärts von ihr fort und drehte sich erst um, als er mit dem Rücken beinahe gegen die Wachen gestoßen wäre. Als der Junge die reglosen Mienen und die Hände auf den Schwertknäufen sah, fiel seine Haltung in sich zusammen. Er stieß einen Schrei aus, der erschreckend jung und ängstlich klang. Dann begann er, sich aus Leibeskräften zu wehren. Er trat und schlug um sich, wollte beißen und kratzen, alles, um sich nur irgendwie aus den erbarmungslosen Händen zu befreien, die ihn packten. Aber er hatte keine Chance gegen die Wachmänner. Er war doch fast noch ein Kind.

»Wachen«, sagte die Königin kalt. »Bringt ihn ins Labyrinth.«

Seine Abwehrversuche froren ein, ebenso seine panischen Gesichtszüge. Einen Augenblick lang bewegten sich die Lippen des Jungen. Er war so geschockt, dass er den Schrecken, den sein Verstand noch verarbeiten musste, nicht aussprechen konnte.

»Eure … Eure Majestät«, flüsterte er.

Die Königin musterte ihn mit ausdrucksloser Miene. Da waren kein Mitgefühl und erst recht keine Gnade.

»Bitte nicht.« Ein Würgen folgte, als müsste er diese beiden Worte ausspeien. »Bitte nicht ins Labyrinth. Ich flehe Euch inständig an, nicht dorthin. Seid nicht derart grausam zu mir. Vergebt mir meine Neugier, ich werde nie wieder …«

»Doch«, sagte sie leise, fast schon zärtlich. »Das wirst du. Lüg mich nicht an.« Ihre Hand bewegte sich so leicht, dass man es nur bei genauem Hinsehen bemerken konnte.

Die Wachen zögerten keine Sekunde. Sie griffen nach Armen und Beinen, hoben den Jungen hoch, bis seine Füße den Boden nicht länger berührten und er keine Möglichkeit mehr hatte, seinem Schicksal zu entfliehen. Bald würde er nur eine weitere flüsternde Stimme im Schloss sein, bis auch ihr Nachhall irgendwann verblasst war. Ein anderes Schicksal war für diesen armen Kerl nicht mehr möglich.

Er hatte die Namen gesehen.

5.
Finn

Ein Dieb in der Nacht

Querfeld war einer dieser Orte, an denen es nichts zu holen gab. Es war kein ärmliches Dorf, zumindest nicht so ärmlich wie einige andere Ortschaften Phantopiens, die er bereits durchstreift hatte. Es war vielmehr … einfach. Die Häuser waren schmucklos und solide gebaut, es gab einen Brunnen im Zentrum, ein paar Ställe mit Vieh, eine kleine Hütte, in der man den Göttern ein kleines Opfer darbieten konnte. Das war alles. Querfeld lag im Westen des Landes und war nur eines von vielen Dörfern auf der langen Straße Richtung Süden, in dem man Fernab vermutete. Irgendwo hinter den Stahlbergen sollte die Stadt liegen, so wisperten es sich die Leute zu.

Schwarzklaue flog weit über ihm, sein zierlicher, gefiederter Körper warf einen kleinen Schatten auf den mondbeschienenen Boden. Er hielt Ausschau und sorgte dafür, dass Finn sich sicherer fühlte.

Rogar hatte unterwegs unmissverständlich deutlich gemacht, dass seine Zeit gekommen war. Er musste sich beweisen, und zwar *jetzt*, wenn er zur Zunft der Schatzsucher gehören wollte. Seine Lehrjahre waren vorüber, und nun musste er abliefern oder untergehen. Zumindest zwang man ihn nicht länger, ein verdammter Dieb zu sein. Er würde tot sein oder seiner eigenen Wege gehen, wenn man ihn ließe. Mittellos und kaum mehr wert als ein Ausgestoßener, aber frei. Und dieser Gedanke schenkte Finn Hoffnung. Genau das wollte er seit drei Jahren. Frei sein von Freyds erbarmungslosem Griff.

Lautes Gelächter drang über den Dorfplatz. Stimmen schallten aus der kleinen Schenke, in der sich vermutlich der Großteil der Einwohner zusammendrängte, trank, aß und Klatsch austauschte. Rogar und die Männer zog es an genau diesen Ort wie Motten zum Licht.

Finn ließ die Bande an sich vorbeiziehen. Die Männer beachteten ihn nicht weiter, ihre Aufmerksamkeit galt voll und ganz dem kleinen Gasthaus, in dem sie sich betrinken wollten, während Finn sich schleunigst etwas einfallen lassen musste. Sein Onkel hatte ihm keine Frist genannt, aber Finn wollte keinen Moment verschwenden. Der Einäugige war nicht für seine Geduld bekannt.

Er überlegte, die Zeit zu nutzen und das Dorf zu durchsuchen, während die Bande sich betrank. Er war gut darin geworden, unbemerkt Schlösser zu knacken, Türen zu öffnen oder durch Fenster zu klettern. Wegen seiner Hand hatte er lange gebraucht, um diese Fähigkeiten zu beherrschen, doch das richtige Werkzeug konnte eine steife Hand ersetzen. Er konnte sich in die Dunkelheit der Nacht kleiden, wenn es die Mission verlangte. Es waren mehr die Fähigkeiten eines gemeinen Diebes als die eines Schatzsuchers, doch sie zu beherrschen schadete nicht.

Finn sah sich um. Sein Blick wanderte prüfend über die vertrauten Umrisse der Häuser. Ihm ausgerechnet hier eine letzte Chance zu geben, war ein gerissener Schachzug von Rogar. Finn konnte nur verlieren, da es hier in diesem Dorf nichts zu finden gab. Vielleicht konnte er seinen Onkel zum Weiterreisen bewegen, sobald er den Magen voll hatte. Er wollte jedenfalls nicht länger als nötig hierbleiben.

Langsam folgte er den Männern ins Innere der Schenke. Der eindringliche Geruch von Met, Schweiß und Zwiebeln schlug ihm entgegen. Sie waren so lange in den Wäldern unterwegs gewesen, dass Finn im ersten Augenblick übel wurde und der Lärm ihn erstarren ließ. Leib an Leib drängte sich an die Theke, an der der Wirt gerade Met und Apfelwein ausschenkte. Eine stämmige Frau mit barscher Stimme bediente die Menschen an den Tischen und brachte Teller mit dampfendem Fleischeintopf. Rogar und die anderen hatten bereits einen freien Tisch gefunden und winkten der Frau mit wilden Gesten zu, als könnten sie es kaum erwarten, sich mit Alkohol vollzuschütten.

Finn ignorierte sie und suchte sich eine ruhige Ecke. Direkt neben einer kleinen Bühne fand er einen winzigen Tisch mit einem Stuhl. Die Holzdielen der Bühne wirkten vernachlässigt, als würde sie nur selten genutzt und noch seltener gefegt, aber an diesem Abend stand dort ein alter Stuhl zwischen einigen brennenden Fackeln.

»Was soll's denn sein, junger Mann?«

Finn hatte die Wirtin bei all dem Stimmengewirr nicht kommen hören. Er hob den Kopf. Sein Magen knurrte vernehmlich. Sein ausgemergelter Körper könnte eine richtige Mahlzeit vertragen.

»Bietet Ihr Kartoffelsuppe an?«, fragte er.

Die Frau nickte knapp. »Tun wir. Mit Brot und Fleisch?«

»Ja bitte«, erwiderte Finn und lächelte kurz. »Und ein Krug Wasser.« Er wollte bei klarem Verstand bleiben.

Die Frau wollte sich gerade abwenden, als Finn rasch auf die Bühne wies. »Gibt es heute eine Vorstellung?«

»Ausnahmsweise ja. Eine Geschichtenerzählerin ist im Dorf. Sie will etwas darbieten.« Mit einem empörten Schnauben zeigte sie, was sie davon hielt. Nach einem Blick über die Schulter beugte sie sich zu ihm und sprach mit verschwörerisch leiser Stimme. »Ich habe zu meinem Mann gesagt, dass er das Geld genauso gut den Armen geben oder draußen in den Fluss schmeißen könnte, aber er hat darauf bestanden, sie auftreten zu lassen. Eine Geschichtenerzählerin!« Wieder schnaubte sie abfällig. »Als hätten die Leute noch Muße, sich verstaubte Geschichten anzuhören. Das Hier und Jetzt fordert uns genug, findet Ihr nicht auch? Der Winter war hart, die Vorräte haben kaum ausgereicht, als hätte man jetzt noch Bronzekugeln für eine Geschichtenerzählerin übrig.« Sie machte eine unwirsche Handbewegung. »Wehe meinem Mann, wenn er dafür zahlende Gäste abweisen muss. Wehe ihm!«

Ein Gast rief laut durch den Schankraum, und die Wirtin wandte sich mit einem entschuldigenden Schulterzucken von ihm ab. Finns Blick löste sich von ihrer Gestalt und kehrte zur Bühne zurück.

Eine Geschichtenerzählerin.

Er konnte sich kaum daran erinnern, wann er zuletzt einer gelauscht hatte. Menschen, die eine der vier sterbenden Künste beherrschten, waren selten geworden. Die Leute hatten andere Sorgen. Karge Ernten, Handelskrisen, Armut und Hungersnöte hatten Phantopien heimgesucht, nachdem die Magie verschwunden war und die Menschen erst wieder lernen mussten, ohne sie zu agieren. Letztes Jahr hatte das Land seine Herrscherin verloren, und die Nachfolgerin musste sich erst noch beweisen.

Trotzdem ertappte Finn sich dabei, wie Neugier unter seiner Haut kribbelte. Die Sonne war vor einigen Stunden untergegangen und die Nacht nicht mehr fern. Wann sollte sie auftreten, diese Geschichtenerzählerin? Ihm saß die Zeit im Nacken, er musste nach dem Essen die Männer zusammentrommeln und weiterziehen, bevor diese zu betrunken waren, auch nur einen Schritt vor den anderen setzen zu können.

Nach einer Weile brachte die Wirtin seine Mahlzeit. Gerade weil er nur wenig Geld in den Taschen hatte, kostete er jeden Bissen aus und gab sich Mühe, das Essen nicht gierig wie ein Barbar hinunterzuschlingen. Da er so sehr mit seiner Mahlzeit beschäftigt war, bemerkte er die Stille nicht, die sich über den Raum gelegt hatte. Der Wirt stand ungelenk vor der Bühne, fuchtelte mit den Armen, um auch den letzten Gast zum Schweigen zu bringen, und räusperte sich dann. Man merkte ihm an, dass es ihn nervös machte, vor Leuten zu sprechen.

»Liebe Freunde«, begann er viel zu laut. »Zum Abschluss

eines anstrengenden Tages auf den Feldern habe ich eine kleine Überraschung für euch. Die Geschichtenerzählerin Minna Fabelreich ist heute hier, um uns einige Anekdoten und Märchen zu erzählen.«

Hier und da ertönte vereinzeltes Klatschen, aber die meisten Anwesenden blieben still. Skepsis machte sich auf vielen Gesichtern breit, der ein oder andere gedehnte Seufzer erklang. Finn stieß einen leisen Fluch aus. Er hätte seine Suppe schneller herunterschlingen sollen. Jetzt war der Zeitpunkt, sich die Bande zu schnappen, verpasst. Er war auf seinem Stuhl vor der Bühne gefangen, während seine Zeit verrann.

Schritte ertönten hinter ihm. Aus einer Seitentür trat eine schlanke, hochgewachsene Gestalt heraus, die zielstrebig zur Bühne ging. Minna Fabelreichs Blick war fest auf die Bühne, *nur* auf die Bühne, gerichtet, als wäre diese der Mittelpunkt ihrer Welt und alles andere nur eine Nebensache. Sie ging so dicht an Finn vorbei, dass ihr dunkler Umhang sein Hosenbein streifte. Sein Instinkt ließ ihn jedes einzelne Detail aufnehmen: Ihre lumpige Kleidung, die Tasche, in der sich wenig zu befinden schien, den Schmutz auf den Stiefeln und den Umhang sowie die verdächtige Ausbeulung auf Höhe ihrer Hüfte, wo er eine Innentasche vermutete. Was sie darin wohl verbarg?

Die Geschichtenerzählerin hatte den Stuhl erreicht und Platz genommen. Sie schlug die Kapuze zurück, die einen Teil ihres Gesichts verhüllt hatte. Das Licht der Fackeln erhellte ihre Züge. Sie war auf den ersten Blick nicht ansehnlich. Man musste sie erst eine Weile betrachten, um die Schönheit ihrer kantigen Züge und der fast schwarzen Augen zu erkennen, die eine eigene Geschichte erzählten. Trotz ihrer jungen Jahre hatte die Geschichtenerzählerin etwas Altes an sich, als hätte sie schon viele Leben gelebt. Und wer wusste es schon, vielleicht hatte sie das, wo sie doch so viele Geschichten mit sich trug. Vielleicht hatte sie die Leben anderer gelebt, aus anderen Zeiten und an anderen Orten.

Minna Fabelreich sah sich kurz prüfend um. Finn saß so nahe vor der Bühne, dass er den Blick ihrer dunklen Augen genau erkennen konnte; wie er rasch, aber intensiv über die Gesichter der Anwesenden huschte. Die junge Frau schenkte jedem Einzelnen in diesem großen Raum einen winzigen Augenblick ihrer Aufmerksamkeit, gerade genug, um sich nicht völlig unnahbar zu zeigen. Als sie bei Finn angekommen war, lächelte er kurz, doch die Geschichtenerzählerin blieb ernst. Alles an ihr strahlte etwas aus, das Finn beunruhigte und zugleich faszinierte. Er riskierte einen schnellen Seitenblick. Auch die anderen Gäste verharrten still auf ihren Plätzen. Niemand wisperte oder bewegte sich. Ein leiser Windhauch streifte durch den stickigen Raum, als ein weiterer Gast eintrat. Der Mann bewegte sich rasch auf eine schummrige Ecke zu, und Finn bemerkte, dass er unter seinem Mantel feine Kleidung trug. Vermutlich ein Kaufmann auf Durchreise.

Nun erst neigte die Geschichtenerzählerin den Kopf und schenkte ein flüchtiges Lächeln. Ihre Hände lagen gefaltet auf ihrem Schoß, ihre Haltung war dem Publikum zugeneigt und dennoch entrückt, als säße sie auf dieser Bühne ganz für sich. Nahe und doch fern.

»Guten Abend, Bewohner von Querfeld.«

Minna Fabelreich sprach nicht laut. Trotzdem erreichten ihre Worte die hinterste Ecke der Schenke. Ihre Stimme war geübt, das hörte Finn sofort. Sie war warm und sanft, zugleich eindringlich, eine Kunst für sich. Vielleicht konnte sie alles damit erzählen, wenn sie wollte. Er gab sich einen energischen Ruck. Er war nicht hier, um dieser Frau zuzuhören. Er hatte eine Aufgabe zu erfüllen, eine verflixte Herausforderung. Er durfte sich nicht ablenken lassen, von nichts und niemandem. Auch nicht von einer Stimme, wie er sie noch nie zuvor gehört hatte.

»Ich freue mich, an diesem Abend hier bei euch zu sein. Eure Zeit ist kostbar, und ich bin dankbar, dass ihr mir einige Augenblicke davon schenkt«, fuhr Minna Fabelreich fort. »Ich habe viele Geschichten mitgebracht. Fabeln und Mythen aus aller Welt, von unbekannten Ländern und fernen Völkern. Dramatische Geschichten, tragische Epen, weise Anekdoten. Wonach begehrt euer Herz, Menschen von Querfeld? Wonach sehnt ihr euch? Was weckt eure Sehnsucht? Welche Geschichte soll es für euch sein, nur für euch?«

Eine Weile sagte niemand etwas. Es war, als würden die Leute es nicht wagen, nachdem *sie* mit ihrer Stimme wie Honig gesprochen hatte. Erst nach einigen Atemzügen kam etwas Leben in die Menge. Man flüsterte einander zu, Ideen wurden in den Raum geworfen, Wünsche wurden laut, ausnahmslos nach Märchen aus Zeiten, in denen es die Magie in Phantopien noch gegeben hatte.

Nein, dachte Finn genervt, *nicht die alten Kamellen.*

Die Geschichtenerzählerin nahm die Vorschläge der Leute entgegen und neigte den Kopf, als würde sie darüber nachdenken, welchen davon sie aufgreifen sollte. Schließlich hob sie die Arme, löste den Knoten des Bandes an ihrem Hals und öffnete den Umhang. Dann holte sie ein Buch hervor. Es zeigte deutliche Altersspuren. Die Pergamentblätter waren vergilbt, der Einband abgegriffen. Als Minna Fabelreich durch das Buch blätterte, bemerkte Finn vereinzelte Tintenkleckse. Ob die Geschichtenerzählerin all die Sagen, die sie auf der Welt gefunden hatte, darin festhielt? Er sah dieses Mal genauer hin. Und ihm fiel etwas auf, das ihn stutzen ließ.

Die Hände der Geschichtenerzählerin zitterten. Kaum merklich und möglicherweise war er der Einzige, der es überhaupt wahrnehmen konnte, weil er ganz vorn an der Bühne saß. War Minna Fabelreich nervös, wo doch ihre Stimme, ihr Blick, ihre Ausstrahlung, einfach alles an ihr, verrieten, dass die Bühne ihr angestammter Platz war? Warum also zitterten ihre Hände?

»Ich bedanke mich für all eure Ideen«, sagte sie dann und hielt beim Durchblättern inne. Sie schien die Stelle gefunden zu haben, die sie gesucht hatte. »Normalerweise hätte ich nun die

Geschichte erzählt, die sich bei euch größter Beliebtheit erfreut. Lasst mich aber stattdessen etwas Verwegenes tun«, fuhr sie fort. »Lasst mich etwas erzählen, das ihr noch nie zuvor gehört habt. Lasst mich euch etwas erzählen, das ich noch niemandem zuvor erzählt habe … Eine meiner eigenen Geschichten, die ich zu seltenen Gelegenheiten zum Besten gebe.« Für den Bruchteil eines Augenblicks flatterte etwas in ihrer Stimme. War es die Panik vor dem eigenen Übermut?

Ein Raunen ging durch den Raum. Ein erschrecktes, aufgeregtes Raunen. Etwas Neues? Das *war* verwegen. Die Phantopier wollten nichts Neues. Sie wollten im alten Glanz schwelgen, bis er irgendwann nicht einmal eine Erinnerung mehr war, sondern nur noch ein Mythos.

»Lasst mich euch das Märchen vom magischen Spiegel erzählen«, bat sie leiser, sodass das Getuschel enden musste, damit das Publikum sie verstehen konnte. Und so ungern es die Anwesenden wohl zugegeben hätten: Sie *wollten* sie verstehen.

Die Geschichtenerzählerin beugte sich ein Stückchen nach vorne. Finn fühlte sich wie ein Fisch am Haken eines Anglers, der Schuppe für Schuppe aus seinem vertrauten Terrain gezerrt wurde, unbekanntem Gefilde entgegen. Er hatte keine Zeit für so etwas und trotzdem *wollte* er zuhören. Er fühlte sich, als wäre er mit seinem Stuhl verwachsen und könnte nicht eher aufstehen, bevor er diese Geschichte nicht vernommen hatte. Ein schneller Blick durch den Raum zeigte ihm, dass alle Minna Fabelreich gebannt anstarrten.

Die Geschichtenerzählerin begann mit leiser, melodischer Stimme zu sprechen.

»Einst begab es sich, dass ein kleines Mädchen furchtbare Angst vor der Nacht hatte. Jedes Mal, wenn die Dunkelheit sich über das Land legte, fürchtete sie sich. Die Nacht, so dachte sie, würde sie eines Tages in ihren schwarzen Mantel einhüllen und mitnehmen. Die Mutter des kleinen Mädchens musste oft bis zum

späten Abend auf dem Felde arbeiten, um für sich und ihr Kind zu sorgen, weil der Vater schon früh verstorben war. Dann war das Mädchen bei Einbruch der Dunkelheit allein zuhause.

Irgendwann konnte sie ihre Angst nicht mehr für sich behalten. Sie vertraute ihrer Mutter an, welch Schrecken ihr die Nacht einjagte. Dass sie Schatten und Gestalten an den Wänden sah, wenn der Mond schien, dass Ungeheuer hinter dem Schrank saßen und dass sie sich sicher war, dass ihr eines Tages etwas zustoßen würde, weil sie immer allein war. ›Mutter‹, sagte sie, ›du musst bei mir bleiben, damit mir nichts geschieht. Damit ich in Sicherheit bin.‹

Für die Mutter war diese Situation ein unsägliches Dilemma. Auf der einen Seite mussten die Felder bestellt und die Ernte auf dem Markt verkauft werden. Auf der anderen Seite wollte ihr Herz brechen, als sie ihre Tochter so traurig und tapfer zugleich sah. Und weil sie sich nicht zweiteilen konnte, beschloss die Mutter, etwas anderes zu tun. Sie gab dem Mädchen einen Spiegel.

›Dies ist kein gewöhnlicher Spiegel‹, sagte sie, ›sondern ein magischer. Durch diesen Spiegel kannst du zu mir gelangen, wenn du mich brauchst. Er öffnet eine Pforte direkt zu mir.‹

Das Mädchen wollte schon lachen und aufatmen, als die Mutter ihren Finger an die Lippen hob und fortfuhr: ›Doch bedenke gut, wann du diesen Zauber einsetzt, denn er funktioniert nur ein einziges Mal. Bewahre ihn dir für einen bedeutsamen Moment auf.‹

Die Tochter wuchs heran, und mit dem Spiegel auf dem Nachttisch fühlte sich das Haus nicht mehr so leer an, wenn die Mutter nicht zuhause war. Tief in ihrem Herzen wusste sie, dass ihre Mutter fortan immer nur einen Handgriff und einen Spiegelsprung entfernt war. Irgendwann, als sie älter wurde, dachte sie, dass sie mittlerweile zu stark und zu erwachsen war, um an das Märchen des Spiegels zu glauben. Sie war davon überzeugt, es alleine mit der Welt aufnehmen zu können, auch ohne ihre

Mutter, die sich in all den Jahren doch nie Zeit für sie genommen hatte.

Und bald war die Tochter verbittert und dachte oft nur mit Groll an die Mutter, die nach wie vor trotz ihrer alten Knochen auf den Feldern arbeitete. Sie verstand nicht, dass ihre Mutter all das nur für sie getan hatte, damit sie nicht irgendwann ebenfalls auf den Feldern stehen und sich Knochen für Knochen wundschuften musste.

Eines Tages kam die Mutter nicht mehr von den Feldern zurück. Man fand ihren Körper leblos und gebrochen zwischen aufgewühlter Erde und brachte ihn nach Hause, damit die Tochter sie begraben konnte. Da erst begriff die Tochter, was sie so lange nicht hatte sehen wollen. Dass die Mutter ihre Liebe vielleicht auf eine andere Weise gezeigt hatte, aber sie war immer da gewesen.

Sie holte den magischen Spiegel aus ihrer Schublade, den sie vor langer Zeit darin verbannt hatte, und sah hinein, der Zauber aber war längst erloschen.

›Einmal nur‹, hatte die Mutter gesagt. ›Du kannst ihn nur ein einziges Mal benutzen.‹

Die Tochter wünschte sich, sie hätte es dieses einzige Mal ge*tan, sie wünschte, sie wäre den Weg durch den Spiegel gegangen. Bedeutsame Momente mit ihrer Mutter hatte sie viele gehabt, doch sie hatte keinen einzigen davon erkannt.*

Und nun, nun war es zu spät …«

Schweigen senkte sich über die Menschen, als Minna Fabelreich das letzte Wort gesprochen hatte. Es war das letzte Wort, das in dem Raum widerhallte, nicht aber das letzte Wort in den Herzen der Menschen, denn dort tobten die Worte noch und richteten etwas mit ihnen an.

Finn blinzelte. Einen Augenblick lang hatte er sich wie im Traum gefühlt, hatte gefühlt, wie ein unbekannter Schmerz in ihm bohrte, aber nun war er wieder Herr seiner Sinne. Rasch musterte er die anderen Gäste. Was er sah, verblüffte ihn: Traurige und leuchtende Augen, ergriffene Gesichter strahlten ihm entgegen, Stimmen der Begeisterung wurden laut. Manche waren aufgesprungen und diskutierten miteinander, andere waren nach vorn zur Bühne gestürmt und bedrängten die Geschichtenerzählerin, weiter zu erzählen. Mehr nur, immer mehr, die ganze Nacht hindurch.

Die Geschichtenerzählerin, die eigentlich keine war, sondern eine Dichterin, weil sie ihre ureigenen Geschichten erzählte, lächelte.

Und dieses Lächeln war voller Triumph.

Du dummer Hund …

Beinahe hätte Finn die wichtigste Regel eines Schatzsuchers vergessen.

»Ein Schatz muss nicht immer als solcher sichtbar sein«, murmelte er. In seinen Fingern kribbelte es. Selbst in seiner verkrüppelten Hand spürte er das Gefühl der Aufregung.

Natürlich. Seine Rettung saß vor ihm. Die Lösung für all seine Probleme war direkt vor seiner Nase. Seine Handflächen wurden feucht, als er nach hinten spähte. Rogar und die Bande befanden sich noch immer am Tisch, sie hatten wieder zu trinken begonnen und unterhielten sich laut und hitzig. Sie ahnten nicht einmal ansatzweise, was sich für ein Schatz in diesem Raum befand. Finn konnte nicht anders, er empfand Verachtung. All die Jahre hatten sie ihn geprügelt und gespornt, hatten ihn dafür verhöhnt, nichts Wertvolles zu finden, und jetzt? Jetzt sahen sie nicht, was sie vor Atemzügen noch verzaubert hatte. Sie sahen es nicht, weil dieser Schatz nicht aus Gold oder Diamant war und weil er nicht schimmerte. Aber was wirklich von Wert war, musste nicht glänzen.

Finn legte einige Bronzekugeln auf den Tisch. Wenn es so

weit war, musste er abhauen, und er wollte nicht verschwinden, ohne seine Mahlzeit bezahlt zu haben, so tief war er noch nicht gesunken. Aber er durfte nicht gesehen werden, wenn er den Schatz in seinen Händen hielt.

Tu es nicht.

Eine leise Stimme flüsterte in seinem Kopf, dass sein Vorhaben nicht richtig war. Es war sogar verdammt falsch. Aber darauf konnte er keine Rücksicht nehmen. Die Freiheit war zum Greifen nahe. Die Freiheit, die er immer gewollt hatte, um etwas wirklich Großes leisten zu können, ohne den Ballast, den sein Onkel und dessen Männer bedeuteten. Er würde die Freiheit besitzen, nach Fernab zu suchen. Und wenn er ein alter Greis werden musste, bis er die Stadt endlich gefunden hatte. Er war sich sicher, dass er alles schaffen könnte, sollte er diese Stadt nur endlich finden.

Finn machte sich die Unruhe im Raum zunutze. Die Einwohner von Querfeld hatten sich vor der Bühne zu einer Traube versammelt. Er bemerkte einen kleinen Teller, der durch die Reihen gereicht wurde. Bronzekugeln klimperten, als sie aufgrund der ruckartigen Bewegungen hin und her gerollt wurden. Aber er hatte es nicht auf das Geld abgesehen. Das wäre Rogars Beute gewesen, er wollte mehr. Er nutzte seine Position vor der Bühne, um in der Menge unterzutauchen, als wäre er nur ein Körper, der sich im Schatten der anderen bewegte. Innerlich rang er mit sich. *Es ist falsch, es ist falsch, es ist falsch … Tu es nicht.*

Er spürte die Holzstufe, die auf die Empore hinaufführte, an seinem Schienbein. Die Dichterin war nur noch eine Armlänge von ihm entfernt, doch sie hatte ihm den Rücken zugewandt und verhandelte mit dem Wirt, nach einer Pause eine weitere Geschichte vorzutragen.

Tu es nicht.

Ein Kampf gegen das Gewissen war in vielerlei Hinsicht schwieriger zu bestreiten als ein Kampf gegen den stärksten Feind mit Schwert und Rüstung.

Das Buch der Dichterin lag unbeaufsichtigt auf der Stuhllehne, wobei Minna Fabelreichs Fingerspitzen es fast berührten. Und dann, bevor er auf seine Beute zusteuern konnte, spürte er eine schwere Hand auf seiner Schulter. Er musste sich nicht umdrehen, um zu wissen, wem sie gehörte. Ihm wurde übel, und das kam nicht von der abgestandenen Luft in der Schenke.

Langsam wandte er sich um und blickte in Rogars aufgedunsenes Gesicht. Das Auge seines Onkels war blutunterlaufen, er war gerade noch klar genug bei Verstand, um aufrecht zu stehen.

»Du bist eine Enttäuschung, Neffe«, sagte er. Er lallte dabei leicht. »Eine ganz furchtbare Enttäuschung. Freyd sollte nicht um dich trauern. Du bist es nicht wert.«

»Onkel«, sagte Finn betont ruhig. »Lass mich los.«

Rogar rührte sich nicht. Zur Hölle mit ihm. Der Trottel schaffte es, den entscheidenden Augenblick zu ruinieren. Finn versuchte, die Hand abzustreifen, doch sein Onkel gab ihm einen Stoß, der ihn beinahe auf die Bühne und vor die Füße der Dichterin katapultiert hätte. Seine Hand wanderte trotz seines Suffs erstaunlich schnell zu Finns Kragen und drückte zu, sodass Finn Probleme hatte zu atmen. Trotzdem gab er keinen Laut von sich. Er sollte verflucht sein, wenn er jetzt winselte wie ein Welpe.

»Lass. Mich. Sofort. Los«, zischte er bedrohlich. In diesem Augenblick tauchte der Rest der Bande auf. Alle waren vom Alkohol und der ausgelassenen Stimmung gefährlich aufgekratzt.

Rogar ließ ihn abrupt los und griff stattdessen nach seiner verkrüppelten Hand. Finn wurde kreidebleich, als der Schmerz beim Zusammendrücken messerscharf durch seine krummen Finger jagte. Von hinten drängte sich eine alte Frau an seinen Rücken und versperrte ihm eine Ausweichmöglichkeit. Er war gefangen und Rogar ausgeliefert. War das sein Ende? Erniedrigt, gedemütigt und kurz vor dem Ziel gescheitert? War er wirklich so unfähig, wie seine Sippschaft glaubte?

Ein Kind rannte kreischend über die Bühne und stieß gegen die Stuhllehne. Finn hörte ein dumpfes Poltern und sah aus den Augenwinkeln, wie das Buch zu Boden fiel. Die Dichterin schien es nicht bemerkt zu haben, denn sie drehte sich nicht um.

Obwohl er glaubte, vor Schmerz wahnsinnig werden zu müssen, riss Finn seine Hand los und lehnte sich flink nach vorne, um nach dem Buch zu greifen. Bevor jemandem auffallen konnte, was er tat, schob er es unter sein Hemd. Es wog schwer und fühlte sich heiß an, als ruhte die Wärme von den Händen der Dichterin noch in seinen Seiten.

Als ihn die Männer umringen wollten, spuckte er vor seinem Onkel auf den Boden. »Ich habe einen Schatz gefunden«, sprach er kalt. »Einen, der die Welt verzaubern kann. Und wenn ihr noch einmal Hand an mich legt, werdet ihr es bereuen. Freyd wird euch alle Privilegien und alle Einkünfte streichen, wenn er erfährt, dass ihr mein Talent vernichtet habt. Denn ich kenne einen Ort, an dem man für dieses Buch Tausende Goldkugeln zahlen würde.«

Sie begriffen, wovon Finn sprach. Und auch wenn sie alle seine Träume von Fernab als dumm und unerreichbar abtaten, so hatte er Rogars Forderung nach einem Schatz erfüllt. Er hatte getan, was man von ihm verlangt hatte. Sie hatten ihm nicht gesagt, *wie* er die Aufgabe erfüllen sollte und auch keinen Wert genannt, weil sie davon ausgegangen waren, dass er gar nichts finden würde.

Niemand bewegte sich vom Fleck, und Finn begann allmählich, Blut und Wasser zu schwitzen. Er konnte nicht hier direkt neben der Dichterin stehen bleiben und warten, bis sie ihn ertappte. Er musste raus hier, fort. Wenn sie ihm nur einmal in die Augen sah, würde ihn das schlechte Gewissen verraten, dessen war er sich sicher.

»Lasst mich ziehen«, sagte er milder. »Eines Tages wird es Erzählungen darüber geben, wer mir alles beigebracht hat. Du und deine Männer, Rogar. Nicht Freyd. Du.«

Von allen Schwächen, die sein Onkel hatte, war Eitelkeit am meisten ausgeprägt. In seinem Auge begann es zu funkeln, als er Finns Worte vernahm, und er stieß ein skeptisches Brummen aus.

»Das würde der Wahrheit entsprechen, Bürschchen«, knurrte er. Er nickte, und seine Männer traten zurück. Ihre Blicke waren auf das Buch gerichtet, das Finn mehr schlecht als recht unter seiner Kleidung versteckte. Das Buch war jetzt seine Freikarte. Sie öffneten die Barriere, die sie um ihn errichtet hatten, und ließen ihn passieren, ehe die Dichterin das Fehlen des Buches bemerken konnte. Und Finn ging hinaus ins Freie, und noch nie waren seine Schritte so unbeschwert gewesen. Über ihm kreiste Schwarzklaue durch die Nacht, als könnte er seine unbändige Freude spüren. Manchmal kam es Finn so vor, dass der Vogel ihn besser kannte als jeder Mensch, der jemals Platz in seinem Leben gehabt hatte.

Doch unter der Freude war noch etwas. Da war das schlechte Gewissen, das sich hartnäckig festgebissen hatte und das auch die neu gewonnene Freiheit nicht überdecken konnte. Finn wusste, dass der Schatz in seinen Händen ihm die Freiheit verschafft hatte und dass er vermutlich wirklich von Wert war. Er redete sich ein, dass Geschichten niemandem gehörten, dass sie frei für alle waren, dass niemand Anspruch auf bloße Worte stellen konnte. Er redete sich ein, dass sie keinen materiellen Wert hatten und die Dichterin jederzeit neue erschaffen oder sie ein zweites Mal niederschreiben konnte. Aber wenn er ehrlich war, dann war dieser Schatz nicht *sein* Schatz. Er hatte ihn gestohlen, um seine nichtsnutzige Haut zu retten.

Und somit war er am Ende dieser Nacht noch immer ein Dieb.

6.
Minna

Eine unerwartete Einladung

Der Applaus verebbte, und Minna fühlte sich wie in einer unsichtbaren Blase gefangen, in der die Stimmen nur leise zu ihr durchdrangen. In dem einen Augenblick waren ihre Worte verklungen und im nächsten waren da Menschen vor der Bühne, die mehr hören wollten.

Mehr.

Mehr von *ihren* Geschichten.

Sie setzte ein souveränes Lächeln auf, während sie Fragen beantwortete und gleichzeitig Platz für den Wirt machte, der mit schweren Schritten zu ihr kam und sich die Hände an der Schürze abwischte, ehe er ihr unbeholfen auf die Schulter klopfte.

»Ihr habt Euer Wort gehalten, schätze ich«, murmelte er widerwillig.

Während sie nickte und sich eine Antwort zurechtlegte, griff sie hinter sich, um ihr Geschichtenbuch näher zu sich zu ziehen. Doch es war nicht mehr dort, wo es eben noch gelegen hatte. Sie warf einen Blick zurück, vielleicht hatte sie nur danebengegriffen, aber es war wirklich weg. Stattdessen bahnte sich ein Mann mit hellblonden Haaren in offensichtlicher Eile einen Weg durch die Menschen Richtung Ausgang.

Für einen Augenblick blieb ihr vor Überraschung der Mund offen stehen. Dann reagierte sie und machte den Wirt auf den Mann aufmerksam. »Seht nur, er hat meinen Geschichtenband geklaut. Das gibt es doch nicht!«, rief sie wütend, gerade, als er nach draußen verschwand.

Der Wirt stieß einen gellenden Pfiff aus, auf den hin sich einige Bauernburschen, die an der Theke lehnten, zu ihm umdrehten. Mit dem Arm wies er auf die Tür. »Der Kerl, der gerade rausgelaufen ist, ist ein Dieb! Haltet ihn auf!«, brüllte er durch den Raum.

Minna nickte zur Bestätigung. Dieser Mann hatte es gewagt, ihr Buch, ihr Herz, anzufassen. Sie musste sich zwingen, tief durchzuatmen, um nicht auf der Stelle aufzuspringen und ihm nachzueilen. Aber sie hätte es nicht rechtzeitig durch die Zuhörer geschafft. Bis sie an der Tür wäre, wäre er schon längst über alle Berge. Daher war sie dankbar für die Hilfe des Wirtes und der Männer, die sofort die Verfolgung aufnahmen. Von draußen hörte man Geschrei. Dann steckte einer der Männer wieder den Kopf zur Tür herein und nickte. Sie hatten den Kerl gefasst.

»Dichterin?«

Die Anrede des Wirts hätte sie fast zusammenzucken lassen. Sie lächelte erleichtert. »Entschuldigt. Der Mann hat mir einen Schrecken eingejagt. Was habt Ihr gesagt?«

»Ich habe mich für den Abend bedankt. Ihr habt die Wahrheit gesprochen, und ich möchte mich für mein Verhalten bei unserem Kennenlernen entschuldigen.« Die Worte fielen dem Mann sichtlich schwer. Nicht einmal jetzt schien es möglich, die Vorbehalte gegenüber ihrem Stand abzuschütteln. Dabei hatte sie ihm gerade eine pralle Kasse beschert. Sie hatten beide sehr gut verdient, ganz so, wie sie es ihm zuvor versprochen hatte. Minna hatte genügend Kugeln bekommen, um die nächsten Tage über die Runden zu kommen und sich vielleicht sogar ein Dach über dem Kopf zu gönnen, und auch der Wirt hatte guten Umsatz gemacht. Eigentlich wären die Menschen längst nach Hause gegangen, doch dank ihr waren sie noch hier und tranken weiter. Am liebsten hätte Minna sich schnaubend abgewandt, doch sie musste höflich bleiben. Zumindest gab er eine Entschuldigung von sich. Das war mehr, als sie oftmals an anderen Orten erfuhr.

»Ich habe zu danken«, erwiderte sie betont freundlich.

Der Wirt druckste etwas herum, ehe er stammelte: »Vielleicht möchtet Ihr morgen wieder auftreten?«

Das würde ich ja gern, wenn ich mein Buch von diesem Kerl zurückbekomme, dachte sie. Unruhe erfasste sie. Sie sollte den Mann draußen zur Rede stellen und ihr Eigentum zurückfordern. Er hatte ihre gesamte Existenz mitgenommen. Wenn er fort gewesen wäre, dann hätte sie nichts mehr gehabt. Gar nichts.

»Ich überlege es mir und lasse es Euch wissen«, versprach sie und beobachtete die Eingangstür. Ein Kribbeln machte sich auf ihrer Haut breit. Ihre Fingerspitzen tippten unruhig gegen die Kante der Stuhllehne.

Sie wollte sich gerade für einen Moment entschuldigen, um dem Dieb zu folgen, da schlug sich der Wirt gegen die Stirn.

»Fast hätte ich es vergessen. Für Euch ist eine Nachricht hinterlassen worden. Die sollte ich Euch übergeben, wenn Ihr einen Augenblick für Euch habt.«

Minna hob die Augenbrauen. »Eine Nachricht? Für mich? Seid Ihr Euch sicher? Ich kenne hier doch niemanden.«

Der Wirt nickte eifrig. »Aber ja! Ein Herr hat sie für Euch hinterlegt.«

»Ein Herr? Wie sah er denn aus?« Sie hatte keine Ahnung, von wem er sprach.

Der Wirt zuckte mit den Schultern. »In Eurem Alter war er wohl, aber seine Haare waren dunkel. Er schien mir von adeligem Geblüt, sein Auftreten war jedenfalls sehr herrschaftlich. Er hatte sogar ein Schwert in einer kostbar aussehenden Scheide an seinem Gürtel.«

Minna war verwirrt. »Ich weiß nicht, wer das sein könnte«, murmelte sie nachdenklich und mehr zu sich selbst.

Der Wirt beachtete sie nicht und kramte umständlich in seiner Jacke. Er beförderte eine kleine Rolle aus edlem Pergament mit einem Siegel ans Tageslicht. Ein Siegel? Minna hatte in ihrem Leben noch nie eine versiegelte Nachricht erhalten, zumindest nicht, seit sie ihr altes Leben hinter sich gelassen hatte, und das war schon eine Ewigkeit her. Das konnte unmöglich seine Richtigkeit haben.

Doch der Wirt hielt ihr die Rolle entschieden entgegen, und so blieb ihr nichts anderes übrig, als sie entgegenzunehmen. Das Pergament in ihrer Hand war sauber, fast blütenrein, ganz im Gegensatz zu dem, das sie selbst nutzte.

Sie nickte dem Wirt zu, der sich daraufhin endlich um seine Gäste kümmerte, und trat von der Bühne. Sie würde einen kurzen Blick auf die Nachricht werfen, während sie nach draußen ging. Auf den ersten Blick konnte sie das Siegel nicht zuordnen, sie kannte sich allerdings auch kaum mit den Adelsgeschlechtern Phantopiens aus. Streng genommen war sie noch niemandem von hohem Rang begegnet. Die meisten Kaufleute waren zwar wohlhabend, zum Adel gehörten sie allerdings nicht, auch wenn sie alles dafür taten, damit sich dies irgendwann änderte.

Behutsam öffnete sie das Siegel und rollte die Nachricht auf. Obwohl sie noch der Überzeugung war, dass es sich nur um einen Irrtum handeln konnte, stand da oben ihr Name. Der Brief war tatsächlich an sie adressiert.

An
Minna Fabelreich
Gasthaus zum lahmen Gaul

Für einen Sekundenbruchteil war Minna erschrocken. Wie konnte dieser Fremde wissen, wo sie sich aufhalten würde? War sie etwa verfolgt worden? Hatte sie, die doch immer so achtsam war, nicht mitbekommen, dass ein unsichtbarer Schatten an ihren Fersen klebte? Bevor sie in Panik ausbrechen konnte, ermahnte sie sich, weiterzulesen und keine voreiligen Rückschlüsse zu ziehen.

Tief beeindruckt von Euren Fähigkeiten und Eurem Talent, Geschichten zu erfinden und sie in beachtlicher, einnehmender Weise vorzutragen, lädt Ihre Königliche Hoheit, Malwine Wüstenherz, Königin von Phantopien, Euch ein, an einem Dichterwettstreit teilzunehmen, der von Ihrer Königlichen Hoheit selbst ausgetragen wird. Nur die besten Dichterinnen und Dichter dieser Welt sind auserkoren, an diesem Wettstreit teilzunehmen und sich mit den Besten ihrer Art zu messen. Ihr zählt zu diesen Besten und erhaltet die Möglichkeit, nach Fernab, der königlichen Residenzstadt von Phantopien, zu reisen.

Mit diesem Schreiben dürft Ihr Euch frei in der Stadt bewegen und Eurem Gewerbe bis zum Austragen des Dichterwettstreits ohne Einschränkungen nachgehen. Zeigt es bei Eurem Eintritt vor, dann wird man Euch Einlass gewähren.

Solltet Ihr siegreich aus dem Dichterwettstreit hervortreten, gewährt Ihre Königliche Hoheit Euch die lebenslange Erlaubnis, in Fernab aufzutreten und Eure Geschichten zu erzählen. Es gibt niemanden, der den alten Künsten mehr Respekt zollt als die Bewohner von Fernab.

Die geheimnisvollen Türen der Stadt öffnen sich für Euch … wenn Ihr sie findet. Dies ist die einzige Bedingung für das Schicksal, das Euch dort erwartet.

Findet sie.

Hochachtungsvoll
Valerian Ohneruh
Im Auftrag Ihrer Königlichen Hoheit

Minna traute ihren Augen nicht. Sie musste sich im Dämmerlicht der Fackeln verlesen haben. Hastig überflog sie den Brief ein zweites Mal. Der Inhalt blieb derselbe. Was sie zunächst für einen Traum gehalten hatte, war echt. Sie hielt in ihren Händen tatsächlich die Einladung, in Fernab an einem Dichterwettstreit teilzunehmen.

Sie. Minna Fabelreich. In *Fernab*. An einem *Dichterwettstreit*. Das wollte so gar nicht zusammenpassen. Warum um alles in der Welt wurde ausgerechnet sie nach Fernab eingeladen? Niemand kannte sie, sie hatte sich noch keinen Namen gemacht. Wie kam die Königin auf sie? Trotzdem kam Freude in ihr auf, dazu Stolz. Wie auch immer es ihr gelungen war, auf sich aufmerksam zu machen, es hatte geklappt. Irgendjemand da draußen befand sie für gut genug, sie in die Residenzstadt der Königin einzuladen. Sie, eine einfache, arme Dichterin mit unbekanntem Namen, die mit nichts als Lumpen und einer gehörigen Portion Trotz unterwegs war.

Als Kind hatte sie schon viel von den Wettstreiten der alten Zeiten gehört. Es hatte sie einst für alle vier Disziplinen der sterbenden Künste gegeben, für Musik und Dichtung und Bildhauerei und Theater und für alles, was man sich nur ausdenken konnte. Der Dichterwettstreit war immer das gewaltigste Spektakel von allen gewesen, und umso mehr ehrte es Minna, dass ausgerechnet sie daran teilhaben sollte. Und das Aufregendste daran war der Gedanke, dass an einem solchen Wettstreit weitere Dichter teilnehmen würden. Neben ihr gab es also doch noch andere Frauen und Männer, die irgendwo da draußen ihre Liebe zu Geschichten auslebten. Sie hatte auf ihren Reisen nie andere getroffen und gedacht, die Einzige zu sein.

Am liebsten hätte sie es in die ganze Welt hinausposaunt und in diesen vier Wänden zuallererst.

Seht nur, wollte sie rufen, *seht nur! Ich habe es geschafft. Ich habe den allerersten Schritt gewagt.*

So gern hätte sie gewusst, wer sie an diesem Abend heimlich geprüft hatte, um all ihre Fragen loszuwerden. Ein herrschaftlicher Mann, hatte der Wirt gesagt. Sie hatte ihr Publikum aufmerksam beobachtet, ihr war niemand aufgefallen, auf den diese Beschreibung zugetroffen hätte. Vielleicht war sie nicht konzentriert genug gewesen und hatte sich von dem Rausch des Glückes mitreißen lassen. Das durfte ihr nicht noch einmal passieren.

Ein letztes Mal flog ihr Blick über die Zeilen.

Die geheimnisvollen Türen der Stadt öffnen sich für Euch … wenn Ihr sie findet.

Die kurze Euphorie, die sie erfasst hatte, verflog. Natürlich. Das war der Haken an der Sache. Sogar ein ziemlich gemeiner Haken, wenn man genauer darüber nachdachte. Sie musste die Stadt finden. Und sie hatte nicht den geringsten Schimmer, wie ihr das gelingen sollte. Die Stadt hatte nicht umsonst den Ruf, für gewöhnliche Menschen unauffindbar zu sein. Minna kannte niemanden, dem es gelungen war, vor ihre Pforten zu gelangen und zurückzukehren, um davon zu erzählen. Es gab keine Karte, keine Wegpfeiler, und falls es Leute gab, die Bescheid wussten, schwiegen sie eisern, denn es war ein Privileg, die Einladung zu besitzen, das Tor zu durchqueren, in Fernab Handel zu betreiben oder gar dort zu leben.

Je länger Minna darüber nachdachte, umso mehr Fragen kamen ihr in den Sinn, über die sie schon länger nicht mehr nachgedacht hatte. War es vielleicht sogar verboten, Fernabs Standort zu verraten, wenn man ihn kannte? Warum war sie überhaupt so gut abgeschirmt und beschützt? Angeblich sollte es in der Stadt noch Magie geben, die letzte Magie Phantopiens. Außerdem hatte Minna gehört, dass seltsame Dinge vor sich gehen sollten: So verschwanden am helllichten Tag Dinge aus einem Stadtteil, um Wochen, Monate oder manchmal sogar Jahre später erst wieder in einem völlig anderen Viertel wiederaufzutauchen. So war die ein oder andere Kostbarkeit zu Tage getreten und lockte Diebe, Schatzsucher und anderes Gesindel in die Stahlberge. Wo genau Fernab in diesem Gebirge lag, darüber schieden sich die Geister. Die Stahlberge waren eine riesige Bergkette, in deren Tälern hauptsächlich Kaufleute siedelten, die Minen und Steinbrüche im Gebirge bewirtschafteten, um damit beständig reicher zu werden. Sich dort zurechtzufinden, war allein völlig unmöglich. Entweder besaß man unsägliches Glück und fand die Residenzstadt oder man hielt Kontakte, die einem helfen konnten. Von Letzteren war Minna allerdings meilenweit entfernt. Und das Glück ... Nun, das war ihr bislang nicht wohlgesonnen gewesen.

Sie steckte die Nachricht verstohlen in ihre Tasche. Bevor sie sich Gedanken darüber machte, wie sie die Einladung, Fernab zu besuchen, in die Tat umsetzen konnte, musste sie sich erst um etwas anderes kümmern. Etwas, ohne dass sie nicht einmal davon träumen sollte, dass sie eine Einladung erhalten hatte, die sie sich nicht einmal in ihren kühnsten Träumen ausgemalt hätte.

Sie hatte noch eine offene Rechnung mit jemandem, die es zu begleichen galt.

7.
Finn

Das Eintreiben einer Schuld

Schwer atmend lehnte Finn sich gegen die kleine Hütte, die versetzt neben der Schenke stand und vermutlich als Vorratskammer diente. Hier schützte ihn die Dunkelheit der Nacht, und niemand würde ihn aus einem Fenster oder von der Straße aus sehen können.

Das Buch wog schwer unter seinem Hemd. Doch es hatte bewirkt, dass Rogar und die Männer ihm nicht gefolgt waren. Sie waren in der Schenke geblieben, und nun würden sie vermutlich zu Freyd und seinem Reichtum zurückkehren und ihm brühwarm erzählen, was sein Sohn gestohlen hatte. Finn konnte förmlich die Stimme seines Alten hören: *Ein Buch? Er hat nur ein verdammtes Buch gestohlen? Und so habt ihr Narren ihn ziehen lassen?*

Finn lächelte grimmig. Wenn alles nach seinen Vorstellungen verlief, würde er keinen der Männer jemals wiedersehen.

Er atmete ein paar Mal tief durch, kniff die Augen zusammen und spähte erst zum Dach der Schenke, dann zu den umliegenden Dächern. Irgendwo in der Finsternis hockte Schwarzklaue und wartete auf ihn, wenn er nicht gerade auf Futterjagd war. Versuchsweise stieß er einen leisen Pfiff aus. Er hörte leises Flügelschlagen. Es hatte fast ein Jahr gebraucht, bis Finns Gehör so perfektioniert war, dass er seine Elster hören konnte, da sie fast lautlos flog. Aber nun fühlte es sich an, als wären sie beide eins, Augen und Ohren füreinander.

Einen Moment später landete Schwarzklaue auf seiner Schulter. Finn war das Gewicht des Vogels so vertraut, dass es sich wie ein Teil seines Körpers anfühlte. Er hob die gesunde Hand und kraulte behutsam das Gefieder seines Partners.

»Wir haben Großes vor, mein Freund«, flüsterte er leise. »Zum ersten Mal liegt uns die Welt zu Füßen.« Schwarzklaue neigte seinen Kopf, um gestreichelt zu werden. Seine Augen leuchteten auf, wenn ein Lichtstrahl aus der Schenke sie traf.

Hinter ihm ertönten rasch heraneilende Schritte. Finn schrak zusammen, seine Hand glitt instinktiv zu seinem Messer, das er direkt am Körper trug. Schwarzklaue bewegte sich unruhig auf seiner Schulter.

Plötzlich schossen von beiden Seiten Männer auf ihn zu, die ihm offenbar direkt gefolgt waren. Krächzend schlug Schwarzklaue mit den Flügeln, als wollte er die Angreifer vertreiben, dann stob er in die Luft.

Finn sah sich nach einer Fluchtmöglichkeit um, aber die ortskundigen Männer hatten ihm den Weg abgeschnitten.

»Du hast da etwas mitgenommen, das nicht dir gehört«, raunzte ihn einer der Bauern drohend an.

Ganz offensichtlich war Finn nicht so gewieft gewesen, wie er sich erhofft hatte. Ohne eine Miene zu verziehen, holte er das Buch heraus, das sich unter seiner Jacke kaum verstecken ließ.

»Ich wollte es mir nur ausleihen, um meiner Tochter eine Gute-Nacht-Geschichte vorlesen zu können«, sagte er, ohne mit der Wimper zu zucken. Die Männer zeigten sich ob der Tatsache, dass er lesen konnte, unbeeindruckt.

»Eine miese Sache, einer Geschichtenerzählerin das Werkzeug für ihr täglich Brot zu klauen«, sagte der zweite Bauer, dessen Wangen rot gefleckt vom Met waren.

»Sieh an, wen wir da haben?«, erklang eine leicht ironische Stimme aus der Dunkelheit.

Finn erkannte die Stimme sofort, wie könnte er sie vergessen?

»Danke, dass ihr ihn in eine Ecke gedrängt habt«, sagte sie zu ihren Helfern. »Von jetzt an übernehme ich.«

Die Männer nickten beinahe ehrfürchtig, ehe der zweite Bauer sich kurz verneigte. »Wir behalten Euch im Auge, Dichterin, nicht, dass unser Dieb noch auf falsche Gedanken kommt …«

Er warf Finn einen drohenden Blick zu, ehe er schnaufend von dannen zog, nicht ohne immer wieder über seine Schulter zurückzusehen.

Die Dichterin stand schweigend zwischen ihm und der Straße. Er würde sie über den Haufen rennen oder zur Seite schubsen müssen, und beides entsprach nicht seiner Art, wenn es nicht unbedingt nötig war. Vor allem nicht gegenüber einer Frau, die er gerade bestohlen hatte.

»Nimm es nicht persönlich, dass ich dir etwas … weggenommen habe«, sagte er. Seine Stimme klang heiser.

»Oh, das tue ich ganz und gar nicht.« Minna klang allerdings todernst. Hatte sie denn keine Angst? Er war ihr körperlich überlegen, sie könnte erstochen oder erwürgt in einer Gasse enden. Oder fühlte sie sich sicher, weil sie wusste, dass sie nur rufen musste, damit die Männer zurückkamen?

»Aber das, was mir gehört, möchte ich gerne zurückhaben.« Sie näherte sich und streckte eine Hand aus.

Er wich zurück, das Messer zwischen ihnen beiden erhoben.

»Bleib zurück«, presste er heraus. »Ich warne dich.«

Minna blieb stehen. Sie stieß ein unwilliges Schnauben aus. »Glaubst du, du kannst mich mit deinem Messer beeindrucken? Ich weiß selbst mit einem umzugehen. Unterschätz mich bloß nicht. Du hältst mein Herz in den Händen, da bin ich zu allem bereit.«

Etwas in ihrer Stimme verriet Finn, dass sie meinte, was sie sagte. Sie war zu allem bereit. Zu wirklich allem. Wenigstens in der Hinsicht hatten sie etwas gemeinsam.

Unter Minnas Stiefeln knirschte es leise. Sie verlagerte ihr Gewicht. Wollte sie ihn angreifen? Würde sie sich wirklich mit ihm anlegen, wenn er nicht nachgab?

Widerstreitende Gefühle kämpften in Finn. Auf der einen Seite war da sein Stolz, der ihm sagte, dass er sich nicht von dieser Frau besiegen lassen würde. Er war vielleicht ein Dieb, aber kein Feigling, der einfach so kuschen würde. Trotz der verkrüppelten Hand war er ein passabler Kämpfer, dafür hatte Rogar schon gesorgt. Auf der anderen Seite aber war sein Gewissen, und das schrie ihn förmlich an.

Sei besser. Sei stärker. Sei ein wahrer Schatzsucher.

Und war es nicht dieser Pfad, den er gewählt hatte? Ein wahrer Schatzsucher zu werden oder eben keiner, aber nichts dazwischen?

Er versuchte, seine kampfbereiten Muskeln zu entspannen. Ganz langsam ließ er das Messer sinken und steckte es an seinen Platz zurück. Dann neigte er den Kopf, auch wenn die Dichterin es im Dunkeln vermutlich nicht sehen konnte.

»Entschuldige mein Verhalten«, sagte er dann. »Ich wollte dich nicht berauben. Ich bin ein Schatzsucher, und ich habe nur gesehen, wie wertvoll das Buch ist. Es war falsch von mir.«

Minna schwieg so lange, dass Finn sich fragte, ob sie seine Entschuldigung überhaupt mitbekommen hatte. Dann aber lachte sie. Sie lachte laut und hell, und es klang so ganz anders als ihre Sprechstimme. Mädchenhaft und unbeschwert. Alles, was man auf den ersten Blick nicht sah.

»Ein Schatzsucher also«, sagte sie dann. »Eine ebenso brotlose Kunst wie das Geschichtenerzählen oder gar Erfinden. Ich fürchte, das macht es heutzutage schwer, einen Dieb vom Schatzsucher zu unterscheiden, ebenso wie man Künstler und Bettler kaum noch zu trennen vermag.«

Ihre Worte enthielten so viel Wahrheit und zugleich Hoffnungslosigkeit, dass es schmerzte. Genau das brauchte Finn aber doch: Hoffnung. Auch wenn er sich das in diesem Moment nicht erklären konnte.

»Aber vielleicht war es ja Schicksal, dass wir uns getroffen haben, Schatzsucher.« Eine Wolke verzog sich, und der Mond strahlte heller. Finn konnte nun Minnas Gesicht erkennen. Ihre Miene war nachdenklich und zugleich nervös.

»Sag mir: Kennst du die Stadt Fernab?«

Finn hätte fast geprustet. »*Jeder* kennt Fernab.«

Minnas Stimme senkte sich zu einem Flüstern. »Ich meine, warst du jemals dort?«

War das eine Fangfrage? Oder wollte sie sich über ihn lustig machen?

»Nein«, erwiderte er und biss die Zähne aufeinander. »Aber das möchte ich eines Tages ändern. Ich möchte die Stadttore finden.«

»Und wenn du sie gefunden hast, was dann? Du darfst ohne Einladung nicht hinein, das ist dir klar?«

Finn hielt inne. In der Tat, das war ein Problem, das er immer wieder von sich geschoben hatte. Die Stadt zu finden war das eine, aber sie zu betreten das andere.

»Es wird sich schon ein Weg finden«, murmelte er ausweichend.

»Gib mir mein Buch zurück«, sagte Minna leicht. »Und vielleicht offenbart sich dir ein Weg.«

Finn nahm einen aufgeregten Unterton in ihrer Stimme wahr. Vorsichtig zog er den Geschichtenband heraus. Es juckte noch immer in seinen Fingern, einfach damit abzuhauen. Aber er ermahnte sich, das Richtige zu tun. Zögernd überreichte er Minna das Buch. Die Dichterin nahm es so vorsichtig an sich, als wäre es ein fragiles Wesen, das bei der geringsten Bewegung zerbrechen könnte. Dann strich sie mit den Fingerspitzen über den Einband. Sie schien prüfen zu müssen, ob noch alles beim Alten und jede Seite an ihrem Platz war.

Jetzt wäre ein guter Zeitpunkt gewesen, sich zu trennen, als wäre nichts vorgefallen, doch etwas ließ den Schatzsucher nicht los. Da war diese Aufregung in Minnas Stimme gewesen. Oder war es vielmehr … Vorfreude?

»Du kennst den Weg, nicht wahr?«, fragte er wachsam.

Minna steckte das Buch in ihre Tasche. »Wie ist dein Name?«

»Finn. Finn Minengräber.«

»In Ordnung, Finn. Jetzt, da wir unsere Namen kennen und jeder Gegenstand wieder an seinem rechten Platz ist: Ich habe die Absicht, nach Fernab zu reisen, auch wenn ich den Weg nicht kenne. Aber eine verlockende Möglichkeit erwartet mich dort, und ich will es wenigstens versuchen.«

Das kurze Kribbeln in seinen Fingern verebbte. »Du sagtest doch selbst, dass du eine Einladung brauchst.«

Die Dichterin lächelte geheimnisvoll.

»Du … Du hast eine?«, fragte Finn mit hochgezogener Augenbraue. Er musste sich beherrschen, sie nicht wie ein staunendes Kind anzustarren.

»So ist es.«

»Nimm mich mit«, sagte Finn. Er bat nicht, das brachte er nicht übers Herz, schließlich war er ein diebischer Schatzsucher, der einen verdammten Ruf zu verlieren – oder aufzubauen – hatte. Aber er wollte mit. Er wollte so sehr mit in diese verfluchte Stadt. Das war sein Schicksal, dessen war er sich sicher.

»Du stehst bereits in meiner Schuld«, sagte Minna. »Wenn ich dich mitnehme … Kannst du dir einen zweiten Schuldschein leisten?«

»Nein«, sagte Finn. »Aber wenn dir meine Seele reicht, dann nimm sie.«

»Ich brauche deine Seele nicht«, antwortete die Dichterin mit einem Lächeln, das Finn nur erahnen konnte. »Dass du tief in meiner Schuld stehst, reicht mir völlig. Wenn du mich begleiten willst, dann mach dich nützlich. Mach Feuer, geh auf die Jagd, such nach dem richtigen Weg. Ich kann keinen Ballast gebrauchen und niemanden, bei dem ich im Schlaf fürchten muss, dass er mich beraubt. Wenn du mich wirklich begleiten willst, Finn Minengräber, dann lass den Dieb in dir zurück. Der hat keinen Platz in Fernab, und ich werde ihn nicht mit über die

Schwelle nehmen. Ich werde nur Finn, den Schatzsucher, dulden.«

Finn nickte, seine Stimme war kurz davor, zu versagen, weil ihm die Aufregung das Blut durch die Adern schießen ließ. Er hob seine verkrüppelte Hand ins Mondlicht. »Ich bin kein gewöhnlicher Schatzsucher, Minna, und vielleicht auch kein guter, zumindest zum jetzigen Zeitpunkt noch nicht. Aber ich bin einer.«

»Das trifft sich gut, denn ich bin auch keine gewöhnliche Dichterin. Bis heute dachte ich sogar, die letzte meiner Art zu sein. Vielleicht sind wir beide sogar ungewöhnlich genug, eine sagenumwobene Stadt zu finden, die nicht gefunden werden soll.«

8.
Die Königin

Der Berater der Königin

Ein Garten voller zarter weißer und fliederfarbener Rosen, der ziemte sich nicht für eine Königin, die doch eine schwarze Seele und ein noch schwärzeres Herz besaß.

Das, so wusste die Königin, war der heimliche Tenor der Dienerschaft. Das Getuschel hinter vorgehaltener Hand entging ihr nicht. Überhaupt entging ihr nichts, was an ihrem Hof und in ihrer Stadt vor sich ging. Dabei war das ein Drahtseilakt: Sie musste behutsam sein, um die Magie in Fernab nicht durch zu viel Grauen und zu viel Kontrolle zu stören. Gerade genug musste es sein, ihr eigenes Werk voranzutreiben, ohne dabei Schaden anzurichten. Sie wollte das letzte bisschen Magie nicht vertreiben, war es doch ihr vorrangiges Ziel, sie ins Land zurückzuholen.

Die Sonne stand hoch am Himmel. Die Königin saß auf einer Bank. Ihre Zofe Madeleine stand in gebührendem Abstand bereit, jederzeit mit einem Schirm heranzueilen, wenn sie es befahl. Doch die Königin spürte die warmen Strahlen auf ihren Wangen kaum. Manchmal hatte sie das Gefühl, eine hauchdünne Eisschicht befände sich zwischen ihr und dem Rest der Welt. Eine Schicht, die niemand abtragen konnte, weder sie selbst noch ein anderer, nicht einmal – oder vor allem nicht – der Gabensucher.

»Euer Haar sieht im Sonnenschein wie Feuer aus, meine Königin.« Ihr Berater näherte sich von der Seite. Wie immer hatte sie ihn nicht kommen gehört, so leise und geschmeidig war sein

Schritt. Er hatte die Gabe, die Heimlichkeit wie einen Deckmantel zu tragen, wenn er wollte. Es sollte einen das Fürchten lehren. Und manchmal tat die Königin genau das: Sich fürchten. Aber sie, die Königin, und er, der Berater, brauchten einander für das große Vorhaben. Er hatte bereits ihrer Mutter vor ihr gedient, und als junges Mädchen hatte sie ihn geliebt. Aber irgendetwas war geschehen, das ihn verändert hatte. Jetzt liebte sie ihn nicht mehr. Es war vielmehr eine unangenehme Mischung aus Abhängigkeit und Abscheu, die sie miteinander verwob. Vielleicht lag es daran, dass er zu viele Stellungen am Hofe einnahm. Sie hatte ihn zu mächtig werden lassen.

Aber ich bin die Königin. Sie wappnete sich und verbarg ihre wahren Gefühle hinter einer reglosen Maske. *Ich bin die Königin, und ich herrsche selbst über dich, alter Mann.*

Der Berater verneigte sich und wartete, bis sie ihm ihre Hand entgegenhielt. Hauchzart küsste er ihren Handrücken und den Rubinring an ihrem Zeigefinger, dann lächelte er. »Habt Ihr Nachricht erhalten, Königin?«

Die Königin wies neben sich auf die Bank. »Vom Gabensucher, meint Ihr?«

Ihr Gegenüber nickte und nahm den angebotenen Platz an. »Ich dachte, aus diesem Grund schicktet Ihr nach mir. Ihr wisst, wie umständlich der Weg von unten hierher ist. Da sollte er sich lohnen.«

»Ihr solltet nicht so viel denken, sonst ist mein Haar nicht das Einzige, das in Flammen steht«, erwiderte sie schneidend, und der Berater senkte hastig den Kopf. Doch die Königin wusste, dass er die Unterwürfigkeit nur vortäuschte. Von ihrer Antwort hing der Fortschritt ihres Plans ab. Er wollte nicht spielen und sticheln, sondern seine Neugier befriedigen. Er wollte vorankommen, und wenigstens das teilten sie.

»Verzeiht mir, wenn ich zu forsch war, Königin«, sagte der Berater ruhig. »Ich fürchte, die Aufregung ist schuld.«

Die Königin nickte und schloss für einen Moment die Augen. Hin und wieder kam es, dass die Bürde so schwer auf ihren Schultern lastete, dass sie sie zu erdrücken schien. Ein ganzes Volk, ein ganzes Land, ein ganzes Schicksal, und alles lag in ihrer Verantwortung. Ein falscher Atemzug, eine falsche Bewegung, und sie konnte großes Unheil über Phantopien bringen. Wenn sie ihr Vertrauen in den Falschen setzte, wenn sie …

Hör auf.

Sie musste die Dunkelheit aus ihren Gedanken verbannen. Skrupel waren Hindernisse, die sie nicht gebrauchen konnte. Ihr Gewissen musste draußen bleiben, irgendwo vor den Stadtmauern. Sie würde sich damit beschäftigen, wenn sie nicht Gefahr laufen konnte, an ihren eigenen Taten zu zerbrechen.

Die Königin beachtete den Berater nicht, als sie antwortete. »Der Gabensucher hat mir heute Morgen eine Nachricht geschickt. Er glaubt, er habe jemanden für die Sammlung gefunden.«

»Er *glaubt*?«

»Mit Sicherheit wissen kann er es wohl kaum«, gab sie schärfer als beabsichtigt zurück.

»Bei allem Respekt, Königin, er ist der Gabensucher. Das und nichts anderes ist seine Bestimmung.«

Er hatte recht. Sie durfte den Gabensucher nicht in Schutz nehmen, auch dann nicht, falls er versagt hatte. Er war nur ein Mittel zum Zweck. Er durfte ihr nicht wichtig sein. Er musste ihr so gleichgültig sein wie die Ameise unter ihrem Absatz. Sein einziger Wert war, dass er der Letzte seiner Art war. Alles andere an ihm musste vollkommen austauschbar sein.

Der Gedanke ließ ihr Herz unangenehm pochen. Diese Gefühle waren viel zu gefährlich. Sie durchbrachen eine Tür, die besser verschlossen blieb.

»In der Nachricht klang er sicher. Sein Instinkt hat uns bis jetzt nicht im Stich gelassen, zumindest bei den anderen Gaben nicht. Wie Ihr wisst, leistet er sich selten einen Fehltritt. Aber Gewissheit bekommen wir erst, wenn die auserwählte Person bei uns ist.« Ein wenig Trotz schwang in ihrer Stimme mit. Sie hatte den Gabensucher auserwählt. Zweifelte der Berater an seinen Fähigkeiten, so zweifelte er an *ihr*.

Er sprach nicht aus, was er vermutlich dachte; dass sie diese Angelegenheit zu persönlich nahm und er darin einen Schwachpunkt sah. Stattdessen stieß er ein resigniertes Seufzen aus. »Auf welche Weise lockt er die Gabe in die Stadt, Königin?«

Das war der schwierigste Part. Die Gabe musste sich in Fernab einfinden, und sie musste ahnungslos sein. Die Leute auf den Straßen redeten schon zu viel, das wusste die Königin von ihren Spionen. Vielleicht ahnten sie etwas? Sie musste noch vorsichtiger werden. Die Liste, die der Berater und sie angelegt hatten, war beinahe vollständig. Es fehlte lediglich diese eine Gabe, dann war die Umsetzung ihres gewaltigen, fürchterlichen Plans nur noch einen Atemzug entfernt. Aufregung erfasste die Königin, sodass es sie beinahe schwindeln ließ. Die erfolgreiche Umsetzung ihres Plans, an dem sie seit beinahe einem Jahr, genauer gesagt seit dem Tod ihrer Mutter, gemeinsam arbeiteten, war zum Greifen nah.

Er würde die Welt, wie sie sie kannten, verändern. Er würde Phantopien erneuern und es wieder mit der einstigen Magie fluten. Das Land würde zu alter Stärke zurückkehren, es würde ein ernstzunehmender Feind seiner Nachbarländer sein und sich nicht länger in dieser schwachen Position befinden.

Doch so nahe sie daran waren, dieses Ziel zu erreichen, so fern waren sie zugleich noch. Diese eine Gabe, die fehlte, war die wichtigste. Sie war mächtig. Sie mussten die perfekte Person dafür finden, sonst würden sie scheitern.

Die Königin lächelte kühl. »Nun, das wird ein wenig aufwendig, aber es ist notwendig. Wir veranstalten einen Dichterwettstreit. Der Gabensucher verteilt in diesem Augenblick bereits die Einladungen, wobei die meisten ins Ausland verschickt wurden. Aber ein paar wenige talentierte Dichter scheint es auch in unserem Land noch zu geben, auch wenn man sie an einer Hand abzählen kann.«

Der Berater warf ihr einen zögerlichen Blick zu. Es geschah nicht oft, dass er sie so direkt ansah, daher fühlte sie sich unbehaglich dabei. »Einen … Dichterwettstreit? Einen solchen hat es schon lange nicht mehr gegeben, Königin.«

»Was glaubt Ihr, warum wir keine Magie mehr besitzen?«, fragte sie gereizt. »Weil die Phantopier die vier Künste verlernt haben. Kaum jemand weiß noch, wie man erschafft. Wie man dichtet und musiziert, wie man singt und komponiert und zeichnet und Texte schreibt, die uns das Herz aus der Brust reißen wollen. Ohne Künste gibt es keine Magie mehr. Wir müssen die Kunst wenigstens in Fernab fördern, damit der Zauber so lange bleibt, bis wir wissen, ob unser Plan funktioniert. In meinen Augen schlagen wir so zwei Fliegen mit einer Klappe.«

»Wenn unser Plan funktioniert, sind wir nicht mehr auf Künstler, Maler oder Dichter angewiesen«, sagte der Berater langsam.

Diese Anmerkung versetzte der Königin einen Stich. Sie wusste, dass er recht hatte. Aber sie ahnte, dass seine Motivation für ihre gemeinsame Sache eine andere war. Eine düstere, wenn sie mit ihrer Vermutung richtig lag. Er sprach so gut wie nie darüber, aus welchen Gründen er ihr half.

»Aber erst dann nicht mehr«, lenkte sie ein. »Bis dahin sollten wir jedes bisschen Magie nutzen.«

»Ein Dichterwettstreit also«, seufzte er dann. Er strich sich durch seinen Bart. »Und ich nehme an, es obliegt mir, ihn zu organisieren?«

»Deshalb habe ich Euch hergebeten.«

»Eure Untertanen könnten ihn organisieren. Ich bin mit wichtigeren Aufgaben beschäftigt.«

»Das könnten sie sicherlich. Aber ich möchte, dass wir gewappnet sind. Wenn die Gabe in der Stadt eintrifft, dann muss sie sich unter Beweis stellen, und der Dichterwettstreit ist die günstigste Gelegenheit. Nehmt Euch so viele Helfer, wie Ihr braucht, meinetwegen bestimmt einen offiziellen Ausrichter. Aber bitte jemanden, der dafür absolut geeignet ist. Und ich möchte, dass Ihr wenigstens der Kopf hinter der Sache seid.«

»Ihr traut dem Urteil des Gabensuchers also doch nicht, Königin?« Nun klang der Berater belustigt.

Doch, sie traute dem Urteil ihres Gabensuchers. Aber sie war eine Königin. Sie überließ nichts dem Zufall. »Hinterfragt meine Anordnungen nicht. Ihr wisst, was Ihr zu tun habt. Lasst einen Dichterwettstreit organisieren, wie ihn die Welt schon lange nicht mehr gesehen hat. Ich möchte, dass unsere Veranstaltung sich mit früheren gesellschaftlichen Großereignissen messen kann. Lasst Einladungen rausschicken und trommelt Dichter zusammen, außerdem benötigen wir ein Pausenprogramm und Attraktionen für die Besucher. Ich möchte ein rundum vollkommenes Erlebnis. Schafft einen Wettstreit, über den man noch nach Jahren berichten wird.« Sie atmete durch, ehe sie schärfer hinzufügte: »Außerdem seid auch Ihr mein Untertan.«

In ihren Fingerspitzen kribbelte es. Einen Dichterwettstreit der alten Art … das weckte auch ihre Nervosität und eine seltsame Art von Euphorie. Sie würde von Fantasie umgeben sein, von ungeheuren Mengen Fantasie. Sie würde darin baden und sich die beste Gabe aussuchen können, sollte der seltene Fall eintreten, dass der Gabensucher sich einen Fehlgriff geleistet hatte. So, wie sie ihn kannte, war er auf Nummer sicher gegangen und hatte mehrere Einladungen vergeben.

Der Mensch mit der größten Fantasie. Der fehlte noch in ihrer Sammlung. Und sie, die Königin, würde sich diese Fantasie zu eigen machen. Die Vorstellung, dem so nahe zu sein, machte sie fast wahnsinnig. Hätte der Gabensucher die Person doch direkt an den Haaren zur Stadt geschleift … Aber so funktionierte das nicht. Sie musste sich in Geduld üben, auch wenn sie dabei schier durchdrehen wollte.

»Ich werde alles geben, um Eure Erwartungen zu erfüllen, Königin.« Die Mundwinkel des Beraters zuckten zynisch.

Die Königin presste kurz die Lippen aufeinander. »Ihr könnt Euch zurückziehen. Sicherlich habt Ihr schon Sehnsucht nach der Kälte Eurer Kellergewölbe.«

Er erhob sich und verbeugte sich leicht. »Aber sicher, Königin. Mit Kälte kennen wir uns beide sehr gut aus.«

Sie verzichtete auf eine Antwort und entließ ihn mit einem Wink. Der Berater war schon im Begriff, sich zu entfernen, bevor er mitten in der Bewegung innehielt, als wäre ihm noch ein wichtiger Einfall gekommen. Er hob den Kopf. »Da ist noch etwas.«

Die Königin verzog wütend den Mund. Er verstieß gegen die Etikette und war sich dessen bewusst. Dieses Mal schlug der Berater hastig die Augen nieder, als wagte er keinen weiteren Verstoß. Seine Freiheiten im Benehmen ihr gegenüber waren nicht unendlich.

»Ich hörte, Ihr ließet einen Jungen ins Labyrinth bringen.«

Die Königin spürte, wie etwas in ihr einfror, und sie übermalte es mit einem Lächeln. »Ihr wisst doch, wie das ist«, sagte sie langsam. »Das Feuer der Macht verbrennt einen nur, wenn man es nicht bändigt. Und wenn Ihr nicht auf Euch achtet, mein Freund, so verbrennt es Euch.«

»Wenn ich brenne, meine Königin«, sagte der Berater leise, »so brennt auch Ihr.«

Und damit, dachte die Königin, lag ihr Gegenüber falsch.

Sie brannte bereits lichterloh.

9.
Minna

Ein Weg, der nicht so leicht zu finden war

So unruhig wie in dieser Nacht hatte Minna trotz der Kälte des Winters und der ständigen Vorsicht, wenn sie unterwegs war, schon lange nicht mehr geschlafen. Sie hatte dem weichen Daunenbett nachgetrauert, das im Gasthaus *Zum lahmen Gaul* auf sie gewartet hätte, aber Finn hatte es kategorisch abgelehnt, dort zu übernachten. Nie wieder, hatte er gesagt, würde er freiwillig in die Nähe dieser Männer zurückkehren, mit denen er unterwegs gewesen war. Im Grunde konnte Minna das nachvollziehen. Familienverhältnisse konnten kompliziert sein. Da war eine gewisse Distanz hilfreich.

Sie lag auf dem Boden der verlassenen Hütte, zu der Finn sie geführt hatte, und streckte ihre steifen Glieder, während sie dem Atem des Schatzsuchers lauschte. Immerzu hatte sie dösend auf jeden Laut gehört, den ihr Begleiter im Schlaf ausgestoßen hatte, und hatte auf jede Bewegung geachtet. Sie war es nicht gewohnt, in Gesellschaft zu nächtigen. Jedes Geräusch weckte ihren Argwohn. Würde der Schatzsucher sie vielleicht doch überfallen? War es gar ein abgekartetes Spiel, das er mit seiner Bande trieb, um sie in eine Falle zu locken? Der kühle Stahl ihres Messers lag vorsichtshalber griffbereit neben ihr.

»Ich schätze, wir müssen einander vertrauen lernen.«

Finns Stimme klang schläfrig, aber nicht so matt, wie Minna sich fühlte.

»Du hast leicht reden, Finn.« Aber vielleicht war der erste Schritt, einander zu vertrauen, sich wie Freunde anzusprechen.

»Du warst immer in Gesellschaft unterwegs. Ich nicht. Vor allem nicht in Gesellschaft eines Mannes, der mich zuvor noch berauben wollte. Das ist … Das ist neu für mich.«

Finn richtete sich auf. Sein sonnengebleichtes blondes Haar war zerzaust und mit feinen Strohhalmen besetzt. Unwillkürlich strich Minna sich durch ihr eigenes Haar, um es von selbigen zu befreien. Aber es war aussichtslos. Ihre Stimmung sank tiefer, als sie daran dachte, dass sie in der Unterkunft vielleicht sogar ein Bad hätte nehmen können. Ein heißes, gut duftendes Bad …

Verflixt nochmal, warum hatte sie sich auf dieses Abenteuer eingelassen, noch dazu mit einem Möchtegernschatzsucher, der in seinem Leben vermutlich noch nichts gefunden hatte?

»Wie stellen wir das an?«

»Das mit dem Vertrauen?«, fragte Finn mit hochgezogener Augenbraue.

Minna nickte und richtete sich ebenfalls auf. Die Morgensonne ergoss sich draußen leuchtendrot über dem Horizont. »Ich meine, das ist eine ziemlich schwierige Angelegenheit.«

Finn stand auf und klopfte sich den Staub von seiner Kleidung, die so zerschlissen und schmutzig war, dass man nicht einmal mehr erkennen konnte, welche Farbe sie ursprünglich gehabt hatte. Dann kam er zu Minna und hielt ihr seine Hand hin.

»Du könntest dir einen Flügel brechen«, schlug er vor.

Entgeistert starrte Minna abwechselnd die dargereichte Hand und sein Gesicht an. »Wie bitte?!«

Ein Lächeln stahl sich auf Finns Gesicht. Ein Lächeln, das trotz des Schmutzes auf seinen Wangenknochen schön und unbeschwert und leichtsinnig war. »Schwarzklaue und ich haben so unsere Freundschaft begonnen.«

»Schwarzklaue?«, hakte Minna nach.

»Meine Elster«, erklärte Finn. »Er ist der einzige wahre Freund, den ich habe. Ich habe ihn gefunden, als er sich einen Flügel gebrochen hatte. Ich habe ihn gesund gepflegt. Und obwohl er nach seiner Genesung hätte fliegen können, wohin er wollte, ist er bei mir geblieben. Er hat die Freundschaft über die Freiheit gestellt. Ich glaube, das ist die Art von Vertrauen, die ich meine.«

Finn zog sie mühelos auf die Beine und drückte ihre Hand kaum merklich, ehe er sie losließ und in raschen, geübten Bewegungen seine Sachen zusammenpackte. Er ließ Minna keine Gelegenheit, sich seine Worte durch den Kopf gehen zu lassen oder gar etwas darauf zu entgegnen. Mit einem Wink deutete er nach draußen.

»Komm, wir müssen Kriegsrat abhalten.«

Minna lächelte nun ebenfalls zurückhaltend. »Kriegsrat? Ich dachte, wir ziehen Ehre und Ruhm entgegen.«

Der Schatzsucher zuckte mit den Schultern. »Das werden wir noch sehen. Ich fürchte, vorher gibt es noch eine Schlacht zu schlagen. Die Schlacht gegen die Ungewissheit. Und die wird Tribut verlangen, lass dir das gesagt sein.«

Sie traten nach draußen. Minna atmete die frische Luft ein. Der Himmel versprach einen sonnigen Tag. Vielleicht war das ein gutes Omen für ihre beschwerliche Mission.

»Du hast also einen Plan«, wiederholte Minna trocken.

»Natürlich!«, rief Finn verwegen aus. »Ich bin schließlich ein Schatzsucher.«

»Natürlich«, echote Minna.

»… und ich habe nicht gesagt, dass ich gut in meinem Handwerk bin«, fügte Finn rasch an. »Aber ich habe von Kindesbeinen eine Faszination für die Mythen rund um Fernab gehabt.«

Er zog eine Karte hervor und faltete sie auseinander.

Minna stieß ein Seufzen aus, ehe sie einen Blick auf die Karte warf und dann ehrfürchtig die Hand vor den Mund schlug. Der Schatzsucher hielt die schönste Landkarte in der Hand, die sie jemals gesehen hatte. Sie war handgemalt. Mit leuchtenden Farben hoben sich die verschiedenen Regionen voneinander ab, Flüsse, Meere und Seen funkelten wie blaue Saphire. Wälder und Gebirge waren fein gezeichnet, und jeder einzelne Ort, den sie kannte – oder auch nicht –, war in wunderschönen Lettern eingetragen.

»Das«, sagte Finn und strich liebevoll über die Karte, »ist mir so wichtig wie dir dein heiliges Buch. Ich habe sie selbst gezeichnet. So kann ich mir sicher sein, dass jeder Ort am richtigen Platz ist.«

»Du bist talentiert, das muss ich zugeben«, sagte Minna leise. Ihr schlechtes Gewissen regte sich. Vielleicht hatte sie den Schatzsucher unterschätzt. Womöglich hatte sie angenommen, dass er keine herausragenden Fähigkeiten haben konnte, nur weil er noch keine nennenswerten Erfolge vorzuweisen hatte.

War es ihr bis vor einigen Tagen nicht genauso ergangen? Und war es nicht ungeheures Glück gewesen, dass sie diese Einladung erhalten hatte, weil sie zufällig zur richtigen Zeit am richtigen Ort gewesen war?

»Aber wie willst du die Stadt finden?«, fragte sie schließlich.

»Ganz einfach.« Er winkte lässig ab. »Ich bin mir sehr sicher, dass Fernab irgendwo in den Stahlbergen liegt. Bis dahin sollten wir uns durchschlagen können. Du bist klug und talentiert genug, uns mit deinen Geschichten ein paar Geldkugeln zu verdienen, und ich werde versuchen, dir Aufträge zu verschaffen. Danach wird es kniffelig, aber ich glaube, die Stadt wird nicht so schwierig zu finden sein, wie man annimmt.«

»Nicht?« Minna war skeptisch. Fernab war eine abgeschirmte Stadt, vielleicht sogar verhüllt von einem Zauber. »Wie kommst du darauf? Alle Legenden sagen etwas anderes.«

Finn sah sie an. Seine Augen funkelten vor lauter Abenteuerlust. »Ich weiß, und ich glaube, dass das alles Ammenmärchen sind, um die Leute davon abzuhalten, sie überhaupt erst zu suchen. Du bist Geschichtenerzählerin. Sogar eine Dichterin. Du weißt am besten, was Worte ausrichten können. Sie können Wahrheiten entstehen lassen, wo keine sind.«

»Ich weiß nicht.« Minna runzelte die Stirn, während sie die Karte musterte. »Das klingt *zu* einfach, wenn du mich fragst.«

»Du weißt aber schon, wer in den Stahlbergen lebt?«

»Nur vom Hörensagen.« Das war strenggenommen eine Lüge. Ihre Familie hatte viele Kontakte zu den Kaufleuten in den Stahlbergen. Aber das wollte sie Finn nicht auf die Nase binden. »Reiche Leute. Kaufmänner. Adelige Familien.«

»Genau. Das sind alles Gesellschaftsgruppen, die Zugang zur Königin von Phantopien haben. Alle anderen verirren sich eher selten in diese Gegend. Ich vermute, dass wir dort nicht auf arme Bauern stoßen werden.«

»Das sind alles sehr vage Vermutungen und muss nicht bedeuten, dass Fernab irgendwo dort ist.«

»Ich weiß.« Finn verzog die Lippen zu einem spöttischen Grinsen. »Wie gut, dass ich einen schmierigen Kaufmann kenne, der uns vielleicht weiterhelfen kann. Schwarzklaue ist schon auf dem Weg, Raffgier eine Nachricht zu übermitteln.«

»Raffgier also.« Der Name sagte schon alles. »Und dieser Raffgier kann uns sagen, wo Fernab liegt?«

»Freiwillig vermutlich nicht«, antwortete Finn nachlässig, und kurz flackerte Beunruhigung in seinen Augen auf. »Aber da kann ich nachhelfen.«

»Finn!«, rief Minna warnend aus.

»… ohne Gewaltanwendung, wenn du darauf bestehst.«

»Na wunderbar«, seufzte Minna. Sie dachte noch einmal an das heiße Bad, an das verlockende, wohltuende Wasser und die Wärme, die durch ihren Körper fließen könnte und … Aber ein leises Kratzen an ihrer Haut, die Kanten des zusammengefalteten Pergaments, ihre Einladung zu einem der größten Wettstreite in der Geschichte von Phantopien, erinnerte sie daran, wofür sie das hier tat.

Finns Worte klangen überzeugend, und sie säten Hoffnung in Minnas Herzen. Hoffnung, dass es möglich war, die Einladung tatsächlich wahrzunehmen. Hoffnung. So viel davon, dass es ihr Herz sprengen wollte.

»Machen wir uns auf den Weg zu Raffgier«, schallte Finns

Stimme viel zu fröhlich. »Ich hoffe, du bist gewappnet für den Weg durch die Wanderprärien.«

Das Lächeln, das sich gerade auf ihrem Gesicht ausbreiten wollte, starb im gleichen Augenblick. Minna blieb stocksteif stehen. Sie wollte Dichterin werden. Um alles in der Welt wollte sie das. Aber sie würde keinen einzigen Fuß auf das Gebiet der Wanderprärien setzen.

Niemals.

Sie wollte doch nicht verloren gehen.

10.
Valerian

Bald ist es vorbei

Der Gabensucher passierte das Stadttor. Obwohl er in der Stadt ein- und ausgehen durfte, wie es ihm beliebte, war es sogar nach über dreißig Jahren immer noch ein besonderes Erlebnis, Fernab zu betreten. Die Stadt nahm einem den Atem und manchmal auch den Herzschlag, wenn man beides nicht ganz genau unter Kontrolle hatte. Vielleicht kam dieses Gefühl daher, dass man die Stadt nie ganz so wiederfand, wie man sie zuvor verlassen hatte. Irgendetwas hatte sich jedes Mal verändert, wenn man nach einer Reise in die triste Welt außerhalb ihrer Mauern zurückkehrte.

Aber auch der Gabensucher veränderte sich mit jeder Reise, die ihn aus der Stadt gedrängt und dann wieder gewaltsam zurückgezerrt hatte. Er war ein Abbild seiner selbst geworden, eine hässliche Kopie, ein Schatten ohne Gesicht, das er im Spiegel nicht mehr sehen wollte. Aus ihm war eine Marionette geworden, die genau wusste, wer die Fäden zog, und die sich trotzdem nicht losreißen konnte.

Er beachtete die Wachen nicht, die respektvoll zur Seite traten, sobald sie ihn erblickt hatten. Sie wussten, dass er keine Einladung vorlegen musste. Er war der Gabensucher. Er stand über ihnen allen und war am Ende dennoch viel weniger wert als der einfachste Soldat.

Valerian wusste, dass dies bald ein Ende hatte. Rasch stieg er den vertrauten Weg zum Schloss an. Er musste Bericht erstatten. Die Königin würde alles bis ins letzte Detail wissen wollen. Sie würde seine Arbeit überprüfen, und wenn sie glaubte, dass er nachlässig gewesen war, würde sie den wunden Punkt kennen, mit dem sie ihn bestrafen konnte. Aber er war sich sicher. So sicher wie noch niemals zuvor, seit er in den Diensten der Königin stand. Alles in ihm hatte gebrannt, als er an jenem Abend in diesem heruntergekommenen Gasthaus gesessen hatte.

Das Schloss kam in Sichtweite. Es lag auf einer kleinen Insel, die von einem vor langer Zeit künstlich angelegten See umgeben war. Es war strahlend weiß, und hohe Türme ragten wie Pfeilspitzen in den Himmel. Mannshohe Fenster ließen viel Licht ins Schloss. Gärtner kümmerten sich um den einladenden, immer blühenden Garten, der rings um das gesamte Schloss angelegt war und einen Rundweg für die seltenen Gäste der Königin bot. Von außen betrachtet, dachte Valerian, kam niemand darauf, wie viel Dunkelheit im Schloss wohnte. Die Königin war gut darin, sie zu verschleiern.

Valerian hatte einen Anleger erreicht und drückte dem Fährmann eine Silberkugel in die Hand, damit dieser ihn übersetzte. Der Mann ließ das Geld rasch in seiner Hosentasche verschwinden, falls Valerian auf die Idee kommen sollte, Rückgeld zu verlangen. Der Gabensucher nahm in dem schaukelnden kleinen Boot Platz, das ihn innerhalb weniger Minuten zum Ufer des Schlossgartens transportierte. Auch hier machten die Wachen keine Anstalten, ihn aufzuhalten, sondern traten einen Schritt zur Seite und ließen ihn den Unterstand passieren, in dem weitere bewaffnete Wachmänner postiert waren.

Dann sah er nach oben. Er spürte den Blick seiner Königin deutlich auf seiner Haut. Es fühlte sich an, als warf man von oben ätzendes Pech auf ihn, bis er darunter erstickte.

Sie erwartete ihn bereits.

Jedes Mal, wenn Valerian in die Bibliothek der Königin gerufen wurde, musste er sich vorher sammeln. Er musste nach und nach jeden Zentimeter seines Körpers unter Kontrolle bekommen, damit er in der Lage war, den gebührenden Abstand zu ihr einzuhalten, seine Arme locker herabhängen zu lassen und nur zu sprechen, wenn sie es gebot. Er musste sich zusammenreißen, weil er sie sonst anschreien würde, und jeder im Schloss und in ganz Fernab mitbekäme, was er von ihr hielt und wie stark sein Hass glühte. Das alles kostete ihn so viel Anstrengung, dass er davon manchmal Muskelkater bekam.

In ihm gierte alles danach, sich auf sie zu stürzen und sie zu töten. Mit seinen bloßen Händen, damit er es bis ins Mark fühlen konnte, wenn das Leben aus ihr floss.

Und dieses Szenario, das er in seinem Kopf wieder und wieder durchspielte, rettete ihn davor, etwas Dummes zu tun, für das nicht *er* bezahlen würde, sondern Joran. Dessen Wohlergehen war ihm bedeutsamer als sein eigenes Leben, und das nutzte die Königin. Sie wusste zwar, wie dünn die Leine war, an der sie ihn hielt, doch am Ende fehlte dieser eine Ruck, sie reißen zu lassen.

Bald ist es vorbei, dachte Valerian, als er die Stufen zur ersten Etage erklomm, in der die Bibliothek lag. Wenn dieser eine letzte Auftrag zu ihrer Zufriedenheit abgeschlossen war, wenn sie bekommen hatte, was sie wollte, dann war alles vorbei. Vielleicht konnten er und Joran dann in Ruhe den Rest ihres Lebens leben und sich die geschlagenen Wunden lecken.

Der Gabensucher hatte den Treppenabsatz erreicht. Mit jedem Schritt wurden seine Beine schwerer, als wären sie aus unbiegsamem Metall. Nur nicht näher, lauf weg, wollten sie sagen.

Bald ist es vorbei. Bald ist es vorbei.

Durch das Fenster am Ende des Korridors fiel helles Sonnenlicht und blendete ihn. Harold, ein alter bärtiger Wachmann, der bald in den Ruhestand versetzt werden würde, stand vor dem Eingang. Als er Valerian erblickte, brummte er leise und bedeutete ihm, vor der Tür zu warten. Er verschwand in der Bibliothek, um dann Augenblicke später wieder im Flur zu erscheinen.

»Die Königin bittet Euch darum, zu warten, bis sie bereit für Eure Audienz ist.«

»Bereit?« Valerian schluckte herunter, was ihm sonst noch auf der Zunge lag, denn er wollte sie noch eine Weile behalten. »In Ordnung, Harold. Danke.«

Der alte Mann schenkte ihm einen Blick, der Valerian sagte, er solle keinen Ärger machen. Sie konnten beide nichts für die Launen der Königin. Also riss der Gabensucher sich zusammen, auch wenn in ihm die Hölle tobte.

Bald ist es vorbei.

Das Warten zog sich in die Länge, und mit jedem Atemzug wurde Valerian angespannter. Er wusste, dass es ihn zermartern und weichklopfen sollte, damit er als winselnder Köter vor der Königin auftauchte. Aber so tief würde er nicht sinken. Seinen Stolz würde sie ihm nicht auch noch nehmen. Eher würde er an ihm ersticken.

Von innen ertönte der feine Klang einer Glocke, die vermutlich von einer Zofe geläutet wurde.

»Ihr könnt eintreten. Die Königin erwartet Euch nun.« Harold öffnete die Tür und hielt sie Valerian auf. Der Gabensucher legte die letzten Meter bis zum Inneren des Raumes zurück, um dann an seinem gewohnten Platz stehen zu bleiben.

Die Königin saß über einen Stapel Papiere gebeugt in einem Sessel hinter ihrem Schreibtisch. Sie richtete sich auf und wandte sich ihm zu.

»Gabensucher«, begrüßte sie ihn mit einem Lächeln. Das stimmte Valerian sofort misstrauisch. Wenn die Königin lächelte, dann war es nie aufrichtig gemeint. Sie setzte ihr Lächeln als Waffe ein, mit der sie sich etwas erkämpfen wollte.

»Meine Königin.« Er zwang sich in eine gebeugte Haltung. »Ihr wolltet mich sofort sprechen, wenn ich zurück bin. Hier bin ich.«

Bald ist es vorbei.

»In der Tat, mein alter Freund.« Die Stimme der Königin war samtweich. Freundlich. Wohltuend. Sie erinnerte dunkel an alte, längst vergangene Zeiten.

Spiel nicht diese Karte, Königin. Das ist ein ganz übler Trick. Diese Zeiten sind gestorben und die Erinnerungen mit ihnen.

»Komm zu mir«, forderte sie ihn auf und deutete auf den massiven Stuhl vor dem Schreibtisch. Kurz fragte sich Valerian, woran sie wohl arbeitete, wenn sie nicht gerade ohne das Wissen des Volkes ihren dunklen Machenschaften nachging.

Nur zögernd folgte er ihrer Bitte, die eigentlich ein Befehl war. Damit kam er ihr näher als üblich. Die Distanz, emotional wie räumlich, war sein Anker. Würde er ohne diese Distanz seine Kontrolle wahren können? Und was würde mit Joran geschehen, falls er der Königin etwas antäte?

Furchtbares, Valerian. Denk an all die verdammten Seelen, die für sehr viel weniger im Labyrinth gelandet sind.

Er schob den angebotenen Stuhl ein Stück zurück. Die Holzbeine quietschten unangenehm über den Marmorboden. Dann setzte er sich. Ein leichter sommerlicher Duft wehte zu ihm hinüber, als die Königin sich bewegte. *Ihr* Duft.

Bald ist es vorbei, bald ist es vorbei, bald ist es vorbei.

Wie eine Beschwörungsformel sagte er sich das immer wieder auf, um alle anderen bösartigen, rachsüchtigen Stimmen in seinem Kopf zu übertönen.

Valerian wartete darauf, dass die Königin etwas sagte. Doch sie schob in aller Seelenruhe die Papiere zusammen, stapelte sie dann in zwei Haufen und verschloss das Tintenfässchen mit dem dazugehörigen Deckel. Dann lehnte sie sich zurück. In dem riesigen Sessel sah die Königin etwas verloren aus. Klein und zierlich trotz der roten Haare und der grünen Augen. Ihr Äußeres war so lebendig, so sommergleich, dass jeder, der sie nicht kannte, sie für eine Frohnatur halten musste. Vielleicht wurde sie in entlegenen Gegenden des Königreiches sogar verehrt. Aber die Städter in Fernab wurden allmählich misstrauisch. Der Zauber, der auf Fernab lag und Dinge verschwinden und wiederauftauchen ließ, war inzwischen mehr Fluch als Segen. Einerseits lockte er immer noch Abenteurer in die Stadt. Doch andererseits war Besitz etwas geworden, an das man sein Herz besser nicht zu sehr hängte. Und der Zauber, der schon so lange wirkte, hatte sich verändert. Nicht nur Gegenstände verschwanden, nicht mehr nur Schmuck und Geld, sondern auch Menschen. Menschen waren bislang noch nie vom Zauber verschlungen worden.

Die Bewohner von Fernab fragten sich, woran das liegen konnte. Das Flüstern auf den Straßen hatte begonnen.

»Gabensucher?« Die Stimme der Königin unterbrach seine Gedanken. Er konzentrierte sich. Das durfte ihm nicht noch einmal passieren. In jedem Augenblick, den er mit der Königin verbrachte, musste er auf der Hut und achtsam wie ein Luchs sein.

»Verzeiht, meine Königin. Ich war kurz abgelenkt.«

Ihre Augen verengten sich. Sie war es nicht gewohnt, dass man ihr nicht die volle Beachtung schenkte. Aber sie war nicht sein Mittelpunkt, schon lange nicht mehr.

»Bitte seid so gütig, Eure Frage noch einmal zu wiederholen.« Zähneknirschend senkte er den Kopf, wollte untertänig erscheinen und gleichzeitig seinen wütenden Blick abschirmen.

»Ich habe dich gebeten, mir von der Gabe zu berichten. Wie ist ihr Name, wer ist sie, wie bist du auf sie aufmerksam geworden?«

So viele Fragen. So viel Zeit, die er mit Antworten vergeuden musste, die er ihr bereits geschrieben hatte. Mehr Zeit, als er mit ihr verbringen wollte, verdammt nochmal. Er schluckte seinen Ärger hinunter. Stattdessen holte er Luft, versuchte dabei, durch den Mund zu atmen. Nur nicht ihren Geruch wahrnehmen.

Eine Frage nach der anderen. Es ist ganz einfach, Valerian. Einfach nur reden, damit du endlich gehen kannst.

»Ihr Name ist Minna Fabelreich. Ich kann nicht sehr viel über sie als Person berichten, meine Königin, weil ich mich vor ihr verborgen und nicht mit ihr persönlich gesprochen habe. Die Einladung hat der Wirt des Gasthauses, in dem ich ihr gelauscht habe, für mich überreicht.« Er wurde kurz aus der Fassung gebracht, als die Königin schnaubte, sprach aber rasch weiter, ehe sie ihn unterbrechen konnte. »Ich war schon ein paar Tage in der Gegend gewesen, weil ich in einigen Dörfern von einer Geschichtenerzählerin gehört habe, die nicht nur allseits bekannte Fabeln rezitiert, sondern hin und wieder auch eigene Geschichten vorträgt. Und weil dies, wir Ihr natürlich wisst, überaus selten ist, bin ich ihrer Spur gefolgt, bis ich sie an jenem Abend schließlich gefunden habe.«

Der Gabensucher wagte es nicht, die Königin direkt anzusehen. Aber aus den Augenwinkeln bemerkte er, dass sie sich ihm leicht zugeneigt hatte. Auf ihrer Stirn entstand eine feine Falte, als sie sich auf seinen Bericht konzentrierte.

»Es war eine wunderschöne Geschichte, die sie erzählt hat, meine Königin. Sie war traurig und hat mein Herz berührt. Und ich glaube, diese Dichterin benutzt etwas tief in ihrem Inneren, um ihre Geschichten zum Leben zu erwecken. Vielleicht eigene Erinnerungen, eigene Erfahrungen aus ihrem Leben.«

»Ich wusste gar nicht, dass du ein Herz hast«, sagte die Königin. Etwas an ihrer reglosen Miene holte Valerian aus der Erinnerung an den Abend mit Minna Fabelreich zurück. Sofort war der altbekannte Zorn wieder da. Nein, er hatte kein Herz mehr. Dafür hatte sie gesorgt. Im Gegenzug dazu würde er am liebsten ihres aus der Brust reißen. Aber vielleicht pochte dort gar kein Herz. Vielleicht war da nur Leere oder ein nachtschwarzer Stein.

»Ihr seid nicht die Richtige, um über Herzen zu sprechen, *meine Königin*. Streng genommen seid Ihr die Letzte, die sich das anmaßen darf«, sagte Valerian gefährlich leise. Seine Hände hatten sich auf den Armlehnen zu Fäusten geballt.

Atme. Atme.

Die Sekunden dehnten sich zwischen ihnen zu einer Ewigkeit. Er wusste, dass er so nicht mit seiner Königin reden durfte.

»Gabensucher …« Ihre Stimme brach ab. Für einen winzigen Moment glaubte er, einen flehenden Unterton wahrgenommen zu haben. Irgendwo unter der endlos dicken Schicht aus Gleichgültigkeit und berechnender Kälte, irgendwo unter dem schwarzen Abgrund. Da war etwas gewesen.

Oder?

»Sprich nie wieder so mit mir. Oder dein Bruder findet sich tot auf dem Grund des Labyrinthes wieder.« Da war sie, die sonst unausgesprochene Drohung laut zur Schau gestellt.

Atme. Tu nichts Unüberlegtes. Reiß ihr nicht das Herz heraus.

Tu.

Es.

Nicht.

»Ja.«

»Ja was?«

»Ja, meine Königin.«

Mit den Fingerkuppen trommelte sie auf den gewaltigen Schreibtisch. Sie schien nervös zu sein. »Wann wird sie eintreffen? Und hast du Alternativen, falls sie es nicht sein sollte?«

Hoffentlich trifft sie zu ihrem eigenen Besten nie ein.

Aber es würde nichts bringen. Wenn es Minna Fabelreich nicht wurde, würde es eine andere sein. Dann würde er sich von Neuem auf die Suche machen müssen. Und er war es leid, Gaben zu suchen und in ihr Unheil zu führen. Immer und immer wieder. All die verschwundenen Gaben fanden ihn nachts in seinen Träumen, aus denen er schweißgebadet aufwachte. In gewisser Weise war er ihr Henker.

»Ich schätze, bald. Sie ist nicht allein. Ich habe sie noch eine Weile vor der Schenke beobachtet, um sicherzugehen, dass sie die Einladung auch tatsächlich erhält und liest. Nach ihrem Auftritt hat sie sich mit jemandem zusammengeschlossen.«

»Wer ist bei ihr?«, fragte die Königin überrascht.

»Irgendein unbekannter Schatzsucher, wenn meine Recherchen stimmen. Ein Krüppel. Macht Euch keine Gedanken um ihn, meine Königin. Sie wird den Weg ohne seine Hilfe finden und sich bewähren. Und wenn der Tag des Dichterwettstreites gekommen ist, werdet Ihr ihr Talent mit eigenen Augen erkennen können. Aber um Eure zweite Frage zu beantworten: Ja, ich habe weitere Einladungen versendet. Der Dichterwettstreit soll schließlich seinen Sinn erfüllen. Auf meiner Reise habe ich genügend Gaben gefunden, die ebenfalls über großes Talent verfügen.«

Sie nickte. Nun wirkte sie etwas zufriedener. Konnte er es wagen, sie darum zu bitten, sich entfernen zu dürfen? Er war am Ende seiner Kräfte. All der Hass und ihr Duft und ihre Stimme und der Drang, sie aus dem Turmfenster stoßen zu wollen, waren zu viel für ihn. Diese Minuten mit ihr waren kräftezehrender als Tagesmärsche durch die Wanderprärien ohne Nahrung und Reitpferd.

Doch sie kam ihm zuvor. »Geh jetzt.«

Endlich. Endlich ist es vorbei.

Er hatte die letzte Aufgabe erfüllt. Er sprang auf und stieß dabei mit dem Knie gegen den Tisch. Aber er spürte den Schmerz kaum. Am liebsten hätte er sich umgedreht und wäre herausgerannt.

Doch dann … dann tat er etwas Ungeheuerliches. Er blieb stehen, hob den Blick und sah die Königin direkt an. Sah in ihre grünen Augen. »Ist es nun vorbei?«, fragte er, als die Stille in ihm unerträglich wurde. Er musste es wissen. Er musste es von ihr hören. Dass sie beide, Joran und er, erlöst waren. Dass sie frei waren. Dass sie gehen durften, ohne eine Ahnung zu haben, wohin, aber Hauptsache weit fort.

»Vorbei?«, wiederholte die Königin und lächelte zärtlich. »Es fängt gerade erst an.«

11.
Minna

Das Schwinden der Magie

Arm zu sein hatte einige Nachteile. Man besaß kaum etwas, und was man hatte, konnte man nur schwer erhalten und schützen.

Es hatte aber auch einige Vorteile. Sie mussten wenig tragen und kamen rasch voran. Nach nur anderthalb Tagen strammen Marsches hatten Minna und Finn den Nymphorawald hinter sich gelassen. Inzwischen waren ihre Vorräte aufgebraucht, und Finn hatte vorgeschlagen, sie an einem Ort aufzufüllen, den Minna auf ihren Reisen bislang nicht besucht hatte. Aus gutem Grund, aber der Schatzsucher verwies darauf, dass sie sich keinen weiteren Umweg leisten konnten. Zeit war ein Gut, das sie noch weniger im Überfluss hatten als Geld. Sie wichen also von der westlichen Hauptstraße ab. Ein Wegweiser deutete bereits auf den Ort, der hinter einem grünen Hügel verborgen lag.

Zum Schreibhain

Als Geschichtenerzählerin wusste Minna natürlich genau um die historische Bedeutsamkeit dieses Ortes. Der Schreibhain zählte zu den alten, heiligen Plätzen in Phantopien, an denen die vier Künste in ihrer Ursprünglichkeit zelebriert worden waren. Der Schreibhain war der Schrein der Dichter und Geschichtenerzähler, der Schriftsteller und Barden, der Liebhaber von Wort und Schrift und den Tönen zwischen den Zeilen. Aber wie die anderen drei Heiligtümer der vier Künste hatte er an Bedeutung verloren und war im besten Falle ein Relikt aus den Geschichten, die Minna erzählte und die keiner mehr so recht hören wollte.

Minna ließ sich hinter Finn zurückfallen, als sie den Hügel überquerten. Bäume mit sattgrünen Blättern säumten den Weg, über den Jahrhunderte lang die größten Dichter Phantopiens – und vielleicht auch jene aus anderen, weit entfernten Ländern – gewandelt waren. Minna konnte die Fußabdrücke früherer Dichter förmlich spüren, die unter der trockenen Erde begraben waren. Die Luft war klar und frisch und zugleich schwer, weil etwas Geweihtes in ihr lag oder vielleicht Erinnerungen, die der Wind noch nicht davongetragen hatte. Der breite Pfad vollführte nun eine Biegung nach rechts, ehe er den Blick auf den ehemaligen Hain freigab, der in einem kleinen Tal hinter dem Hügel lag. Finn blieb stehen, als er bemerkte, dass Minnas Schritte ins Stocken geraten waren. Er kam nicht zurück und drängte sie zur Eile, er stellte keine Fragen. Er wartete einfach dort, bis sie zu ihm aufgeschlossen hatte.

»Ist alles in Ordnung?«, wollte er wissen und sprach dabei so leise, als befänden sie sich in einer Menschenmenge mit vielen neugierigen Zuhörern.

Minna konnte nicht sprechen. Ihre Augen waren weit aufgerissen, und sie hatte das Gefühl, ihre Kehle wäre zugeschnürt. Finn hob seine Hand, als wollte er sie berühren, ließ sie aber wieder sinken. Sie mochten beide keine Berührungen, nicht einmal als Geste des Trostes.

»Ich habe Bilder gesehen«, sagte sie. »Bilder von diesem Hain, der einmal der bedeutsamste dieses Landes gewesen ist. Großartige Gemälde von großartigen Malern, die wussten, wie man nicht nur die Kanten und Linien und Schatten eines Ortes einfängt, sondern auch seinen Geist.«

Finns Miene war ernst. Er lächelte nicht, als ahnte er bereits, was sie sagen wollte und doch nicht in die richtigen Worte kleiden konnte.

»Diese Gemälde«, fuhr sie fort, »haben die Zeit nicht gut überstanden. Sie sind alt und verstaubt und vergilbt. Aber ich konnte den Geist darin dennoch erahnen. Ich konnte spüren, was diesen Ort einmal ausgemacht hat. Ich konnte spüren, wie in jeder Ecke ein Dichter in der Sonne auf diesen steinernen Bänken saß und die Worte fand, die dieser Ort ihm sandte. Ich konnte das Rascheln der Bäume hören, friedliche Abgeschiedenheit, das Glück darüber, mit seinesgleichen zusammen zu sein. Ich konnte die Magie in diesen Bildern spüren, weil sie so gewaltig war, dass ein Schatten von ihr in ihnen weiterlebte.« Ihre Stimme senkte sich zu einem Flüstern. »Aber hier und jetzt … ist jede Magie verloren. Ich fühle ihr Fehlen so stark, als hätte man mir das Herz herausgerissen. Sie ist fortgegangen, und wir haben nur dagestanden und zugesehen. Wir haben nur zugesehen.« Ihre zitternde Stimme brach ab. Was blieb, waren der hilflose Zorn, die Verzweiflung, die sich vermutlich in ihrem abgemagerten Gesicht widerspiegelte.

Minna hatte keine Ahnung, ob Finn sehen konnte, was sie sah, als er ihrem Blick folgte: Den zerstörten, entweihten Hain. Grob gezimmerte Häuser, wo früher Wiesen und Bäume waren. Die Steinbänke, an denen Dichter allein oder mit mehreren in ihre Arbeit vertieft gesessen hatten, waren auseinandergenommen und abgetragen worden, viele Bäume gefällt und zerlegt, ihre Überbleibsel trostlose Stümpfe, nur noch stumme Zeugen dessen, was sie einmal gewesen waren.

Der Schatzsucher runzelte die Stirn, dann streckte er seine Hand aus und nahm Minnas leeren Beutel.

»Ich gehe allein. Warte hier.« Er verstummte kurz, ehe er sich korrigierte. »Nein, warte hinter dem Hügel. Ich bin bald zurück.«

Diese Geste brachte Minna dazu, dass sich ihre Kehle weiter zuschnürte. »Danke«, wisperte sie. »Danke.«

Und das war vielleicht der erste große Schritt, den sie aufeinander zugegangen waren.

In den folgenden Tagen liefen sie meistens schweigsam nebeneinander her, jeder in seine eigenen Gedanken versunken. Bevor zwischen ihnen Vertrauen wachsen konnte, musste erst einmal Gewohnheit entstehen, und selbst die schien eine Herausforderung zu sein, wo Minna eine Einzelgängerin war und Finn die Gesellschaft rauflustiger Trunkenbolde gewohnt war. Außerdem war Minna mit ihrem Unbehagen beschäftigt. Sie hatte keinen Schimmer, wie es dem Schatzsucher gelungen war, dass sie ihm bis hierhin gefolgt war. Vielleicht war es die Beschwichtigung, dass Raffgier nicht in den Wanderprärien wohnte, sondern kurz davor, aber strenggenommen war das nicht besser. Die Wanderprärien hatten ihren Namen aus einem guten Grund. Sie hatten keine festen Grenzen. Sie *wanderten.* Kaum merklich, aber sie taten es.

Was sie aber ungeheuer faszinierte und sie dem Schatzsucher gegenüber sogar wohlgesonnen stimmte, war Finns Verbindung zu Schwarzklaue. Die Elster war erst vor kurzem mit einer kleinen Rolle am Bein von ihrem Botenflug zurückgekehrt. Minna hatte große Probleme gehabt, ihre Neugier im Zaum zu halten, als der Schatzsucher das Röllchen gelöst und durchgelesen hatte, während er dabei vor sich hin brummte.

»Raffgier wird uns empfangen, wenn es keinen anderen Weg für uns gibt«, hatte er schließlich gesagt, als Minna nicht länger an sich halten konnte und nach dem Inhalt gefragt hatte, »aber erwarte keine große Gastfreundschaft. Er wird dir weder ein weiches Bett noch ein Festmahl anbieten.«

»Das werden wir sehen«, hatte sie mit einem dünnen Lächeln geantwortet. »Er kennt mich ja noch nicht.«

Nach einigen weiteren Stunden, kurz bevor der Abend dämmerte, schlug Finn vor, eine Pause zu machen, worüber Minna insgeheim froh war, denn ihre Füße schmerzten. Er hatte seine prall gefüllte Tasche auf halbwegs trockenem Boden unter einem Baum abgestellt und suchte darin nach etwas.

»Wonach hältst du Ausschau?«, fragte Minna.

»Nach meinen Lupen.« Finn blickte nicht auf. Er kramte weiter in der Tasche. Dann hellte sich sein Gesicht auf, und er zog ein Holzkästchen heraus.

Minnas Blick glitt zu Finns Beutel zurück. Sie wies mit der Hand darauf. »Was hast du sonst dabei?«

»Meine Ausrüstung. Also, die Ausrüstung eines Schatzsuchers, versteht sich. Die trage ich immer mit mir.«

Minnas Interesse war geweckt. »Woraus besteht die Ausrüstung eines Schatzsuchers denn?«

Finn zwinkerte. »Wenn ich dir das verrate, muss ich dich im nächsten Erdloch verschachern«, flüsterte er verschwörerisch. »Möchtest du das?«

Ein kurzes Lächeln zuckte über Minnas Mundwinkel. »Ich fürchte, das Risiko muss ich eingehen.«

»Erzähle den Göttern nicht, ich hätte dich nicht gewarnt, wenn du im Jenseits deine Strafe für mich einforderst«, sagte Finn.

»Du wirkst nicht wie jemand, der an Götter glaubt.«

»Tue ich auch nicht. Und es scheint mir, das tut heutzutage kaum noch jemand. Mit der Religion ist es in diesem Land wie mit der Magie. Der Glaube daran ist schon lange fort.«

Doch dann trat ein feierliches Lächeln auf seine Lippen. Er kniete sich neben die Tasche, zog eine zerschlissene Decke heraus und breitete sie vor sich aus. Dann begann er, nacheinander verschiedene Gegenstände herauszuholen, darunter eine winzige Waage und eine Zange.

»Hier drin ist auch ein Kompass«, erklärte Finn, »auch wenn ein fähiger Schatzsucher meistens keinen benötigt. Wir können uns anhand von Sonne und Sternen orientieren. Aber für den Fall der Fälle haben wir den Kompass. Stolz darf man sich nicht immer erlauben.« Er öffnete das Holzkästchen und holte verschiedene runde Glasplatten heraus, die er in einen Rahmen einsetzen konnte. Minna erkannte, dass sie wie ein Monokel funktionierten und die Sicht verschärften. »Die sind dazu da, Edelsteine, Schmuck und Geld auf Echtheit und Wert zu prüfen.«

»Das ist vermutlich der Schwerpunkt deiner Arbeit«, mutmaßte Minna.

Finn gab einen zustimmenden Laut von sich, ehe er fortfuhr. »Mir erscheint dies ein guter Zeitpunkt zu sein, genau das zu tun: arbeiten. Ich würde also vorschlagen, du holst deine Einladung hervor.«

»Die Einladung? Wieso das?« Sofort war Minna achtsam. Was wollte Finn mit ihrer Einladung? Er käme damit doch sicher nicht in die Stadt, wenn sie nicht dabei war, oder?

»Minna …« Finn sprach vorsichtig, als ahnte er ihr Misstrauen bereits. »Diese Einladung kommt aus der Residenzstadt der Königin. Du hast sie von einem Vertrauten von Malwine Wüstenherz erhalten. Sie trägt ein majestätisches Siegel. Was, wenn nicht das, würdest du als einen Schatz bezeichnen?«

Malwine Wüstenherz. Es überraschte Minna, dass Finn die Königin beim Namen nannte, als würde er sie persönlich kennen. Für sie selbst war die Königin nur eine ferne Mythengestalt, die das Land regierte, aber nicht wirklich greifbar war. Sie hatte den Thron ihrer Mutter vor einem Jahr beerbt, die eines Tages nicht mehr von einem Ausflug zurückgekehrt war und die man schließlich tot in einem See gefunden hatte. So zumindest wurde es erzählt. Und an mehr als Geschichten konnte Minna sich nicht halten.

Zögernd kramte die Dichterin nach der Einladung, *ihrer* Einladung. Der Vorfall mit ihrem Geschichtenbuch war noch gegenwärtig und hielt ihre Reflexe wach. Es kostete sie einige Überwindung, Finn das wertvolle Papier zu überreichen. Doch zu ihrem Erstaunen ging er so behutsam damit um, als wäre es aus Gold. Beinahe zärtlich strich er mit den Fingerkuppen über das makellose helle Pergament, besah sich seine Dicke, prüfte Tinte und Siegel und ganz besonders die Schrift des Mannes, der die Feder geführt hatte. Immer wieder murmelte Finn etwas vor sich hin, und wenn Minna nachfragte, winkte er ab und schüttelte den Kopf.

Schließlich hielt sie es nicht mehr aus. »Was denn nun?«, platzte es aus ihr heraus. »Kannst du etwas erkennen? Irgendetwas, das uns weiterhelfen könnte?«

Finn hob den Kopf. Auf seiner Stirn hatte sich eine steile Falte gebildet. »Ich kann einige Dinge ableiten, die uns vermutlich nicht weiterhelfen. Dieser Valerian Ohneruh war in höchster Eile, als er die Nachricht geschrieben hat. Trotz seiner anmutigen Schrift erkenne ich Zeitdruck. Dass er das königliche Siegel benutzt, bedeutet, dass er ein hochangesehenes Mitglied des Hofstaates der Königin sein muss und in ihrem Namen spricht. Umso mehr frage ich mich das Offensichtliche: Was macht ein solcher Mann in einer einfachen Schenke?«

»Vermutlich dasselbe wie jeder andere auch? Eine Rast einlegen? Eine Mahlzeit zu sich nehmen?«, vermutete Minna. »Möglicherweise war er nur auf der Durchreise, und dass er mich gesehen hat, war ein großer, glücklicher Zufall.«

»Vielleicht, vielleicht auch nicht.« Finn schien nicht überzeugt zu sein, doch er führte das Thema nicht weiter aus. Stattdessen gab er Minna die Einladung zurück.

»Ganz unnütz ist mein Wissen dennoch nicht«, sagte er dann mit einem spitzbübischen Grinsen. »Das Pergament ist von ausgezeichneter Qualität. Ich bin mir sicher, dass es von den bleichen Papiermachern aus den Stahlbergen hergestellt wird. Sie haben einen sehr guten Ruf. Das wäre ein weiteres Indiz dafür, dass Fernab irgendwo in der Richtung liegen muss. Hinter den Wanderprärien.«

Da waren sie wieder, die Wanderprärien. Minna rutschte das Herz in die Hose, und sie schluckte. Jetzt war eine gute Gelegenheit, die weitere Etappe zu planen. Die Wanderprärien waren kein finsterer, von allen Göttern verlassener Ort, wie der Nymphorawald. Sie waren viel schlimmer. Sie waren tückisch. Die Prärien waren die Ausläufer der Stahlberge, ein sumpfiger

Morast. Es gab je nach Jahreszeit kaum bis gar kein trinkbares Wasser, sondern nur giftige Moorbrühe, sodass man sich nur mit genügend Wasservorräten oder besser noch mit entsprechenden Reittieren in diese Gegend wagen sollte. Das Tückischste aber waren uralte Wesen, die sich als Ahnengeister tarnten. Sie nahmen die Gestalt Verstorbener an und versuchten auf diese Weise, vorbeiziehende Reisende in den Wahnsinn zu treiben oder ins tiefe Gewässer zu locken. Minna hatte auf ihren bisherigen Wanderungen stets einen großen Bogen um die Wanderprärien gemacht. Sie traute sich nicht zu, sie allein zu bewältigen, obwohl sie keinen Toten kannte, dessen Anblick sie verrückt machen könnte. Doch am Ende reichte es vielleicht, dem Tod ins Auge zu sehen und an die eigene Sterblichkeit erinnert zu werden. Davor hatte sie am meisten Angst: Zu sterben, ohne etwas zu hinterlassen.

Ohne ihr *Wort* in der Welt zu hinterlassen.

»Führt kein Weg daran vorbei?«, fragte sie, fest bemüht, ihre Unruhe nicht zu zeigen.

Finn zuckte mit den Schultern. »Sicher. Aber andere Wege nehmen einige Tagesmärsche mehr in Anspruch. Haben wir diese Zeit?«

»Ja«, schoss es aus Minnas Mund, noch bevor sie nachdachte. Auf ihrer Einladung stand kein Datum. Sie wusste nicht, wann der Dichterwettstreit stattfinden würde. Würde man auf sie warten, oder würde er ohne sie beginnen, wenn sie es nicht rechtzeitig schaffte?

»Ich weiß es nicht«, gab sie zu.

Es gab keine andere Möglichkeit, sie musste die Stadt finden. Oder sie hatte den Wettstreit verloren, bevor sie überhaupt angetreten war.

12.
Finn

Kein Weg umhin

Es war leicht, den Unbesorgten zu mimen, wenn man ein Ziel vor Augen hatte, das man seit Ewigkeiten herbeisehnte. Doch obwohl Finn während des Weges scherzte und lachte und der Dichterin kleine Anekdoten seiner dreijährigen Zeit mit der Bande erzählte, gab es einen dicken Klumpen in seiner Magengegend, der schwerer wurde, je näher sie den Wanderprärien kamen. Es war ihnen nicht gelungen, genügend Geld aufzutreiben, um sich Reittiere zu leihen, daher hatte er den ganzen Abend über seiner Karte gebrütet und sich einen möglichst ungefährlichen Weg ausgedacht, der sie von dem Moor fernhielt. Abwechselnd hatte er auf seine Zeichnungen und das Lagerfeuer gestarrt, als würde sich in den Flammen ein Pfad eröffnen, während Minna sich schlafend auf ihrer dünnen Decke zusammengerollt hatte. Es hatte ein paar Nächte gedauert, aber mittlerweile hatte Finn das Gefühl, dass sie ihm genug vertraute, um sorgloser zu schlafen und nicht immer aus dem Halbschlaf aufzuschrecken, sobald er sich regte. Ihre Hand allerdings lag immer auf dem Rücken ihres Buches unter ihrem Umhang. Nacht für Nacht und manchmal auch am Tage.

Sein Blick hing nun nachdenklich auf Schwarzklaue, der auf einem niedrigen Ast einer alten Eiche saß und von dort aus die Umgebung beobachtete. Immer wieder kam ihm Raffgiers Nachricht in den Sinn, deren genauen Inhalt er seiner Reisebegleiterin allerdings verschwiegen hatte.

Hilfe sollst du bekommen, wenn du mir mehr zu bieten hast,

Sohn eines elenden Diebes. Unser Handel soll so ungerecht sein, wie der deines Vaters einst war. Sei in zwei Tagen hier oder du stehst vor verschlossenen Türen.

Er hatte gehofft, auf eigene Faust einen Weg zu finden. Doch wenn er ehrlich war, dann kannte er keinen, den sie in der verfügbaren Zeit bewältigen könnten. Sie mussten schneller sein. Viel schneller. Und ihm graute davor, seinen Stolz herunterschlucken zu müssen, doch es half alles nichts. Er musste es tun oder daran ersticken.

Minnas Stimme klang verschlafen, als er sie weckte. »Was ... was ist los?« Sie rieb sich die Augen. Ihr langes schwarzes Haar war noch leicht feucht. Sie hatten vor ein paar Stunden ein Bad bei einer Bäuerin nehmen dürfen, und die Dichterin hatte im Gegenzug den Kindern des Dorfes einige Märchen erzählt. Einmal mehr hatte Finn sich gefragt, was mit Phantopien geschehen war, dass jemand mit einem solchen Talent wie sie kaum genug Geld verdiente, um sich Nahrung oder gar ein Dach über dem Kopf leisten zu können.

»Wir müssen los.«

Minna konnte ihm nicht folgen. »Jetzt? Mitten in der Nacht?«

Finn verzog das Gesicht. »Es tut mir leid, ich hatte gehofft, wir könnten auf Raffgiers Hilfe verzichten. Ich habe versucht, irgendeinen ungefährlichen Trampelpfad zu finden. Aber alle Wege, die mir einfallen, dauern zu lange. So wie es aussieht, ist es notwendig, dass wir uns direkt auf den Weg zu meinem alten ... Freund machen. Er wartet aber nur noch bis morgen. Wir sollten bis Sonnenaufgang bei ihm ankommen.«

Die Dichterin richtete sich auf und schlang ihren Mantel enger um ihren schmalen Körper. Offenbar fror sie. Die Nächte waren noch bitterkalt. »Das fällt dir aber früh ein«, sagte sie verstimmt.

Dennoch räumte sie schnell ihre Sachen zusammen, trank ein paar Schlucke Wasser, spülte sich mit einigen zerkauten Blättern den Mund aus und wischte sich mit einer Handvoll kaltem Wasser das Gesicht sauber. Finn schätzte diesen Charakterzug an ihr: Egal, wie kalt, nass oder unbequem es war, Minna beschwerte sich nie. Sie biss die Zähne zusammen. In dieser Hinsicht ähnelten sie einander. Es gab kein Murren, kein Jammern.

Finn löschte das Feuer, das beinahe heruntergebrannt war, mit einigen Tritten und verwischte ihre Spuren, so gut es mit der übrigen glühenden Asche möglich war. Vermutlich hatten sie keine Verfolger, aber Finn und Minna waren sich einig, sicherzugehen.

Und Finn war das verdammt recht so. So sah niemand außer seinem Spiegelbild und der Dichterin, dass er in ihren Augen zum zweiten Mal auf dieser kurzen Reise ein Versager sein musste.

Er hatte versprochen, sie nach Fernab zu bringen, und dieses Versprechen konnte er so ohne Weiteres nicht einhalten.

Nicht ohne Hilfe zumindest.

13.
Minna

Die Wanderprärien

Die Wanderprärien kündigten sich schleichend an. Man sah sie nicht kommen, man übertrat keine klare Grenze, man bemerkte keinen jähen Landschaftswechsel. Man stand nicht plötzlich im Sumpf, wo vorher noch Schnee oder Wald war. Die Wanderprärien waren ein hinterlistiger Schauplatz aus gärenden Pfützen mit schimmernden Spiegelbildern und dunstigem Nebel, der langsam und beinahe unmerklich aufstieg, wo eben Sonnenschein war, damit man nichts Böses ahnte, nicht stehenblieb und gar wieder umkehrte.

Man sollte den Weg zurück nicht nehmen. Das war nicht der Wille der Wanderprärien. Die Wanderprärien wollten viel mehr verführen. Sie wollten, dass man besinnungslos wurde, dass man den feuchten Wind wie einen Liebhaber umarmte, dass man sich in ihm verlor. Den Wanderprärien konnte man nicht mehr entkommen, wenn man nur ein einziges Mal vom Weg abgekommen war.

In gewisser Weise, dachte Minna, waren die Wanderprärien wie der Nymphorawald, nur dass der längst tot war und die Seelen nicht mehr gefährlich waren und nach einem griffen, während die Geister der Prärie nicht vom Leben und den Lebenden lassen konnten. Deswegen hatte Minna keine Furcht vor dem Nymphorawald, vor den Wanderprärien aber umso mehr. Sie hatte genügend Geschichten von ihnen gehört; Geschichten, in denen Leute von Stimmen berichtet hatten, die sich in den eigenen Kopf gruben, Stimmen von toten Menschen, die man einst verloren hatte und nach denen man sich immer noch sehnte. Stimmen von geliebten Menschen, welche die Wanderprärien nutzten, um die Reisenden in ihr Reich zu treiben.

Obwohl Finn ihr mehrfach versichert hatte, dass sie keinen Fuß in die Prärien selbst setzen würden, blieb Minna angespannt. Die tückischen Geister waren schlau, zumindest den Legenden nach, und auch wenn Finn meinte zu wissen, dass sie sich nicht zu sehr in das Terrain des Moors hineinwagen würden, so konnte es doch sehr gut sein, dass die Prärien zu ihnen kamen. Die Grenzen waren zu verschwommen, und wenn sie einmal übertreten waren, dann … Sie wagte nicht, daran zu denken.

Unterwegs fröstelte Minna. Obwohl es mit jedem Tag etwas wärmer wurde, hatte sie das Gefühl, von klammer Kälte umgeben zu sein. So war es fast, als wären die Prärien schon da, unter ihren Schuhsohlen, als würden sich kühle Finger von unten nach oben an ihr heraufschlängeln. Dabei wusste sie, dass sie sich diese Kälte nur einbildete.

Nach einer Weile bemerkte Minna, wie sich die Landschaft verändert hatte, ohne dass sie sich dessen bewusst geworden war. Die Bäume waren zurückgewichen, und vor ihr erstreckte sich ein weiter Landstrich ohne schützende Wälder. Die Straße wurde unebener und löchriger.

»Komm nicht vom Pfad ab«, murmelte Finn neben ihr. Auch wenn er leise gesprochen hatte, hallte seine Stimme ungewöhnlich laut wider. Am liebsten hätte Minna ihm den Mund zugehalten. Er sollte bloß nicht sprechen und auf sie beide aufmerksam machen. Außerdem kam sie nicht vom Pfad ab. Warum sollte sie vom Pfad abweichen, sie … Ihr Blick glitt nach unten. Ihre Füße versanken in weicher, nachgiebiger Erde, ein paar Handbreit neben der kiesigen Straße.

»Oh«, entfuhr es ihr erschrocken. Wie konnten sich ihre Füße so verselbstständigen, ohne dass sie es bemerkte?

Sie kehrte rasch auf den Weg zurück, ehe sie ein wütendes Schnauben von sich gab. »Du hast mich angelogen. Wir sind bereits in den Wanderprärien, nicht wahr? Das Haus dieses Kaufmannes liegt mittendrin.«

Finn verzog keine Miene. Er hatte denselben verschlagenen Gesichtsausdruck aufgesetzt wie damals, als sie ihn von der Bühne aus zum ersten Mal gesehen hatte; jener, mit dem sie ihn überhaupt nicht mochte, mit dem er stahl und nur so tat, als wäre er ein echter Schatzsucher.

»Ich wusste nicht, dass die Prärien so weit gewandert sind. Ich hatte nur eine Ahnung.«

»Eine Ahnung?«, wiederholte Minna. Am liebsten hätte sie auf der Stelle kehrtgemacht. Aber dazu war es zu spät. Der Schatzsucher zuckte mit den Schultern, was ihre Wut nur noch wachsen ließ. Sie blieb stehen und wartete, bis Finn es ihr gleichtat.

»Kommst du?«

Minna schüttelte entschieden den Kopf. »Wir beide müssen jetzt erst etwas klären, bevor wir auch nur einen einzigen Schritt weitergehen. Du und ich, wir sind Partner. Wir sind einander ebenbürtig, nicht mehr und nicht weniger. Das bedeutet, unsere Partnerschaft hat ein Ende, wenn du mir ein weiteres Mal etwas verschweigst oder mich anlügst. Ich brauche keinen Begleiter, dem ich nicht trauen kann.«

Finns Miene wurde weicher, beinahe traurig, und sie sah, wie sich sein Kehlkopf bewegte, als er schluckte. Er suchte nach Worten.

»Du hast recht. Ich habe versprochen, dir ein guter Begleiter zu sein, und war es nicht. Ich habe mich von meinem Ehrgeiz überrumpeln lassen«, murmelte er zerknirscht.

Er meinte es ernst, das spürte sie, also nickte sie zögernd. Vermutlich hatte er genauso mit zu großen Erwartungen an sich selbst zu kämpfen wie sie.

»Gut«, nickte sie. Inmitten dieser unheimlichen Prärien wollte sie nicht streiten.

Sie liefen still weiter, ihre Stiefel versanken immer tiefer im

Morast, während sich über ihren Köpfen dunkle Wolken vor die Sonne schoben. Durch das trübere Licht wurde die Atmosphäre noch beklemmender. Jeder Laut schien vom Moor geschluckt zu werden, und Pflanzen oder kleine Lebewesen wie Vögel oder Mäuse hatten sie schon lange nicht mehr gesehen. Alles Leben war gewichen, außer ihnen beiden.

Irgendwann – die Zeit war nur noch eine Endlosschleife aus schnellen, wachsamen Herzschlägen – wurde der Geschichtenerzählerin diese vollkommene, unnatürliche Ruhe zu viel.

»Ist es nicht furchtbar still?«, fragte sie.

Doch niemand antwortete ihr.

Minna schaute zur Seite und erschrak. Neben ihr war nur Leere, wo jemand sein sollte.

Finn? Wo war der Schatzsucher? Und warum hatte sie nicht bemerkt, dass sie ihn auf dem Weg verloren hatte? War sie so sehr von dem Nebel, der bereits in ihre Gedanken vorgedrungen war und dort leise wisperte, abgelenkt gewesen? Sie machte auf dem Absatz kehrt und verfolgte den Weg zurück, den sie gekommen waren. Doch der Pfad war schwieriger auszumachen, als sie angenommen hatte. Ihre Fußspuren waren nur dort erkennbar, wo sie tief eingesunken war. Könnte sie nur besser sehen, sähe nicht jeder Schatten wie eine Gestalt aus, bei der sie nicht wusste, ob sie hin- oder fortlaufen sollte.

Keine Panik bekommen, Minna. Bleib ruhig. Halt dich an dem fest, was du kennst, was du weißt, was du mit deinem Verstand erfassen kannst. Halt dich an deinen Worten fest, an dem Buch in deiner Tasche. Selbst wenn die Toten hier hausen … Sie kriegen dich nicht. Dein Verstand ist dein Schwert.

Ein hämisches Lachen hallte über die Ebene. Oder war es nur in ihrem Kopf? Der Mut wollte sie verlassen. Was sollte sie hier in der sumpfigen Einöde, einsam und allein? War es nicht besser, sich einfach in das triste Wasser fallen zu lassen? War es nicht besser, der Müdigkeit nachzugeben? Zu schlummern, ganz tief und fest und selig?

Nein! Sie musste an das denken, was vor ihr lag. An Fernab. An den Dichterwettstreit. An die Einladung. An ihre Träume, die irgendwo hinter den Bergen lagen und darauf warteten, dass sie nach ihnen griff. Sie durfte jetzt nicht nachgeben. Das würde sie sich nicht einmal im Jenseits verzeihen.

Sie zwang sich, ihre Konzentration auf den Weg zu richten und ihn in ihrem Kopf zu rekonstruieren. Schritt für Schritt ging sie ihn zurück, passierte Stein um Stein, erhaschte Details am Boden, die ihr vertraut vorkamen. Waren sie echt oder nur eine Illusion? Waren die Wanderprärien bereits so sehr gewandert, dass sie sich schon längst tief im Inneren befand?

Ein Rascheln übertönte die Stille, die Minna kaum noch aushalten konnte. Ein Kreischen zerschnitt die Luft ein weiteres Mal. Über ihr kreiste eine Elster. Ein Schatten kam aus dem Nebel und dann … ein hellblonder Schopf. Verloren, aber da. Noch da.

Minna rannte los. Sie wäre dem Schatzsucher beinahe um den Hals gefallen. Gleichzeitig wollte sie ihn mit bloßen Händen erwürgen.

Sie stieß ihm in die Seite. »Finn, meine Güte! Ich dachte, ich sähe dich nie wieder! Wie konntest du mir so einen vermaledeiten Schrecken einjagen?«

Der Schatzsucher blinzelte unwillig, als erwachte er gerade aus einem Traum, aus dem er sich gar nicht lösen wollte. Seine Miene war traurig und wütend und zufrieden zugleich. Doch dann klärte sich sein Blick. »Du fluchst. Ich habe dich noch nie fluchen hören.«

Minna hätte beinahe gelacht. Er hatte Recht. Normalerweise verunstaltete sie Sprache nicht. Aber dieser Moment erlaubte es.

Finn atmete zittrig aus. »Ich dachte … Für einen Augenblick dachte ich, ich hätte sie gesehen.« Seine Stimme verlor sich.

Ein weit entfernter Schrei tönte über die sumpfige Ebene. Minna warf dem Mann an ihrer Seite einen raschen Blick zu. Das Gesicht des Schatzsuchers war kalkweiß, die Kiefermuskeln angespannt, die Hände zu Fäusten geballt. Der Schrei war furchtbar gewesen. Gespickt mit Grauen und gleichzeitig so verzweifelt, dass man blindlings losrennen wollte, um zu helfen, um in das Moor zu springen und zu retten, um die Tiefe des schwarzen Morasts zu berühren, um …

»Wer war das?«, fragte Minna mühsam. Da war wieder dieser Drang in ihr, gegen den sie ankämpfen musste. Als wären alle Antworten auf ihre Fragen auf dem Grund des Moores, direkt neben ihren Träumen gehortet. Obwohl niemand in der Nähe war, befürchtete sie, dass jeden Augenblick unsichtbare Hände nach ihr greifen würden.

»Meine Mutter.«

»Deine … Mutter?«

»Ja. Sie ist schon lange tot. Mein Vater hat sie erschlagen. Lange Geschichte. Ich kannte sie kaum. Aber ich schätze, die Wanderprärien kennen sie.« Finns Lachen klang zu holprig, zu gewollt. Hart wie eine Eisenoberfläche, an der alles abprallte. Minna wollte etwas sagen, doch sie wusste nicht, was. Dieses Mal fehlten *ihr* die Worte, und das war ihr noch nie passiert.

»Minna, bis zu Raffgiers Haus ist es nicht mehr weit.« Er streckte ihr seine Hand entgegen. »Nimm meine Hand. Halt dich an mir fest, ich weiß den Weg. Du musst keine Angst haben.«

»Ich habe keine Angst.«

»Ich aber. Und zwar eine verfluchte.«

Und vielleicht, vielleicht hatte sie auch ein kleines bisschen gelogen. Vielleicht hatte auch sie Angst. Ihre Hand fand seine. Finns Finger waren im Gegensatz zu ihren warm. Sie bebten dennoch, ganz wie ihre eigenen. Bebten im gleichen Rhythmus aus Furcht und Trotz.

»Bist du schon einmal hier gewesen?«, fragte Minna, um sich abzulenken. All die Gruselgeschichten spukten in ihrem Kopf herum, als würden sie nur darauf warten, wahr zu werden. »Oder warum kennst du dich so gut aus?«, hakte sie hastig nach. Nur nicht nachdenken, auf gar keinen Fall nachdenken.

Für einen Augenblick zog ein Schatten über Finns Gesicht. Vielleicht verband er schlechte Erinnerungen mit diesem Ort. Aber wie könnte man auch Freude oder Glück hier erlebt haben?

»Es ist mein Beruf, mich auszukennen. Ich behaupte, die meisten Flecken von Phantopien zumindest schon aus der Ferne gesehen zu haben.«

»Das beantwortet meine Frage nicht, Finn.«

Er seufzte kaum hörbar. »Ich war in meiner Kindheit bereits einmal an diesem Ort. Das ist lange her. Man kann sagen, dass mein Vater hier wohl sein Meisterstück gemacht hat.«

»In den Wanderprärien? Dein Vater muss ein mutiger Mann sein.«

Finn seufzte erneut, dieses Mal missmutig. Doch das Reden schien zu helfen. Es gab nur noch sie beide, keine toten Stimmen mehr, die in ihren Köpfen spukten oder vielleicht auch echt waren. »Man schreibt meinem Vater viele Eigenschaften zu. Und auf jede gute kommen zehn schlechte, wenn du mich fragst.«

»Soll ich dich denn fragen?«

Sie spürte die Bewegung seines Körpers, als er mit den Schultern zuckte. »Wenn es dich interessiert.«

»Natürlich interessiert es mich. Mich interessiert gerade in diesem Augenblick alles, was mich nicht daran denken lässt, dass die meisten Menschen nicht aus den Wanderprärien zurückkehren.«

»Diese Menschen sind auch ohne Flimmerlicht unterwegs«, erwiderte er.

»Ohne ... was?«

»... oder ohne Schatzsucher«, fuhr Finn fort und grinste.

Minna unterdrückte den Drang, ihn in die Seite zu schubsen. »Erzähl. Keine Ausreden mehr.«

Der Nebel verdichtete sich. Oder ging die Sonne schon unter? War es nicht vor einem Augenblick noch heller gewesen?

Sie bekam eine Gänsehaut. Aus der Ferne drang ein leises, langgezogenes Heulen zu ihnen herüber. War das ein Wolf? Oder … etwas anderes? *Jemand* anderes?

Finns Stimme. Sie musste sich an Finns Stimme festhalten. Die war real.

»Ich muss vier oder fünf Jahre alt gewesen sein, als mein Vater mich mit zu Raffgier genommen hat. Damals war der alte Kaufmann noch jung und hatte den Ruf, ein aufstrebendes Genie zu sein, mit einem Händchen für die richtigen Geschäfte. Mein Vater jedenfalls hatte im ganzen Land Kontakte, die ihm geheime Informationen zutrugen: Wann teure Lieferungen über das Meer kamen, welche Kaufleute gerade neue Entdeckungen machten, welche Metalle besonders wertvoll waren. Er war immer im Bilde, was die Herzen der Menschen – und vor allem sein eigenes – begehrten.«

»Und was hatte Raffgier, das sein Herz begehrte?«

»Oh, Raffgier hatte gar nichts. Aber er hatte eine Bestellung aufgegeben, die von besonderem Interesse für meinen Vater war.«

»Was für eine Bestellung?«

»Ein Mondrohr.«

Minna runzelte die Stirn. »Ein Mondrohr? Was ist das?«

»Eine wissenschaftliche Errungenschaft, die noch von den alten Magiebändigern aus Fernab entwickelt wurde, bevor es sie nach und nach dahingerafft hatte.«

Der Tod der Magiebändiger. Minna schauderte. Die Geschichte von den sterbenden Magiebändigern war bekannt. Als die Magie allmählich aus dem Land verschwunden war, hatten sie dem Tod ins Auge blicken müssen. Viele von ihnen hatten sich das Leben selbst genommen, denn der Tod eines Magiebändigers war grausam: Sie zerfielen wortwörtlich zu Staub. Denn wo keine Magie war, konnten auch ihre Bändiger nicht überleben.

»Ob sie wirklich alle tot sind?«, fragte sie sich leise.

»Natürlich.«

»Warum bist du dir da so sicher?«

»Glaubst du nicht, es würde sich herumsprechen, wenn es noch einen letzten Magiebändiger geben würde?«, fragte er lakonisch.

»Ich weiß nicht. Vielleicht«, räumte Minna ein. »Stell dir das einmal vor … Stell dir mal vor, wie es wäre, wenn die Menschen wieder einen Beweis vor Augen hätten. Dass es sich lohnen würde, an die Magie zu glauben.«

»Sie würden selbst dann nicht daran glauben«, sagte Finn achselzuckend.

Vermutlich hatte er recht, dachte Minna. Man konnte ihnen ein Wunder vor die Nase setzen, und sie würden es nicht erkennen. Der altbekannte Schmerz wühlte in ihr. Der Schmerz, nicht aufhalten zu können, was einem entglitt. Nicht die Macht zu besitzen, das festzuhalten, was sie endgültig zu verlieren drohten. Die vier sterbenden Künste hatten ihren Namen nicht umsonst.

»Erzähl weiter«, bat sie, um diesen traurigen Gedanken nicht verfolgen zu müssen.

»Freyd schleifte mich mit in die Wanderprärien und legte sich mit mir kurz vor Raffgiers Haus auf die Lauer. Während er mir von dem Mondrohr erzählte, mit dem man in der Lage sein sollte, die Sterne von ganz nah betrachten zu können – etwas, das bislang nur Magiebändiger tun konnten –, zog er feine Kleidung und einen Hut aus der Tasche, die er mitgeschleppt hatte, und zog sich um. Von seinen Informanten wusste er, wann das Mondrohr eintreffen sollte. Als der Händler den Weg zu Raffgiers Haus nahm, befahl er mir, mich im Gebüsch zu verstecken. Dann stellte er sich mitten in den Weg und gab sich als königlicher Steuereintreiber aus, der die Ware prüfen müsse. Von einem seiner Streifzüge hatte Freyd das Siegel einer Adelsfamilie ergattert, das, wenn man nicht so genau hinsah, Ähnlichkeit mit dem der Königin hatte. Natürlich war das Mondrohr nicht auf legalem Weg zu Raffgier unterwegs, also bekam der Mann kalte Füße und machte sich eilig aus dem Staub.«

»Das ist … nicht sehr nett.«

»Nein«, stimmte Finn ihr zu. »Tatsächlich ist mein Vater ein ziemlicher Drecksack.«

Das konnte Minna wirklich gut nachvollziehen. Eine Weile hatte sie sich als Geschichtenerzählerin gesehen. Sie hatte die Märchen dieser Welt gesammelt, um sie wie ein Sprachrohr weiterzutragen und sie als Kulturerbe eines Landes, als historische Erinnerung, zu erhalten. Irgendwann aber war ihr aufgegangen, dass sie mehr wollte. Sie wollte eigene Geschichten erfinden, mit eigenen Figuren und eigenen Weisheiten. Sie wollte nicht länger nur von der Fantasie anderer zehren. Es kam ihr nicht richtig vor, so als würde sie sich mit fremden Federn schmücken. Sie wollte etwas schaffen, das nur ihr gehörte.

»Hat Raffgier euch erwischt?«, fragte Minna.

»Aber sicher.« Finn machte eine ausladende Geste mit der Hand. »Mein Vater machte in der Regel keinen Hehl aus seinen *Entdeckungen.* Er hat lauthals durch die Wanderprärien gebrüllt, was für einen spannenden Fund er gemacht habe und welcher Idiot einen solchen doch in die Hände eines Tölpels gab, der nicht einmal einen falschen Steuereintreiber erkannte.«

»Dein Vater erscheint mir weder bescheiden noch sehr klug. Sollte man sich andere Menschen so offen zum Feind machen? Hatte der Kaufmann keine Wachleute in der Nähe? Oder Hunde womöglich?«

»Ich hätte zu gern gesehen, wie er ein Rudel Hunde auf Freyd gehetzt hätte«, gestand Finn. »Aber das wäre für mich vermutlich auch nicht gut ausgegangen. Nein, mein Vater ist nicht bescheiden, im Gegenteil. Aber ganz so dumm, wie man auf den ersten Blick vermutet, ist er auch nicht. Wie es der Zufall – oder sein gerissener Plan – wollte, war der echte Steuereintreiber an diesem Tag nicht fern. Wir schlugen also rasch einen Weg ein, der in der Nähe dieses Mannes vorbeiführte, und Raffgier wagte es nicht, uns nachzusetzen. Als die Luft wieder rein war, waren wir längst über alle Berge.«

Minna verkniff sich ein Grinsen, bevor sie beide stehenblieben, noch immer Hand in Hand und ihre Wärme an diesem klammen Ort miteinander teilend, als wäre es das Selbstverständlichste auf der Welt.

Sie beide. Zwei Einzelgänger. Zwei Menschen, die niemandem sonst trauten, die niemanden an sich heranließen, niemanden berührten; die sich nur in der Gesellschaft einer Elster und eines zerfallenden Geschichtenbuches wirklich wohl fühlten.

Doch da traten in der Ferne verschwommen Umrisse aus der flirrenden Luft heraus. Ein einsames Haus, dem die Wanderprärien und ihr Ruf ausreichend Schutz boten. Wer brauchte schon Zäune, Hunde oder Schwerter, wenn er böse Geister hatte, die jedermann fürchtete?

»Ist das Raffgiers Haus?«

»Ja, das ist es.«

Minna wollte erleichtert weitergehen, doch Finn hielt sie zurück.

»Warte«, sagte er leise. »Ich will dich vorwarnen: Raffgier ist überhaupt nicht gut auf mich zu sprechen. Ich weiß, dass dir das nicht gefallen wird, aber ich werde deine Hilfe brauchen, um an einen Gegenstand zu gelangen, der uns durch die Wanderprärien bringt.«

»Du meinst also, dass du stehlen willst?«

Sein Vorhaben, sich zu bessern, stand unausgesprochen zwischen ihnen.

»Manchmal hat man keine Wahl, Minna. Nicht, wenn du und ich Fernab wirklich erreichen wollen. Und glaub mir, Raffgier wird es nicht wehtun. Er ist reich genug. Er kann sich alles neu kaufen.«

»Ein Diebstahl bleibt es trotzdem.« Minna seufzte. Diese Reise brachte sie in vielerlei Hinsicht dazu, Dinge zu tun, die sie unter anderen Umständen nicht tun würde, die gegen ihre Wertvorstellungen verstießen.

Finn bemerkte ihr Zögern. »Ich kann es auch allein versuchen, aber …«

»Nichts da«, entgegnete Minna energisch. »Ich gehe mit dir.« Sie würde Finn nicht allein dem Löwen zum Fraße vorwerfen. Das würde sie sich auf gar keinen Fall nachsagen lassen. Sie drückte seine Hand. »Weißt du, Finn, ich glaube, du hast dir trotz schlechter Erziehung einige gute Eigenschaften zugelegt. Aber wenn du ein wenig von der Verschlagenheit deines Vaters geerbt hast, dann ist jetzt die rechte Zeit, sie einzusetzen.«

Denn sie wussten beide, dass es keinen Weg zurück gab. Einen weiteren Tagesmarsch durch die Wanderprärien würden sie nicht mehr heil überstehen.

Sie würden verloren gehen.

14.
Finn

Ein Kaufmann und was er verlor

Raffgier öffnete persönlich die Tür. Offenbar war er trotz seines Reichtums immer noch zu geizig, sich mehr Diener zu leisten als unbedingt nötig.

»Finn Minengräber. Ich hätte nicht gedacht, dass du tatsächlich vor meiner Tür aufkreuzen würdest. Den Stolz deines Vaters scheinst du nicht geerbt zu haben.«

Der Kaufmann machte ein Gesicht, als würde er Finn am liebsten an die Gurgel gehen und nur Minnas Anwesenheit ihn davon abhielte. Er hatte sich in den letzten fünfundzwanzig Jahren kaum verändert. Er sah immer noch aus wie ein schmieriger Kaufmann mit dickem Bauch und schütterem Haar, der viel zu feine Kleidung trug, die nicht zu ihm zu passen schien. Doch Finn wusste, dass der erste Eindruck täuschte. Raffgier war durch und durch gerissen, und sein Geld und seinen Namen hatte er sich hart erarbeitet. Daher konnte Finn es sogar nachvollziehen, mit welchem Abscheu er ihn, den Sohn von Freyd, musterte. Dass er ihn hier empfing, bedeutete entweder, dass sein Herz im Laufe der Jahrzehnte weich geworden war oder dass er hoffte, Finn stellvertretend für seinen Vater eine große Abreibung verpassen zu können. Und es schien alles auf Letzteres hinauszulaufen.

»Ich habe in der Tat wenig von meinem Vater geerbt. Nicht einmal sein Talent, wenn ich mir die Bemerkung erlauben darf«, erwiderte Finn gedehnt.

Raffgier zog eine Augenbraue hoch. »Ich habe schon von deinen Misserfolgen gehört.«

»Umso besser, dass sich das schon herumgesprochen hat«, sagte Finn leichthin. »Dann musst du keine Furcht um deine Besitztümer haben und kannst uns getrost einlassen.«

Sofort wurde der Kaufmann misstrauisch, und er stellte einen Fuß vor die Tür, sodass Finn sie nicht plötzlich aufdrücken konnte, wäre das sein Plan gewesen.

»Was du mit mir besprechen willst, kannst du auch draußen mit mir besprechen, Schatzsucher. Ich bin kein Bettlerheim.«

Finn schluckte den aufkeimenden Zorn hinunter. Nicht er hatte den verdammten Bastard vor vielen Jahren abgezogen, sondern sein Vater. »Möchtest du auch die Dame hier draußen stehenlassen?«

Finn warf Minna einen kurzen Seitenblick zu. Er musste an den Anstand des Kaufmannes appellieren.

Er musste in das Haus gelangen. Und zwar mit allen Mitteln.

Raffgier zögerte. Der Kaufmann *wollte* ihn nicht über die Schwelle bitten, aber er wollte auch nicht wie ein Tölpel vor Minna dastehen. Finn konnte ihm die widerstreitenden Gefühle von seiner Miene ablesen. Er war ein Kaufmann, aber er besaß auch Manieren.

»Na gut«, knurrte er widerwillig. Sein Blick huschte über den Hof vor dem Haus, als wollte er überprüfen, dass sich niemand sonst im dünnen Buschwerk der Wanderprärien versteckte.

»Kommt rein.« Er öffnete die Tür gerade weit genug, dass Finn und Minna eintreten konnten. Ein modriger Geruch schlug ihnen entgegen. Finns geübter Blick war bereits zu einer ersten Bestandsaufnahme durch die Eingangshalle gewandert, bevor Raffgier die Tür hinter ihnen geschlossen hatte. Er nahm in Sekundenbruchteilen Kleinigkeiten wahr, die andere nicht einmal nach Stunden bemerkten, weil er genau wusste, worauf er achten musste. Denn am Ende waren die reichen Menschen nicht anders als die armen: Sie horteten ihre Heiligtümer dort, wo sie sie sicher glaubten; an Orten, die nicht auf den ersten Blick erkennbar waren, bei denen es aber meistens nur eines Handgriffs bedurfte, um sie zu enttarnen: Unter einer losen Holzdiele, in der mittleren Schublade zwischen der Wäsche oder hinter einem Gemälde. Doch immer nahe genug an den alltäglichen Gegenständen und vertrauten Orten, dass man selbst nicht vergaß, wo sich die Verstecke befanden. Es war eine trügerische Sicherheit, in der man seine Schätze verbarg, indem man sie zu nahe am eigenen Herzen versteckte.

Raffgier bewegte sich nicht von der Tür weg, die Arme hatte er vor der Brust verschränkt. Er hielt Abstand zu ihnen beiden, und seine Augen gaben zu verstehen, dass Finn sich bloß nicht rühren sollte. Alles an ihm strahlte aus, dass es ihm schon zu viel war, dass der Schatzsucher mit seinen Absätzen seinen Fußboden berührte. Als würde er ihm sogar den Marmor stehlen wollen.

»Kann ich sonst noch mit etwas dienen? Mit Speis' und Trank vielleicht?«, erkundigte er sich spöttisch. »Oder können wir gleich zu dem Teil kommen, an dem wir über die Bezahlung sprechen?«

Natürlich, diesen vermaledeiten Kaufmännern ging es immer nur ums Geld. Nicht, dass Finn es ihm verübelte.

»Du weißt noch nicht einmal, was ich von dir will, und verlangst schon eine Gegenleistung?«, gab er herausfordernd zurück.

»Nur damit die Fronten gleich von Beginn an geklärt sind, Finn Minengräber.«

Finn zwang sich, durchzuatmen. Nur nicht ungeduldig werden, sagte er sich. Obwohl er wenig Zeit hatte, musste er auf selbige spielen. Um seine Ungeduld zu überspielen, berührte er den Stein in seiner Tasche, den er aufgelesen hatte, bevor sie Raffgiers Haus betreten hatten. Seine Oberfläche war rau.

»Ich erzähle dir von unserem Anliegen, dann kannst du einen Preis nennen. Klingt das gerecht, Raffgier?«

Der Kaufmann nickte. »Sprich, Schatzsucher.« Er sprach das

Wort aus wie eine Beleidigung. Und vielleicht war es in diesen Tagen auch eine.

»Wir brauchen eine Mitfahrt durch die Wanderprärien«, sagte Finn. »Eine Mitfahrt nach Fernab.«

Raffgier starrte ihn einen Augenblick lang an, als hätte er den Verstand verloren, ehe er lauthals zu lachen begann. Er lachte, bis er rot anlief und er sich nach vorn beugen musste, um sich mit den Armen auf seinen Knien abzustützen. »Humor hast du, Schatzsucher«, japste er und wischte sich eine Träne aus dem Augenwinkel. »Humor hast du wirklich, das muss ich dir lassen.«

Finn starrte ihn reglos an. »Das war mein völliger Ernst.«

Raffgier gackerte erneut. »Natürlich.« Er beruhigte sich nur langsam.

Mit jeder Sekunde, die verstrich, wurde Finn innerlich wütender. Am liebsten hätte er die Hand zur Faust geballt und …

»Nehmen wir einmal an, ich wüsste, wo Fernab liegt, und würde es auch nur in Erwägung ziehen, dich dorthin zu bringen, in wie viel Gold willst du diesen *Gefallen* aufwiegen?«

Finn spürte Minnas kaum merkliche Bewegungen neben sich. Bisher war die Dichterin vollkommen still gewesen, doch er spürte ihre wachsende Unruhe.

»In wie viel Gold?«, wiederholte Finn gedehnt. »Ich würde dir selbstverständlich deine Auslagen erstatten und einen kleinen Lohn zahlen.«

Raffgier kniff die Augen zusammen. »Wir reden hier von einer Stadt, die nicht gefunden werden will. Wir reden von *Fernab*. Von der Stadt voll geheimer Schätze. Der Weg zu ihr ist Reichtümer wert. Reichtümer, die vielleicht nicht einmal dein Vater besitzt, dieser elende Lump.«

»Du weißt aber, wo sie liegt, richtig?« Finn machte spontan einen Schritt näher auf den Kaufmann zu, der misstrauisch zurücktrat.

»Bleib mir bloß vom Leib.« Raffgiers Blick fiel auf Finns

Hände, als könnten sie sogar durch die Luft etwas stehlen. Finn hörte, wie Minna einen tiefen, abgehackten Atemzug nahm.

»Verzeiht mir, wenn ich euch unterbreche …«, sagte Minna leise, und Raffgier hielt sofort inne. Ihn schien der Klang ihrer Stimme, die er nun zum ersten Mal vernahm, zu faszinieren, und Finn konnte das nachvollziehen. Manchmal ertappte er sich dabei, wie ihre Stimme ihn einfing, ihn umschlang und fesselte, dabei war er nun seit einigen Tagen mit der Dichterin unterwegs und sollte sich an diese eigenartige Magie gewöhnt haben. Aber gewöhnte man sich jemals an Magie? War sie eines Tages wirklich so sehr selbstverständlich, dass sie ganz klammheimlich aus dem eigenen Bewusstsein verschwand?

Ja, dachte er, denn genau das war Phantopiens Untergang.

Doch Raffgier, der Minnas Magie noch nicht kannte, verfiel ihr in nur einem einzigen Atemzug. Finn konnte sehen, wie der ältere Mann den Atem anhielt, als könnte er dann noch genauer lauschen und jede Nuance in Minnas Tonfall in sich aufnehmen. Sie gab sich besondere Mühe, bemerkte Finn. Jede einzelne Silbe war wohlgesetzt, ihr Atem stieß Buchstaben für Buchstaben aus wie einen sanften Windhauch.

»Ich will euch nicht in diesem wichtigen Gespräch stören«, fuhr Minna fort und lächelte. »Aber ich bewundere Euch. Ihr habt offenbar mit eigenen Augen gesehen, wovon andere nicht einmal zu träumen wagen. Ihr müsst mit vielen Fähigkeiten gesegnet sein, dass Ihr ein solches Geheimnis tragen dürft.«

Finn musste sich beherrschen, nicht loszuprusten. Aber er musste Minna machen lassen. Sie hüllte den Kaufmann in einen warmen, weichen Kokon aus Ablenkung und Verführung ein, während er sich näher an ihn heranschleichen konnte. Lautlos. Schritt für Schritt, ohne ein Knarzen der Dielen.

Wo bewahrt man die Schätze auf, die einem am wichtigsten sind?, hatte Finn seinen Vater gefragt, als er noch ein ganz kleiner Junge gewesen war, und da hatte Freyd die vermutlich weisesten Worte seines ganzen kümmerlichen Lebens ausgesprochen. Finn hatte sie nie vergessen.

Sie sind hier, Sohn. Direkt am Herzen.

»Das bin ich, wenn ich das mal so ganz bescheiden sagen darf«, brüstete sich Raffgier gerade. Finn glaubte sogar, aus den Augenwinkeln zu sehen, wie er sich aufplusterte wie ein Gockel. Finn biss sich auf die Innenseite der Wange. Nur nicht lachen, auf gar keinen Fall lachen.

»Bescheidenheit ist mit Sicherheit nur einer Eurer vielen Vorzüge, mein Herr«, fuhr Minna lächelnd fort. Sie hatte ihre Kapuze ein Stück zurückgezogen, und ihr langes rabenschwarzes Haar fiel ihr über die Schultern. Das sanfte Licht der Öllampen ließ ihre Gesichtszüge weicher erscheinen, als sie eigentlich waren. Und ihre Stimme … Finn spürte eine leichte Gänsehaut.

»Wisst Ihr, was ich bin?«, fragte Minna den Kaufmann nun, der nicht länger auf die Schritte des Schatzsuchers achtete. Ganz gemächlich umrundete Finn den Mann, bis er zu dessen Linken stand und so tat, als würde er sich für ein schäbiges Gemälde interessieren. Stattdessen beobachtete Finn jede Bewegung, die Raffgier vollführte; das nervöse Wippen mit dem rechten Bein, das leichte Zucken seiner Stirn, das Flattern seiner Augenlider und die fahrige Bewegung seiner linken Hand, die immer wieder in die Hosentasche glitt, um dort nach einem Gegenstand zu tasten.

Innerlich atmete Finn auf. Er wusste, welchen Gegenstand er suchte. Das wusste er ganz genau, und weil er so wertvoll war, hatte er Bedenken gehabt, ihn in diesem großen Anwesen zu finden. Aber nun war er hier, direkt vor seinen Augen. Nicht zu übersehen, wenn man einmal auf ihn gestoßen war. Denn dieser Gegenstand war kein gewöhnlicher. Wenn man ganz genau hinsah, konnte man durch den Leinenstoff der Hose des Kaufmanns ein schimmerndes Leuchten erkennen. Es war so undeutlich, dass man es nur bemerken konnte, wenn man von seiner Existenz wusste. Aber Finn erkannte, was sich da vor ihm befand. Er musste es nur noch bekommen, die Hände danach ausstrecken und zugreifen, wenn der Kaufmann nicht damit rechnete. Und meistens rechneten die Menschen nicht damit, wenn man ihnen die Dinge stahl, die ihnen am wertvollsten waren.

»Ihr seid auch eine Schatzsucherin?«, mutmaßte Raffgier, und Minna lachte.

»In gewisser Weise bin ich das sogar, mein Herr. Aber andere Leute würden mich eher eine Geschichtenerzählerin nennen. Über Euch habe ich schon viele Geschichten gehört.«

Nun wirkte Raffgier neugierig. Und Finn musste ihm zugutehalten, dass es ihm nichts ausmachte, was Minna war. Er verzog das Gesicht nicht, er gab keinen abfälligen Laut von sich. Er nahm Minna einfach als das an, was sie war. Vielleicht war das so, wenn man selbst zum Abschaum der Gesellschaft zählte. Ein reicher, wohlhabender Abschaum vielleicht, aber Abschaum. Nur die Schatzsucher standen wohlgemerkt weit unter ihm.

»Welche Geschichten sind das denn?«

»Wollt Ihr das wirklich wissen?«, fragte Minna leise. Spannung lag in der Luft. Finn hatte nicht den leisesten Schimmer, wie seiner Begleiterin das gelungen war, doch der Kaufmann war völlig gebannt. Seine Nervosität war wie weggeflogen, und seine Hand hing ruhig an seiner Seite herab.

Das war der Augenblick, auf den er gewartet hatte. Er rückte näher an den alten Feind seines Vaters heran, drehte den Kopf ein Stück zur Seite, um ihn nicht seinen Atem spüren zu lassen oder den leisen Windhauch, den jede seiner Bewegungen verursachte, und beugte sich nach vorn. Raffgier war einen Kopf kleiner als er, weshalb er leicht in die Knie gehen musste. Er hielt sich bereit, jederzeit zuzugreifen, wenn der Kaufmann vollkommen abgelenkt war. In seiner gesunden Hand hielt er den Stein, den er für einen Austausch mitgenommen hatte.

»Wenn Ihr schon so fragt: Natürlich«, sagte Raffgier und lächelte. Vermutlich sollte dieses Lächeln schmeichelnd erscheinen, aber auf Finn wirkte es eher geifernd. Er verspürte einen unwillkürlichen Beschützerinstinkt in sich aufwallen. Niemand würde Hand an die Dichterin legen, solange er in ihrer Nähe war.

Minna sprach wieder, aber ihre Worte kamen nicht länger bei Finn an. Sie waren auch nicht für ihn bestimmt. Sie spann eine Geschichte für Raffgier, erzählte von ruhmreichen Taten, die er niemals im Leben begangen hatte, aber das war nicht wichtig. Finns Konzentration war auf den schimmernden Gegenstand gerichtet, der zum Greifen nahe war. Sein Atem wurde gleichmäßig, bis er im selben Rhythmus ging wie Raffgiers. Der Kaufmann war so gebannt, dass er alles um sich herum vergessen hatte. Sogar den Schatzsucher.

Der Stoff der Leinenhose fühlte sich kratzig an, als Finns Finger die Oberfläche des ersehnten Gegenstandes ertasteten. Trotz der Nähe zu Raffgiers Körperwärme fühlte er sich glatt und kühl an. Seine Finger schlossen sich vorsichtig darum, ehe er seine Hand langsam, aber zügig wieder zurückzog. In einer einzigen fließenden Bewegung tauschte er den Gegenstand gegen den Stein aus und ließ die Beute in seiner eigenen Tasche verschwinden. Dann nickte er Minna unauffällig zu und entfernte sich einige Schritte von dem Kaufmann, zurück zu dem Gemälde, dem er einen andächtigen Blick schenkte.

»… sind diese Geschichten wahr, mein Herr? Das würde mich doch außerordentlich interessieren.« Das helle Lachen der Dichterin hallte an den Wänden wider. In Finns Ohren klang dieses Lachen unaufrichtig.

Raffgiers Grinsen kam verspätet, und er machte eine ausladende Bewegung. »Vieles davon, werte Geschichtenerzählerin, vieles. Was genau aber … das wird mein Geheimnis bleiben. Darauf muss ich bestehen.«

»Natürlich.« Minna zwinkerte ihm zu.

Finn wurde unruhig. Das Geplänkel war notwendig gewesen, aber jetzt widerte es ihn an. Sie mussten weiter. Wer wusste schon, wie lange Fernab noch auf sie warten würde? Wochen? Tage? Oder womöglich nur Stunden? Am liebsten hätte er nach dem kleinen Schatz in seiner Tasche gegriffen, doch er wusste, dass diese winzige Geste ihn entlarven würde. Als den Dieb, der er *schon wieder* gewesen war.

»Nun denn«, sagte er harsch. »Wenn ich das richtig sehe, wirst du uns den Weg nach Fernab nicht weisen, oder?« Er wollte raus aus diesem Haus. Nicht nur, weil er jeden Moment erwischt werden konnte, sondern weil er sich keine Sekunde länger als unterwürfiger Hund darbieten wollte.

Raffgier stieß Luft durch seine Zähne. »Weißt du, warum du hier bist, Finn Minengräber, Sohn des Freyd?« Das letzte Wort spuckte er verächtlich aus. Mit seiner Hand spielte der Kaufmann an dem Stoff seiner Hose, wo er seinen wertvollen Gegenstand vermutete. Finn hielt unbewusst den Atem an, doch Raffgier ließ seine Hand wieder sinken, ohne in die Tasche zu greifen. Er hielt den Stein für seinen Besitz. Offenbar hatte Finn ein gutes Gespür für das richtige Gewicht gehabt.

»Weil du es zulässt?«, fragte er mit regloser Miene.

Raffgier lachte. »Auch das, Junge, auch das. Aber eine einzige Sache verbindet uns. Wir würden deinem alten Herrn Flüche an den Hals wünschen, wenn es noch welche gäbe, die Wirkung hätten.«

»Einen Gleichgesinnten findest du in mir, Raffgier, zumindest, was meinen Vater anbelangt. Aber das sollte dir nichts Neues sein.« Er verbarg seine Gefühle sorgfältig, selbst vor der Geschichtenerzählerin. Die Anspannung hing greifbar in der Luft. Wenn Raffgier hier und jetzt darauf kam, dass er ihn bestohlen hatte, würde er Dienstpersonal rufen und ihn festhalten – vielleicht sogar sie beide – und dann würden sie Fernab nie erreichen. Und rechtzeitig schon gar nicht.

»Dir war von Anfang an klar, dass ich dir niemals den Weg durch die Wanderprärien zeigen würde. Was also willst du wirklich hier, Finn Minengräber? Was willst du von *mir*?«

»Was ich will«, erwiderte Finn lächelnd und öffnete die Tür, »habe ich schon längst. Hier gewesen zu sein, war nur Zeitverschwendung, Raffgier. Mach es gut.«

Und lass dich nicht ständig bestehlen wie ein Narr.

Minna eilte rasch an seine Seite und murmelte einige Worte des Abschieds. Sie hatte vor einigen Tagen zu ihm gesagt, dass sie nie ohne ein gutes Wort von einem Ort fortging. Denn böse Worte konnten zu einem Sturm werden, der einen irgendwann einholte, vielleicht erst am anderen Ende der Welt, aber er würde es tun. Sie wollte sich nicht mit der Macht hässlicher Worte messen.

Obwohl sie nichts sagte, wusste Finn, dass die Furcht vor den Wanderprärien noch immer präsent war. Sie zeichnete sich auf Minnas Gesicht ab, und auch er hörte in der Ferne das Echo einer weinenden Frau, das ihm den Magen umdrehen wollte. Minna griff nach seiner Hand. Nach seiner verkrüppelten Hand, und weil Finn die gesunde Hand für etwas anderes benötigte, ließ er es zu.

Sobald sie außer Sichtweite waren, holte er seine Beute heraus und hielt sie ins fahle Tageslicht, das so unscheinbar war, dass man glaubte, die Sonne selbst wäre unter dem Einfluss der Wanderprärien verloren gegangen. Das Flimmerlicht leuchtete hell in Finns Hand auf und drängte den zwielichtigen Nebel zurück. Er schien zu flüchten, als hätten die Geister, die sich in dem Schleier versteckten, Angst vor dem Licht. Um sie herum wurde die Sicht klarer.

»Was ist das?«, fragte Minna so leise, als befürchtete sie, dass Raffgier jeden Augenblick hinter ihnen auftauchen könnte. Sie betrachtete das kleine Licht in der sauberen Metallfassung, das genau in Finns Hand passte.

»Das«, entgegnete Finn andächtig, »ist ein Flimmerlicht. Es ist ein altes, magisches Objekt und hält uns die Bewohner der Wanderprärien vom Hals. Jetzt werden wir den Weg zur Stadt problemlos finden. Die Reichen und Adeligen nutzen asphaltierte Wege, keine geheimen Trampelpfade, die kein Mensch finden kann. Jeder von ihnen besitzt ein Flimmerlicht, damit sie die Straßen gefahrlos passieren können. Man sagt, es beinhalte etwas von der Magie Fernabs, weshalb ich glaube, dass es den Weg zu seinem Zuhause weisen wird. Wir müssen nur noch der Spur folgen.«

Wilde Genugtuung durchflutete Finn. Er hatte sich erniedrigen lassen müssen. Seine gesamte Vergangenheit war eine Demütigung, die er in Form von Worten, Schlägen und Tücken hatte erfahren müssen.

Aber die Strapazen hatten sich gelohnt. Er würde den Weg nach Fernab finden, das wusste er mit untrüglicher Sicherheit. Das Flimmerlicht würde sie durch die Wanderprärien lotsen, ohne dass die blutrünstigen Geister sie auch nur mit ihrem Wahnsinn berühren konnten.

Sie waren ganz nahe. Er konnte den Atem der Stadt seiner Kindheitsträume schon beinahe auf der Haut spüren.

TEIL II:

DER DICHTERWETTSTREIT

Auszug aus »Historie Phantopiens Band 3 (Niedergang der magischen Ära – Neuzeit)«, niedergeschrieben im Turm der Zeiten von Chronistin Ana von Wortstett:

Hätte man die Magie festhalten können, hätte man sich mehr mit ihr beschäftigt? Hätte man dies getan, wenn man genau gewusst hätte, was sie ausmachte, woraus sie ihren Zauber bezog, woraus sie existierte?

Die bedeutsamsten Fragen stellt die Wissenschaft oft erst, wenn es bereits zu spät ist. Und auch, wenn die Antworten auf diese Fragen zu dieser Zeit gefunden waren, so war es dennoch zu spät gewesen, zu handeln und den Schwund aufzuhalten.

Die Magie kam aus den Menschen selbst, doch das Wesen der Phantopier hatte sich so sehr verändert, dass die Magie nichts mehr an ihnen fand, das es wert war, bei ihnen zu bleiben.

Was aber würde mit einem Land und seinen Bewohnern geschehen, wenn das, was es einst aus- und groß gemacht hatte, nun fast unwiederbringlich dahin war? Würde es einige herausragende Persönlichkeiten geben, die den Fall noch aufhalten konnten? Und wie hoch wäre der Preis, den es zu bezahlen gälte?

15.
Finn

Ein Schleier, der fällt

Es war so, dass Finn Minengräber in seinem Leben meist mit vollen Händen in die Mistgrube gegriffen hatte. Was er auch angefangen hatte, ging schief, ob es nun seine Familie, seine verdorbene Kindheit, seine Reise mit der Bande oder seine erfolglosen Versuche als Schatzsucher betraf. Sah er einmal von Schwarzklaue ab, gab es eigentlich nicht viel Gutes in seinem Leben.

Mit dem Flimmerlicht in der Hand war er nicht mehr derselbe. Er hatte sich und die vielleicht talentierteste Dichterin Phantopiens durch die hinterlistigen Wanderprärien geführt. Er war mit ihr durch die Stahlberge gereist und hatte dabei einen gut durchdachten Umweg gewählt, der sie nicht ins Zentrum der Kaufmannsiedlungen führte, denn die Dichterin hatte eine vage Äußerung fallen lassen, dass sie diesen nicht begegnen wollte. Dass Raffgier die Nachricht über den Diebstahl des Flimmerlichts verbreitete, befürchtete er mittlerweile nicht mehr. Es wäre zu peinlich, zugeben zu müssen, dass die Minengräbers ihn ein zweites Mal bestohlen hatten.

Hier und da erspähten sie mächtige Anwesen aus der Ferne. Viele Adelsfamilien hatten hier ebenfalls ihren Wohnsitz. Finn vermutete, dass sie vom Reichtum der Kaufleute profitierten, indem sie ihnen ein bisschen vom goldenen Glanz ihres blauen Blutes abgaben. Er wusste, dass viele Adelige heutzutage nicht mehr so reich waren, wie sie vorgaben. Der gesellschaftliche Niedergang des Landes machte auch vor dem Adel nicht Halt.

Während Minnas Nervosität in den letzten Stunden gewachsen war, war er selbst immer stiller geworden. Eine seltsame Ruhe hatte ihn erfasst. Er wusste instinktiv, dass er endlich den richtigen Weg gewählt hatte. Er hatte dem Flimmerlicht, seinen Kenntnissen über das Land und seinem Bauchgefühl vertraut, und er wusste, dieses eine Mal würde er nicht scheitern.

Denn es war nicht nur *irgendein* Bauchgefühl. Es war der endlich erwachte Schatzsucherinstinkt. Er war da. Nach all den Jahren war er da. So lange hatte man ihm weisgemacht, ein Schatz müsse golden sein und schimmern und funkeln, bis die Augen schmerzten. Erst die Begegnung mit Minna und ihrem abgewetzten Buch hatte ihm gezeigt, dass ein Schatz viele Gesichter haben konnte.

Nach zwei Reisetagen hatten sie die südlichen Ausläufer des Gebirges erreicht, die laut mündlicher Überlieferung unbewohnt waren. Man laufe hier Gefahr, von einem Schritt zum nächsten von einer Klippe zu stürzen, hieß es, oder sich den Hals zu brechen, weil es nur noch unförmige Felsen und pfadlose Steinhänge gab. Sogar Freyd hatte dem Gerede Glauben geschenkt und sich nie weitergewagt. Warum solle er ans Ende der Welt reisen, wenn außer Wasser eh nichts zu finden sei, hatte er achselzuckend gefragt.

Und tatsächlich, sie waren fast am Ende der Welt. Zumindest am Ende von Phantopien. Die letzten Anwesen hatten sie bereits vor Stunden hinter sich gelassen. Mit jedem Schritt trat etwas anderes in den Vordergrund: Der reine, unvergleichliche Duft des Meeres.

Minna war bereits am Meer gewesen, das hatte Finn nicht fragen müssen. Er erkannte es daran, wie sie immer wieder, wenn sie sich unbeobachtet fühlte, mit geschlossenen Augen die Nase in die Luft hob und schnupperte. Er verkniff sich ein Schmunzeln, denn er konnte ihr Wohlbehagen nachempfinden.

»Was sagt das Flimmerlicht?«

Er holte es aus der Tasche, und sie beugten gemeinsam ihre

Köpfe darüber. Das helle Strahlen war zu einem schwachen Funkeln in der grauen Metallfassung verblasst, seit sie die Wanderprärien durchquert hatten. Eine Weile war das Flimmerlicht sogar gänzlich erloschen. Erst in den letzten Stunden war ein warmes, pulsierendes Licht mit rötlichem Schein zurückgekehrt, das mit jedem Schritt drängender zu pochen schien.

»Wir sind ganz nah. Wir *müssen* ganz nah sein. Ich habe es im Gefühl.« Finn konnte die Anspannung in seiner eigenen Stimme hören. Die heisere Neugier. Den Frust, weil es in seinem Inneren bebte, seine Augen aber nichts erspähen konnten. Keinen Schatten in der Ferne, keine Lichter, keine Dächer. Nichts.

Hatte er sich doch geirrt? War das Gefühl der Sicherheit nur Trug?

Sie hatten keine Geldkugel mehr in der Tasche, kaum noch Wasser und keine Nahrung. Sie waren verdreckt, mit zerschlissenen Kleidern und abgelaufenen Sohlen. Sollten sie die Stadt nicht finden … Der Weg zurück würde eine Tortur werden. Finn war sich nicht einmal sicher, ob sie ihn überhaupt schaffen würden. Sie hatten alles dafür gegeben, Fernab zu finden, ohne an einen Rückweg zu denken. Es war Zeit, dass die verborgene Stadt sich zeigte.

»Hol deine Einladung heraus«, sagte Finn, als die Dichterin sich auf einen Felsen setzte und sich Schweiß von der Stirn wischte. Sie sah erschöpft aus und hatte dennoch kein Wort darüber verloren, sich nicht einmal beklagt. Sie wollte es ebenso sehr wie er. In dieser Sache brannten sie gemeinsam.

»Warum?«, fragte sie.

»Vielleicht haben wir etwas übersehen.« Sie hatten sich die Einladung häufiger angesehen, als sie zählen konnten, und dennoch war da diese Unruhe in ihm. Vielleicht hatte *er* etwas übersehen.

»Wir haben nichts übersehen, Finn.« Irrte er oder klang sie resigniert? Gab sie auf?

Er konnte es nicht erklären, aber er glaubte, die Antwort läge auf diesem Stück Papier. »Bitte. Ein einziges Mal noch.«

»Vielleicht sollten wir besser umkehren.« Ihre Stimme klang gepresst, voller unterdrückter Enttäuschung.

»Bitte«, wiederholte er leise und legte eine Hand auf ihre Schulter.

»Ein einziges Mal. Umkehren können wir danach immer noch.« Er warf einen kurzen Blick auf den Weg, den sie gekommen waren und der eigentlich keiner war.

»In Ordnung.« Minna atmete tief durch und zog die mittlerweile zerknitterte Einladung heraus.

Und in diesem Augenblick fiel der Schleier, als wäre er nie da gewesen. Sie schienen eine unsichtbare Grenze überschritten zu haben, welche die Stadt hervorbrachte.

Fernab zeigte sich.

Fernab zeigte sich in all seiner Pracht.

Von jetzt auf gleich war die Stadt da, mit der Sonne im Rücken, und sie nahm ihnen den Atem.

16.
Die Königin

Vier Namen

Die Königin tauchte ihre Feder in das Tintenfass. Tinte so blau wie der See, der sie und das Schloss umgab. Dieser See bereitete der Königin manchmal Höllenqualen. Oft dachte sie, dass sie schon hart wie Stahl sei, und doch nicht hart genug. Aber wie könnte sie noch eiserner werden, noch kühler, noch gleichgültiger, wenn nicht schon auf dem Pfad, den sie unwiederbringlich eingeschlagen hatte?

Die Bibliothek war der einzige Ort im Schloss, an dem sie das Gefühl hatte, noch sie selbst zu sein. Wenn sie sich in diesem Raum und zwischen den Büchern befand, mit denen sie aufgewachsen war, so hatte sie das Gefühl, dass ein winziges Überbleibsel ihres alten Ichs vorhanden war, das hervorkam, obwohl sie es mit aller Inbrunst bekämpfte.

Die Bibliothek war der einzige Ort im Schloss, von dem aus man den See nicht erblicken konnte. Die Fenster zeigten Himmel und Sterne und manchmal den Mond, wenn die Wolken es zuließen, vor allem aber den königlichen Garten. Den See konnte man sich von anderen Räumen aus ansehen. Und genau das tat die Königin seit einem Jahr nicht mehr. Der See, der still ruhende, friedliche See, der von Menschenhand angelegt worden war und keine Naturgewalten kannte, war ihr Feind.

Vielleicht hielt sie sich also deshalb so oft – viel zu oft – hier auf. Weil sie die Ketten um ihre Brust, die ihr die Luft abschnürten, dann für ein paar Atemzüge lösen konnte. Weil die Verantwortung auf ihren Schultern angesichts glücklicher

Kindheitserinnerungen und vertrauter Gerüche nicht so bleischwer wog.

Ein Tintenklecks machte sich auf dem Pergament breit, und die Königin hätte beinahe einen Fluch ausgestoßen. Im letzten Augenblick hielt sie sich zurück, wohl wissend, dass sie nicht allein war. Und sie verlor die Beherrschung nicht. Niemals. Sie schrie nicht, sie brüllte nicht, sie wandte keine Gewalt an, auch nicht mit Worten. Sie hatte das Labyrinth, und das war ausreichend, die Menschen von sich fernzuhalten oder sie nach ihrem Willen gehorchen zu lassen.

Sie nahm ein neues Blatt vom Stapel und begann ihre Notizen erneut. Nach und nach schrieb sie einige Anordnungen nieder, die zur Umsetzung des Dichterwettstreites notwendig waren. Der Dichterwettstreit war heute bekanntgegeben worden, und sie ahnte, dass er die Stadt in Aufruhr versetzen würde. Er war eine einstmals beliebte Tradition, die über die Jahre Staub angesetzt hatte. Die Königin hatte vor, sie neu zu beleben. Auch wenn sie den Wettbewerb mit einem Hintergedanken ausführte, der besser verborgen blieb, so war dies doch eine passende Gelegenheit, das Volk milde zu stimmen. Viel war in den letzten Monaten geschehen, das besser in Vergessenheit geraten sollte …

Der Blick der Königin fiel auf ein anderes Blatt, das aus einem Papierstapel herauslugte. Sie erkannte es sofort wieder, und es versetzte ihr einen Stich. Es weckte Übelkeit und Aufregung zugleich. Sie zog es hervor. Betrachtete die Namen, manche von ihnen durchgestrichen, andere frisch hinzugefügt.

Kara Schwingstrich
Hamelin Tausendgesicht
Una Wohlklang
Minna Fabelreich?

Vier Namen. Vier Gaben. Vier sterbende Künste. Eine davon ungewiss. Aber wenn es zur Gewissheit wurde, dann musste sie Joran Ohneruh, den Bruder des Gabensuchers, freilassen, sie musste ihr Wort halten.

Muss ich das wirklich?, raunte eine böse Stimme.

Sie war eine Königin, sie musste ihr Wort nicht halten. Sie konnte es brechen, so oft es sie danach verlangte, und doch ... Allein der Gedanke daran, was geschehen würde, wenn sie es tat ... Der Gabensucher würde wild werden. Würde sie ihr Wort brechen, hatte sie ihn nicht mehr in ihrer Hand. Dann gab es für ihn keinen Grund mehr, sie nicht zu töten.

Aber auch sie hätte keinen Grund mehr, sich zurückzuhalten. Dann ging ihr dunkles Spiel nur noch darum, wer schneller sein würde. Bei dem Gedanken machte sich eine unangenehme Gänsehaut auf ihren Armen breit. Ihre Zeit mit dem Gabensucher war geborgt. Sie sollte sich mit dem Gedanken anfreunden, dass sie sich ihrem Ende zuneigte.

17.
Minna

Hinter den Toren

Die Stadt lag so gewaltig und prachtvoll auf den Klippen, dass Minna sich kurz fragte, wie sie jemals unentdeckt hatte sein können. Reihe um Reihe weißer Häuser hob sich vor dem blauen Himmel im Hintergrund ab. Treppen waren in den Fels geschlagen, ein kurzer, aber steiler Weg zum Haupttor. Die Straße schlängelte sich dagegen breit und mit vielen Steilkurven den Berg hinauf, um Eselwagen und Sänften oder müden Beinen den Aufstieg zu erleichtern.

Die Stadt ist Licht, dachte Minna. Sie war hell und voller Sonne, und sie hatte eine unbeschreibliche Anziehungskraft.

»Wir … wir sind da.« In ihrer Stimme lag das Erstaunen eines Kindes.

Finn klang, als wäre er weit fort, dabei stand er direkt neben ihr. »Das war also damit gemeint, als es hieß, sie wäre verhüllt? Eigentlich hätten wir sie schon von Weitem sehen müssen.«

Da hatte er Recht. Von einem Wimpernschlag auf den nächsten war die weiße Stadt auf den Klippen plötzlich aufgetaucht, als hätte jemand einen Zauber gesprochen.

Natürlich …

»Magie«, wisperte sie. »Wie stark muss die Magie hier noch sein?«

Finn berührte ihre Hand, mit der sie die Einladung festhielt. »Deine Einladung war es. Ich dachte immer, es sei nur sprichwörtlich gemeint, dass man die Stadt nur mit einer Einladung betreten darf. Aber man kann sie sogar nur mit einer Einladung entdecken. Ohne sie hätten wir die Stadt niemals gefunden.«

Minna konnte kaum glauben, dass Magie eine Stadt mitsamt ihrer Bevölkerung verschwinden oder erscheinen lassen konnte. Aber offenbar war es so. Fernab *war* der letzte Hort Magie. Das verstand sie jetzt zum ersten Mal bis ins Mark.

Bisher war der Gedanke, Fernab überhaupt zu erreichen, nur ein Wunschtraum gewesen. All ihre Pläne waren darauf ausgerichtet, die Stadttore zu erreichen. Jetzt war sie da und vollkommen überfordert. Sie musste weiterdenken – an die größte Herausforderung ihres Lebens. Sie musste sich einem Publikum stellen, das nicht mit den mäßig interessierten Zuhörern in heruntergekommenen Schenken vergleichbar war. Sie würde sich messen müssen. Sie würde zum ersten Mal in ihrem Leben vor Menschen erzählen, die sie wirklich aus tiefstem Herzen hören wollten, die sie und ihre brotlose Kunst nicht verachteten und ihr nur widerwillig ihre Zeit schenkten, bis sie sie schließlich mit ihrer Wortmagie einfangen konnte. Dieser Gedanke ängstigte Minna zutiefst und war zugleich berauschend.

»Komm«, sagte sie energisch zu Finn, auch wenn diese Entschlossenheit nur aufgesetzt war. Sie hatte Panik, dass sie auf der Stelle kehrtmachen und in die Berge zurückfliehen würde, wenn sie jetzt nicht den entscheidenden Schritt ging. Jetzt. Sofort.

Mit einem leisen Kreischen landete Schwarzklaue auf Finns Schulter. Das Tier starrte sie unentwegt an, ohne sich zu regen, als hätte es ihre widersprüchlichen Gedanken gelesen.

Doch Finn bewegte sich nicht von der Stelle. Mit seiner unversehrten Hand strich er geistesabwesend über das dunkle Gefieder seines Gefährten, während er immer wieder den Kopf schüttelte.

»Ich kann es nicht glauben«, murmelte er ungläubig. »Wir sind wirklich angekommen.«

Minna wurde ungeduldig. Alles in ihr kribbelte. Jeder Muskel, jede Faser, alles war in Aufruhr.

»Finn, nicht stehenbleiben. Wir haben viel vor, wir müssen eine Unterkunft auftreiben, ich muss sicherlich irgendwo vorsprechen, wir müssen …«

Mit funkelnden Augen wandte sich der blonde Mann ihr zu. Schwarzklaue schlug unruhig mit den Flügeln, als könnte er sich nicht entscheiden, ob er sich in die Lüfte erheben sollte oder nicht.

»In der Tat haben wir das, Dichterin. Wir müssen Geschichten und Schätze oder vielleicht beides in einem finden.«

Und Minna dachte, dass man eine fremde Stadt mit schlechteren Träumen, als sie beide in ihren Herzen trugen, betreten konnte.

Der Felsen unter ihren Sohlen wurde feuchter, je näher sie der Klippenlandschaft kamen, und mit jedem Meter, den sie über dem gewundenen Bergpfad zurücklegten, wuchs ihre Nervosität.

Die breite Straße endete auf dem höchsten Punkt der Klippe vor dem Stadttor. Seine Flügel waren an der schmalsten Stelle zwischen die Bergfelsen gehauen worden. Minna und Finn hatten den Hauptpass eine Weile suchen müssen, aber irgendwann ein Schild gefunden, das sie durch das Gebirgslabyrinth leitete. Mit jeder Abzweigung und jeder Kreuzung wurde es belebter, und die Dächer der Stadt waren mit einem Mal erkennbar und nicht mehr nur ein feiner Umriss aus der Ferne. Bald tummelten sich Menschen auf der breiten Straße, manche allein, manche in Gruppen, manche mit Pferden, Eseln, Rindern und Karren oder Kutschen. Einige von ihnen waren voller Milchkannen, Getreide und anderer Waren, die zur Stadt transportiert wurden. Um die Stadt und ihre Einwohner zu versorgen, musste sie stetig mit Lebensmitteln und allem, was man sonst so zum Leben benötigte, beliefert werden. Das erklärte den hohen Status der Kaufleute und ihren nahen Wohnort umso besser.

Aber es waren nicht nur Kaufleute auf den Straßen, ganz im Gegenteil. Was sich hier, unmittelbar vor dem Stadttor, tummelte, ließ Minnas Herz höherschlagen, dabei war es nur eine Ahnung, ein Hauch dessen, was sie wohl im Inneren der Stadt erwarten mochte. Fremde Sprachen, leiser Gesang, Kleidung mit Farbklecksen. Viele Menschen waren einfach gekleidet, anderen sah man ihren Wohlstand an.

Das Tor war nicht bewacht, wie man es von anderen Städten kannte, sondern stand sogar einladend offen, sodass Reisende und Einwohner ungehindert hindurchspazieren konnten, wie es ihnen beliebte. Erst auf den zweiten Blick bemerkte Minna beim Durchschreiten des steinernen Bogens sehr wohl Wachposten, doch sie fielen kaum auf. Ihre Uniformen waren unauffällig nachtblau, die Schwerter steckten in ihren Scheiden. Weitere Waffen konnte Minna nicht ausmachen.

Etwas anderes war aber noch außergewöhnlich. Sie räusperte sich leise, bis sie Finns Aufmerksamkeit hatte, und wies mit dem Kinn auf einen Tisch, der direkt hinter dem Torbogen positioniert war. Daran saß ein älterer Mann mit ergrautem Haar und einem Bart, der ihm fast bis zur Brust reichte. Vor ihm lag ein Stapel Papiere, die er durchblätterte, wann immer jemand Einlass begehrte.

»Offenbar muss man sich erst vorstellen«, mutmaßte Finn. »Hast du deine Einladung bereit?«

»Natürlich. Meine Hand ist vom Festhalten schon völlig verkrampft. Möglicherweise habe ich Sorge, dass mir sie im letzten Augenblick jemand klaut.«

Finn erwiderte nichts, aber das leichte Grinsen auf seinen Lippen war ihr Antwort genug. Einer der beiden Wachmänner hinter dem Mann am Schreibtisch bedeutete ihnen mit einem Wink, näher heranzutreten. Minna zwang sich zur Ruhe und umklammerte die Pergamentrolle, damit sie ihr bloß nicht wegrutschte. Finn hielt sich hinter ihr. Offenbar wollte er ihr das Wort überlassen, immerhin war sie diejenige mit der Einladung.

»Guten Tag, meine Dame«, begrüßte der Mann sie. Er legte seine Schreibfeder auf ein kleines Holzbrett. Ein winziger Tintenfleck löste sich von der Spitze. Dann zog er den Stapel Papier zu sich und warf Minna einen erwartungsvollen Blick zu. »Ich benötige Euren Namen, um zu prüfen, ob Euch Einlass gewährt werden darf. Habt Ihr eine Einladung vorzuweisen?«

»Oh ja«, beeilte sich Minna zu sagen.

»Dann händigt sie mir bitte aus.«

Sie übergab ihm die Pergamentrolle, die der Schreiber mit einer geübten Bewegung entrollte, nachdem er einen flüchtigen Blick auf das Siegel geworfen hatte. Rasch überflog er den Inhalt. »Minna Fabelreich, das seid Ihr, nehme ich an?«

»Richtig. Ich wurde für den Dichterwettstreit eingeladen. Komme ich noch rechtzeitig?« Ihr Herz überschlug sich fast. Hoffentlich war sie nicht zu spät.

»Auf jeden Fall! Der Wettstreit ist erst in drei Tagen. Ihr habt also noch etwas Zeit, um Euch einzuleben und die Stadt kennenzulernen.« Er deutete mit seiner freien Hand auf ein großes Banner, das hinter dem Torbogen über die Straße gespannt war.

Der berühmte Dichterwettstreit von Fernab ist zurück …

»Ist zurück? Der Dichterwettstreit hat lange nicht stattgefunden, nicht wahr?«

Der Schreiber nickte.

»Warum?«, wollte Minna wissen.

»Die letzten Königinnen und Könige hielten nicht so viel von den Künsten, wie man es von Herrschern über eine magische Stadt eigentlich erwarten würde. Sie haben die Traditionen nicht sonderlich gepflegt. Aber unsere neue Königin handhabt es anders. Sie möchte diese Traditionen wiederbeleben.« Er zögerte einen Augenblick, ehe er fortfuhr. »Es ist gut, dass wir sie haben. Traditionen sind wichtig, findet Ihr nicht auch?«

»Ja und nein. Traditionen verbinden Menschen. Aber manchmal verhindern sie auch, dass etwas neues Großartiges entstehen kann.«

Der Schreiber lachte. »Ihr jungen Menschen träumt noch immer vom Großartigen, als läge es in der Hand eines jeden Einzelnen, es zu bewirken.«

»Daran glaube ich ganz fest.«

Der Schreiber zuckte mit den Schultern, ehe er seinen Blick mit gerunzelter Stirn zu Finn gleiten ließ. »Und Ihr seid …?«

»Finn Minengräber. Ich bin Minnas Begleitung.«

Das Runzeln vertiefte sich, als der alte Mann mit seinem Zeigefinger über die Liste fuhr und dann die nächsten Seiten inspizierte. Dann sah er auf. »Ich finde Euch nicht, junger Mann. Kann ich bitte Eure Einladung sehen? Oder seid Ihr ein Begleiter der Dame?«

»Eine Einladung? Ich habe keine. Dafür habe ich diese talentierte Dichterin auf ihrer Reise hierhin begleitet und gehe ihr zur Hand, damit sie sich ganz auf den Wettstreit konzentrieren kann.« Finn lächelte einnehmend, doch Minna kannte ihn gut genug, um die Anspannung darin zu erkennen. Sie war selbst alarmiert. Sie hätte nicht gedacht, dass sie *beide* eine Einladung benötigten.

»Ich meine, wenn ich ohne Einladung die Stadt nicht betreten dürfte, warum würde ich sie dann sehen können?«, ergänzte Finn schnell.

»Nun, mein Herr, die Magie der Stadt ist so gewebt, dass sich der Sichtbarkeitszauber auf jeden ausweitet, der mit einer Person unterwegs ist, die eine Einladung besitzt. Das ist sogar recht praktisch, muss ich gestehen, sonst wäre der bürokratische Aufwand enorm, wenn wir jetzt für jede Bedienstete und jeden Diener von Kaufleuten oder Adeligen eine eigene Einladung aufsetzen müssten … Aber eben aus diesem Grunde gibt es hier am Tor noch einmal die Kontrolle, die ansonsten nicht vonnöten wäre.« Der Schreiber legte den Stapel Papiere wieder ordentlich zusammen. Auf seinem Gesicht zeichnete sich Bedauern ab. »Es tut mir schrecklich leid, mein Herr, aber ich kann Euch nicht passieren lassen. Nur wer eine Einladung besitzt, darf die Stadt betreten. Ihr habt ihre Magie durchschaut, aber eintreten dürft Ihr dennoch nicht. Das ist Gesetz. Und daran muss ich mich halten. Ich muss Euch übrigens auch darauf hinweisen, dass Ihr über die Existenz der Stadt nicht sprechen dürft. Die Missachtung dieses Befehls wird als Hochverrat bestraft. Euren Namen habe ich für den Fall der Fälle notiert.«

»Das kann doch nur ein Irrtum sein«, wandte Minna rasch ein, bevor Finn etwas sagen konnte. Sein Gesicht war ein Spiegel seiner Emotionen: wachsende Erkenntnis, Wut, Enttäuschung, Hilflosigkeit. Noch mehr Wut. Sie wollte nicht, dass er sich – und ihr – Schwierigkeiten machte.

»Ich bedaure: Nein.«

»Kann ich mit jemandem darüber sprechen? Jemandem, der Autorität hat und die Entscheidung treffen kann, eine Ausnahme zu machen?« Minna verlieh ihrer Stimme Festigkeit. Sie wollte, dass dieser Mann sie ernstnahm, auch wenn sie da draußen nur eine Frau mit ihrer brotlosen Kunst war. Hier war sie wichtig. Hier besaß sie die Einladung für einen berühmten Wettstreit. Hier könnte sie eines Tages *jemand* sein, wenn sie nur alles gab.

»In Fernab gibt es keine Ausnahmen, werte Dichterin«, sagte der Schreiber sanft. Offenbar fühlte er mit ihnen, auch wenn das nichts an seiner Entscheidung änderte. »Die Königin ist streng darin, dass ihre Gesetze eingehalten werden. Aber wenn Euch damit wohler ist, kann man Euch gleich zu Galvan bringen. Er ist der Ausrichter des Dichterwettstreites und Hofdichter der Königin. Ihr könnt mit ihm über die Angelegenheit sprechen, wenn es Euch beliebt.«

Minna war sich der Anwesenheit der beiden Wachen im Hintergrund sehr wohl bewusst. Sie spielten weder warnend mit den Schwertgriffen, noch warfen sie ihr düstere Blicke zu. Aber sie waren da. Und sie wusste, sie würden auf Wink des Schreibers kommen und Finn mit Gewalt herauszerren, sollte es notwendig sein. Sie schluckte ihren Ärger also vorerst herunter und wandte sich dem Schatzsucher zu. Dessen Gesichtsausdruck war angespannt und dunkel vor unterdrückter Wut. Sein Gefährte bewegte sich flatterig auf der Schulter. Er spürte den Zorn seines Besitzers offenbar deutlich.

»Ich weiß, dass es nicht richtig ist, aber bitte geh. Ich werde diesen Galvan aufsuchen und die Angelegenheit regeln. Ich verspreche dir, ich werde mein Bestes geben, um dich irgendwie in diese Stadt zu bekommen.«

»Aber wie?«, flüsterte Finn. »Sobald ich die Grenze überschritten habe, werde ich sie nicht mehr sehen. Du und deine Einladung … Ihr seid dann hier.«

»Ich hole dich.«

»Und dabei schleichen wir uns an den Wachen vorbei?«

»Ich werde eine verdammte Einladung für dich mitbringen.«

»Aber wie sollen wir uns wiederfinden, wenn wir einmal getrennt sind?«

Minna schwieg. Der Einwand war berechtigt. Finn konnte nicht vor den Toren der Stadt warten, man würde ihn sicher irgendwann davonjagen.

Dann aber runzelte Finn die Stirn. Er hob die Hand und zog dabei eine Grimasse, als sei sie schwer wie Blei. Er stieß einen leisen Pfiff aus, und Schwarzklaue war mit zwei Flügelschlägen von der Schulter auf seine Hand geflogen.

»Nimm du Schwarzklaue mit dir.«

Verständnislos blickte Minna auf die dunkle Elster, deren nachtschwarze Augen sie anfunkelten. »Wie meinst du das?«

»Ich meine, dass dieses kluge Tier, mein Freund, mich überall finden wird. Selbst am Ende dieser Welt oder am Ende irgendeiner anderen Welt.« Seine Stimme war schwer und seltsam belegt, und Minna erkannte, dass er seine Elster noch niemals zuvor jemand anderem überlassen hatte.

Andere hätten sich vor einem wilden Vogel vielleicht geängstigt. Sie nicht. Sie trat einen Schritt vor und reckte ganz langsam den Arm. Wenn Finn ihr seinen Gefährten anvertraute, dann vertraute er auch ihr. Und diese Erkenntnis rührte etwas in ihr. Dass sie beide vielleicht mehr waren als einfache Reisegefährten.

»Ich werde ihn nach dir suchen lassen«, erwiderte sie. »Sobald ich etwas herausgefunden habe, schicke ich ihn mit einer Nachricht los.«

Finn übergab ihr die Elster. Seine Hand zitterte kaum merklich. Sie hatte ihn noch nie so verletzlich gesehen. Nicht, als er von seiner Familie erzählt hatte, nicht, als er von der Bande bedroht worden war, nicht, als sie unterwegs in die Fänge der Wanderprärien geraten waren. Aber jetzt, jetzt zeigte er ihr seinen wunden Punkt.

»Pass gut auf ihn auf«, sagte er heiser.

»Ich schwöre bei meinem Leben, dass ich ihn beschützen werde.«

Schwarzklaue trat unruhig von einem Bein aufs andere, als der Schatzsucher ihn auf Minnas Arm setzte. Begriff er, dass er bei ihr bleiben sollte? Oder würde er bei nächster Gelegenheit auffliegen und zu seinem Herrn zurückkehren?

Die Elster blieb jedoch ruhig und neigte ihren Kopf. Der Schatzsucher beugte sich vor und flüsterte dem Tier leise etwas zu. Dann richtete er sich wieder auf und sah Minna in die Augen.

»Halte an deinen Träumen fest, Dichterin, selbst wenn du mich damit zurücklassen musst. Am Ende muss jeder für seine eigenen Träume kämpfen.«

Es zerriss ihr das Herz, den Schatzsucher so zu sehen. Sie folgte ihm bis ans Tor zurück, aber weiter konnte sie ihn nicht begleiten. Mehr konnte sie in diesem Augenblick nicht tun. Jeder Zuspruch würde seine Enttäuschung nur verschlimmern.

Und vielleicht wusste Finn das. Ohne ein weiteres Wort des Abschieds drehte er sich um und verließ die Stadt, ohne zu wissen, ob er ihre Schönheit, die er doch nur hatte erahnen können, jemals wiedersehen würde.

18.
Die Königin

Gnadentod

Ein einziges Jahr konnte die Welt manchmal auf den Kopf stellen.

Obwohl ein einziges Jahr angesichts der Geschichte der Menschheit, deren Länge die historische Wissenschaft nicht einmal genau bemessen konnte, vermeintlich unbedeutend war, konnte es viel verändern.

Die Welt der Königin hatte sich im letzten Jahr gravierend verändert. Sie war Herrscherin geworden, ohne dafür bereit gewesen zu sein, doch danach hatte niemand gefragt. Von einem auf den nächsten Tag war sie Königin über ein unsicheres Land in unsicheren Zeiten und mit einem über alle Maßen unsicheren Volk geworden, und niemand hatte sich darum geschert, ob sie das wollte oder nicht. Das war das Schicksal von Königen und Königinnen: der goldene Käfig, aus dem es kein Entkommen gab.

Heute vor einem Jahr hatte man ihre Mutter tot im See gefunden, ihre Leiche hatte leblos auf der Wasseroberfläche getrieben, als wäre sie ein Stück Holz. Seitdem war keine Stunde vergangen, an dem sie nicht an diesen schrecklichen Anblick des vom Wasser ausgekühlten Körpers gedacht hatte, doch heute war die Erinnerung besonders gegenwärtig.

Heute tobte der Gram in ihr stärker als je zuvor. All das, was sie als Königin nicht nach außen tragen durfte, toste in ihr wie ein Sturm, der Dächer abreißen und Bäume entwurzeln wollte. Und was, auch nach einem Jahr, am schlimmsten war, war die

Ungewissheit. Die Frage nach dem Warum. Es gab nur wenige Anhaltspunkte, was genau geschehen war. Der Einzige, der dabei gewesen war, schwieg. Die Königin hatte sich nicht nur mit einem ungeklärten Tod konfrontiert gesehen, sondern auch mit habgierigen Adeligen und Kaufleuten, die von der Situation profitieren, oder Herrschern der Nachbarländer, die ihre politische Schwäche ausnutzen wollten. Es war der denkbar schlechteste Augenblick gewesen, Schmerz und Trauer zu zeigen.

Stattdessen war es der Augenblick gewesen, an dem sie sich entschlossen hatte, einen anderen Weg zu gehen. Einen dunklen, einen, den ihre Mutter ihr niemals verziehen hätte. Aber ihre Mutter war fort, und ihre Nachfolgerin hatte ihren eigenen Weg finden müssen, über Phantopien zu herrschen und vielleicht Unmögliches möglich zu machen.

Die Königin atmete tief ein. Sie hatte eine kurze Pause gebraucht, um frische Luft zu schnappen. In ihrem Kopf hatte sich ein beißender Schmerz festgesetzt, der auch mit einem kühlenden Lappen einfach nicht weichen wollte, also hatte sie sich für einen Moment auf den Balkon der Bibliothek zurückgezogen. Hier hatte sie früher viele Abende und Nächte verbracht, während sie sich durch die Schätze der Bibliothek gelesen hatte. Heute hatte sie zu ihrem großen Bedauern keine Zeit mehr dafür. Das Regieren des Landes und ihr Plan für Phantopien waren bedeutsamer.

»Eure Majestät?« Madeleines dünne Stimme ertönte an der Balkontür. Die junge Zofe, die ihr helles Haar während ihres Dienstes unter einer Haube verborgen trug, hielt den Kopf untertänig gesenkt. Sie war die Einzige neben ihrem Berater und ihrem persönlichen Wächter Harold, die sie direkt ansprechen durfte, ohne dass sie ihr die Erlaubnis erteilen musste zu sprechen. Trotzdem spürte die Königin, dass die Zofe es nicht gerne tat, selbst nachdem sie jetzt seit beinahe zwei Jahren im Dienst stand. Dabei hatte sie ihr in dieser Zeit noch kein Haar gekrümmt.

»Ja, Madeleine?«

Madeleine trat auf den Balkon hinaus und knickste pflichtbewusst, bevor sie ihr Anliegen vortrug. »Der Gabensucher wünscht eine Audienz bei Euch.«

Valerian? Die Königin horchte auf. Sie hatte nicht nach ihm geschickt, und normalerweise kam er nie von selbst zu ihr.

»Was ist sein Anliegen?«

»Das hat er nicht genau gesagt, Eure Majestät. Es geht um den Dichterwettstreit und eine Teilnehmerin.«

Das alarmierte die Königin, und sie machte eine herrische Handbewegung. »Schick ihn zu mir.«

Die Zofe knickste erneut, ehe sie ging. Die Königin überkam ein unangenehmes Kribbeln, das sich von ihrem schmerzenden Kopf aus wellenartig über den gesamten Körper ausbreitete. Wenn der Gabensucher sie freiwillig aufsuchte, hatte er schlechte Nachrichten, da war sie sicher.

Mit weichen Knien löste sie sich von ihrem Platz am Geländer und nahm auf einem der beiden Stühle Platz. Sie fuhr sich mit beiden Händen übers Gesicht, um ihre Mimik unter Kontrolle zu bringen. Valerian durfte ihr den Schmerz nicht ansehen. Er kannte ihre Anzeichen von Schwäche am besten. Vor ihm musste sie besonders eisern sein.

»Eure Majestät, der Gabensucher.«

Valerian war über die Schwelle der gläsernen Tür getreten, die Madeleine leise hinter ihm schloss, damit sie nicht belauscht wurden. Er verbeugte sich gequält. Dann blieb er wie angewurzelt auf der Stelle stehen. Er trug eine braune Reithose und ein helles Hemd mit offenem Kragen.

Die Königin wies mit der Hand auf den Stuhl ihr gegenüber. »Bitte nimm Platz.«

Mechanisch und mit vollkommen regloser Miene kam Valerian dem Befehl nach. Seine Bewegungen, sonst weich und fließend, waren hölzern. Zu spät wurde der Königin bewusst, dass sich dieses Mal kein massiver Schreibtisch zwischen ihnen befand, sondern nur ein winziger Beistelltisch, der gerade Platz genug für ein Tablett und ein Buch bot. Unwillkürlich lehnte sie sich ein Stück zurück, aber es war zu spät, den Stuhl zurückzuschieben.

»Meine Zofe teilte mir mit, dass du eine Audienz wünschst.«

Valerian neigte kurz den Kopf. »Wenn Ihr all meine Wünsche so bereitwillig erfüllen würdet wie diesen einen, wäre ich ein glücklicherer Mann, meine Königin.«

Bei dieser Bemerkung hätten andere Menschen möglicherweise gelacht, würden sie einander nicht kennen und hätten sie nicht die Vorgeschichte, die sie beide miteinander teilten. So ging die Königin nicht darauf ein.

»Worum geht es?«

»Wir haben ein Problem, Eure Majestät. Ein ernstes Problem.«

»Dann sprich endlich, Gabensucher.«

Valerians Fuß wippte kaum merklich. »Die Dichterin ist eingetroffen. Vor etwa einer Stunde. Der Schreiber hat mich darüber informiert.«

Das erfreute die Königin. »Wunderbar. Sie hat sich als äußerst fähig erwiesen, dass sie es bis hierher geschafft hat.«

»Nun, da kommen wir zu dem Problem. Sie ist nicht allein. Sie hat jemanden mitgebracht.«

Das … Das *war* ein Problem. Der Schmerz begann heftiger in ihren Schläfen zu pochen. Wie ein steter Hammerschlag manifestierte er sich in ihrem Kopf, was es ihr erschwerte, klar zu denken.

»Wen?«, presste sie heraus. »Wen hat sie mitgebracht?«

Valerian beförderte einen Zettel zu Tage. Die Schrift darauf war sauber und ordentlich, sie gehörte allerdings nicht zum Gabensucher. Die Königin kannte seine Schrift beinahe so gut wie ihre eigene.

»Der Schreiber hat mir seinen Namen überbringen lassen. Der Mann heißt Finn Minengräber.«

»Weiß man etwas über ihn?«

Valerian zögerte.

»Ich fragte, ob man etwas über ihn weiß«, sagte sie kühl. Gleichzeitig fragte sie sich, ob Harold in der Bibliothek Wache stand. Nur für den Fall …

Valerians Gesicht war beinahe weiß. Entweder vor Zorn oder vor Anspannung oder weil er einen Drang unterdrückte, der ihn an den Galgen bringen würde.

»In der Kürze konnte ich noch nicht viel herausfinden, meine Königin. Sein Familienname lässt darauf schließen, dass er einer Schatzsuchersippe angehört. Der von Freyd Minengräber, der im Volk nicht ganz unbekannt ist.«

Die Königin hatte von ihm gehört. »Meinst du, er könnte ein Sohn oder enges Familienmitglied sein?«

»Das ist gut möglich. Mit Sicherheit kann ich das aber erst sagen, wenn ich Männer ausschicke, um Informationen einzuholen.«

»Nein. So viel Zeit haben wir nicht. Der Dichterwettstreit ist in drei Tagen und …« Sie wollte den Satz beenden, doch irgendetwas brachte sie dazu, innezuhalten. Dabei wussten sie beide, wie der Satz enden würde.

… wenn Minna nicht zurückkehrt, wird er es merken. Er wird nach ihr suchen. Er wird der ganzen Welt über ihr Verschwinden berichten.

Das konnte sie nicht zulassen. Sie konnte diesen Mann nicht laufen lassen, nachdem er wusste, wo Fernab lag und dass Minna nicht mehr zurückkehren würde.

»Wir könnten die Dichterin einen Brief verfassen lassen, in dem sie erklärt, dass sie nicht den Wunsch hegt, Fernab jemals wieder zu verlassen. Dass sie den Wettstreit gewonnen hat und künftig hier leben wird.« Ein seltsam flehender Unterton hatte sich in Valerians Stimme eingeschlichen. Und die Königin wusste genau, was er von ihr wollte.

Gnade. Aber sie konnte keine Gnade gewähren, nicht so kurz vor dem Ziel.

Der Schmerz in ihren Schläfen wurde unerträglich. Trauer, Verlangen, blinder Ehrgeiz, das alles war die perfekte Mischung für gefährliche Wut.

»Nein«, sagte sie.

»Nein?«, wiederholte er zwischen zusammengebissenen Zähnen. Sie blickte in Valerians dunkle Augen, und das schwarze Feuer darin jagte ihr Angst ein, dabei sollte es andersherum sein. *Sie* sollte ihm Angst einjagen. Aber heute, heute war eben dieser eine Tag, da war dieser Kopfschmerz, da war so viel, was an ihren Schutzmauern kratzte.

Und da war die Erinnerung, wie Valerian sie vor einem Jahr gehalten hatte, als man sie zu der Leiche ihrer Mutter gebracht hatte.

Ihr war bewusst, dass sie nicht mehr lange durchhalten konnte. Sie musste ihr Gesicht wahren. Sie erhob sich so heftig, dass der Stuhl quietschend über den Marmor schleifte.

»Töte ihn«, befahl sie. »Töte ihn gnädig und unauffällig. Er darf nicht lebend zurückkehren.«

Er erhob sich mit einer fließenden Bewegung. Sein Körper bebte, und seine Augen loderten wie ein Vulkan kurz vor dem Ausbruch. Er rebellierte auf die einzige ihm mögliche Weise: Er drehte ihr den Rücken zu, ohne ihre Erlaubnis abzuwarten, stieß die Tür auf und ging.

Und sie wusste, dass sie wieder einmal nicht nur ihre eigene Seele verkaufte, sondern Valerians gleich mit.

19.
Finn

Unerwartete Jagd

Es war, als hätte er eine unsichtbare Grenze überschritten. Er hatte einen Schritt getan, durch den Torbogen hindurch, weg von Minna, die ihn bis dorthin begleitet hatte. Er hatte die lebhaften Gespräche in seinem Rücken eben noch vernommen, und beim nächsten Schritt war es still hinter ihm. Gespenstisch still.

Er drehte sich langsam um, und seine Vermutung bestätigte sich. Dort, wo eben noch die gewaltige, pulsierende Stadt gewesen war, war nun nichts mehr. Selbst die Beschilderung, die ihnen auf den Straßen den Weg gewiesen hatte, war verschwunden. Er konnte einige Reisende sehen, die die Stadt betraten oder verließen, aber er würde ihnen vermutlich nicht folgen können.

Finn konnte nicht in Worte fassen, wie die Enttäuschung in ihm brannte. Sein ganzes Leben hatte er auf diesen Augenblick hingefiebert, hatte kaum zu träumen gewagt, dass er ihn wirklich erleben würde, und dann schlug man ihm im wahrsten Sinne des Wortes die Türe vor der Nase zu. Mit seinem Stiefel trat er heftig gegen ein paar Steinchen, um seiner ohnmächtigen Wut ein Ventil zu verleihen.

Außerdem hatte er nicht die geringste Ahnung, was er jetzt tun sollte. Zurück in die Stahlberge, in der Hoffnung, vorübergehend irgendwo unterzuschlüpfen, wo Schwarzklaue ihn finden würde? Oder sollte er sich eine unauffällige Felsspalte suchen, um dort zu warten und zu hoffen, dass Minna Erfolg damit hatte, sich bei dem Ausrichter des Dichterwettstreites für ihn einzusetzen?

Er entschied sich für Letzteres. Es würde ihm nicht schaden, auf Minna zu vertrauen, auch wenn er ihrem Vorhaben keine hohen Erfolgschancen einräumte. Warum sollten die Entscheidungsträger von Fernab ausgerechnet für sie eine Ausnahme machen? Vermutlich würde sie seine Elster mit einer bedauernden Nachricht schicken, und dann war sein großer Traum für immer gestorben.

Bis dahin musste er sich irgendwie über Wasser halten und sich schnell etwas einfallen lassen. Er hatte kein Geld, kein Wasser und keine Nahrung mehr.

Unbehaglich ging er ein paar Schritte. Bevor Fernab sich wieder in die Unsichtbarkeit verabschiedet hatte, war der Bereich vor dem Torbogen mit Fackeln gegen die einbrechende Dunkelheit und einigen dekorativen Skulpturen von talentierten Bildhauern ausgestattet gewesen. Jetzt schien das riesige Plateau verlassen und vergessen. Mit einem leisen Fluch auf den Lippen bog Finn von der Passstraße ab und begab sich auf einen Pfad, der auf eine Spalte zwischen zwei riesigen Felsen zuführte. Eigentlich hatte er nur etwas Schutz suchen wollen, doch dann fiel ihm auf, dass die Schlucht nicht ganz natürlich wirkte, sondern vielleicht von Menschenhand geschaffen war.

Wohin auch immer sie führen mochte, es interessierte ihn nicht. Nun, da niemand mehr in der Nähe war, der ihn neugierig mustern würde, lehnte er sich gegen einen kantigen Felsen und schloss die Augen. In seiner verkrüppelten Hand hatte sich ein unangenehmes Ziehen breitgemacht, und er bemerkte erst jetzt, wie sehr seine Finger sich verkrampft hatten. Vorsichtig bewegte und dehnte er sie mit seiner anderen Hand. Schlimmer war das fehlende Gewicht seines Gefährten auf der Schulter. Obwohl er wusste, dass die Elster nicht weit entfernt war, war ihm unbehaglich zumute. Es fühlte sich eher so an, als trennte sie eine ganze Welt voneinander. Streng genommen war es auch so, was ihm ein Gefühl der Ohnmacht verlieh. Er wusste, dass Minna ihn gut behandeln würde, doch am Ende war Schwarzklaue *sein* Gefährte, und sein Fehlen brannte ein Loch in sein Herz.

Plötzlich drang Lärm zu ihm hinüber. Lautes Gerede, das Klirren von Schwertern an Waffengürteln, die während eines raschen Marsches gegen Schilde stießen, das echoende Geklapper von unbeschlagenen Hufen auf dem Bergpass. Finn, der in der engen Felsspalte kauerte, wollte gerade zurück auf den Pass treten, als er Stimmen aufschnappte, deren Worte ihn innehalten ließen.

Wir müssen ihn finden. Beeilt euch, Männer … bevor die Nacht kommt.

… Befehl der Königin.

Er ist ein Schatzsucher …

Finn schob sich dichter an den Felsen, um sich in seinem Schatten dem Plateau nähern zu können, ohne sofort bemerkt zu werden. Von wem sprachen diese Männer? Finn kniff die Augen zusammen und reckte den Kopf ein wenig aus der Spalte. Er erkannte Soldaten in der nachtblauen königlichen Uniform. Die Stimmen wurden drängender, auch wenn der Hauptmann den Arm hob, um die Männer zur Ruhe zu mahnen. Offenbar sollte das Gesagte nicht bis zu den gewöhnlichen Menschen auf dem Pass weitergetragen werden.

Schneller, Soldaten …

Finn Minengräber.

Findet ihn.

Finn sog zischend den Atem ein. Im ersten Moment glaubte er, sich verhört zu haben. Hatten die wirklich gerade seinen Namen gesagt?

»Verdammter Mist«, fluchte er leise. Offenbar blieb ihm nur übrig, möglichst schnell von hier zu verschwinden.

»Fremdling«, zischte eine männliche Stimme direkt hinter ihm. Er zuckte zusammen. Er, der doch selbst ein Dieb und Meister der Unsichtbarkeit war, hatte ihren Urheber nicht kommen gehört.

Finn wirbelte auf dem Absatz herum, die Arme hochgerissen, als erwartete er bereits die Soldaten der Königin, die ihn in eine Falle getrieben hatten.

Findet ihn, hatten sie gesagt. Warum nur? Was hatte er einer Königin getan, die er nicht kannte, geschweige denn jemals zu Gesicht bekommen hatte?

Vor ihm aber stand kein Soldat, sondern einer der heruntergekommensten Männer, die er je gesehen hatte. Er wirkte mit dem zerzausten Bart uralt. Er trug ein zerschlissenes Hemd, das man eigentlich nur noch als Ansammlung von Fetzen bezeichnen konnte, und eine Hose, die ihm bis zu den Knien reichte. Die Füße waren nackt und beinahe schwarz vom Gebirgsstaub. Um seinen Hals hing eine Kette aus geknüpfter schwarzer Wolle und Leder. Einzig an den hellen blauen Augen und den wenigen Falten unter der Schicht aus Dreck und rötlichem Staub erkannte Finn auf den zweiten Blick, dass der Mann nur an die zehn Jahre älter als er sein mochte.

»Wer bist du?«, fragte er argwöhnisch. In seinem Rücken sammelten sich noch immer Soldaten. Mit nur einem Wort konnte dieser Bettler ihn verraten. Außerdem sperrte er ihm den Fluchtweg in die Felsspalte ab. Er war gefangen zwischen Leuten, die ihn aus einem völlig unbekannten Grund jagten, und einem Mann, der auf eine andere Weise dasselbe tun könnte.

Sie starrten einander an wie zwei Wölfe.

»Ich bin der Mann mit den tausend Gesichtern.«

»Gut zu wissen.« Finn zog eine Augenbraue hoch.

Der verdreckte Mann lächelte nicht. Stattdessen deutete er mit dem Kinn in Richtung des Aufruhrs. »Sie suchen dich, nicht wahr? Was wirft man dir vor?«

Misstrauisch zuckte Finn mit den Schultern, aber selbst wenn er gewollt hätte, hätte er keine Antwort geben können. »Keinen Schimmer.«

»Hast versucht, dich in die Stadt zu stehlen, hm?«

»Wie will man sich in eine Stadt stehlen, die man nur mit Einladung sehen kann?«

»Mh«, machte der Bettler nur. Sein Blick fiel auf Finns verkümmerte Hand.

»Verbrecher? Dieb?«

Die Wut rührte sich einmal mehr in Finn. Nur weil er ein Krüppel war, bedeutete das noch lange nicht, dass ihm nichts zuzutrauen war, verdammt nochmal.

»Schatzsucher«, widersprach er kalt.

Der Mann neigte den Kopf. »Schatzsucher also. Gut, wir sind alle mehr, als wir zu sein scheinen.« Er machte eine ausladende Geste mit dem Arm. »Komm mit.« Dann drehte er sich um, ohne Finn eines weiteren Blickes zu würdigen, um tiefer in die Felsspalte vorzudringen.

»Wohin?«, rief Finn gedämpft. Doch falls der Mann ihn gehört hatte, so machte er keine Anstalten, ihm eine Antwort zu geben. Und Finn hatte nur zwei Möglichkeiten: Ausharren und hoffen, dass man ihn nicht entdeckte, was über kurz oder lang vermutlich eine dumme Idee war, da die Soldaten sich im Gebirge sicherlich bestens auskannten. Oder er wagte den Schritt ins Ungewisse und folgte diesem Unbekannten. Dem Unbekannten, der ihn in eine Falle locken, ihn ausrauben, meucheln oder sonst was mit ihm anstellen konnte.

Die Stimmen der Soldaten kamen immer näher und nahmen Finn die Entscheidung ab. Wenn er ihnen nicht in die Hände fallen wollte, dann musste er wohl in den sauren Apfel beißen und dem Fremden vertrauen. Und damit war er zum zweiten Mal an diesem Tage gezwungen, einem Menschen, den er nicht oder kaum kannte, etwas anzuvertrauen, das ihm besonders am Herzen lag.

Nur dieses Mal war es sein Leben.

Aber was hatte er schon wirklich zu verlieren? Wer würde ihn vermissen? Schließlich hatte er kein Zuhause, und es gab niemanden, der sein Fehlen bemerken würde.

Das laute Stimmengewirr in seinem Rücken verebbte, als er sich in Bewegung setzte und dem Unbekannten tiefer in das Steinlabyrinth folgte. Und er war verblüfft. Obwohl der Weg schmaler wurde und ihm von Anfang an als Sackgasse vorgekommen war – was vermutlich auch der Grund war, warum die Soldaten ihm nicht schon längst auf den Fersen waren –, konnte er ungehindert weitergehen, ohne stecken zu bleiben. Nach einer leichten Rechtsbiegung blieb der Fremde so abrupt stehen, dass Finn beinahe gegen ihn gestoßen wäre. Der Mann legte eine Hand auf einen Felsen, während er plötzlich ein Pergament in der anderen hielt.

Finn wollte etwas sagen, wollte fragen, warum er den Felsen … Dann blinzelte er. Er blinzelte noch einmal. Wo soeben noch ein Steinbrocken gewesen war, so hoch, dass er bis in den Himmel zu ragen schien, war plötzlich Dunkelheit. Nein, keine Dunkelheit wie eine längst angebrochene Nacht, sondern die Dunkelheit, die Tiefe versprach. Oder mit anderen Worten: Ein unterirdischer Tunnel, der offenbar direkt unter der Klippe verlief.

Finn wollte seiner Überraschung Ausdruck verleihen, der Mann aber hob die Hand und legte die Finger auf seine Lippen. Es gab keine Erklärung, zumindest jetzt nicht. Sie mussten sich erst in den Mantel der Dunkelheit kleiden, damit sie nicht Gefahr liefen, doch noch von der Soldatenmeute entdeckt zu werden.

Der zerlumpte Mann ließ sich zuerst von dieser Dunkelheit verschlucken, durch die nicht das geringste Tageslicht drang. So konnte Finn nur hoffen, dass er sich nicht das Genick bei dem Versuch brach, sein elendes Leben zu verlängern, indem er blindlings in den Tunnel stolperte, ohne seine Augen an die Finsternis gewöhnen zu können. Er musste darauf vertrauen, dass der Mann wusste, was er tat, und der Weg auch ohne Licht zu finden war.

Finn holte tief Luft. Dann ließ auch er sich in die Dunkelheit fallen.

20.
Minna

Der Hofdichter

Diese ersten Schritte besaßen ihren ganz eigenen Zauber.

Minna hatte noch nie so sehr das Gefühl gehabt, angekommen zu sein, wie in diesem Augenblick. Von einem auf den anderen Moment hatte sie eine Welt betreten, in der sie unter ihresgleichen war, das erkannte sie auf den ersten Blick. Die breite Hauptstraße war erfüllt von Stimmengewirr, von den feinen Klängen zarter Streichinstrumente, wilden Trommeln und Gesängen, alle wild durcheinander tönend und trotzdem eine Symphonie ergebend. Zu den Seiten der Allee befanden sich zahlreiche Geschäfte, die Ware anboten, die Minna nur aus Geschichten und vom Hörensagen kannte. Schreibutensilien, Instrumente, Leinwände, Farben, die sie noch nie zuvor gesehen hatte, Stoffe, Gesteine und Bücher, Bücher, Bücher. Es gab Büchereien, Chocolaterien, Konditoreien und Gasthäuser, die Düfte über die Straße sandten, bei denen Minna das Wasser im Munde zusammenlief. Es roch nach Schokolade, exotischen Teesorten und Kaffee feinster Art, nach Gewürzen und Zimt und Minze, nach Blumen, die intensiver rochen als jeder Wald im Frühling.

Vor jedem Geschäft tummelten sich die Leute vor den Schaufenstern und unterhielten sich angeregt über die ausgelegte Ware. Die Gesprächsfetzen, die Minna dabei aufschnappte, ließen ihr Herz höherschlagen. Die Menschen hier unterhielten sich nicht über die Ernte, den harten Winter oder das Zahnen der Kinder. Das alles waren Themen, die wichtig waren, das verstand Minna, aber es waren nicht *ihre* Themen, zumindest nicht in diesem Leben. Stattdessen unterhielten sich diese Menschen über Kunst. Über wahrhafte Kunst, für die auch sie selbst mit Leib und Seele brannte.

All die Eindrücke ließen Minna schwindeln. *Ich bin endlich daheim*, dachte sie. Genauso fühlte es sich an. Als hätte sie ihr ganzes Leben darauf gewartet, hier anzukommen, ohne genau zu wissen warum, ohne diesen Ort überhaupt gekannt zu haben.

Sie wünschte sich, sie hätte das alles mehr genießen können, aber das Gewicht des unruhigen Begleiters auf ihrer Schulter erinnerte sie daran, dass sie eine Mission hatte. Der Wachmann, der sie zum Hofdichter führen sollte, hatte nur sehr wenig mit den Wachmännern, die sie sonst kannte, gemeinsam. Er hatte einen dicken Bauch, seinen Helm an seinem Posten vergessen und war geschwätzig wie ein altes Weib. Er schien sich selbst zu Minnas Führer auserkoren zu haben und erzählte ihr etwas zu jedem Geschäft und jedem Gasthaus, das sie passierten. Hauptsächlich berichtete er dabei von dem Bier und den Speisen, denn ganz offensichtlich hegte er eine große Vorliebe für beides.

Trotzdem hörte Minna nur mit halbem Ohr zu. Vielleicht wäre sie für seine Ausführungen empfänglicher gewesen, müsste sie sich nicht in Gedanken eine Strategie zurechtlegen, mit der sie Finn irgendwie in die Stadt bringen konnte. Sie ahnte, dass es schwieriger sein würde, als sie zunächst gedacht hatte. Gerade erzählte der Wache von einem Halunken, der versucht hatte, sich gewaltsam Eintritt in die Stadt zu verschaffen.

»… und ich sage Euch, es verhielt sich wirklich so: Er hat die Einladung einer feinen Dame gestohlen und wollte die Stadt damit betreten. Aber die Stadt ist schlau, wisst Ihr. Sie weiß sehr genau, zu welchem Lebenden die Einladung gehört. Sie hat ihn ebenso getäuscht, wie er es versucht hat, und ihn bis an die Klippen gelockt. Am Ende ist er ins Meer zu Tode gestürzt.«

Minna lächelte gequält. »Ich danke Euch für die interessante Geschichte.«

Der Wachmann war geschmeichelt. Es schien, als hätte er ihr zu gern weitere schräge Geschichten erzählt, doch inzwischen hatten sie ihr Ziel erreicht. Er führte Minna durch den Einlass in einem provisorischen Holzzaun, der einen gewaltigen Platz vor neugierigen Blicken schützte. Der Platz war größer als manches Dorf, das sie auf ihren Reisen durchquert hatte. Er war mit feinem, weichem Sand ausgelegt, und ringsum waren Tribünen in Form eines Sechsecks aufgebaut. Im Zentrum des Platzes kniete eine junge Frau mit nackten Füßen im Sand, die Augen konzentriert geschlossen. Ihre Finger bewegten sich, während der Rest ihres Körpers reglos verharrte. Erst jetzt bemerkte Minna die Skulpturen aus feuchtem, schwerem Sand, die den Theaterplatz säumten. Die Skulpturen stellten vielleicht die großen Dichter des Landes dar, denn viele von ihnen hielten ein Buch in der Hand, andere hatten die Arme erhoben und feierliche Mienen aufgesetzt.

Überall waren weitere Aufbauarbeiten im Gange. Unzählige Männer und Frauen liefen emsig umher, viele mit Brettern, Holz, Stangen und Werkzeugen unter den Armen. Über eine der sechs Tribünen war eine weiße Zeltdecke zum Schutz vor Sonne oder Regen gespannt. Außerdem konnte Minna in der obersten Reihe einen thronartigen Sitz aus samtenen Polstern erkennen. Alle weiteren Reihen dieser imposanten Tribüne waren mit nachtblauen Tüchern ausgelegt oder geschmückt.

Blau war die Farbe der Königin. Dies also war ihre Tribüne und die ihrer Gefolgschaft.

»Hier wird der Dichterwettstreit stattfinden, Madame Fabelreich«, erklärte der Wachmann. Minna konnte den Stolz in seiner Stimme hören. Stolz darüber, dass seine Stadt eine alte, ehrwürdige Tradition wiederbelebte.

»Ihr werdet sehen, in drei Tagen ist dieser Ort das Herz von Fernab. Hier wird es nur so wimmeln von Farben und Liedern und Fröhlichkeit und Spannung. Ihr werdet Euch ganz sicher amüsieren.«

»Das ist in der Tat sehr beeindruckend«, bestätigte Minna, die sich neugierig, aber auch nervös umsah. Sie wünschte, sie könnte all dies mehr genießen, mehr inhalieren. Allerdings konnte sie das nicht, ohne zu wissen, dass Finn es ihr gleichtun durfte.

»Denkt bitte daran, Euch am Vortag des Wettstreites in die Teilnehmerliste einzutragen. Das ist wichtig, damit Ihr zugelassen werdet. Die Listen werdet Ihr im Zelt des Ausrichters finden.«

»Danke für die Information, das habe ich noch nicht gewusst. Aber bitte sagt mir, wo ich den Ausrichter finden kann?«, fragte sie bestimmt.

»Gleich hier, kommt mit. Er leitet den Aufbau. Bei solchen großen Ereignissen muss viel organisiert und geplant werden.«

Der Wachmann steuerte auf ein Zelt zu, das unmittelbar vor der königlichen Tribüne aufgestellt worden war. Die Wände flatterten im leichten Wind, und man konnte hinter dem dünnen Stoff Gestalten erahnen.

Und hier, an genau diesem Ort, mit den dreckigen Stiefeln im königlichen Sand, spürte Minna die Magie Fernabs zum ersten Mal körperlich. Sie kam sachte wie ein Windhauch, sanft und zerbrechlich, unsichtbar und nicht mit den Händen greifbar. Denn Minna war Teil dieser Magie. Sie war Teil dieser Magie, weil sie eine Dichterin war und eigene Magie mit sich trug. In ihrem alten Buch und in ihrem noch älteren Herzen. Sie fühlte es zum allerersten Mal in ihrem zerbrochenen Leben, als gäbe es irgendwo tief in ihr einen kleinen, geheimen Ort, an dem diese Magie darauf gelauert hatte, eines Tages frei zu sein.

Und jetzt war sie dabei, ihr Versteck zu verlassen.

»Minna Fabelreich … Ich hörte, Ihr seid auf der Suche nach mir.«

In dem Moment dachte Minna, dass sie und Galvan zwei

verwandte Seelen wären, weil sie als Erstes seine Stimme hörte und das, was ihrer beider Leidenschaft, ihr Leben war: Worte im Klang der Sprache.

Sie schirmte die Augen mit der Hand vor dem Sonnenlicht ab. Vor ihr stand ein Mann, an dem die Zeit vorübergegangen zu sein schien. Er wirkte alterslos, trotz der ergrauten Strähnen im einstigen rabenschwarzen Haar. Minna hatte erwartet, dass der Hofdichter ein Greis wäre, mit einer Kutte, wie man sie von manchen Geistlichen auf dem Land kannte. Aber das traf nicht auf Galvan zu. Trotz des Alters war seine Haut sonnengebräunt, nicht bleich. Der Schatten des angegrauten Bartes am Kinn verlieh ihm etwas Ernstes, während die Falten um seine Augen verrieten, dass er durchaus Witz besaß und nicht nur das dramatische Gewand eines Dichters trug. Das hochgekrempelte Hemd und die Sandkörner auf der nackten Haut seiner Unterarme zeigten, dass er mit anpacken konnte, wenn es sein musste.

»Ihr kennt meinen Namen?«

Galvan zog eine Augenbraue hoch. »Hier geschieht nur sehr wenig, ohne dass ich davon Kenntnis habe. Die Aufgabe, einen überaus berühmten Wettstreit zu organisieren, erfordert ein gewisses Maß an Aufmerksamkeit für das Tagesgeschehen.« Er hielt kurz inne. »Und für Klatsch vermutlich. Ja, auch für Klatsch.«

»Dann kennt Ihr mein Anliegen sicher schon, ohne dass ich es Euch erklären muss.«

Der Hofdichter ging gar nicht auf ihre spitze Bemerkung ein, sondern drehte sich um. »Seid so gut und folgt mir. Ich möchte Euch etwas zeigen.«

Minna war irritiert. Sie wollte eine Antwort auf ihre Frage, auch wenn sie diese noch gar nicht gestellt hatte. Doch Galvan hatte offenbar anderes im Sinn.

Er führte sie ins Innere des Zeltes. Vor dem Eingang gab es eine hohe Stange mit einem Querbalken, auf dem sie Schwarzklaue absetzen sollte. Es missfiel ihr, sich von ihm zu trennen, doch sie sagte sich, dass sie nur wenige Armbreit von ihm entfernt sein würde.

Eine Zeltwand war hochgeschlagen, sodass genügend Tageslicht einfiel. Auf einem Tisch in der Mitte stapelten sich Papierberge. Galvans Aufmerksamkeit war allerdings auf etwas anderes gerichtet. In einem mannshohen Käfig in der hintersten Ecke kauerte ein ozeanblauer Vogel. Im ersten Augenblick dachte Minna, ihre Augen würden sie täuschen.

»Ist das ein Nachtphönix?«, fragte sie atemlos. Nachtphönixe galten seit vielen Jahrhunderten als ausgestorben. Berichten über Sichtungen, von Mund zu Mund weitergetragen und bei jeder Erzählung beschönigt, konnte man kaum Glauben schenken.

Galvan lächelte. »Nein. Aber schön, dass Ihr das sagt.«

»Wie meint Ihr das?«

»Weil man ihn zumindest auf den ersten Blick für einen halten könnte. Kommt näher, ich erkläre es Euch.«

Obwohl Minna über ihre Fehleinschätzung enttäuscht war und sich gleichzeitig über ihre irrsinnige Vermutung ärgerte, trat sie näher an den Käfig heran. Der Vogel hatte den Kopf unter seinem rechten Flügel verborgen und schlief, trotzdem erkannte sie nun die Unterschiede. Seine Federn waren nicht dunkel genug, außerdem zu kurz und zu spitzförmig, während seine Schwanzfedern ein wenig länger waren als beim Nachtphönix. Aber auf den ersten Blick …

»Das ist ein Nachtfalterling. Er kommt aus den östlichen Mondlanden und wird dort gern als Haustier von reichen Schamanen gehalten, weil er, ähnlich wie der Nachtphönix, etwas Mystisches an sich hat. Dem muss ich insgeheim zustimmen. Findet Ihr nicht auch?« Galvans Stimme war ruhig und leise, um das Tier nicht zu erschrecken.

»In der Tat.« Minna räusperte sich. Sie fühlte sich seltsam unwohl, außerdem gefiel es ihr nicht, Schwarzklaue nicht auf ihrer Schulter zu wissen. »Aber was soll mir das hier sagen?«

»Das«, erwiderte Galvan sanft, »ist die Antwort auf Eure Frage. Vielleicht sogar auf sehr viele Eurer Fragen.«

Das ist ein Test, schoss es Minna durch den Kopf. *Er erwartet irgendetwas von mir, aber was?*

»Ich verwandle meinen Begleiter also in einen Nachtfalterling oder besser noch in einen Nachtphönix, damit er die Stadt betreten darf?«, fragte Minna harsch. Sie wollte sich nicht in eine Ecke drängen lassen, vor allem nicht von einem Mann, der offenbar nur in Metaphern sprechen konnte.

Galvan lachte. »Es mag noch ein wenig Magie hier geben, Madame Fabelreich, aber ich fürchte, das ist nicht möglich. Nein, ich wollte Euch vielmehr ans Herz legen, dass die Regeln der Königin unantastbar sind.«

»Dann erklärt mir, was die Regeln der Königin mit dem Vogel zu tun haben?«

Galvan seufzte, dann lächelte er reumütig. »Verzeiht mir meine Umständlichkeit. Euer Ruf eilt Euch voraus, und ich hegte die Hoffnung, dass ich auf jemanden treffe, der meinen seltsamen Sinn für Humor teilt und vielleicht sogar zwischen den Zeilen lesen kann. Aber ich habe zu viel von Euch erwartet, verzeiht mir. Ihr seid nicht von hier und kennt unsere Gepflogenheiten nicht. Wie Ihr wisst, obliegt mir die Ausrichtung des Dichterwettstreites. Ich bin der Hofdichter Ihrer Majestät. Einer der Wünsche der Königin war es, dass zur Eröffnung des Wettstreites ein Nachtphönix aufsteigen soll. Wie ein Phönix aus der Asche steigt, so tut es auch die Tradition des Dichterwettstreites, die viele Jahrzehnte geruht hat. Leider sind Nachtphönixe ausgestorben, und ich kann ihrem Wunsch nicht nachkommen. Doch die Königin wollte nichts davon hören. Mach es möglich, hat sie gesagt. Wisst Ihr, Könige und Königinnen kennen das Wort *unmöglich* nicht, weil es in der Natur der Dinge liegt, dass sie sich nicht um Alltägliches kümmern. Andere müssen diese Unmöglichkeiten möglich machen, und genau das ist der Pferdefuß.« Galvans Blick verlor sich, ehe er ihn auf Minna richtete. »Was ich Euch also sagen möchte, ist ganz simpel: Wenn die Königin sich nicht davon überzeugen lässt, dass ein längst dahingeschiedenes Wesen ihren Dichterwettstreit nicht eröffnen kann, wird sie auch bei ihren übrigen Regeln keine Ausnahmen erlauben. Es tut mir sehr leid, aber Eure Begleitung wird die Stadt nicht betreten dürfen.«

»Wenn man es genau nimmt, dann stimmt das nicht«, entgegnete Minna. Der Nachtfalterling hob nun den Kopf. Er war aus seinem Schlummer erwacht und versuchte, die Flügel auszustrecken, die gegen die Gitterstäbe stießen, weil der Käfig zu klein war.

Galvan antwortete nicht, aber sein Blick war aufmerksam.

»Ihr führt den Wunsch der Königin nicht aus, Hofdichter Galvan, Ihr deutet ihn geschickt um. Und *das* nehme ich auch hinsichtlich der königlichen Regeln sehr gern als Ratschlag des Tages an.« Ohne ihr Lächeln zu verbergen, deutete sie eine Verbeugung an, ehe sie sich umdrehte.

Vor dem Zelt flog Schwarzklaue sofort wieder auf ihre Schulter, ohne dass sie nach ihm rufen musste. Sie glaubte, hinter sich ein leises Lachen zu hören, aber dann zerschnitt der Schrei des Nachtfalterlings die Luft und übertönte das Lachen.

Und Minna hatte keine Ahnung, ob sie sich soeben einen Feind oder einen Verbündeten geschaffen hatte.

21.
Finn

Eine Stadt für die Außenseiter

Unter der Oberfläche gab es eine zweite Stadt. Eine Spiegelstadt, der staubige, dunkle und doch faszinierende Untergrund Fernabs. Ein Sammelbecken für Zwielichtige, für Durchreisende ohne Ziel oder mit finsteren Absichten oder einfach für Hoffnungslose, Arme und Bettler. Leute wie sie waren Abschaum, die den Ruf der Stadt zerstören würden. Diese Stadt darunter war für all jene, die es nicht wert waren, erhobenen Hauptes unter dem Torbogen Fernabs hindurchzuschreiten.

Das waren zumindest die Worte von Finns unbekanntem Retter, der sich irgendwann mürrisch als Leif vorgestellt hatte. Sie folgten einem sanften Abhang. Unter ihnen war feuchter Felsen, sodass Finn höllisch aufpassen musste, auf der glatten Oberfläche nicht abzurutschen. Über ihnen schwirrten matte Flimmerlichter, die von der Magie der Stadt betrieben wurden, ein Überbleibsel aus alten Zeiten. Überhaupt solle Finn sich nicht wundern, hier läge viel seltsames Zeug, weil der Fluch der Stadt, der Dinge wahllos verschwinden und wiederauftauchen ließ, auch hier wirke.

Die Worte ließen Finns Herz höherschlagen. Sein Schatzsucherinstinkt kribbelte voller Vorfreude. Was er in dieser Stadt alles finden mochte? Aber so weit durfte er noch nicht denken. Erst musste er einen Weg hinein finden. In die echte Stadt, nicht in ihr Abbild in der Tiefe.

Allerdings hatte der Untergrund nichts von einer modrigen, verdreckten Kanalisation, die Finn erwartet hatte, im Gegenteil.

Ehe er sichs versah, befanden sie sich in einem komplizierten Höhlensystem, das eigentlich nichts Besonderes war, wäre da nicht die Beschaffenheit des Felsens gewesen, ob nun natürlich entstanden, von Menschenhand erbaut oder vor langer Zeit magisch geformt. Mehr als einmal ertappte Finn sich dabei, wie er im Vorbeigehen mit den Fingerspitzen das Gestein berührte, das nicht aus ödem grauen Fels bestand, sondern in dem immer wieder schwarze Spiegel aufblitzten, als wären nachtdunkle Onyxe tief in dem Stein vergraben. Wenn so der Untergrund ausgestattet war ... was erwartete ihn dann an der Oberfläche? In seinen Beinen kribbelte es. Er wollte losrennen, zurück, nach oben, und im Sonnenlicht nach Schätzen suchen, die noch viel mehr wert waren.

»Weiß die Königin von diesem Tunnelsystem?«, wollte er schließlich wissen, als Leif eine Weile nichts gesagt hatte.

»Vermutlich. Sie hat überall ihre Spione.«

»Und trotzdem lebt ihr hier?«

Leif zuckte mit den Schultern. »Wo sollen wir sonst leben? Jede Stadt braucht ihr Ungeziefer.«

Schweigend liefen sie weiter. Bald waren sie so tief in die Tunnel vorgedrungen, dass Finn sich fragte, wie er sich allein zurechtfinden sollte. Es gab zwar einen Hauptgang, der von den Lichtern beleuchtet war, aber es gab zahllose Abgänge. Vielleicht hätte er einen besseren Orientierungssinn gehabt, wäre es ihm erlaubt gewesen, Fernab ein einziges Mal zu besichtigen. Dann hätte er die Grundzüge im Kopf gehabt und sie auf dieses unterirdische System übertragen können. Am liebsten hätte er seinen Kompass herausgeholt, aber er fürchtete, dass Leif das nicht gutheißen würde. Finn war abhängig von ihm, und das gefiel ihm nicht. Außerdem beschäftigte ihn noch etwas: Wie sollte ihn Schwarzklaue hier unten finden? Doch zurückkehren konnte er auch nicht, dort warteten Soldaten auf ihn.

»Da die Gefahr vorläufig gebannt ist, habe ich ein paar Fragen: Wer bist du und warum waren die Männer der Königin hinter dir her?«, murmelte der Fremde irgendwann. Mittlerweile humpelte er leicht. Als Finn genauer hinsah, bemerkte er einen seltsamen Winkel in Leifs Unterschenkel, als wäre er einmal gebrochen gewesen und nicht richtig geheilt.

»Mein Name ist Finn. Ein Schatzsucher aus dem Nordwesten des Landes.«

»Wie ist dein Gildenname?«

Finn hatte nicht direkt seine vollständige Identität preisgeben wollen, aber offenbar kam er nicht umhin. Er hätte lügen können. Allerdings war er all das leid: lügen, stehlen, ein Dieb sein. Wenn er nicht hier, unter der Erde *seiner* Stadt, sein konnte, wer er wirklich war, dann war die Stadt nicht das wert, was er erwartet hatte.

»Finn Minengräber.«

»Sieh an, sieh an, einer von denen«, sagte Leif und fuhr sich durch den dunkelgrauen Bart. »Nun gut. Und die zweite Frage?«

»Wenn du davon sprichst, warum eine Hetzjagd auf mich im Gange ist: Ich habe keine Ahnung.«

Leif lachte freudlos. »Die haben sie nie, die harmlosen Genossen. Ich frage nochmal: Was wollten sie von dir?«

»Das war mein Ernst.«

Leif blieb stehen und drehte sich zu ihm um. »Mein Freund, du magst einer von den Verlorenen sein, aber hier unten dulde ich nur Menschen, die mir die Wahrheit sagen. Ich habe ein Risiko auf mich genommen, als ich dich mitgenommen habe. Was hast du getan, um die Königin zu verärgern?«

Finn hob beschwichtigend die Hände. »Ich schwöre, ich lüge dich nicht an. Ich habe jemanden zur Stadt begleitet, der am Dichterwettstreit teilnehmen soll. Sie besaß eine Einladung, ich hingegen nicht, sodass ich Fernab nicht betreten durfte. Ich weiß nicht mehr als du. Im Gegenteil, ich hatte gehofft, du könntest mir eine Antwort geben.«

Leif kniff die Augen zusammen. »Zum Dichterwettstreit?«

Finn nickte. Sein Gegenüber musterte ihn nachdenklich, ehe er etwas vor sich hin murmelte.

»Komm weiter«, sagte Leif dann laut.

Trotz des Hinkens seines Begleiters musste Finn sich beeilen, Schritt zu halten. Er hatte viele Fragen, aber Leif schien gerade nicht sonderlich gesprächig zu sein. Manchmal hatte er das Gefühl, aus den Augenwinkeln Bewegungen zu erhaschen oder aus dem Dunkeln beobachtet zu werden, aber er sah niemanden. Bald erreichten sie eine Höhle, aus der Finn zum ersten Mal aus der Ferne Stimmen hören konnte, mehr als nur das Echo von Leif und ihm selbst.

Sein Begleiter richtete noch einmal das Wort an ihn, bevor sie im belebteren Teil der Höhle ankamen. »Fremdling, du wirst dich fragen, warum ich dich, ohne dich zu kennen, so bereitwillig mit in mein Reich nehme. Deshalb erkläre ich dir eins: Du bist zunächst auf meine Gnade angewiesen. Mit der Unterstadt verhält es sich wie mit Fernab selbst, sie ist mit der gleichen Magie ausgestattet. Du kannst sie nur sehen, wenn du eine Einladung besitzt oder jemanden begleitest, der dich aus freiem Willen mitnimmt. Allein wirst du dich hier nicht bewegen können. Achte also sorgsam darauf, niemanden zu verärgern oder unser Vertrauen zu missbrauchen. Dann wird dich niemand mehr vor den Soldaten retten. Und vielleicht wäre das nicht einmal das schlimmste Schicksal, das dich dann erwartet …«

Für Leifs Verhältnisse waren das verdammt viele Worte auf einmal, was Finn fast mehr beeindruckte als der Inhalt, der ihn ohne Zweifel einschüchtern sollte.

»Mann, ich träume von dieser Stadt, seit ich denken kann. Wenn ich dir in den Rücken falle, würde ich auch mir in den Rücken fallen. Also bleib gelassen. Ich schulde dir mein Leben und die Tatsache, meinem Traum doch noch näherkommen zu können. Reicht das für dein Vertrauen?«

Leif schnaubte. »Sie träumen alle von der Stadt, als gäbe es sonst nichts im Leben. Man sollte nicht immer alle Geschichten glauben, die sie da draußen erzählen.«

Finn horchte auf. »Ach, nicht? Warum nicht?«

Leif winkte ab, doch der Schatzsucher wollte dieses Mal nicht nachgeben. »Erzähl mir wenigstens das.«

»Du scheinst nicht der Einzige zu sein, auf den es die Königin derzeit abgesehen hat. Es verschwinden Menschen. Es ist nicht ungewöhnlich, dass in Fernab Dinge verschwinden, wahrlich nicht, aber Menschen? Das ist seltsam. Da oben leben besondere Menschen. Leute, die anders und einzigartig sind, die noch die alten Künste beherrschen und damit vielleicht das letzte bisschen Magie am Leben erhalten. Solche Menschen verschwinden nicht einfach. Nicht aus dieser Stadt. Aber genau das geschieht gerade, und niemand tut etwas.«

Leif hatte sich unbewusst in Rage geredet. Die Muskeln seines Oberkörpers waren angespannt, als bereite er sich auf einen Zweikampf vor, seine Stimme hallte laut von den schwarzen Wänden wider, und seine wachen Augen sprühten Feuer. Seine Aussagen warfen weitere Fragen auf, doch Finn bekam keine Gelegenheit, sie zu stellen, denn Leif wies mit der Hand auf das Ende des Gangs.

»Wir sind da.«

Im Zwielicht konnte Finn wenig erkennen, sein Hörvermögen hingegen ließ ihn nicht im Stich. Stimmen. Lachen. Erwartungsvolles Wispern. Kichern. Alles echote gegen die Onyxwände und dann zu ihm zurück.

»Hier unten leben ausschließlich Ausgeschlossene. Manche in Gruppen, die meisten als Einzelgänger. Es gibt genug Platz für alle, das ganze System bietet unzählige Höhlen, in denen man sich zurückziehen kann. Vermutlich kennt niemand alle Verstecke. Die einzige Regel hier lautet: *Füge niemandem Schaden zu*. Alles andere ist erlaubt.«

Die Absätze ihrer Stiefel klackerten laut. Der Hauptgang bog nach rechts ab, und zu Finns Überraschung hatte sich aus dem Boden ganz unauffällig ein kleines Bächlein gegraben, das leise plätscherte.

Der Höhlenraum, in den Leif ihn geführt hatte, war voller Leben. Finn sah sich erstaunt um. Er hatte Bettler und Gesetzlose mit gewetzten Messern und grimmigen Mienen erwartet, aber kein Dutzend fröhlicher Kinder. Außerdem war alles voller … Kram. Anders konnte Finn die Ansammlung aus hunderten, scheinbar wahllosen Gegenständen nicht bezeichnen. In allen Felseinbuchtungen, in jeder Ecke, überall lag etwas herum.

Finn lächelte.

Genau das hatte er in Fernab erwartet.

22.
Valerian

Die Einladung der Königin

Nach Hause zu kommen war oft wie der Besuch auf einem Friedhof. Eine quälende Stille lag in der Luft, die nichts mit Andächtigkeit gemein hatte, sondern mit der ständigen Angst, dass selbst ein flacher Atemzug diese Stille zunichtemachen könnte.

Dieses schlechte Gefühl war der Grund, warum Valerian seine Familie in den letzten Monaten kaum noch besucht hatte. Seine Stellung – und somit auch seine Anwesenheitspflicht – am Hofe ließen ihm kaum freie Stunden, aber auch sein Gewissen war ein steter Begleiter, der ihm ins Ohr flüsterte, dass alles seine Schuld war. Weil er ehrgeizig gewesen war, er kein einfacher Soldat hatte sein wollen, weil die Königin seine Gabe entdeckt und gefördert hatte und er ob dieses Aufstieges Stolz empfunden hatte.

Wäre er nicht so gierig gewesen, dann müsste seine Familie nicht den Preis dafür zahlen. Sie sprachen es nicht laut aus. Aber sie dachten es, das wusste er. Er befand sich längst in einem schwarzen Abgrund, in den er seine Familie mitriss.

An diesem Tag aber war ein Besuch unumgänglich. Er konnte ihn nicht länger aufschieben. Die Königin hatte ihm eine Aufgabe zugewiesen, die seine Selbstbeherrschung an den Rand des Äußersten brachte. Das war immer so, wenn sie seine Familie einbezog. Dann, dachte er, fehlte nur noch der eine letzte Funken, der die dunklen Gedanken in ihm zum Lodern bringen konnte.

Aber was würde diesen Funken eines Tages entzünden? Und würde es dann zu spät sein, seine Rache zu bekommen, ohne dass sein Bruder zu Schaden kam?

Das Haus seiner Eltern lag in einer Gasse im nördlichen Viertel der Stadt. Dieser Teil Fernabs lebte eher vom Handwerk. Hier gab es Läden für Nahrung, Kleidung, Werkzeuge und alles, was man zum Leben brauchte, Hufschmiede, Krämer, Näherinnen und Barbiere. Valerians Vater sagte gern, es war der Stadtteil, der auch ohne Magie funktionierte. Seine Eltern besaßen ein schmales, mehrstöckiges Reihenhaus. In den beiden oberen Etagen lebten sie, früher mit den beiden Söhnen, heute allein, während sie im Erdgeschoss ein Blumengeschäft führten. Alles in diesem kleinen, hart erarbeiteten Haus war vom Duft seltener Pflanzen und Blüten und mit den Farben des Lebens erfüllt. Sie arbeiteten mit Händlern aus vielen Ländern zusammen und hatten sich über die Jahrzehnte ein breites Netzwerk aufgebaut. Aber seit sein Bruder nicht mehr da war, war die unbeschwerte Atmosphäre verflogen.

Valerian hatte seine höfische Kleidung für den Besuch abgelegt und im Schloss zurückgelassen. Er wollte so wenig Königliches wie möglich nach Hause bringen, wenn schon die Gedanken aller damit beschäftigt waren.

Er öffnete die Ladentür, an der eine geflochtene Blütenkette hing, und trat ein. Die kleine Glocke über seinem Kopf kündigte sein Kommen an, obwohl er noch gar nicht bereit dazu war, seinen Eltern zu begegnen. Sofort stieg ihm der vertraute Geruch aus feuchter Erde und Blumen in die Nase. Dabei schien es eine Ewigkeit her zu sein, dass er als Junge mit Begeisterung geholfen hatte. Beinahe hätte er seine Hände angestarrt. Früher hatte er mit diesen Händen Samen und kleine Ableger gepflanzt und Leben geschaffen … Wann hatte er begonnen, Leben zu nehmen, indem er zum Gabensucher einer bösen Königin geworden war?

Seine Eltern waren nicht im Verkaufsraum. Jede Ecke war

mit Töpfen mit den unterschiedlichsten Pflanzen und Blumen zugestellt. Wohin man auch sah, leuchtete es. Valerian durchquerte den Raum zu einem Durchgang ins Hinterzimmer, in dem Pflanzen umgetopft und aufbereitet oder Kränze und Sträuße gebunden wurden. Von hier aus gingen zwei weitere Türen zu Lagerräumen ab.

Seine Mutter kam ihm bereits entgegen. Zuerst strahlte sie, als sie ihn erkannte, aber dann, so als erinnerte sie sich schlagartig, dass er nicht nur ihr Sohn, sondern auch der Gabensucher war, verblasste dieses Strahlen. Es versetzte Valerian einen Stich. Selbst als Erwachsener wollte man sich manchmal mit aller Gewalt an der elterlichen Liebe festkrallen.

»Mutter«, sagte er förmlich und nickte. Er wagte es nicht, sie in den Arm zu nehmen. Außerdem war sein Besuch dienstlich.

»Valerian«, sagte sie steif. »Wie schön, dass du uns besuchst. Hast du meine Briefe nicht erhalten?« Seine Mutter war in den letzten Monaten älter geworden als in vielen Jahren zuvor. Ihre Haare waren fast vollständig ergraut, in ihr Gesicht gruben sich viele Falten, ihre Augen waren vor Kummer getrübt und ihre Haltung gebeugter. Sie wischte sich ihre erdigen Hände an der Schürze ab.

»Doch, das habe ich. Ich hatte nur noch keine Gelegenheit, zu antworten, weil ich auf Reisen war.« Eigentlich wollte er nicht so hölzern reden, als wäre er eine verfluchte Marionette. Er wollte fragen, wie es ihr ging, wie sie zurechtkamen, ob das Geld reichte, ob sie noch Hoffnung hatte … Aber er brachte nichts davon über seine Lippen.

In diesem Augenblick kam sein Vater hinzu, und Valerian erschrak. Sein Vater war ein Hüne, ein Berg von einem Mann. Ein sanftmütiger Berg, verstand sich, mit großen, vorsichtigen Händen und einem Lächeln auf den Lippen, das er fast nie ablegte, als sei es ein Teil seines Körpers. Aber sein Vater lächelte nicht mehr. Sein Rücken war krumm, sein Lächeln verebbt, die Augenringe zeugten von schlaflosen Nächten. Inmitten all dieser bunten Blumen wirkten seine Eltern plötzlich seltsam deplatziert.

Valerian konnte den Hoffnungsschimmer in den Augen seines Vaters kaum ertragen, der beim Anblick seines Sohnes aufblitzte.

»Bringst du Nachrichten?«, fragte er. Eigentlich meinte er *gute* Nachrichten.

Valerian räusperte sich. Plötzlich fehlten ihm die Worte. Er fürchtete, sich nicht länger auf seine Stimme verlassen zu können.

»Ich ... bringe eine Einladung.«

Seine Eltern fassten einander bei den Händen. Sie gaben sich Halt, selbst in diesen schweren Zeiten noch. Zumindest darüber war er froh.

»Eine Einladung?«, fragte sein Vater.

Unruhig verlagerte Valerian das Gewicht von einem aufs andere Bein. Er wollte raus hier, fliehen.

»Die Königin wünscht, dass ihr während des Dichterwettstreits einen Platz auf der königlichen Tribüne einnehmt. Sie hat ihn für euch reservieren lassen, damit ihr das Geschehen besonders gut verfolgen könnt.«

Seine Eltern starrten ihn an, als hätte er ihnen ins Gesicht geschlagen.

»Das ist nett von *deiner* Königin«, erwiderte sein Vater gefährlich leise. »Wir verzichten dankend.«

Valerian wand sich. Er hatte mit dieser Antwort gerechnet. Und er durfte sie nicht akzeptieren. »Sie bittet ausdrücklich darum«, murmelte er leise.

»Willst du damit sagen, wir haben keine Wahl?«, fragte sein Vater scharf.

Valerian nickte. »Es tut mir leid. Ich wünschte, ich könnte daran etwas ändern.« Es war eine weitere Machtdemonstration der Königin. *Sieh nur, wenn du nicht gehorchst, dann nehme ich dir noch mehr als nur deinen Bruder. Ich nehme dir alles, was du liebst.*

Seine Mutter begann zu weinen. Ihr unterdrücktes Schluchzen drang durch den Raum direkt in sein verstümmeltes Herz, das er vor ihrem Kummer verschließen musste, wenn er im Schloss überleben wollte. Wenn sie alle überleben wollten. Sein Vater umarmte seine Mutter und zog sie an sich. Er streichelte ihr übers Haar, während er Valerian kühl musterte, als wäre der Befehl von ihm persönlich gekommen statt von der Königin. Für seine Eltern schien das mittlerweile ein und dasselbe zu sein. Und war es nicht in gewisser Weise so?

Ich möchte ihnen in die Augen sehen, waren ihre Worte gewesen. *Ich möchte darin ihren Schmerz sehen, Gabensucher. Um dich und mich daran zu erinnern, was geschieht, wenn du meinen Zorn entfesselst.*

»Wenn deine grausame Königin es wünscht, werden wir da sein.«

Nicht für dich, nicht für sie, nur für ihn. Die Worte hingen unausgesprochen in der Luft.

»Ich danke euch.« Es gab nicht mehr zu sagen. Die Distanz zu seiner Familie war so unüberwindbar, dass jeder weitere Moment unerträglich gewesen wäre. Also nickte Valerian und machte auf dem Absatz kehrt. Die Glocke klingelte wieder, als er das Geschäft verließ. Draußen blieb er kurz stehen und atmete die frische Morgenluft ein. Über ihm leuchtete die Sonne und läutete den Frühling ein, den er noch nicht in seinen kalten Knochen spüren konnte.

Er wusste nicht, was ihn dazu brachte, dass er noch einmal zurückschaute, einen letzten Blick durch das Schaufensterglas warf, das eher wie eine Mauer war, die ihn von seinem Zuhause trennte. Da sah er seinen Vater. Der Hüne war auf einem Stuhl zusammengesunken, hatte die Hände vors Gesicht geschlagen, und sein ganzer Körper zitterte wie ein Erdbeben. Valerian hatte seinen Vater noch nie so gesehen. So zerbrechlich, als würde er keinen weiteren Schlag mehr aushalten.

Und in diesem Augenblick wusste er, dass er so nicht weitermachen konnte. Er durfte nicht länger der Gabensucher sein, der seine Familie und seinen eigenen guten Kern in den Abgrund trieb.

»Lang lebe die Königin«, murmelte er fast lautlos.

Es war Zeit, den Gabensucher abzulegen.

23.
Minna

Ani

Fernab war eine Stadt, die den vielen Mythen und Geschichten, die sich um sie rankten, gerecht wurde – und auf eine gewisse Weise auch wieder nicht. Die Magie, um die sich alles drehte, war nicht gewaltig oder stellte die gesamte Stadt auf den Kopf. Sie zeigte sich mehr im Kleinen, sie war unaufdringlich wie eine feine Prise Zimt, die man in der Luft erhaschen konnte. Sie äußerte sich in dem Verschwindefluch, den die Bewohner mit einem Augenzwinkern und einem Schulterzucken zur Kenntnis nahmen und vorsichtshalber alles doppelt und dreifach besaßen, damit sie am Morgen ihr Brot nicht ohne Messer schneiden mussten, sollte es sich entscheiden, den Besitzer zu wechseln oder einfach eine kleine Auszeit zu nehmen.

Doch die Magie zeigte sich auch in kleinen Blumen, die zwischen Steinplatten wuchsen, in leisen Klängen, die in der Morgenluft hingen, in Spieluhren, die sich ohne Antrieb bewegten. Es war Magie, die über die Jahrzehnte und Jahrhunderte verebbte, hatte Minna auf den Straßen gehört, die kaum merklich verschwand, weil niemand sie lenkte und weil selbst in Fernab die Menschen ihre Magie im Stich ließen.

Minna hatte sich nach ihrem Zusammentreffen mit dem Hofdichter auf die Suche nach einer Bleibe gemacht. Unterwegs hatte sie mit größtem Widerwillen ein kleines Stück Papier aus ihrem Geschichtenband gerissen und Finn eine Nachricht geschrieben, mit der sie Schwarzklaue auf den Weg zu ihm geschickt hatte. Sie hoffte, der Schatzsucher wäre nicht allzu enttäuscht, weil sie nicht erfolgreich gewesen war. Sie war zunächst unsicher gewesen, ob die Elster den Weg aus der Stadt und wenn nötig zu ihr zurückfinden würde, aber wie sie bald in Erfahrung gebracht hatte, galt die unsichtbare Grenze nur für Menschen. Von Nutz- und Lastvieh abgesehen verirrten sich ohnehin nicht viele Tiere in die Stadt auf den felsigen Klippen.

In einem Marktviertel hoffte Minna, fündig zu werden. Die Straßen hier waren zu eng für eine Kutsche, und die fast durchgängig weißen Häuser ragten zu beiden Seiten hoch und schief in den Himmel. Über der Straße waren Wäscheleinen gespannt, an denen Kleidung im leichten Wind flatterte. Minna musste bei allem Staunen gut auf ihre Füße achten, denn es herrschte reger Betrieb. Menschen mit prallgefüllten Körben liefen durch die Straßen, bestellten Fleisch, Kartoffeln und Gemüse und Stoffe und Farbe oder Saiten für Instrumente. Die Stadt glich einem umtriebigen Ameisenhaufen. Die Vorbereitungen für den größten Wettstreit Phantopiens waren im vollen Gange.

Es gab weniger Gasthäuser, als sie angenommen hatte, was vermutlich daran lag, dass Einladungen der Königin selten waren. Da der Dichterwettstreit viele Gäste anzog, unter anderem Adelige und Kaufleute, waren Unterkünfte erst recht Mangelware. Endlich entdeckte Minna gegenüber einem Blumengeschäft einen Gewürzladen, dessen Besitzerin in ihrer darüberliegenden Wohnung zwei Zimmer an Gäste vermietete. So zumindest stand es in geschwungener Schrift auf einer Tafel, die vor dem Eingang an der Hauswand lehnte:

Zimmer während des Dichterwettstreites zu vergeben. Keine Bronzekugeln, nur Kunst.

Das traf sich gut, denn Minnas Taschen waren wie so oft leer, sie war hungrig und durstig. Schon seit sie durch die engen Straßen wanderte, in denen sich der Geruch von Essen besonders gut hielt, knurrte ihr der Magen, daher hoffte sie, dass sie im Gewürzladen *Zur Duftnote* noch einen Platz bekam. Die Tür knarzte, als Minna sie öffnete und über die Schwelle trat. Innen war es leicht dämmrig. Alle Wände waren mit Regalen bestückt, in denen unzählige beschriftete Döschen und Flaschen aufgereiht waren. Es lagen so viele verschiedene überwältigende Gerüche in der Luft, dass Minna für einen Moment schwindelig wurde.

»Einen Augenblick bitte, ich bin gleich da«, rief eine helle Stimme aus dem Nebenzimmer. Etwas knallte, und ein leiser Fluch ertönte. Ein Niesanfall folgte, der eine Weile anhielt. Dann erschien der hochrote Kopf einer jungen Frau im Türrahmen. Sie wischte sich die Hände an der fleckigen Schürze ab, ehe sie sich über ihre tränenden Augen rieb.

»Entschuldigt mich, mir ist eine Dose frisch gemahlenes Chilipulver zu Boden gegangen«, sagte sie und lachte, als wäre es das Normalste der Welt. Ihre schwarzen schulterlangen Locken wippten bei jeder Bewegung. Sie trug unter der Schürze ein hellblaues sauberes Kleid, und ihre Haut war von einem dunklen Ton. »Wie kann ich Euch helfen?«

Minna richtete sich unwillkürlich auf. Sie war dreckig und hungrig und sah nach kaum mehr als einer Bettlerin aus. Aber sie war auch eine Teilnehmerin des Dichterwettstreites. Sie wollte sich nicht so fühlen, als würde sie um Almosen betteln.

»Guten Abend«, antwortete sie. »Ich bin Minna Fabelreich. Auf der Suche nach einer Unterkunft habe ich das Schild draußen gesehen. Ist das angebotene Zimmer noch zu haben?«

Die Gewürzhändlerin klatschte in die Hände. »Oh ja, in der Tat ist noch ein Zimmer frei. Ich hatte das Schild vorhin erst aufgestellt. Also kommt Ihr, um Euch den Wettstreit anzusehen?«

Minna verneinte. »Ich nehme daran teil.«

Die Augen der jungen Frau leuchteten neugierig auf. »Wie spannend! Seid Ihr eine Dichterin?«

»Auch wenn ich nicht unbedingt so aussehe, aber ja.«

Die Gewürzhändlerin machte eine abwehrende Handbewegung und bedeutete ihr, näher zu kommen. »Ihr seid eine aussterbende Art, wenn ich das so sagen darf. Ist es schwer da draußen? Ich meine, im Rest von Phantopien?« Ihre braunen Augen blitzten ehrlich interessiert, aber auch mitfühlend. »Mein Name ist übrigens Ani.«

»Sehr erfreut.« Minnas Lächeln verebbte. »Ja, ich fürchte schon. Aber nicht nur für Dichter. Die alten Künste haben schon lange keinen hohen Stellenwert.«

»Man hört viel davon. Ich kann mir gar nicht vorstellen, wie man ohne all das leben kann. Ohne Musik, ohne Bücher, ohne Geschichten …« Ani schüttelte verständnislos den Kopf. »Ich meine, ganz ernsthaft gefragt: Was tut man ohne all das? Woran findet man Freude? Woran schleift man seinen Verstand? Womit verbringt man seine freie Zeit neben der Arbeit?«

Die Atmosphäre von Kunst, die überall durch die Luft flirrte, das Gefühl des Angekommenseins … Vielleicht war Minna deswegen leichter zu beeindrucken als sonst. Anis Worte lösten eine Flut von Dankbarkeit in ihr aus. Es war doch nicht alles umsonst gewesen, ihr jahrelanger Kampf darum, gehört und angenommen werden zu wollen. Es gab noch Menschen, die Freude an Geschichten hatten, die ihren Verstand an Worten entwickeln wollten, die für sie brannten. Die Minnas Leidenschaft teilten oder sie zumindest nachempfinden konnten.

»Ich danke Euch. Wirklich.« Mehr brachte sie nicht hervor.

»Nicht doch. Aber … Wofür denn?« Ani lachte und wischte sich mit einem Tuch die Pulverreste von ihren Händen.

»Dafür, dass man hier sein kann, wie man ist. Und das sage ich Euch stellvertretend für alle Bewohner von Fernab.«

»Glaubt mir, bei allen kann man das nicht. Aber bei den meisten, schätze ich. Kommt, ich zeige Euch das Zimmer. Und die Küche, dort könnt ihr Euch bedienen. Ich habe gestern eingekauft, um überhaupt noch etwas zu bekommen und ein paar Vorräte zu haben. Ich fürchte, der Wettstreit lässt die Stadt ein wenig verrückt werden. Es wird gekauft, als gäbe es nach dem Wettstreit keinen Morgen mehr.«

»Das ist sehr großzügig. Ich habe leider kein Geld mehr, aber ich würde mich gern irgendwie erkenntlich zeigen. Ich könnte Euch auch bei der Arbeit zur Hand gehen.«

»Das ist nicht nötig, Minna. Ihr habt einen Wettstreit vor Euch, auf den Ihr Euch vorbereiten müsst. Ihr könnt Großes erreichen, und wenn es so kommen sollte, werde ich eines Tages ein Schild in mein Fenster hängen, auf dem steht, dass die berühmte Minna Fabelreich ihre Geschichten einst in meinem bescheidenen Haus erschaffen hat. Und dann kommen Besucher aus aller Welt. Ihr seht also, am Ende habe ich viel mehr davon als Ihr.«

Minna hätte gern weitere Worte gefunden, die ihre Dankbarkeit ausdrücken konnten. Aber die fand sie in diesem Moment nicht, weil man ihr nur selten so freundlich begegnet war. Stattdessen lächelte sie nur breit.

»Seid einfach mein Gast, Minna, in Ordnung? Ich kann nur ahnen, dass Ihr da draußen kämpfen musstet, aber hier müsst Ihr das nicht. Es ist mir eine Ehre, Euch unter meinem Dach zu wissen.«

Minna setzte sich in Bewegung, und zufällig schaute sie zurück. Ihr Blick fiel durch das Schaufenster auf die Straße, auf der sie eben noch gestanden hatte. Vor dem Blumenladen gegenüber verharrte ein Mann, groß, dunkelhaarig und mit Bartstoppeln. Seine Körperhaltung war verkrampft, während seine Miene in sich gekehrt war, als hätte er sich in sein Innerstes zurückgezogen, als wäre er mitten auf einer belebten Straße völlig allein. Seine Hände zitterten, als könnte er sich nur schwer beherrschen, auf etwas einzuschlagen. Obwohl Minna sicher war, ihn nie zuvor gesehen zu haben, kam ihr etwas an ihm vertraut vor. Sie konnte nicht fassen, woran es lag, es war mehr eine Ahnung, ein dumpfes Gefühl des Wiedererkennens. Aber das konnte nicht sein. Sein kantiges Gesicht war ihr unbekannt, seine schlichte, aber edle Kleidung deutete darauf hin, dass er in anderen Kreisen als sie verkehrte. Er trug sogar ein wertvoll aussehendes Schwert an seiner Hüfte.

Als hätte der Mann gespürt, dass er beobachtet wurde, hob er das Kinn. Der Blick seiner Augen traf auf ihren, und obgleich sich das Schaufensterglas zwischen ihnen befand, obgleich es keinen Anlass gab, fühlte Minna sich seltsam ungeschützt. Irgendwie … ausgeliefert. Sein Gesichtsausdruck wechselte schneller als ein Wimpernschlag, war erst überrascht, dann wütend und dann … entschlossen? Seine Lippen bewegten sich. Ein, zwei Atemzüge vergingen, in denen ihre Blicke miteinander verbunden blieben, und Minnas Herz heftig gegen ihren Brustkorb schlug. War es Angst, die sie empfand? War es Anspannung? War es nur Wut? Sie sollte ihn konfrontieren. Aber womit?

Abrupt wandte er sich ab, bevor Minna zur Tür hinausstürmen konnte, um ihn zur Rede zu stellen, ihn zu fragen, wer verflucht nochmal er war. Warum er sie so anstarrte, als habe sie ein Verbrechen begangen?

Aber er war weg. Er war eins geworden mit dem Strom umtriebiger Menschen.

24.
Finn

Von gebrochenen Händen und verlorener Sprache

Agnes war in dem Alter, in dem Finns Mutter heute wäre, würde sie noch leben. Sie war eine der vielen Unterstädtler und eine der wenigen, die diesen Ort vermutlich niemals verlassen würden. Hier war, das hatte Finn schnell begriffen, die Schattenseite Fernabs. Sie barg ein Geheimnis der Stadt, von dem niemand wissen durfte.

Natürlich sagte ihm das keiner der Leute in den Höhlen, jedenfalls nicht direkt. Aber Finn war Schatzsucher. In seiner ersten Nacht beobachtete er. Er saß am Lagerfeuer mit Leif, Agnes und einer Horde Kinder, die meisten Waisen, die zu Taschendieben oder Bettlern ausgebildet wurden. In anderen Nischen trieben sich Diebe und weitere Schatzsucher herum, manche hatten Söldner dabei, die ihre Beute bewachten. Finn hatte sich zunächst gewundert, dass sie sich ihre Güter nicht untereinander abspenstig machten, doch Leif sorgte in gewisser Weise dafür, dass unterirdisch Ordnung herrschte, sich zumindest niemand gegenseitig an die Kehle ging oder Aufruhr entstehen konnte.

Denn als Leif ihm gesagt hatte, er sei der Mann mit den tausend Gesichtern, hatte er die Wahrheit gesprochen. Er konnte die Zügel in der Hand halten, weil er ein Täuscher war und die Macht hatte, das Kommen und Gehen unter Fernab zu steuern. Er war der Herr über die Einladungen. Woher auch immer er seinerzeit eine eigene bekommen hatte … Irgendetwas hatte ihn dazu bewegt, seine Anwesenheit in der Stadt für illegale Zwecke zu nutzen. Er entschied, wer eintreten und wer fernbleiben musste. Im Prinzip war er das Gegenstück zur Königin, nur dass er sich dieses Privileg erschlichen hatte. Über die Jahre war er in den Besitz mehrerer Einladungen gekommen. Ob er sie gestohlen hatte, ihre eigentlichen Besitzer tot oder verschollen waren oder wie sie sonst in seine Hände geraten waren ... Das blieb sein Geheimnis. Aber Finn erkannte schnell, dass Leif der wandelbarste Mensch war, den er je gesehen hatte. Er konnte ein armer Bettler sein, ein Bibliothekar, ein einfacher Bauer; in jede Gestalt konnte er hineinschlüpfen und die passende Einladung benutzen, um die Stadt zu täuschen.

Auf diese Weise verdiente er Geld. Er handelte mit Einladungen wie andere mit Getreide oder Schmuck, bestückte Diebe und Schatzsucher und Kriminelle, wenn man ihm genügend Geldkugeln zum Tausch gab, oder verkaufte sich selbst als Begleitung. Der Zeitpunkt, an dem Finn also für seine Rettung bezahlen musste, war vermutlich nicht mehr fern. Er stand nun nicht mehr nur in der Schuld einer Geschichtenerzählerin, sondern auch in der eines zwielichtigen Täuschers, dessen Absichten Finn nicht kannte.

Eins aber überraschte Finn. Leif hatte ganz offenbar kein so dunkles Herz. Es gab Licht darin, und dieses Licht war Agnes. Agnes lebte seit etwa einem halben Jahr in den Höhlen und kümmerte sich darum, dass die Leute, die Geld übrig hatten, etwas Anständiges zu essen bekamen, und jene, die keines übrig hatten, nicht verhungerten. Sie machte das Höhlenleben mit sauberer Wäsche und Schlafmöglichkeiten für die Ärmsten oder Neuankömmlinge erträglich.

Bei all dem aber sprach sie kein Wort. Überhaupt waren Worte nicht ihre Sache. Sie sprach Worte nicht nur nicht aus, sie schrieb sie auch nicht nieder. Sie vermied alles, was in irgendeiner Form mit Buchstaben und ihrer Aussprache zu tun hatte.

»Das war einmal anders«, sagte Leif mit einem grüblerischen Blick auf Agnes, welche die Teller abwusch, die sie beim Essen benutzt hatten. Sie kniete dazu am Ufer des schmalen Baches und räumte das Geschirr in einen Korb, nachdem sie es gesäubert hatte. Leif und Agnes hatten Finn an ihrem Abendessen teilhaben lassen. Obwohl die Höhlen hoch genug wären, damit der Rauch abziehen könnte, wurde kein Feuer entzündet, und es gab Brot und Käse, das eine kleine Diebesbande aus einer Fischerstadt mitgebracht hatte. Manche bezahlten ihre Eintrittskarten in die Stadt, indem sie für die Dinge sorgten, die zum Überleben hier unten notwendig waren.

»Aber warum verbergt ihr euch? Seid ihr in Ungnade gefallen? Hast du je … oben gelebt?«

Leif lächelte dünnlippig. »Ich nicht. So hochwohlgeboren war ich nie. Agnes aber ist in dieser Stadt aufgewachsen. Sie war eine Märchenerzählerin. Sie kannte alle Märchen des Landes, ach, was rede ich, alle Märchen aus allen Landen. Sie war bei Kindern und Erwachsenen gleichwohl beliebt und eine gern gesehene Attraktion auf den Versammlungsplätzen.«

»Versammlungsplätzen?«

»Das sind die Orte, an denen Künstler ihre Fähigkeiten zum Besten geben können.«

Finn warf einen Blick auf die Frau, die sich in aller Seelenruhe aus ihrer gebückten Position erhob und mit dem Korb in die Nische zurückkehrte, in der sie saßen. Es war viel schwieriger, einen Menschen einzuschätzen, wenn er nicht sprach. Stimme, die Betonung von Worten, die Höhe der gesprochenen Töne … All das machte es einfacher, wenn man einen Menschen kennenlernen wollte.

»Was ist dann geschehen?«

Leif gab ein Brummen von sich, das er nicht deuten konnte. War seine Frage unangemessen, weil sie einander erst wenige Stunden kannten?

Doch dann zuckte der Täuscher mit den Schultern. »Was soll ich um den heißen Brei herumreden? Es gibt genug Gerede auf den Straßen und unter ihnen sowieso. Agnes war eine

Weile verschwunden. Niemand wusste, wo sie war, sie war von heute auf morgen einfach fort. Ich hatte damals das Gerede gehört. Es gab viele Gerüchte und Gewisper hinter vorgehaltenen Händen. Dass sie nicht die Erste wäre, die innerhalb weniger Monate verschwunden war. Es ist wie mit unserem Fluch, der Dinge verschwinden und irgendwann, irgendwo wiederauftauchen lässt. Mit diesen Menschen ist es anders. Bis auf Agnes ist noch niemand wiederaufgetaucht. Sie ist die Erste und bisher Einzige.«

»Woher wiederaufgetaucht?«

Statt eine Antwort zu geben, zog Leif eine Pfeife aus seiner Tasche, nahm sich Tabak von einem Regal und begann, sie zu stopfen.

»Willst du es mir nicht sagen, oder kannst du es nicht?«

»Vielleicht geht dich das nichts an.«

Mit einem Zündholz ließ der Täuscher den Tabak aufbrennen.

»Wusstest du, dass Rauchen hier unten eine gefährliche Sache ist?«

»Wieso? Die Höhlen sind so hoch, dass der Rauch sich gut verteilt und abziehen kann.« Finns Blick war skeptisch. »Ersticken würde man wohl kaum an einer Pfeife.«

»Nicht an einer Pfeife, nein. Aber siehst du den schwarzen Stein, der sich durch den Felsen zieht? Man nennt ihn Nachtonyx. Er ist nicht nur finster wie die Nacht, sondern auch hochgradig gefährlich. Brennt wie Zunder, wenn man ihm zu nahe kommt. Deswegen stellen wir Lampen immer in die Mitte der Gänge oder in Bachnähe«, erklärte der Täuscher beiläufig.

Der Schatzsucher erkannte ein Ablenkungsmanöver. Und er ließ sich davon nicht einwickeln.

»Als ich zehn Jahre alt war, erzählte ich ein paar Jungs aus dem Nachbarort, wo mein Vater seine neusten Schätze hortete, für die kein Platz in seiner Halle war. Ich war ein stolzer Narr, der sich etwas auf seinen Namen einbildete, der noch klein für sein Alter war und zu den anderen gehören wollte. In der nächsten Nacht stahlen sie ein paar Schmuckstücke, Gold und einen Kompass, an dem mein Vater besonders hing. Weißt du, was er getan hat, als er die Übeltäter fand, die mich prompt verpfiffen haben?«

Der Täuscher stieß Rauch aus. »Er hat dich ordentlich verdroschen, schätze ich.«

Finn neigte den Kopf. »Er schleifte mich in seine große glänzende Halle und suchte den schwersten Goldbarren, den er auftreiben konnte. Er war mindestens halb so schwer wie ein ausgewachsener Mann, vielleicht auch schwerer. Er erklärte mir, dass ich den Wert dieser Schätze wohl noch lernen müsse, und ließ seine Männer mich mit ausgestrecktem Arm festhalten, damit ich mich nicht wehren konnte. Dann ließ er den Barren auf meine Hand fallen. Das, sagte er, würde mich in Zukunft lehren, über Schätze und Geheimnisse zu reden.«

Leifs Blick wanderte zu Finns verkrüppelter Hand. Dann nahm er einen weiteren Zug. »Ich habe Agnes gefunden, als sie vor dem königlichen Schloss umherirrte. Sie trug ein zerschlissenes Nachthemd, war orientierungslos und nicht imstande, einen einzigen Ton von sich zu geben. Was ich aber sofort verstand: Sie musste weg von dort. Irgendetwas hat ein tiefes Trauma in ihr hinterlassen und ihr sogar die Sprache genommen. Und so sehr ich es versucht habe, es gibt keinen Weg, mit ihr darüber zu kommunizieren. Sie kann über das Grauen im Schloss nicht sprechen. Es ist in ihr gefangen.«

Finns Blick ruhte lange auf der Märchenerzählerin. Und ganz allmählich regten sich die Fragen in seinem Kopf. Was war mit ihr geschehen? Ging im Schloss wirklich etwas Böses vor sich, wie der Täuscher argwöhnte? Warum waren die Soldaten der Königin hinter ihm her? Lag es vielleicht gar nicht an ihm, sondern daran, dass er jemanden begleitet hatte, der von Bedeutung war? Könnte Minna eine Rolle in einem Spiel spielen, das er nicht durchschaute?

Er zwang die Gedanken nieder. Vielleicht war alles nur ein Missverständnis, ein Versehen. Vielleicht irrte er. Sicher würde Minna Schwarzklaue schicken, wäre sie in Gefahr.

Er hob den Kopf und sah das Glitzern der dunklen Steine in den Wänden. Und er spürte das Kribbeln in seinen Fingern. Er sollte sich nicht so viele Gedanken machen. Er sollte nicht über Probleme grübeln, die nicht seine waren.

Er hatte seine Schuldigkeit bei Minna abgegolten. Jetzt war er dran.

Sein Abenteuer.

»Ich bin davon überzeugt, dass die Stadt mehr als dunkle Geheimnisse zu bieten hat, Täuscher.«

Leif lächelte dieses Lächeln, das alles und nichts bedeuten konnte. »Alles verschwindet. Alles taucht wieder auf. An anderen Orten und zu anderen Zeiten. Das ist die Magie Fernabs. Das ist deine Magie, Schatzsucher.«

25. Minna

Die kleinen Dinge

Minnas Zimmer war ganz oben auf dem Dachboden. Dachschrägen ließen es noch kleiner wirken, als es war, aber alles, was man brauchte, war vorhanden: ein schmales Bett, eine Kommode, eine Waschschüssel und eine Öllampe. Ani war so begeistert, eine Wettstreitteilnehmerin in ihrem Hause zu haben, dass sie am nächsten Morgen ans Zimmer klopfte und Brot, Käse, Obst, Wasser und sogar etwas Tinte brachte, damit Minna sich in aller Ruhe und ohne Störung auf den übermorgigen Tag vorbereiten konnte. Dazu gab es Tee, der nach Zimt, Orange und einer Prise Chili roch und den Kopf klären sollte, so waren jedenfalls Anis Worte. Sie hatte sich das Rezept selbst ausgedacht und es mit Gewürzen aus ihrer Heimat verfeinert, daher war sie überzeugt, dass es wirkte. Doch sosehr die Dichterin versuchte, sich zu konzentrieren, es wollte nicht recht funktionieren. In ihrem Kopf drehten sich die Eindrücke des vorangegangenen Tages, die Begegnung mit Galvan und die Trennung von Finn, dem gegenüber sie ein schlechtes Gewissen hatte. Die Stadt war der Preis gewesen, *sein* Preis. Sie wollte doch nur Geschichten erzählen.

Sie zog ihren Geschichtenband aus der Tasche. Sein schweres Gewicht lag vertraut in ihren Händen, er war ihr der treueste Gefährte, den sie sich wünschen konnte. Sie legte ihn auf der glatten Holzplatte der Kommode ab und öffnete ihn. Das Papier knisterte leise unter ihren Fingerkuppen. *Worte. Geschichten.* Sie konnte nicht verstehen, wie Menschen sie nicht lieben konnten. Sie waren Tore zu anderen Welten, in andere Länder, in die Fantasie anderer Menschen. Wie konnte man da nicht atemlos vor Begeisterung sein?

Von Unruhe getrieben trat Minna ans Fenster. Es war nur ein rundes, winziges Fenster, doch weil das Haus mit drei Stockwerken hoch gebaut war, bot es einen weiten Ausblick über Fernab. Minna hatte bisher nicht viel von der Stadt gesehen, weil sie die ganze Zeit so in Eile gewesen war; in Eile, anzukommen, in Eile, den Hofdichter zu sprechen, in Eile, vor Anbruch der Nacht ein Dach über dem Kopf zu finden. Und doch hatte sie schon ein Gespür für das Pulsieren der Stadt bekommen können, für ihre Lebendigkeit, für ihre Liebe zur Kunst, die überall präsent war. Minna lächelte. Sogar hier in dieser Dachstube. In das Fenstersims waren ein paar Worte eingeritzt, zwei Zeilen eines bekannten Zitates:

Die wahre Richtung des Herzens ist dort,
wohin deine Füße dich tragen, wenn du aufhörst zu denken.

Jetzt erst wurde Minna sich bewusst, dass sie solche Zitate überall in der Stadt bemerkt hatte. Auf den Bodenplatten, an Wänden, an Mauersteinen, an hölzernen Türen, auf festgenagelten Pergamentseiten. Überall hingen kleine Geschichten, Märchen, Weisheiten, Hoffnung spendende, herzzerreißende und traurige Nachrichten. Es war wie mit der leisen Musik, die nicht greifbar in der Luft schwirrte. Sie war da, wenn man sich konzentrierte und man sie hören *wollte*.

Minna schob einen Schemel vor das Fenster und stieg darauf. So hatte sie einen noch besseren Überblick über die Stadt, ohne sich den Hals verdrehen zu müssen.

Fernab war in der Tat die schönste Stadt, die sie jemals gesehen hatte, und auf ihrer mehrjährigen Wanderschaft hatte sie viele Städte gesehen, zumeist aus der Position der niedersten Schicht. Von ganz unten kommend war der Blick auf einen Ort ohnehin anders, als wenn man – wie sie hier – willkommen geheißen und respektiert wurde. Aber nicht nur dieses Gefühl machte die Stadt zu dem Ort, der er war oder der er vielleicht sein wollte. Die weißen hochgebauten Häuser mit den spitzen Dächern erweckten ein ansehnliches, sauberes Stadtbild. Die engen, verwinkelten Gassen luden zu Erkundungstouren ein, auf denen man nie wusste, wo man vielleicht landen würde, wenn man dieser oder jener Straße folgte. Überall wuchsen Pflanzen und Blumen, die Farbe in die Straßen und an die Fensterbänke brachten. Und ganz hinten, hinter den steilen, trügerischen Klippen am weit entfernten Ende der Stadt, glomm das Meer in seinem morgendlichen Ozeanblau.

Der Mittelpunkt der Stadt war das majestätische Schloss, ein strahlender, antiker Bau mit vielen Türmen, breiten Fenstern und einem See, über den man nur mit Booten oder über eine einzige, bewachte Brücke gelangen konnte. Dort lebte die Königin, vor der sie, eine einfache Dichterin, auftreten würde. Und obwohl das Publikum und nicht die Herrscherin über Phantopien den Sieger küren würde, so war es doch Ehre und Bürde zugleich, ihrem Anspruch gerecht werden zu wollen. Allein bei dem Gedanken schlug Minnas Herz schneller. Vor anderen Menschen aufzutreten machte ihr nichts aus. Sie war meistens so sehr in ihre Geschichten vertieft, dass sie nichts ringsum mitbekam, sobald sie erzählte. Sie war nicht Teil des Publikums, niemals. Aber eine Königin ließ sich nicht ausblenden. Eine Königin stach aus tausend und abertausend Menschen heraus.

Auf der Straße unten ließ sich gerade eine alte Malerin mit einer unbefleckten Leinwand nieder. Ein junges Mädchen trug ihr Pinsel, Lappen und Farbtöpfe nach. Gemeinsam bauten sie die Leinwand vor einem Mauervorsprung auf, wo eine Lücke zwischen zwei Häusern war und man Sicht auf den Sonnenaufgang hatte. Das Mädchen half der alten Frau, auf dem Steinvorsprung Platz zu nehmen.

Und als die Malerin den Pinsel in einen Topf mit roter Hennafarbe tauchte und zum ersten Strich ansetzte und Minna der Duft des Zimtorangentees in die Nase stieg, spürte sie etwas, das sie schon lange nicht mehr gespürt hatte, in all den Jahren, in denen sie allein und einsam durch Phantopien gewandert war, nur in Begleitung von Ideen, Worten und Geschichten: Wärme.

Hier, in einer geheimen, unbekannten Stadt, inmitten von Fremden, die sie noch nie zuvor zu Gesicht bekommen hatte, hier fühlte sie sich nicht länger einsam.

26.
Die Königin

Die Sünde des Bruders

Das Labyrinth hatte sich binnen eines Jahres zu einem Ort des Schreckens entwickelt. Eigentlich war es ein harmloser Name für ein Kellergewölbe, das zum Kerker umfunktioniert worden war, aber das Labyrinth war bei weitem nicht harmlos, wenn man seinem Ruf glauben durfte. Die wenigsten Bediensteten des Hofes hatten es jemals mit eigenen Augen gesehen, gehört aber hatten alle davon. Es war ein Ort der Strafe, an den man gebracht wurde, wenn man gegen den Befehl der Königin verstieß – vor allem gegen den Befehl zu schweigen. Alles, was an Verstößen innerhalb der Schlossmauern geschah, musste auch hinter ihnen unter Verschluss bleiben.

Der Zugang zum Labyrinth erfolgte durch das Kellergeschoss über eine lange Wendeltreppe, die noch weiter in die Tiefe führte. Bewaffnete Männer bewachten den einzigen Eingang mit mehrfach gesicherten Türen, der so abgelegen in der untersten Etage des gewaltigen Mauerwerkes war, dass man ihn nur fand, wenn man gezielt danach suchte oder sich in den Korridorgeflechten auskannte.

Die Nachwehen des Vortages, der die Königin mit Verlust und Kopfschmerz geplagt hatte, waren noch nicht verklungen. Sie hatte sich also zu einem Besuch im Labyrinth entschieden, um diesen Teil ihres Seins, den sie verabscheute und zugleich brauchte, zu befriedigen. Außerdem war es übermorgen so weit, der Dichterwettstreit würde seine große Eröffnung feiern. Die ganze Stadt befand sich bereits im Ausnahmezustand.

Umso mehr benötigte sie jetzt einen Reiz, der ihr half, sich auf das Wesentliche zu konzentrieren und bis zum Ziel, das kurz bevorstand, durchzuhalten.

Es war ein angenehm warmer Frühlingstag. Morgenwind, der nach Sonne und knospenden Blüten roch, zog durch die offenen Fenster ins Innere der Flure. Einzig die Schritte der Königin und ihrer Garde, die ihr in gebührendem Abstand folgte, durchbrachen die morgendliche Stille.

Selbst der Eingang der Kellertreppe war vom Tageslicht hell erleuchtet. Eine breite Fensterfront sorgte dort dafür, dass Sonnenlicht eindringen durfte. So kam es, dass das Schloss der dunklen Königin, die hier gefürchtet wurde, ein ganz und gar sonnendurchfluteter Ort war, an dem man an überhaupt nichts Böses denken mochte.

Das war das Gefährliche.

Im Kellergeschoss öffnete ein stämmiger Wachmann die massive Tür, die zur letzten Treppe in den unterirdischen Schlund führte. Das schwere Türblatt schabte über den Boden. Dann konnte die Königin ihren Weg fortsetzen. Mit jedem Schritt hinab wurde es merklich kühler, und die Königin begrüßte die Kälte wie einen Liebhaber, der sich wohltuend an ihre Haut schmiegte. Sie fühlte sich besser an als das Sonnenlicht da oben, als wäre sie keine Lüge, die sie leben und tragen musste. Die Wände waren älter als der Rest des Schlosses, das man vor wenigen Jahrhunderten auf dieses vorhandene Fundament aufgesetzt hatte. Sie waren direkt in den harten Fels geschlagen, der dunkel und mit winzigen, glimmenden Edelsteinen durchdrungen war, die es auch in anderen unterirdischen Teilen der Stadt gab. Nachtonyxe nannten manche Menschen sie. Seit jeher übten diese Steine eine seltsame Faszination auf die Königin aus, und gleichzeitig fühlte sie sich in ihrer Nähe ruhiger.

Sie erreichten den Eingang des Labyrinthes. Zwei Männer, jene von der schweigsamen Sorte, saßen an einem Tisch und spielten Karten. Es roch nach gebratenem Fleisch, als hätten sie soeben gespeist. Als sie die Königin bemerkten, sprangen sie auf, nahmen ihre Positionen ein und verbeugten sich.

Sie nickte knapp. »Lasst mich ein.«

Der ältere der beiden zog den Schlüsselring hervor und öffnete das Schloss. Dann zog er mehrere Riegel nacheinander zur Seite, ehe die Tür widerwillig aufschwang. Der vertraute Geruch des Labyrinths schlug der Königin entgegen, schwer, feucht und salzig. Sie bedeutete den Wächtern, zurückzubleiben und sie allein gehen zu lassen. Hier wollte sie niemanden an ihrer Seite oder in ihrem Rücken haben. Vielmehr wollte sie frei reden können, wenn sie diesen einen Gefangenen besuchte, der sein Dasein seit einem Jahr in diesem gläsernen Käfig fristete, nur umgeben von Felsen und Wasser.

Obwohl es die Königin drängte, endlich loszuwerden, was sie zu sagen hatte, musste sie vorsichtig gehen. Der Felsboden war an manchen Stellen nass und rutschig. Der Untergrund und ein Teil der Wände waren von der Gewalt der Natur selbst geschaffen, nur geringfügig von Menschenhand verfeinert. Die Decke über ihr war allerdings künstlich aus dickem Glas geschaffen, noch aus der Zeit, als die Menschen mächtige Bauwerke mit Hilfe von Magie erschaffen konnten. Einst war dieser Ort eine Wirkungsstätte der Magiebändiger gewesen. Unter der Erde waren sie der Magie näher, pflegten sie zu sagen.

Das Besondere am Labyrinth waren aber weder die schwarzen Felsen noch die verschachtelten Gänge, die vielen vergitterten Nischen und auch nicht das Glas über dem Kopf der Königin. Das Besondere war das, was sich hinter dem Glas befand. Das Labyrinth lag unter der Oberfläche des Sees. Die Gefangenen hier unten saßen nicht nur im Dämmerlicht, sondern über ihren Körpern drohte eine riesige Wassermasse. So manchen hatte dieser Anblick und tiefsitzende Angst schon in den Wahnsinn getrieben. Außerdem gab es da diese eine Zelle, die hinter einer Stahltür mit vergittertem Fenster, das man verschließen konnte, vom Rest des Ganges abgeschottet war. Wer dort saß, wusste nie, ob der See ihn nicht eines Tages holen würde …

Diese eine Zelle war das Ziel der Königin. Dort saß ihr wichtigster Gefangener, der Faden, an dem sie den Gabensucher tanzen ließ und an dem er zerrte und zerrte, um ihn endlich zerreißen zu können. Sie brauchte etwas, um diesen dünnen Faden noch für eine Weile zu stärken.

Der Hebelmechanismus, der von außerhalb der Zelle eine Schleuse in der Glaswand öffnen konnte, um das Wasser einzulassen, befand sich in einem Nebengang, den sie jetzt nicht besuchen wollte. Es war vielmehr das Gebiet ihres Beraters, der den Großteil seiner Zeit in seinen Gewölben verbrachte und sich der Umsetzung ihres gemeinsamen Planes widmete. Sie verirrte sich nur selten zu ihm, denn dort erschien es ihr noch düsterer und kälter, selbst für ihren Geschmack *zu* kalt. Vielleicht war das der Preis ihrer Sünden, dass sie sich an den Ort nicht wagte, an dem sie gemeinsam schon einige Leben zerstört hatten. Vielleicht spukten dort Geister, denen sie nicht begegnen sollte.

So öffnete die Königin nur mit einem Schlüssel, den sie immer in ihrer Tasche trug, die Zellentür, die vollständig mit der Klappe vor dem Fenster verschlossen war. Während des Öffnens streifte ein leichter Luftzug über ihre Haut. Im Inneren der Zelle roch es abgestanden und muffig. Sie musste die Wächter daran erinnern, die Klappe häufiger offen zu lassen, damit der Gefangene nicht erstickte. Auch wenn sie ihm keine Träne nachweinen würde, würde sie damit ihr einziges Druckmittel verlieren. Der Gefangene war derzeit noch wertvoll.

Joran kauerte auf seiner Pritsche. Weitere Möbel gab es nicht, nur noch einen Eimer für die Notdurft und ein Tablett mit seiner Essensration sowie einer Schale Wasser, das zum

Trinken und Waschen ausreichen musste. Der junge Mann war an den Handgelenken mit Ketten an die Wand gefesselt, die so schwer waren, dass er Probleme hatte, die Arme längere Zeit zu heben, und die Haut unter den Ketten war wundgescheuert.

»Guten Morgen, Joran.« Ihre Stimme klang so kühl wie der Felsen.

Der junge Mann hob den Kopf nicht. Er antwortete so leise, dass sie ihn kaum verstand. »Meine Königin.«

Er hatte gerade erst sein zwanzigstes Lebensjahr erreicht und war damit deutlich jünger als Valerian. Er hatte viel mit seinem älteren Bruder gemeinsam, vor allem die Fähigkeit, Höflichkeit vorzutäuschen und Rebellion hinter ihr zu verbergen. Aber der Trotz ließ nach. Er war in diesem einen Jahr so sehr geschrumpft, dass er kaum noch vorhanden zu sein schien. Weil sie beide, die Königin und der junge Mann, genau wussten, dass er aus einem bestimmten Grund hier war.

»Was verschafft mir die ... Ehre Eures Besuches?« Sein Blick war gen Boden gerichtet.

»Eigentlich hatte ich dich schon gestern besuchen wollen. Aber es gab sehr viel zu tun.«

Joran schwieg.

»Gestern war ein besonderer Tag. Du erinnerst dich, oder?«

Endlich hob er langsam den Kopf. Sein Gesicht war schmutzig und blass. Das Sonnenlicht hatte er seit einem Jahr nicht mehr gesehen. Etwas an seinen Augen beunruhigte die Königin und machte sie zugleich ungeheuer schadenfroh. Wie Gift strömte dieses Gefühl durch ihre Venen und verschaffte ihrem so taub gewordenen Körper eine Emotion. Diese Augen blitzten nicht mehr. Da war keine Abneigung mehr gegen sie. Nur noch Müdigkeit. Nur noch endlose Erschöpfung, nur noch Nachgeben. Nur noch Schuld.

Der Blick seiner Augen war endlich gebrochen. Und hatte sie nicht genau das sehen wollen? War das nicht ihr Ziel gewesen? Ihn zu brechen und seine ganze elende Sippschaft gleich mit ihm?

»Ihr müsst entschuldigen, meine Königin. Ich weiß nicht, welcher Tag gestern war«, erwiderte er leise. »Man verliert das Zeitgefühl an diesem Ort.«

Etwas stach. Etwas wollte die Schadenfreude beiseiteschieben, als hätte sie keinen Anspruch auf sie. Dabei hatte sie jeden Anspruch darauf. »Gestern war unser Jahrestag, Joran. Deiner und meiner. Ein dunkler Jahrestag, wie ich finde.«

Ein schmerzlicher Zug legte sich um Jorans Mund. »In der Tat ein dunkler.«

Widerstreitende Gefühle machten sich in ihr breit. Die Königin wünschte sich mehr, wünschte sich ein Aufbäumen, vielleicht auch die alte Rebellion, blanken Hass oder irgendetwas, das ihr das Recht gab, ihn weiter zu quälen. Aber er saß da so schicksalsergeben, dass sie sich wie eine Tyrannin fühlen würde, würde sie dem Wasser Einlass gewähren. Und wäre eine Erlösung nicht sogar viel zu früh?

»Ein Jahr schon«, sagte er müde. »Es fühlt sich länger an.«

»In der Tat. Es fühlt sich an wie eine Ewigkeit.« Die Königin atmete die verbrauchte Luft ein, die nach ungewaschenem Körper, Haferbrei und Urin roch. Sie ekelte sich davor, aber nicht, weil sie sich zu fein dafür war, sondern weil diese Ausdünstungen von ihm kamen.

Er murmelte etwas vor sich hin. Sprechen kostete ihn offenbar viel Kraft. Trotz ihres Ekels kniete sie sich vor ihn, gerade nahe genug heran, dass er ihr direkt in die Augen sehen konnte, doch weit genug entfernt, dass die Ketten ihn daran hinderten, sie anzugreifen, falls es in seiner Absicht lag.

»Mein Bruder«, flüsterte er. »Zwingt Ihr ihn noch immer, Eure Sünden zu begehen?«

Auf den Lippen der Königin zeigte sich der Anflug eines Lächelns. »Natürlich. Und er ist wirklich gut darin, weißt du? Als wäre er für dieses Schicksal geboren.«

Jorans Augen glänzten. Für einen Sekundenbruchteil flammte der Funke Rebellion auf, den sie sehen wollte.

»Eines Tages, meine Königin, werdet Ihr für Eure Taten in den Unterwelten schmoren. Und ich glaube, dieser Tag ist nicht mehr fern.«

»Oh, glaub mir, er ist so fern wie die Sonne.« Die Stimme der Königin wurde hart. Sie war nicht hier, um mit diesem jungen Mann, der fast noch ein Kind war, zu plänkeln. »Übermorgen ist der große Tag, und wenn dein Bruder gute Arbeit geleistet hat, dann werden wir sehen, wie es mit dir weitergeht.«

Hoffnung schimmerte in Jorans Blick. Echte, ungeschönte, nackte Hoffnung. Wie bittersüß würde es sich wohl anfühlen, diese Hoffnung zu zermalmen?

»Lasst Ihr mich dann gehen, meine Königin? Wie Ihr es meinem Bruder versprochen habt? Ist der Strafe dann genüge getan?«

Die Frage schnürte der Königin die Luft ab. *Genüge getan*? Meinte er das ernst?

»Deiner Strafe ist niemals genüge getan«, sagte sie. »Selbst, wenn du dein ganzes Leben in dieser Zelle verbringst, bis du alt und grau bist, es wird niemals genug sein.«

Joran gab einen Laut wie ein Straßenköter von sich, dem man mit voller Wucht in die Seite getreten hatte. »Es war ein Unfall. Ich kann das nur immer wieder beteuern … Ich wünschte, ich könnte Euch erklären, wie …«

»Du hast meine Mutter umgebracht«, unterbrach sie ihn eisig, »viel schlimmer: Du hast eine Königin umgebracht. Diese Zelle ist noch zu barmherzig für dieses Vergehen. Der einzige Grund dafür, dass du am Leben bist, ist dein Bruder und seine Gabe.«

Ohnmächtige Wut raste heiß durch die Königin. Die Wut, die an so vielem schuld und die gleichzeitig die Ursache für ihren Ehrgeiz war. Die Erinnerungen an den Leichnam, an das leckende Boot, an den geflüchteten jungen Bootsführer, den sie später volltrunken in einer Schenke gefunden hatten ... Jorans Leben war in ihren Augen verwirkt, aber er war ihr einziges Mittel, sich Valerian gefügig zu machen. Er durfte nicht sterben.

Jetzt noch nicht.

27.
Minna

Der Tag vor dem Sturm

Es war, als wäre über Nacht klammheimlich ein Schwarm durch das Tor der Stadt gekommen, der nun die Straßen erfüllte. Als Minna am nächsten Morgen das Fenster öffnete, drang bereits der Lärm vieler Menschen zu ihr hinauf. Sie hatte den halben Vortag verschlafen, weil die Reise so anstrengend gewesen war und sie ihren Körper schonen wollte, damit er für den Wettstreit ausgeruht war.

Stimmen voller Vorfreude und Aufregung hingen wie schweres Parfum in der Luft. In Minnas Wahrnehmung mischten sich noch eine Note Nervosität und ein Anflug grenzenloser Panik darunter, der aufkam, wenn sie daran dachte, dass sie nur noch ein einziges Mal schlafen musste, ehe sie vor all diesen Leuten auftrat.

Sie. Würde. Auftreten.

Vor und in Fernab.

Am liebsten hätte sie sich in den Arm gekniffen, aber sie wusste, dass sie nicht träumte, weil sie sich so etwas selbst in ihren kühnsten Träumen niemals ausgemalt hatte.

Sie öffnete das Fenster weit, um all die lebhaften Geräusche einzulassen, während sie sich wusch und anzog. Eine Weile suchte sie verzweifelt nach ihren Socken, die nicht auffindbar waren, obwohl sie in jeder Ecke nachsah.

Der Verschwindefluch. Er musste sie ihre Socken gekostet haben.

Minna schlüpfte ohne Socken in ihre Stiefel und nahm sich

vor, auf dem Weg neue zu kaufen. Den schwarzen zerfledderten Umhang ließ sie über der Stuhllehne hängen. Hier in der Stadt musste sie sich nicht verstecken.

In der Küche fand sie frisches, duftendes Brot mit Käse und einen Krug warmer Milch mit Honig. Dort, wo Ani ihr einen Platz am Tisch eingedeckt hatte, lag eine Nachricht:

Die Wanne hinter dem Haus sei heute Abend Eure allein.

Minna lächelte. Die Gewürzhändlerin schien sich alle Mühe zu geben, damit sie sich wohlfühlte, und genau das gelang ihr. Minna die Badewanne zu überlassen war das schönste Geschenk, das sie ihr machen konnte. Sie würde sich von dem ganzen Straßendreck befreien können, außerdem würde die Wärme ihre Aufregung lindern.

Nach dem Frühstück verließ Minna das Haus und ließ sich vom umtriebigen Menschenstrom mit ins Zentrum der Stadt ziehen. Sie besorgte unterwegs ein neues Paar Socken aus dünner Wolle, ehe sie ihr eigentliches Ziel anstrebte. Der große Theaterplatz war nicht weit vom Schloss entfernt, was ihr bisher gar nicht aufgefallen war. Hinter dem Platz gab es einen Garten, der allerdings für die Öffentlichkeit nicht zugänglich war. Minna vermutete, dass der Garten der Vorhof zu den Booten und der Brücke zum Schloss war.

Heute befanden sich erheblich mehr Leute am Austragungsort des Wettstreites. Vor dem Eingangsbereich hatten einige Zuschauer kleine Zelte aufgestellt. Offenbar hatten die Übernachtungsmöglichkeiten in der Stadt nicht mehr ausgereicht. Ganze Truppen tummelten sich zusammen und unterhielten sich angeregt. Minna hatte nur die Dichterzunft erwartet, es waren aber Künstler aller Art anwesend.

Minna fand eine der Hinweistafeln, die an jedem der drei Eingänge hingen, und las das Programm. Der Wettstreit sollte an zwei aufeinanderfolgenden Abenden stattfinden, und zwischen den Vorträgen der Dichter gab es weiteres Programm. Artisten, Musikvorführungen und sogar ein Theaterstück am letzten Tag, während die Stimmen des Publikums ausgezählt wurden, um anschließend den Sieger zu küren.

Die Schlange vor dem Organisationszelt war kurz, trotzdem dauerte es eine Weile, bis Minna an der Reihe war. Galvan war nicht anwesend, stattdessen überprüften zwei junge Frauen nochmals ihre Einladung und teilten ihr dann eine Nummer für ihren Auftritt zu. Außerdem erhielt sie ein edles Taschentuch mit eingesticktem königlichem Emblem, mit dem sie Privilegien in Anspruch nehmen konnte, wenn sie es vorzeigte: einen Rückzugsort zur Vorbereitung sowie freie Speisen und Getränke, wann sie wollte. Die Dichter seien Ehrengäste der Stadt und der Königin, erklärte ihr eine der Damen bedächtig, und so sollten sie auch behandelt werden. Zum Schluss wurde Minna noch ein Dokument mit der eindringlichen Warnung in die Hand gedrückt, nach dem Dichterwettstreit niemals ein Wort über Fernab zu verlieren. Ein solches Verbrechen würde strikt als Hochverrat bestraft.

Eine Weile schlenderte Minna über den Theaterplatz und machte sich mit den Gegebenheiten vertraut. Sie fand heraus, dass ihre Nummer die letzte war, was ihre Laune ein wenig trübte. Sie musste also noch zwei Tage warten, ehe sie auftreten durfte. Zwei weitere Tage, in denen Aufregung, Vorfreude und Nervosität weiter an ihr nagen würden. Trotzdem hatte das Ganze auch etwas Positives: Sollte sie den Wettstreit verlieren, so hätte sie zumindest mehr Zeit, sich die Stadt und ihre Besonderheiten anzusehen und tief in ihrem Gedächtnis zu verankern, sodass sie sie niemals mehr vergessen würde.

Und das, dachte sie, war immerhin ein kleiner Trost.

Vor dem Theaterplatz hatten sich Grüppchen aus Schaulustigen gebildet. Als Minna zwischen ihnen hindurch schlenderte, schnappte sie hier und da Gesprächsfetzen auf. Jeder fieberte auf das große Ereignis hin.

»… und wenn das alles nur eine perfekt inszenierte Ablenkung ist?«, fragte ein alter Mann, als Minna ihn gerade passierte.

»Was, wenn wir nur den Blick in eine andere Richtung lenken sollen?«

Die weißhaarige Dame neben ihm schob ihren Arm unter seinen Ellenbogen. »Und wenn es so wäre: Was sollten wir einfachen Leute dagegen tun? Was können wir schon gegen eine Königin ausrichten?« Sie senkte ihre dünne Stimme. »Wir würden doch nur verschwinden.«

»Sie kann keine ganze Stadt verschwinden lassen, wenn sie sich erheben würde.«

»Würde sie das? Würde diese Stadt sich erheben?«

Der Mann schwieg.

Minna runzelte die Stirn. Sie hielt an und drehte sich um. Auch wenn es unhöflich war, anderen zu lauschen, sie musste wissen, worüber dieses alte Ehepaar gesprochen hatte. Doch die beiden waren in der Menge verschwunden, und nur noch ihre unheilschwangeren Worte blieben zurück.

Am Abend saßen Minna und Ani gemeinsam beim Abendessen, das die Gewürzhändlerin für sie und ihren zweiten Gast zubereitet hatte. Lima war eine Schlangentänzerin und hatte einen der begehrten Programmplätze zwischen den Dichtungen zugewiesen bekommen. Es gab eine scharfe Suppe aus reifen Tomaten, eigenen Kräutern und frischem Brot in Würfeln, das man in die Suppe tunkte. Dazu hatte Ani schweren, süßen Wein aufgetragen. Von der Straße wehten die schnellen Klänge von Streichinstrumenten zu ihnen herein. Lima erzählte in einem fremden Dialekt von ihrem Wanderzirkus, mit dem sie durch das Land zog. Die Zeiten seien schwer, sagte sie, aber wem sagte sie das?

Wein und Musik und die laue Nachtluft am offenen Fenster sorgten für gelöste Stimmung unter den drei Frauen, die unterschiedlicher nicht sein konnten, aber bald feststellten, dass sie eines gemeinsam hatten: Sie hatten sich allein durch das Leben geschlagen, manchmal am Abgrund wandelnd, aber immer die Freiheit genießend, die sie sich genommen hatten, weil sie Konventionen getrotzt hatten.

»Hier ist der beste Platz für Frauen wie uns«, erklärte Ani lächelnd. »Ich habe meine Einladung in diese Stadt vor fünf Jahren bekommen. Der gute Ruf meines Gewürzladens war gerade über meine Heimatstadt hinausgedrungen. Ich hatte ein Gefäß entwickelt, in dem Gewürze über einen längeren Zeitraum ihr Aroma behalten. Und ihr glaubt nicht, wie viel Missgunst mir entgegengeschlagen ist. Wenn man Erfolg hat, gerade als alleinstehende Frau, muss man stark sein, um diesen Erfolg zu verteidigen. Irgendwie muss der Ruf meiner Gewürze bis zur damaligen Königin vorgedrungen sein. Und eines Tages ... kam die Einladung.« Anis Augen leuchteten. Vielleicht lag es am Wein oder daran, dass die Erinnerung gerade ganz lebendig in ihrem Kopf tanzte.

Minna verspürte einmal mehr den Wunsch, dazugehören zu wollen. Sie wollte Teil dieser Stadt sein, mit all ihren außergewöhnlichen Menschen und den einzigartigen Talenten. Sie wollte sich ein Zuhause aufbauen und für das Einzige respektiert werden, in dem sie wirklich gut war: Für das Jonglieren mit Worten, für ihre Zusammensetzung und für die Wirkung, die, richtig eingesetzt, ebenso Magie sein konnte.

Trotzdem ließ sie das, was sie zuvor auf dem Theaterplatz gehört hatte, nicht ganz los. Die Worte schwirrten wie eine lästige Mücke in ihrem Kopf herum und verlangten nach Aufmerksamkeit. Daher beschloss sie, den beiden Frauen davon zu erzählen.

Als sie geendet hatte, lachte Ani. »Ich lebe nun schon einige Zeit hier, und mir ist noch nie etwas Seltsames aufgefallen. Ja, man hört Gerüchte solcher Art. Aber du bist Geschichtenerzählerin, also sag mir: Gibt es nicht über jeden Herrscher Gerüchte? Dichtet man nicht jedem von ihnen irgendetwas Finsteres an?«

Minna neigte den Kopf. »Du hast recht«, stellte sie fest. »Sie klangen nur so … überzeugt.«

»Vielleicht waren sie das sogar.« Ani zuckte mit den Schultern. »Ein Wahnsinniger glaubt seine eigenen Wahrheiten auch.«

Sie erhoben die Gläser, und wenn da draußen etwas existierte, etwas Finsteres, Unausgesprochenes, Merkwürdiges, so berührte es Minna an diesem Abend nicht.

Denn nichts war gewaltiger als die Aussicht auf Großes.

28.
Finn

Der Instinkt erwacht

Zum ersten Mal in seinem Leben war Finn wahrhaftig auf der Jagd. Die Schatzsucherausrüstung an seiner Hüfte wog schwer und war trotzdem so vertraut, als wäre sie die Verlängerung seines Körpers. Und sie war das einzig Vertraute, denn Leif hatte ihn in einen Adeligen mit feiner Kleidung verwandelt und ihm sogar ein eigenes Siegel gegeben. Dazu hatte er ihm einen täuschend echt aussehenden Bart verpasst. Die Haare hatte Agnes ihm geschnitten und modisch kurz frisiert, sodass Finn sich in der spiegelnden Oberfläche des Baches kaum wiedererkannt hatte.

Er sah aus wie jemand anderes. Nein, er *war* jemand anderes, hatte ihn der Täuscher korrigiert. Er musste sich so sehr verändern, dass er für Fernab jemand anderes war. Er war nicht länger Finn, der Schatzsucher, sondern ein adeliger junger Mann, der den Namen Horus Seidenfänger trug. Auch die Soldaten würden ihn nicht mehr erkennen, jetzt, da er feinen Samt trug. Er könnte der heruntergekommenste Verbrecher sein, solche Kleidung wäre die beste Tarnung, erklärte Leif.

Der Täuscher hatte ihm zudem die Durchgänge im Höhlensystem gezeigt, durch die er nach oben in die Stadt gelangte. Manche waren ansteigende Tunnelschächte, andere unebene, improvisierte Treppen. Wenn es mal ganz schnell gehen musste, konnte man auch die Abwasserkanäle benutzen, die eigneten sich allerdings nicht für seine feine Kleidung.

Dann hatte der Täuscher Finn eine Einladung in die Hand

gedrückt und ihn auf die Stadt losgelassen, ihn und seine Ausrüstung wohlgemerkt, aber nicht ohne eindeutige Warnung in den wachen Augen: *Brichst du dein Versprechen, breche ich deine Einladung … und dein Rückgrat gleich mit.*

In seinen Fingern kribbelte es, als er sich der Oberfläche näherte. Dämmriges Licht schien am Ende des Ganges, in dem jeder seiner Schritte widerhallte. Ansonsten war es leise, niemand sonst war in diesem Teil der Schächte unterwegs. Als er den Ausgang erreicht hatte, schlug er ein paar Stoffbahnen zur Seite, die wie schwere Teppiche an der Wand hingen und von der anderen Seite eine ähnliche Farbe hatten wie die grauen Steinwände. Finn kletterte rasch hindurch und ordnete den Stoff wieder, bis man ganz genau hinsehen musste, um einen Unterschied zu erkennen. Dieser Ausgang befand sich im Weinkeller eines Händlers, mit dem der Täuscher zusammenarbeitete. Von dort aus konnte er unauffällig in die Stadt gelangen, ohne Aufmerksamkeit auf sich zu ziehen.

Finn folgte einer Treppe in die belebte Weinschenke. Leifs Anweisung zufolge hatte er die Abendzeit gewählt, um sich Zutritt in die Stadt zu verschaffen. Das hatte nicht nur den Vorteil, dass das schwindende Tageslicht sein Aussehen noch mehr verschwimmen ließ, sondern auch, dass er sich unter all die Menschen mischen konnte, die an diesem Abend besonders ausgelassen feierten.

Er hatte nicht gedacht, dass Leifs Vorgehensweise funktionierte und die Magie der Stadt sich täuschen ließ, aber so war es. Er benötigte keine Begleitung, um sich in den Gassen fortbewegen zu können. Die Einladung, an die Leif vermutlich seinerzeit durch Diebstahl gekommen war, in seinen Händen genügte. Und kaum hatte er einen Fuß auf die Straße gesetzt, war ihm aufgefallen, dass etwas anders war: Er war nicht mehr unsichtbar, wie sonst in Menschenmengen. Er war nicht der heruntergekommene Schatzsucher mit der verkrüppelten Hand, der niemals den Ruhm seines Vaters erreichen konnte. Er war jetzt ein Adeliger, und seine Hand steckte in einem schwarzen Handschuh, sein Makel abgeschirmt vom Rest der Welt. Man beachtete ihn. Man beachtete ihn auf diese respektvoll-distanzierte Weise, durch die Finn sehr schnell bewusst wurde, dass er niemals zu diesen Kreisen gehören wollte.

Eine Weile ließ er sich treiben und genoss die neugewonnene Freiheit. Er wusste, dass er einen Preis für die falsche Einladung zahlen musste. Aber in diesem Augenblick verdrängte er diesen Gedanken. In diesem Augenblick dachte er daran, dass er gern Freyds Gesicht sehen würde, würde der nur wissen, wo er sich gerade befand. Er hielt außerdem den Blick oft gen Himmel gerichtet, in der Hoffnung, seine Elster zu sichten, die auf der Suche nach ihm war.

Hin und wieder hielt Finn an, zückte einen Kohlestift und ein Stück Pergament und zeichnete die Stadtteile, die er durchstreift hatte, grob nach. Er wollte einen ersten Überblick bekommen. Das Zentrum der weißen Stadt war das wohl prachtvollste Schloss, das er jemals zu Gesicht bekommen hatte, mitsamt dem See und einem königlichen Garten. Ein wenig südlich davon gab es einen großen Theaterplatz, der Austragungsort für den Dichterwettstreit. Von dort aus gelangte man rasch ins Künstlerviertel im Süden der Stadt, direkt an den Klippen zum Meer angesiedelt. Jeder schien dort seinen Bereich zu haben: die Dichter, die Maler, die Musiker, die Bildhauer, die Glasbläser … Folgte man den Gassen in Richtung Norden, erreichte man das Marktviertel. Die Übergänge zwischen den beiden Vierteln waren fließend. Viele Schenken, Wohnhäuser und zwei Thermen sollten offenbar dafür sorgen, dass Künstler und Anwohner einander begegnen konnten.

Finn mochte die ausgelassene Atmosphäre, die greifbar zwischen den Häusern hing. Leifs Worte klangen noch in seinem Kopf nach, seine düsteren Vermutungen, seine Warnungen, und er konnte kaum verstehen, woher sie kamen. War die Stadt nicht genau so, wie er sie sich vorgestellt hatte? Hatte die Königin hier nicht einen Ort des Miteinanders und einen letzten Hort für die aussterbenden Künstler von Phantopien erschaffen, auch wenn sie das Gesindel vor den Pforten lassen wollte?

Als er einen ungefähren Grundriss gezeichnet hatte, faltete er das Pergament vorsichtig zusammen, um die Kohlestriche nicht zu zerreiben. Dann steckte er den Entwurf ein. Er würde die Karte später mit Tinte neu zeichnen.

Inzwischen neigte sich die Sonne endgültig jenseits der Silhouette Fernabs zum Horizont. Finn schloss die Augen und inhalierte die Gerüche. Jede Stadt und jeder Ort hatte ganz eigene Gerüche, und diese hier versprachen ihm so viel. Dann öffnete der Schatzsucher die Augen. Er spürte etwas. Etwas, das tief in ihm eine seltsame Sehnsucht weckte, ein Verlangen, das er so noch nie erlebt hatte. Es war wie ein Feuer, das in seinen Knochen brannte und dessen Hitze ihm nichts anhaben konnte, weil er selbst das Feuer war. Ohne zu wissen, wohin seine Füße ihn trugen, ließ er sich von diesem Drang leiten. Er vertraute diesem neu erwachten Instinkt blind, er war ein Teil von ihm. Völlig lautlos glitt Finn durch die dunklen Gassen, die nur spärlich von Kerzenschein in den Fenstern erhellt wurden. Er passierte einen Steinbrunnen mit einer riesigen Gargoylefigur mit ausgebreiteten Schwingen, die mit Efeu überzogen waren, und folgte einem verwinkelten Weg, der über schmale Stufen hangaufwärts führte.

Vor einem verlassen wirkenden Haus blieb er abrupt stehen. Es war kein besonderes Haus. Es war alt, das Mauerwerk wirkte bröckelig, die Holzfensterrahmen zeigten morsche Risse, als hätten sie zu viel Sonne und zu wenig Pflege abbekommen. Kein Licht brannte hinter den Fensterscheiben. Es schien, als hätten seine Bewohner schon aufgegeben, es weiter mit Leben füllen zu wollen. Aber den größten Schätzen sah man ihren Wert nicht unbedingt an, das war die wichtigste Regel, die Finn sich immer wieder vorsagte. Das Wertvollste im Leben war manchmal ganz unscheinbar.

Er sah sich nach allen Seiten um. Aus den anliegenden Gebäuden drangen Stimmen, doch niemand schaute aus den erleuchteten Fenstern hinaus. Lautlos verschmolz er mit dem Schatten des einsamen Hauses. Mit den Fingerspitzen der gesunden Hand strich er über die Wand. Ein leises Kribbeln machte sich auf seinen Fingerkuppen breit, als wäre er nahe dran, ganz nahe …

Die Tür des Hauses war verschlossen, doch für einen Schatzsucher mit Diebesfähigkeiten war es kein Hindernis, das verrostete Schloss zu lösen. Langsam öffnete Finn die Tür. Es war stockfinster innendrin, sodass sich seine Hand tastend durch seine Tasche wühlte, bis er das Flimmerlicht gefunden hatte. Auch wenn es hier keine Geister vertreiben musste, Licht spenden konnte es an jedem Ort der Welt.

Leere und stickige Luft schlugen ihm entgegen. Auf dem Boden lag eine Staubschicht, frei von Schuhabdrücken, Pfotenspuren oder anderen Anzeichen dafür, dass in den letzten Wochen oder Monaten jemand hier gewesen war. Das Flimmerlicht vor sich haltend durchquerte Finn langsam Raum für Raum. Sie waren alle leer. Die einstigen Besitzer hatten nicht ein einziges Möbelstück zurückgelassen. An den Wänden waren die Flecken sichtbar, an denen einst Bilder oder Gemälde gehangen hatten. Finn ging bis zum Dachboden hoch, ohne dass das Kribbeln aufhörte. Manchmal ließ es etwas nach oder wurde intensiver, als wollte es ihn leiten. Obwohl er sich sorgfältig umsah, konnte Finn nichts außer dem Staub der Vergangenheit und dem muffigen Duft des Verlassenwordenseins finden. Er entdeckte keine losen Dielen, keine geheimen Türen, keine zugemauerten Löcher in den Wänden, nichts, das auf einen verborgenen Ort oder versteckten Schatz innerhalb dieses Gebäudes deutete.

Die Enttäuschung nagte an ihm wie ein hungriges Nagetier. Er hatte doch geahnt, nein, gewusst, dass hier etwas war, er hatte es mit all seinen Sinnen gespürt. Hatte sich sein Instinkt etwa geirrt? Nachdem er gerade erst erwacht war?

Finn kehrte in den Korridor des Eingangsbereiches zurück und stockte. Da, direkt vor dem Eingang, wo durch den offenen Türspalt der Mond hineinschien, lag etwas auf dem staubigen Boden.

Etwas, das beinahe so hell strahlte wie der Mond, von dem es beleuchtet wurde. Finns Lippen verzogen sich zu einem Lächeln, zu einem stolzen, wilden, triumphalen Lächeln. Und dann fragte er sich: Warum hatte er die kleine Kiste nicht zuvor gesehen? Hätte er nicht direkt darüber stolpern müssen?

Ihm schossen die Worte des Täuschers durch den Kopf.

Alles verschwindet. Alles taucht wieder auf. An anderen Orten und zu anderen Zeiten. Das ist die Magie Fernabs. Das ist deine Magie, Schatzsucher.

Er ging vor der Kiste in die Hocke und öffnete den Deckel. Eine Handvoll Schmuck lag darin, in altmodischen Fassungen und von einer dünnen Staubschicht bedeckt. Mit dem Ärmel wischte Finn sie ab, dann nahm er einige Ringe, Broschen und Ketten heraus und hielt die eingefassten Edelsteine abwägend ins Flimmerlicht. Er müsste sie bei Tageslicht prüfen, aber auf den ersten Blick schienen sie echt zu sein. Genügend Edelsteine, um seine Schuld bei Leif zu bezahlen und trotzdem noch ein wenig übrig zu haben.

Dieses Gefühl kannte Finn nicht. Etwas übrig zu haben. Etwas zu besitzen, auch wenn er sich in dieser Stadt nie sicher sein konnte, dass der Besitz für immer blieb.

Kurz überlegte er, die Holzkiste zurückzulassen. Dann aber entschied er, sie einzustecken, auch wenn sie kaum in seine Tasche passte. Trotzdem war sie Teil seines ersten Fundes in Fernab. Und auf seltsame Weise wollte er das in Ehren halten.

Er verließ das Haus im Schutze der Nacht wie ein Dieb.

Aber jetzt, jetzt fühlte er sich nicht länger wie einer.

29. Minna

Das Wertvollste und wie es verloren ging

Am Tag des Dichterwettstreites war Schwarzklaue zurückgekehrt. Wäre Minna abergläubisch, hätte sie die Ankunft der schwarzen Elster als böses Omen auslegen können, doch dazu war sie war viel zu praktisch veranlagt. Der einzige Glaube, den sie gelten ließ, war der an die Magie ihrer Worte.

Also begrüßte sie den Vogel wie einen Freund, gab ihm Wasser und etwas zu essen und band die Nachricht von seinem Fuß, die unberührt war. Er senkte seinen Kopf, und vorsichtig streichelte sie über die dunklen Federn, die ihn vor Wind und Wetter schützten.

Warum war er wieder da? Und warum brachte er ihre Nachricht zurück? Hatte er Finn nicht gefunden? Wo aber war der Schatzsucher? Hatte er einen Unterschlupf gefunden, zu dem die Elster nicht vordringen konnte, weil Türen und Fenster sie aussperrten? Was sollte sie nun tun? Ihn suchen? Aber wo?

All die Fragen schwirrten durch ihren Kopf und steigerten ihre Nervosität. Ihr kamen Finns letzte Worte in den Sinn: *Halte an deinen Träumen fest, Dichterin, selbst wenn du mich damit zurücklassen musst. Am Ende muss jeder für seine eigenen Träume kämpfen.*

Sie konnte ihn nicht suchen. Nicht heute und nicht morgen. Er war ein Schatzsucher, er kannte sich in und mit der Welt aus, und sie war eine Dichterin, sie kannte sich mit Worten und nur mit Worten aus. Er würde da draußen schon zurechtkommen, und sie musste es hier auf der Bühne. Sie durfte sich *jetzt* nicht ablenken lassen. Übermorgen erst. Übermorgen vielleicht.

Es war ein sonniger Tag, also ließ sie das Fenster geöffnet, damit Schwarzklaue kommen und fliegen konnte, wie es ihm beliebte. Vielleicht fand er ja doch einen Weg zu seinem Gefährten, während sie bis zum Abend fort war. Sie streichelte ihn ein letztes Mal, ehe sie ging, vielleicht, um mehr sich selbst als ihn zu beruhigen.

Der Wettstreit war für den Abend und die Nacht angesetzt, weil es schließlich kein Geheimnis war, dass Herzen und Gedanken dann viel empfänglicher waren und Sterne und Finsternis eine Atmosphäre schufen, die kein Künstler der Welt herstellen konnte.

Mit dem Sonnenuntergang im Rücken hatte Minna sich also zum Theaterplatz begeben. Dabei war sie einfach all den anderen Menschen gefolgt, die es dorthin zog. Es gab eine eigene Tribüne für die Teilnehmer des Wettstreites gegenüber der Tribüne der Königin, die beinahe genauso prunkvoll eingerichtet war. Überall lagen fein bestickte Sitzkissen, und Bedienstete des Königshauses verteilten Karaffen mit Wasser oder Wein sowie Tabletts mit kleinen Speisen, die passend für einen vor Aufregung flattrigen Magen waren. Man hatte Minna zu ihrem Platz geführt, den sie an beiden Abenden einnehmen sollte. Dort, zwischen all den wimmelnden Menschen, fühlte sie sich äußerst unwohl und angespannt zugleich. So viel Gerede, so laut und aufgeregt, was richteten sie nur mit ihrer Sprache an? Am liebsten hätte sie sich an ihrem Geschichtenbuch festgehalten, aber sie hatte es vorsorglich in ihrem Zimmer gelassen, um es in der Menschenmenge nicht noch zu verlieren. Während der Reise hatte sich der Einband gelockert, sodass Minna fürchtete, dass Seiten herausfielen, wenn sie nicht achtsam genug war. Sie musste bald zu Geldkugeln kommen, um einen Buchbinder aufzusuchen, der den Einband flickte. Ohne ihr Buch fühlte sie sich nun nackt, als würde ihr ein wichtiger Teil ihres Körpers fehlen. So viel von ihr, so viele Gedanken und Erinnerungen und Lebensjahre steckten zwischen den Seiten, dass sie ohne sie unvollständig war.

Bald waren alle Plätze in den ersten beiden Reihen der Tribüne besetzt. Dort saßen die Dichter, während hinter ihnen die Künstler Platz nahmen, die zwischen den Wettbewerbsbeiträgen auftraten. Als Musikklänge das Eintreffen der Königin ankündigten, wurde es sofort ruhiger. Minna lehnte sich ein Stück nach vorne, um besser sehen zu können. Entgegen ihrer Erwartung kam die Königin nicht in einer Kutsche oder Sänfte, sondern zu Fuß, von mehreren Wachen umgeben, aus Richtung Schlossgarten. Ihre flammendroten Haare fielen ihr weit über den Rücken, eine schlichte, goldene Krone schmückte ihr Haupt. Die Krone war zudem ihr einziger Schmuck. An ihrer Hüfte trug sie eine winzige Dolchscheide. Ihr Kleid war waldgrün und ebenfalls mit Gold verziert. Viele aus dem Publikum klatschten und riefen der Königin etwas zu, als sie vorbeischritt. Sie schenkte ihnen ein Lächeln und ein demütiges Nicken. Minna wünschte sich, sie könnte das Gesicht der Frau sehen, die gerade einmal so alt wie sie selbst war und trotzdem schon solche Lasten tragen musste. Doch sie war zu weit entfernt, sodass sie aus ihrer Miene nichts herauslesen konnte.

Aber ihre Stimme … Ihre Stimme konnte sie sehr wohl lesen, denn als die Königin ihren Sessel erreicht hatte, trat sie ans Geländer, um einige Worte zu sprechen. Obwohl der Platz riesig war, konnte ihre Stimme sich mühelos behaupten.

Sofort trat Ruhe ein, ohne dass die Königin darum bitten musste. Die Reden von Königinnen waren auch in Residenzstädten so selten, dass jedes Wort gespannt erwartet wurde.

»Menschen von Fernab, Bewohner Phantopiens, Gäste aus aller Welt, Dichterinnen und Dichter … Seid willkommen in unserer Stadt aus Magie und Mythen. Viele von euch sind zum ersten Mal hier. Manche von euch haben bereits ihr ganzes Leben hier verbracht und sind trotzdem noch nicht allen Geheimnissen auf den Grund gegangen. Manche sind extra für diesen Wettstreit angereist, bei dem sich die besten Dichter ganz Phantopiens aneinander messen.«

Die Königin stockte für ein, zwei Silben nur, und Minna hatte das Gefühl, in ihr Blickfeld geraten zu sein. Aber vielleicht irrte sie sich auch, denn zwischen ihnen befand sich eine ziemlich große Distanz.

»Ich bin stolz, diesen Wettstreit endlich wieder ausrichten zu dürfen, nachdem er viele Jahrzehnte ruhte. Dass er aus seinem Schlummer erwacht und die talentierten Wortfinder in unseren Reihen ihn in einen neuen Zauber tauchen. Ihr alle, jeder der hier Anwesenden, helft, diesen Zauber zu erhalten, der unsere Stadt so besonders und einzigartig macht.«

Fast unaufgefordert trat ein Mann zur Königin, der respektvoll einen Schritt hinter ihr zum Stehen kam. Es war Galvan, der Hofdichter.

»Ich überlasse nun meinem Hofdichter das Wort, der die Regeln und den Gewinn, der in Aussicht steht, darlegen wird. Möge die beste Geschichte, die uns alle ins Herz trifft, gewinnen.«

Donnernder Applaus folgte auf die Worte der Königin, die daraufhin Platz nahm und nicht mehr unmittelbar in Minnas Sichtfeld war. Und obwohl Königinnen und Könige immer etwas Entrücktes, etwas Fernes an sich hatten, so war sie doch berührt von Malwine Wüstenherz' kurzer Rede. Irgendwo unter der distanzierten Schicht aus Würde und Erhabenheit hatte sie Leidenschaft herausgehört, und das verband die Königin vielleicht mit ihrem Volk.

Galvan war weniger mitreißend als die Königin, dafür erkannte Minna direkt, dass er mit Sprache und Gesten umgehen konnte. Er erklärte den Ablauf des Wettstreits. Dann ging er näher auf die Bedingungen der Vorträge ein. Es gab nur eine zeitliche Vorgabe, alles andere, wie etwa die Art des Textes und die Sprechweise, war den Teilnehmern selbst überlassen.

»… zum Schluss möchte ich euch den Gewinn verkünden, der nach der Auswertung der Publikumsstimmen bekanntgegeben wird. Der Gewinner des Dichterwettstreites erhält einen königlichen Erlass, der ihn befugt, seine Berufung fortan innerhalb dieser Mauern sowie am königlichen Hofe auszuüben. Die Pforten Fernabs mögen sich für diese talentierte Person lebenslang öffnen und ihr ein Zuhause bieten.« Erneut ertönte Klatschen, auch wenn es weniger intensiv ausfiel als zuvor.

Und damit war der Wettstreit eröffnet. Ein Feuerspucker betrat den Theaterplatz und schickte gleißende Flammen in die anbrechende Nacht. Nun konnte Minna nur noch fliegen oder fallen, denn dazwischen gab es für sie nichts.

Es war spät in der Nacht, als Minna sich zum Gewürzladen zurücktreiben ließ. Ihre Wangen waren trotz der nächtlichen Kälte erhitzt, in ihrem Kopf rasten die Gedanken. So viele Worte waren gesprochen worden. Worte, Worte, Worte. Noch mehr Worte. Tragische Worte, komische Worte, traurige Worte. Worte in Dichtform, Worte gesungen, noch mehr Worte. Großartige Worte. Bedeutende Worte.

Wie sollte sie gegen all jene bestehen? Ein unsäglicher Zweifel nagte an ihr. Sie, die mit ihrer Kunst und ihren Worten immer nur für sich gewesen und wenig Vergleichsmöglichkeiten besessen hatte, zweifelte so sehr an sich selbst, dass sie keine Ahnung hatte, wie es ihr am morgigen Tag gelingen sollte, einen Fuß vor Anis Haus zu setzen. Vielleicht würde sie im Bett bleiben und an die Decke starren, bis der Wettstreit vorbei und die Möglichkeit, sich vor einer ganzen Stadt bis auf die Knochen zu blamieren, unweigerlich dahin war.

Nein, Minna. Das ist die Prüfungsangst. So kurz vor dem Ziel gibst du nicht auf. Und wenn du versagst, dann wenigstens so, dass du stolz auf dich sein kannst, es versucht und dein Bestes gegeben zu haben. Du hast bereits vor Zuhörern gesprochen. Morgen sind es mehr als sonst, aber du kannst das. Du hast diese Situation bereits gemeistert.

Sie wünschte, jemanden im Publikum zu wissen, der ihr vertraute und vielleicht ein Anker im Strudel sein konnte. Wäre Finn hier, würde sie sich sicherer fühlen, denn er war der einzige Freund, den sie in den letzten Jahren auf Wanderschaft gewonnen hatte. Es wäre schön gewesen, wenn er diesen Augenblick hätte miterleben können.

Vor Anis Haus blieb sie stehen und holte den Schlüssel hervor. Dort, wo man den Schlüssel einsteckte, klafften ein paar dünne Kratzer am Holz, die ihr zuvor noch nicht aufgefallen waren, aber vielleicht hatte sie einfach nicht genau hingesehen. Sie schloss die Tür auf, trat leise ein und verschloss den Laden dann sorgfältig. Eine Öllampe flackerte noch. Ani hatte sie vermutlich angelassen, da sie alle spät nach Hause kommen würden. Minna atmete den Geruch von Zimt und Vanille, Kräutern und unbekannten Gewürzen ein. Im Haus war es still, Lima und Ani schliefen entweder schon oder waren noch unterwegs. Auf Zehenspitzen schlich Minna in die Mansarde. Die ganze Zeit drehten sich ihre Gedanken um den Auftritt. Im Geiste schlug sie bereits das Geschichtenbuch auf, um es durchzublättern und zum wiederholten Male nach der perfekten Geschichte für morgen Ausschau zu halten. Die Dichterin hatte sich noch nicht festgelegt, sie hatte warten wollen, hatte sich von der Stimmung und der Inspiration vor Ort packen lassen wollen, um eine Geschichte zu finden, die nicht nur zu ihr selbst als Dichterin passte, sondern vor allem zu dem Publikum, vor dem sie auftrat. Man musste seine Zuhörer genau kennen, um die vollkommene Geschichte für sie zu finden.

Ganz sachte drückte sie die Klinke zu ihrem Zimmer hinunter. Sie schlüpfte durch einen schmalen Spalt hinein. Der Mondschein und die Lichter Fernabs erhellten das Zimmer, sodass sie keine Lampe anzünden musste. Da draußen in der Stadt brannten in vielen Zimmern Kerzen und Lichter, viele Gassen waren ebenfalls erleuchtet und noch voller Leben. Die Nacht war zum Tage geworden, und alles schmeckte nach Kunst und Worten und Zeilen und Freiheit und dem fernen Traum, dass alles wahr werden konnte, wenn man die Magie, die in einem selbst schlummerte, nur entfesselte. Es bereitete Minna ein wohliges Gefühl, dass sie möglicherweise morgen Teil dieser Stadt werden konnte. Wenn sie gut genug war … Wenn sie die Menschen so berührte, dass sie *ihre* Worte bis an ihr Lebensende nicht vergaßen … Dann vielleicht.

Sie musste sich vorbereiten. Sie musste noch einmal auf die Suche nach dieser einen Geschichte gehen, die Fernab aufsaugen und inhalieren und in ihrem Herzen tragen würde. Sie musste sich selbst unvergessen machen, nur dann konnte sie gewinnen.

Kaum dass Minna sich umgedreht hatte, wusste sie sofort, dass etwas nicht stimmte. Etwas in ihr schrie alarmiert auf, noch bevor ihr Verstand erfassen konnte, was falsch an dem Bild war, das sich ihr bot.

Der hölzerne Tisch, auf dem ihr Geschichtenbuch gelegen hatte, ihr ureigener, persönlichster Besitz, das Sammelsurium, das ein ganzes Leben enthielt, war leer.

All ihre Geschichten waren fort.

30.
Die Königin

Die letzte Dichterin

Feuerspucker. Schlangentänzerinnen. Dichtungen. Schauspieler. Sopranisten. Märchen. Lichterspiele. Erzählungen. Lachen. Lachen, bis Tränen kamen. Worte.

Vor den Augen der Königin gaben die Stadt sowie Gäste aus ganz Phantopien ihr Bestes, um sie und sich selbst zu beeindrucken. Die ohnehin schon schmucke Stadt war noch nie so einladend, farbenfroh und herausgeputzt gewesen wie an diesem Tag. Der größte Teil der Bevölkerung war in dieser Nacht auf diesem gewaltigen Platz, den der Hofdichter mit zusätzlichen Tribünen hatte ausstatten lassen müssen, um auch noch Platz für die Gäste aus Adel, Kaufmannszunft und Künstlergruppen zu schaffen.

Doch trotz des gänsehautbereitenden Spektakels waren die Augen der Königin fast nur auf die ersten beiden Reihen der gegenüberliegenden Tribüne gerichtet. Dort, wo sich ihr eigentliches Ziel befand, das hoffentlich all die Kosten und Mühen dieser Anhäufung von Kunst wert war. Valerian, der wie eine eherne Statue nur wenige Armlängen hinter ihr stand, hatte ihr mitgeteilt, wer von den Dichtern die Auserwählte war. Minna Fabelreich sei ihr Name, hatte er betont, als ob es etwas änderte, sie beim Namen zu nennen und ihr eine Identität zu geben. Das änderte überhaupt nichts. Und weil sie das beide wussten, fühlte sich die Königin nicht wohl dabei, ihn in ihrem Rücken zu wissen.

Außerdem wünschte sie, sie könnte den Wettstreit, der immerhin Bestandteil der Geschichte Phantopiens war, mehr genießen. Aber ein großer Teil von ihr wollte die Zeit schneller verstreichen lassen. Jetzt, da sie so kurz vor dem Ziel war, neigte sich ihre Geduld dem Ende zu. Diese Scharade musste ein Ende haben. Sie konnte diese Rollen der guten und bösen Königin nicht länger zugleich spielen. Sie sehnte sich nach Magie.

Und weil sich die Königin so sehr und so verzweifelt nach Magie sehnte, nach explosiver, gewaltiger Magie, so konnte sie angesichts ihres Hungers nach selbiger die Schönheit nicht sehen, welche die letzten Dichter des Landes heraufbeschworen.

Nach einer unruhigen Nacht und einem noch unruhigeren Tag war der zweite Abend des Wettstreites angebrochen. Die Königin war den ganzen Tag nicht aus ihrer Bibliothek herausgekommen. Die einzige Person, die sie um sich ertragen hätte, war der Berater. Der war nicht anwesend, sondern irgendwo in den Untiefen des Labyrinthes vergraben, um Vorbereitungen zu treffen. Sie hatten den genauen Zeitpunkt für die Vollendung ihres Plans noch nicht festgesetzt, aber er war nicht mehr fern. Vielleicht morgen. Vielleicht übermorgen. Vielleicht in wenigen Tagen. Aber er war greifbar.

Äußerlich gefasst saß die Königin in ihrem Ankleidezimmer und starrte in das matte, verzerrte Spiegelglas. Madeleine hatte ihr Gesicht und ihr Haar prachtvoll hergerichtet, sie sah wahrlich königlich aus. Dabei war es doch ein Ungeheuer, das ihr entgegenblickte. Wie konnte es sein, dass ein Ungeheuer so anmutig war?

Ihre Zofe legte das heiße Eisen auf den Schminktisch. Feine Rauchwölkchen stiegen noch auf. Madeleine biss sich unruhig auf die Lippen. Die Königin erkannte, dass sie etwas sagen wollte, aber es nicht wagte.

»Ja bitte?«, fragte sie gezwungen freundlich.

Madeleine schlug ertappt die Augen nieder. »Valerian Ohneruh bat mich, Euch zu fragen, was mit dem Kabinett geschehen soll. Ihr sagtet vor einigen Wochen, dass Ihr es in Erwägung zieht, es am Dichterwettstreit zusehen zu lassen. Von einem geheimen Ort aus, versteht sich.«

Die Frage der Zofe traf einen wunden Punkt. Das Kabinett war die Personifizierung ihrer Schandtaten und gab ihren Sünden ein Gesicht oder gleich mehrere. Die Miene der Königin verfinsterte sich. Am liebsten hätte sie die Zofe hinausgeworfen. Aber es stimmte, was sie sagte. Das waren in der Tat ihre Worte gewesen. Und konnte sie für ihre eigenen Aussagen strafen? Wäre sie dann nicht eine Tyrannin?

Aber … War sie nicht längst eine?

»Das Kabinett darf nicht zusehen«, erklärte sie. »Zu seiner eigenen Sicherheit. Richtet Valerian aus, es ist nicht seine Angelegenheit, sich um das Kabinett zu sorgen. Das obliegt ausschließlich mir.«

Die Zofe nickte, ehe sie einen verärgerten Laut ausstieß. »Nun ist das Brenneisen verschwunden, Eure Majestät. Das ist nun das dritte in einem Jahr. Man sollte meinen, die Stadt habe Gefallen an Frisiermitteln gefunden.«

Sie lachten beide, und es war ein unsicheres Lachen, ein Lachen, das nur überspielen sollte, dass das grausige Wirken der Königin sich wie eine unsichtbare dritte Person zu ihnen in den Raum gesellt hatte.

»Wollt Ihr Eure Waffe wieder tragen, Eure Majestät?«

Der Stahl schmiegte sich unter ihrem Unterkleid angenehm an ihre Haut. »Das tue ich schon längst.«

Die Zofe nickte, nicht sonderlich überrascht.

»Gehen wir.«

Madeleine eilte voraus und hielt ihr die Tür auf, vor der Harold und zwei weitere Wächter warteten. Obwohl die Garde handverlesen und angeblich unerschütterlich treu war, fühlte die Königin sich nur bei Harold wirklich vollkommen sicher.

Nur Tyrannen wittern Verrat an jeder Ecke ...

Valerians zynische Stimme war mittlerweile bei jedem Schritt in ihrem Kopf, um sie zu verurteilen und sie daran zu erinnern, was für eine schreckliche Königin sie war. Wenn ihr Plan endlich aufgegangen war, wurde es Zeit, diese Stimme zum Schweigen zu bringen.

Von ihrer Garde bewacht verließ sie das Schloss und nahm den Weg durch die königlichen Gärten. Süßer Blütenduft lag in der Luft und überdeckte für einen Augenblick den Geruch von Feuer, Essen und Wein, der vom Theaterplatz herwehte. Das eiserne Tor zum Platz stand offen, sodass sie ohne anzuhalten hindurchgehen konnte. Bei jedem Schritt wurde der Lärm vieler Menschen, die bereits ungeduldig auf die Eröffnung des finalen Wettstreittages warteten, lauter. Und bei jedem dieser Schritte wuchs auch die Aufregung der Königin. Ihre Hände fühlten sich zittrig und verschwitzt an, dabei war es jetzt wichtiger denn je, Ruhe zu bewahren.

Gelassen bleiben. Lächeln. Das Gleichgewicht zwischen Würde und Bedrohlichkeit finden. Lächeln. Lächeln, als wären die Lippen aus Eis.

Die Königin stieg die Holztreppen zu ihrem erhöhten Tribünenplatz hinauf. Applaus begleitete ihre kurzen Begrüßungsworte, während sie jene von Galvan kaum noch mitbekam. Ihr Herzschlag dröhnte so laut, dass er in ihren Ohren klopfte wie ein hämmernder Trommelrhythmus. Mehrere Stunden sollte sie auf diesem Platz ausharren und Interesse und Aufmerksamkeit vortäuschen. Wie sollte sie das durchstehen? Wie sollte sie die vielen Menschen und den Kopfschmerz und den Gabensucher in ihrem Rücken aushalten?

Wie durch einen Nebelschleier nahm die Königin die fünf Beiträge wahr, während bei jedem einzelnen im Hintergrund eine Sanduhr durchlief und die Zeit maß. Ihre eigene Anspannung wuchs so stark, als müsste sie selbst gleich dort im Zentrum des Platzes auftreten. Am liebsten hätte sie etwas zerschlagen, um dem unangenehmen Kribbeln in ihren Adern zu entkommen. Die ganze Zeit lächelte sie und zwang sich zuzuhören, auch wenn sie sich eingestehen musste, dass die meisten Beiträge zwar gut waren, sie aber kaum berührten.

Waren das die besten Dichter Phantopiens gewesen, die Valerian hatte finden können? Die Hoffnung der Königin begann sich zu zerschlagen. Wenn Minna Fabelreich wirklich für ihren Plan ausreichen sollte … Es bedeutete, dass sie besser sein musste. Viel besser.

Und dann, dann war es endlich so weit. Die letzte Pause verstrich quälend langsam. Galvan stand am Rednerpult. Er, der Hofdichter in Person, gestaltete den letzten Beitrag vor der entscheidenden Kandidatin, nachdem diese Aufgabe zuvor Schlangentänzerinnen, Schauspieler oder Musiker übernommen hatten.

Der Hofdichter schien ganz in seinem Element zu sein, mit seinem Talent, mit Worten umzugehen, passte er schließlich ausgezeichnet zu einem Ereignis wie diesem. Seine Stimme klang hier im Freien anders, als die Königin es gewohnt war. Einschmeichelnd. Sanft. Liebevoll. Irgendwo lag noch etwas Dunkles, Unheimliches dahinter, als trenne nur eine dünne Schicht diese beiden Seiten seines Charakters. Sein Beitrag war kurz, nur wenige Zeilen lang, aber er traf das Publikum mit Wucht, das konnte sie sehen.

Sternenfrau, Gekrönte, vom Mond Geküsste,
du und ich,
wir sind der Mond
hinter der Finsternis,
die Silhouette,
die man im Dunkeln sehen kann
oder vielleicht auch nur erahnen.
Ein Schimmern aus weißer Hoffnung,
dass ein kleines Wir irgendwann mehr sein kann

als das uns erdrückende Ich.
Wir sind der Mond
hinter der Finsternis,
wir können auf sie zurasen
in einer Kugel aus Magie.
Wir dachten,
wir könnten sie sprengen,
die Finsternis, nicht den Mond.
Aber am Ende kam alles anders,
am Ende warst du allein
dort oben auf dem weißen Mond
und ließest mich hier
verschlungen
umhüllt
ausgebrannt
in der Finsternis.
So harre ich,
wo das Dunkle der Nacht begegnet.
Abhandengekommen
ist mir die Liebe.

Ein Schmerz durchfuhr die Königin, den sie sich nicht erklären konnte, der aber sehr wohl für das Können des Hofdichters sprach. Die Zeilen machten etwas mit ihr, wühlten etwas auf, auch wenn sie nicht sagen konnte, was es war. Richtig gute Geschichten ließen das Herz aufbrechen, wenn man den fein stechenden, zimtsüßen Schmerz in diesen Geschichten als den eigenen erkannte. Sie hatte fast vergessen, was für ein Talent dieser alte Mann besaß, weil er seit dem Tod ihrer Mutter nichts mehr vorgetragen hatte.

Der tosende Applaus, mit dem man seine Worte würdigte, ging fast nahtlos in den mehr höflichen Applaus über, den man Minna Fabelreich zollte, die nun als letzte Teilnehmerin die Stufen zum Rednerpult hinaufstieg. Das Publikum war nicht mehr sehr aufmerksam, sondern von all den Darbietungen und Vorträgen übersättigt, überladen von Emotionen. Vielleicht sogar ein wenig erschöpft. So war die Tatsache, die letzte Kandidatin zu sein, mehr ein Fluch als ein Segen.

Aber genau daran musste Minna Fabelreich sich messen, dachte die Königin mit einer Spur ironischer Vorfreude. Ansonsten hätte der Gabensucher kolossal versagt.

Nun, da sie im Mittelpunkt aller auf dieser erhöhten Position stand, hatte die Königin zum ersten Mal die Möglichkeit, Minna Fabelreich genauer zu betrachten. Sie hatte ja nur Valerians Beschreibung erhalten und die Dichterin am Vortag aus weiter Ferne gesehen. In Wahrheit erschrak die Königin allerdings für einen Augenblick. Sie hatte nicht erwartet, das angeblich größte Dichtertalent Phantopiens in einer solch ärmlichen Verfassung anzutreffen. Ihre Kleidung war zerlumpt und offenbar war sie so mittellos, dass sie sich nicht einmal für einen solch wichtigen Anlass bessere Kleidung hatte kaufen können. Von einer Bettlerin unterschied sie lediglich ihr ordentlich gekämmtes nachtschwarzes Haar und ihr – wenn auch sonnengebräuntes – sauberes Gesicht. Mit der Erhabenheit der anderen Dichter, von denen viele in Schreiberkluft aufgetreten waren, hatte sie allerdings wenig gemein. Und in einer einzigen Sache unterschied sie sich gewaltig von allen:

Auf ihrer Schulter saß eine Elster.

Der Vogel saß reglos wie eine Steinskulptur dort, als wäre die Schulter der Dichterin sein angestammter Platz, von dem aus er seine Umgebung wachsam beobachtete. Ein leises Raunen ging durch die Reihen der Zuschauer. Die Dichterin ließ sich davon nicht beeindrucken. Sie murmelte etwas, entweder zu sich selbst oder zu ihrem tierischen Gefährten. Dann schloss sie die Augen. Sie ließ ein, zwei, vielleicht drei Atemzüge vergehen, in denen sich Stille über den Platz senkte. Sie spielte mit dem Publikum, erkannte die Königin. Sie trieb es vor sich her, wie ein Tierbändiger es mit einem wilden Bären tun würde.

Sie lockte mit Stille, mit der Ruhe vor dem Sturm, sie schürte Erwartungen, die sie doch eigentlich nur enttäuschen konnte, denn mit jedem Atemzug wuchsen sie.

Dann sprach sie, und die Königin, die doch so finstere Absichten verfolgte, die in ihren unruhigen Nächten nur davon träumte, *was* sie dieser Dichterin, sollte sie siegen, nehmen würde ... diese Königin hielt unwillkürlich den Atem an, weil sie noch nie gehört hatte, wie jemand mit seiner Stimme so viel Liebe und so viel Ehrfurcht vor Geschichten ausdrücken konnte.

Heimat

Willkommen, sagen wir,
wenn Fremde die uns vertrauten Pfade beschreiten,
wenn sie an unsere Türe klopfen,
und sprechen eigentlich nur in Phrasen.
Willkommen heißt,
wir schließen dich ein,
wir wollen dich bei uns haben,
in unserer kleinen, so zerbrechlichen Heimat.
Heimat ist der feste Boden,
der uns bei einem Beben hält,
der auffängt, was bricht.
Sie ist das Netz,
das uns auf dem Hochseil sichert.
Heimat atmen wir,
tragen wir wie Regen auf der Haut.
Heimat ist das Dach über dem Kopf,
das uns vor Unwetter schützt,
vor dem Unbekannten,
vor den Ungeheuern in der Nacht.
Draußen lassen,
was uns schadet, denken wir,

bloß draußen lassen.
Heimat ist
was wir gestern erschaffen haben
und uns für morgen erträumen.
Heimat ist der Samen, den wir säen,
in unserem Boden und in die Generationen,
die kommen und unsere Geschichten weiterspinnen,
die erzählen, wer wir einst waren.
Wir nagen die Heimat wie Fleisch von unseren Knochen,
saugen sie auf,
bis nichts mehr übrig ist von dem,
was sie einst war.
In der Heimat schotten wir uns ab,
lassen das Fremde ausgesperrt,
wir spielen doch unser eigenes Theater
hinter verschlossenem Vorhang.
Nichts darf durchdringen,
nichts darf verändern,
was Zeit und Tradition in Schweiß erbaut haben.
Auf Zehenspitzen sehen wir über sie hinweg,
über die Grenzen, die breiter sind als wir,
über die Mauern, die höher sind als wir.
Wollen es haben,
was da in der Ferne glimmert,
lassen es schwinden,
stoßen es weg.
Heimat.
Was tun wir, Heimat,
wenn du dich veränderst,
wenn wir dein Antlitz nicht mehr erkennen,
wenn wir den Vorhang zu fest zuziehen,
weil wir um das Bildnis fürchten,
an das wir uns klammern?
Wenn Heimat eine Falle wird,

in die wir tappen?
Wenn wir uns einschnüren,
wenn wir uns hinter Gitterstäben wegsperren,
die enger und enger werden,
die immergleichen Gesichter um uns herum,
wer, ja wer kann uns dann noch die Türe öffnen,
die zur Welt hinausführt,
die auch ohne uns weiterlebt und träumt?
Was tun wir,
wenn wir an der unveränderten Luft,
die wir atmen,
ersticken?
Was tun wir,
wenn wir die Geschichten,
die wir uns erzählen,
schon alle kennen?
Was tun wir, Heimat,
wenn wir vergessen haben,
dass du nicht nur ein Hafen bist,
sondern auch und längst ein Käfig?

Da war es, das letzte gesprochene Wort. Die Königin spürte entrückt, als säße sie weit entfernt von dem Geschehen, wie ihr etwas über die Wangen lief. Etwas Warmes, Feuchtes, das nach Salz schmeckte, als es auf ihre Lippen traf. Viel zu verdächtig nach Salz. Als sie realisierte, dass ihre Bediensteten und Wachen und *Valerian* sie möglicherweise in dem dämmrigen Lampenschein sehen konnten, zuckte sie zusammen und wischte sich mit einer fast schon groben Bewegung über das Gesicht. Ein wenig schwarze Kohle blieb an ihrem Handrücken zurück. Das hätte niemals passieren dürfen. Sie konnte nicht vor hunderten, vielleicht sogar tausenden Menschen die Fassung verlieren oder sich zu Emotionen hinreißen lassen. Das war nicht sie, schon lange nicht mehr, sondern eine Fassade, die sie nur noch wenige

Stunden oder Tage aufrechterhalten musste. Sie hatte sich von der Dichterin um den Finger wickeln lassen, das hätte ihr nicht passieren dürfen. Ihre Gefühle hätten unter Eis liegen müssen, gut versteckt unter einem zugefrorenen, zugeschneiten See. Zorn flammte in ihr auf. Auf seltsame Weise fühlte sie sich betrogen.

Donnernder Applaus brach los, die Leute klatschten mit einer Begeisterung, dass die Königin glaubte, der Boden unter ihren Füßen würde beben und wackeln. Vielleicht war das aber auch die Magie Fernabs, die sich gerade in diesem Augenblick ein wenig mehr entzündete als sonst.

Minna Fabelreich verbeugte sich mit gesenkten Augenlidern. Doch unter der Demut, das konnte die Königin klar erkennen, lag noch mehr: Erleichterung. Stolz. Brennende Leidenschaft. Fantasie, Fantasie, Fantasie. Ein unerschöpflicher Brunnen davon.

Brenn noch heller, dachte sie. *Denn bald ist all das mein.*

31. Minna

Ein Mahl mit einer Königin

Träumte sie? Hatte sie sich so sehr in ihrer eigenen Geschichte verloren? Aber alles erschien ihr so real: Die zum Zerreißen angespannte Atmosphäre, der nicht enden wollende Applaus, die Menschen, die sogar aufgestanden waren und klatschten, dass ihnen die Hände weh tun mussten. Manche bewegten sich schon in Richtung der Stimmtafeln, um ihre Wertung abzugeben. Wie benommen vernahm sie Galvans abschließende Worte und stieg vom Rednerpult. Auf der Tribüne angekommen beglückwünschten die anderen Dichter sie, so wie sie sich alle bei jedem Auftritt beglückwünscht hatten.

Als Minna auf ihren Sitz fiel, bemerkte sie, dass ihre Hände zitterten, auch wenn alles andere an ihr vollkommen ruhig und beherrscht geblieben war. Sie hatte keinen Schimmer, woher sie diese Ruhe genommen hatte, denn ohne ihr Geschichtenbuch hatte sie sich gerade so verloren wie ein umhertreibendes Schiff auf dem Meer gefühlt. Der Gedanke an ihr Buch versetzte ihr einen heftigen Stich. Würde sie es jemals wiedersehen? Offenbar war es Opfer des Verschwindefluchs geworden, was bedeutete, dass es Jahre dauern konnte, bis es irgendwo in der Stadt wiederauftauchte. Die Möglichkeit, es zurückzuerhalten, war also sehr gering. Sie schob den Gedanken von sich.

Sie hatte alles gegeben. Sie hatte sich von ihren Erinnerungen, noch mehr aber von ihrer Intuition tragen lassen und von dem Moment, dort oben zu stehen, in dieser magischen Stadt.

Irgendwie … hatte es funktioniert. Jetzt lag es nicht mehr in ihrer Hand, was geschah und ob sie Fernab morgen einer ungewissen Zukunft entgegen verlassen musste.

Aufgrund der großen Menschenmenge dauerte es eine Weile, bis Galvans Helfer das Publikum in geordnete Bahnen gelenkt hatte und zu den Tafeln vorlassen konnte. Die Stimmabgabe erfolgte auf Tafeln. Für jeden Kandidaten gab es eine, und die Zuschauer hinterließen einen Kreidestrich bei ihrem Favoriten. Danach wurden die Tafeln mitgenommen. Einige der Leute, die ihre Stimmen zum Schluss abgegeben hatten, wisperten sich bereits Vermutungen zu, denn sie hatten die Tafeln miteinander verglichen.

Minna aber verschloss Augen und Ohren. Sie wollte nichts hören, wollte sich nicht zwischen Hoffen und Bangen hin- und herreißen lassen. Sie wollte nicht zu sehr hoffen, weil die Enttäuschung am Ende umso größer sein würde.

Der Mond stieg höher. Die Stimmenauswertung zog sich in die Länge. Auf der Bühne präsentierten Schauspieler ein Theaterstück, dem Minna nicht folgen konnte. Am liebsten wäre sie aufgestanden und irgendwohin gegangen, wo der Druck nicht auf ihren Schultern lastete, wo sie für einen Moment frei atmen konnte, wo ihre Finger nicht vor Aufregung auf das Geländer vor ihr trommelten.

Aber irgendwann hatte das Warten und Auszählen endlich ein Ende, und auch das Theaterstück war vorbei. Galvan kehrte auf das Podium zurück. Er wechselte einen Blick mit der Königin, ehe er nickte. Mit feierlicher Miene wandte er sich an das Publikum und wartete, bis das Gerede und Flüstern abebbten und Ruhe eingekehrt war. Er trug nun einen nachtblauen Umhang, die Farben des königlichen Gefolges, und in der Hand hielt er eine Papierrolle. Minna war beinahe übel vor Nervosität. Sie wünschte, die Entscheidung würde endlich ausgesprochen. Sie konnte keinen Augenblick länger warten. Keinen einzigen.

Galvan entrollte das Dokument. Als ob er das Pergament brauchte, um sich den Namen zu merken, dachte Minna. Sicher hatte er ihn fest in seinem Kopf verankert. Doch zu ihrer Überraschung war nicht er derjenige, der den Gewinner bekanntgab. Es war die Königin, die sich unbemerkt von ihrem Platz erhoben hatte und an den Rand der königlichen Tribüne getreten war. Dort stand sie nun wie eine in Stein gehauene, schöne Skulptur, und die Menschen hingen an ihren Lippen.

»Ihr, Menschen von Phantopien, ihr habt euren Sieger gekürt. Euer Wille ist eindeutig. Ihr habt euren Sieger mit überwältigender Mehrheit gewählt.« Sie hielt kurz inne, und die Pause kam Minna wie eine Ewigkeit vor. Musste die Königin sie alle so quälen?

»Die Siegerin des 75. Phantopischen Dichterwettstreits … ist – und ich freue mich außerordentlich, euch dies mitteilen zu dürfen – die äußerst talentierte Dichterin Minna Fabelreich!«

Minna blinzelte, als fremde Hände ihr auf die rechte Schulter klopften und Schwarzklaue empört auf der linken mit den Flügeln schlug. Dabei war doch gar nicht sie gemeint, das konnte nur ein Versehen sein. Sie konnte unmöglich gewonnen haben.

Trotzdem schien es wahr zu sein. Alle Blicke waren auf sie gerichtet, als man sie unsanft in die Seite stieß, weil sie sich nicht rührte. Galvan winkte sogar mit der Hand in ihre Richtung und bedeutete ihr, aufzustehen und zu ihm aufs Podium zu kommen. In der Hand hielt er die Schriftrolle.

Wie im Traum kam sie auf die Beine. Zum Glück liefen ihre Füße von selbst geradewegs auf den Hofdichter zu, der sie mit einem geheimnisvollen Lächeln willkommen hieß. In seinen Augen funkelte etwas, das sie nicht ganz erkennen konnte.

»Herzlichen Glückwunsch«, rief er laut, und die Zuschauer klatschten begeistert zu ihren Ehren. Sie lächelte und winkte der Menge dankend zu. Zu mehr war sie nicht in der Lage. Die

Worte, die sie sich für den Fall der Fälle zurechtgelegt hatte … Sie waren aus ihrem Kopf verschwunden.

Galvan hielt ihr die Schriftrolle entgegen. »Dies ist Eure Siegerurkunde, Minna.«

Sie bemühte sich, die Rolle mit nicht allzu fahrigen Bewegungen entgegenzunehmen. »Habt Dank.«

»Für die Übergabe Eures Gewinns ist morgen Vormittag ein Treffen mit der Königin vereinbart. Sie möchte Euch die Erlaubnis, in Fernab zu leben und aufzutreten, natürlich persönlich überreichen. Dazu bitte ich Euch, Euch am See des Schlosses einzufinden. Man wird Euch dann übersetzen.«

Minnas Mund war trocken. Trotzdem lächelte sie. »Es ist mir eine Ehre, Hofdichter.«

»Richtet Euch auf Feierlichkeiten ein, Minna. Glaubt mir, niemandem ist mehr gelegen, Eure Talente gebührend zu feiern, als der Königlichen Majestät. Sie lässt ausrichten, dass sie der glücklichste Mensch ist, wenn sie Euch kennenlernen kann. Sie bewundert Euer Talent.«

Minnas Lächeln wurde strahlender. Alles an diesem Augenblick war so unwirklich, dass sie nicht fassen konnte, was gerade passierte. Sie, die vermutlich ärmste Dichterin Phantopiens, würde die Königin kennenlernen. Sie würde Fernab ihr Heim nennen dürfen. Sie hatte ein Zuhause und ihre Bestimmung zugleich gefunden. Womit hatte sie so viel Glück auf einmal bloß verdient? Sie spürte Schwarzklaues Gewicht auf ihrer Schulter kaum, als er sich unruhig regte und schließlich einen Schrei ausstieß. Wenn Elstern zu Mitternacht krächzten, dann war es meistens ein böses Omen.

Aber hier … hier in Fernab gab es keine bösen Omen. Nicht für Minna. Das glaubte sie ganz fest.

Und so endete der 75. Phantopische Dichterwettstreit. In die Geschichtsschreibung hätte er als einer der Größten seiner Art eingehen sollen. Chronisten hätten Lobpreisungen auf ihn schreiben sollen.

Doch etwas Dunkles lastete auf diesem Dichterwettstreit. Etwas Dunkles, das allmählich an die Oberfläche trat …

In all den Jahren, in denen Minna durch Phantopien gezogen war, hatte sie viel gesehen: Viele Menschen, viele Schicksale, viele mitleidige oder abgestoßene Blicke. Sie hatte Armut, harte Arbeit, Krankheit und Tod gesehen, aber auch das Leben und Glück und Mut und hier und da manchmal Liebe. Liebe zwischen zwei Geliebten, ob verheiratet oder heimlich, Liebe zur eigenen Familie und Liebe, die Freundschaft war. All das hatte sie als Geschichtenerzählerin und Dichterin von außen betrachtet, weil sie eine Fremde war, die beobachtete, aufschrieb und weitererzählte, die aber selbst nie teilnahm an diesem Leben der Anderen.

In ebendiesen Jahren hatte Minna manchmal den Hauch von Reichtum gesehen. Aus der Ferne hatte sie Burgen und Schlösser erspäht, in denen Menschen aus anderen Schichten ein fremdartiges Leben lebten, für das ihre Vorstellungskraft nur schwer ausreichte.

Umso seltsamer fühlte es sich an, einen Fuß auf königliches Gebiet zu setzen und dem alten adeligen Geist des majestätischen Bauwerks so nahe zu sein. Minna hatte alles dafür getan, nicht wie ein Bittsteller oder die verarmte Dichterin auf der Brücke aufzutauchen, sondern wie die Siegerin eines hochangesehenen Wettbewerbes. Wie eine Dichterin, die das Talent besaß, aufzusteigen. Sie trug ein weißes Hemd und einen dunkelroten, bodenlangen Rock. Beides hatte Ani ihr geliehen, damit sie nicht in Lumpen vor die Königin treten musste. Die

Gewürzhändlerin hatte ihr auch das lange schwarze Haar geflochten, wofür sie eine Weile gebraucht hatte, so aufgeregt war sie gewesen, dass ausgerechnet *ihr* Gast den Dichterwettstreit gewonnen hatte. Noch am gleichen Abend wollte sie ein beeindruckendes Schild anfertigen, das darauf verwies, dass unter ihrem Dach die sagenumwobene Minna Fabelreich gelebt und dort zahlreiche ihrer berühmten Geschichten erdacht hatte … Ein bisschen Übertreibung schadete dem Geschäft schließlich nie.

Wegen der frühlingshaften Kühle am Morgen hatte Minna sich noch ein wollenes Schultertuch geborgt. Doch trotz der Kleidung, die aus ihr einen ganz anderen Menschen machte, fühlte sie sich unsicher. Ihr Geschichtenbuch war nicht wiederaufgetaucht, was keine ideale Voraussetzung für diesen Besuch war. Sie hatte alle ihre Geschichten im Kopf, aber es gab ihr ein Gefühl der Sicherheit, sie auch auf Papier zu wissen, über das sie beim Erzählen mit der Fingerspitze streichen konnte, Wort für Wort und Buchstabe für Buchstabe. Außerdem war das Buch der schriftliche Beweis ihres Könnens. Dass sie mehr war als gestern Abend, dass sie ihr Wissen und ihre Geschichten über Jahre angesammelt und ausgearbeitet hatte.

Schwarzklaue rieb seinen Kopf an ihrer Wange, fast so, als spürte er ihre Unruhe. Auch wenn der Vogel nicht ihrer war, so gab seine Berührung ihr Trost. Er hatte sich kein weiteres Mal auf die Suche nach Finn begeben, was ihr allmählich Sorge bereitete. Wenn der Besuch bei der Königin vorbei war, würde sie sich nach ihm umhören und außerhalb der Stadt nach ihm suchen.

Nahe der hochgezogenen Brücke, hinter der sich ein mächtiges geschlossenes Eisentor erkennen ließ, näherte sich ein kleines Boot. Ein Mann mit Hut lenkte es geschickt über die feinen Wellen, die vom lauen Wind und den Bewegungen des Ruders verursacht wurden.

»Seid Ihr die Dichterin?«, rief er, als er das Ufer erreichte.

»Die bin ich.«

»Dann seid so nett und kommt ans Ufer, damit ein alter Mann wie ich nicht den Weg hochkriechen muss.« Er schob sich die Hutkrempe aus dem Gesicht und lachte brummend.

Sie folgte einem kleinen Seitenweg zum Ufer hinab. Das Boot begutachtete sie skeptisch. »Ist das auch sicher?«, erkundigte sie sich höflich.

»Mit mir als Fährmann allemal«, versicherte der Mann.

Minna hatte noch nie in einem Boot gesessen, und auch wenn es sich hierbei nicht um das Meer, sondern um einen stillen See handelte, so war sie dennoch froh, als der Fährmann ihr half, in den wackeligen Kahn zu steigen und sich auf der Sitzbank niederzulassen. Dass der Boden unter ihr so unbeständig war, gab ihr ein ungutes Gefühl in der Magengegend, doch ein Teil von ihr genoss die sanften Bewegungen, mit denen sie über das Wasser trieben, denn der Fährmann eilte sich nicht sehr. Er schien sogar eher übertrieben vorsichtig, als befände sich eine Ladung voller Gold an Bord.

Trotzdem waren sie innerhalb von Minuten nahe genug an die weißen Schlossmauern herangerudert, dass der Fährmann auf der anderen Seite des Sees anlegen konnte. Er warf das Tau über den Steg, sprang geschwind heraus und band es am Anlegepfahl fest. Dann erst bedeutete er Minna auszusteigen.

Vorsichtig kletterte sie aus dem Boot. »Vielen Dank für die kurze Reise«, sagte sie. »Ihr wart überaus achtsam mit einer manchmal etwas weltfremden Dichterin, die noch nie in einem Boot gesessen hat.«

»Achtsam zu sein ist Teil meines Berufes, Dichterin.« Der Fährmann deutete eine Verbeugung an und lächelte freundlich. »Nicht nur Boot fahren. Sondern auch achtsam mit den Menschen zu sein, die es trägt.«

Schritte erklangen hinter ihnen, sodass Minna nicht fragen konnte, wie er seine letzte Anmerkung wohl gemeint hatte. Etwa ein halbes Dutzend Bedienstete kam ihnen entgegen, darunter zwei uniformierte Gardemänner. Minna fragte sich, was diese hier wollten, denn sie stellte keine Gefahr dar. Aber vermutlich mussten sie ihre Königin selbst vor einem Schmetterling beschützen.

»Herzlich willkommen in den Gefilden der Königin!«, rief eine bekannte Stimme hocherfreut aus. Minna hatte Galvan, der sich am Ende des Zuges befand, zuvor nicht erkannt. Jetzt schob er sich an den Wachleuten und Dienerinnen vorbei, um sie in Empfang zu nehmen. »Ich freue mich, dass man Euch unbeschadet hierhergebracht hat.«

»Habt Dank für die freundliche Begrüßung.« Selbst in Minnas Ohren klangen ihre Worte gestelzt. Einmal mehr war sie froh, Anis Kleidung angenommen zu haben. Sogar das Personal wäre sonst besser gekleidet gewesen als sie.

»Folgt mir. Ihr könnt sicher eine Erfrischung gebrauchen. Außerdem wartet die Königin schon auf Eure Ankunft. Sie bat darum, gleich informiert zu werden, wenn Ihr angekommen seid, daher werdet Ihr sicher nicht lange warten müssen.«

»Das ist sehr aufmerksam von Euch.«

Der Hofdichter wollte sich gerade in Bewegung setzen, als sein Blick auf Schwarzklaue fiel.

»Die Elster darf leider nicht mit ins Schloss.«

»Oh, das ist bedauerlich.« Minna runzelte die Stirn. Was war schon dabei, eine Elster mitzubringen?

»Ihr könnt sie gern in der Obhut der Dienerschaft lassen.« Galvan winkte eine der Wachen herbei, aber Minna schüttelte den Kopf. Sie würde den Vogel niemand anderem anvertrauen. Sie flüsterte ihm zu, sich einen Rastplatz zu suchen. Leise protestierend erhob er sich in die Lüfte. Er würde auf einem Ast auf sie warten oder vielleicht sogar seinen Besitzer suchen, um ihre Nachricht zu übermitteln.

Der Hofdichter nickte. »Das Tier wählt seinen Käfig selbst, schätze ich.«

Minna folgte Galvan, der sie rasch ins Innere des Schlosses

führte. Dabei benutzte er nicht den Haupteingang, sondern nahm den Weg durch die königlichen Gärten, der zu einer weitläufigen Terrasse führte. Die Flügeltüren eines Wintergartens, in dem die Königin sich auch bei schlechtem Wetter aufhalten konnte, standen einladend offen. Vor der Terrasse befand sich ein kleiner Teich mit einer Steinplattform, auf der sich eine Meerjungfrauenskulptur räkelte. Seerosenblätter trieben auf der Wasseroberfläche, und hin und wieder erhaschte Minna einen Blick auf bunte Fische, die durch das Gewässer schwammen. Überhaupt war dieser Garten wie das Tor zu einer anderen Welt. So viele Farben, so viele außergewöhnliche Blumen, die Minna in Phantopien noch nie gesehen hatte – und sie kannte fast jede Pflanze zu jeder Jahreszeit.

Sie konnte sich nicht länger zurückhalten. »Das ist wirklich ein beeindruckender Garten«, platzte sie heraus.

»Das ist er«, bestätigte der Hofdichter. »In Fernab gibt es eine sehr begabte Familie, die sich in der Pflanzenkunde ausgezeichnet auskennt. Ihr ist all das zu verdanken, was Ihr hier seht. Wie Ihr Euch wahrscheinlich denken könnt, wollen Könige und Königinnen von allem das Beste.« Ein einnehmendes Lachen begleitete seine Worte. »Kommt, ich bringe Euch in die Bibliothek. Dort wird die Königin Euch treffen. Sie ist der Meinung, das sei ein vorzüglicher Ort, sich mit einer Dichterin zu unterhalten. An einem Ort der gemeinsamen Leidenschaft.«

»Wie könnte ich dem widersprechen?«, antwortete Minna. Sie fand die Idee auf eine seltsame Weise berührend. Die Königin machte sich ganz offenbar wirklich Gedanken um die Gäste, die sie in ihr Heim einlud.

Der breite Korridor, der auf den Wintergarten folgte, war offen und einladend. Minna hatte das Gefühl, dass sich besonders viel der eigenartigen Magie der Stadt hier wiederfand. Es hingen viele Bilder an den Wänden, einige Landschaftszeichnungen sowie abstrakte Kunstwerke, für deren Betrachtung sie sich gerne Zeit genommen hätte. In den Marmorboden waren Zitate eingraviert. Zitate von gelehrten Leuten, Auszüge aus bekannten Büchern oder Märchen. Manche sogar in anderen Sprachen, die Minna weder lesen noch verstehen konnte. Von irgendwoher erklangen sanfte Harfentöne. Vermutlich beschäftigte die Königin nicht nur einen Hofdichter, sondern auch Hofmusiker.

Sie stiegen eine Treppe hoch, die in einer weiteren Etage mündete, die nicht minder weitläufig war. Minna fragte sich, was sich hinter den zahllosen Türen verbarg. Dann hatten sie ihr Ziel erreicht. Am Ende des Korridors öffnete ein Wachmann die Flügeltür zur Bibliothek.

Galvan blieb vor der Tür stehen. »Bitte sehr, werte Dichterin. Bedient Euch an der Mahlzeit, die man für Euch bereitgestellt hat. Die Königin wird sich gleich zu Euch gesellen.«

»Werdet Ihr nicht anwesend sein?«, fragte Minna. Sie hatte nicht erwartet, der Königin allein gegenübertreten zu müssen.

»Wir werden uns sicher noch oft begegnen, Dichterin, da Ihr ja nun unser … der Gast unserer Stadt seid.« Er korrigierte sich abermals. »Nicht Gast. Ihr gehört dazu. Und dieser Augenblick ist zu groß, als dass ich dabei sein sollte.« Er lächelte aufmunternd. »Keine Sorge. Ich kenne die Zweifel, die uns Dichtern und Künstlern innewohnen. Aber sie haben keine Macht, Minna, so lange Ihr es nicht zulasst. Denkt immer daran: Sie haben keine Macht.«

Sie hätte ihm gern gesagt, wie recht er hatte. Wie sehr sie sich nach diesen wenigen Worten verstanden fühlte. Aber dazu hatte sie keine Gelegenheit mehr, denn er nickte und trat den Rückweg an. Der alte Wachmann machte eine höfliche Geste, und sie betrat die Bibliothek. Sofort wurde ihr klar, dass dieser Raum der einzige war, den sie sich genau so vorgestellt hatte. Riesige Fenster, die genug Licht zum Lesen einließen, aber noch gewaltigere Regale, deren obere Reihen man nur mit Hilfe einer Leiter erreichen konnte. Jedes einzelne Regal war voller Bücher, alle gut gepflegt und staubfrei. Die dunklen Holzregale und der massive Schreibtisch im hinteren Teil des Raumes sowie ein alter

Sessel sorgten für eine heimelige Atmosphäre, weckten zugleich aber auch Ehrfurcht, die einen unwillkürlich flacher atmen ließ, weil man sich angesichts dieses geballten Wissens so unbedeutend fühlte. Minna schaute nach oben. Über ihr befand sich eine Empore mit noch mehr Büchern und winzigen Nischen, in die man sich zurückziehen konnte.

Vor dem Schreibtisch war ein Tisch mit zwei Stühlen aufgebaut. Der Tisch war mit goldverzierten Tellern und Stoffservietten gedeckt, und Kristallgläser warteten darauf, gefüllt zu werden. Eine Magd kam durch eine Seitentür hinein, die Minna zuvor nicht aufgefallen war, und trug ein Tablett zum Tisch.

»Wie schön, dass Ihr da seid, Dichterin Fabelreich.« Die Magd verbeugte sich vor ihr, was Minna ein unangenehmes Gefühl bescherte. Sie hätte die Magd eher als ihresgleichen angesehen.

»Nehmt doch schon einmal Platz. Ich bringe das Essen sofort hinein, die Königin wird jeden Moment zu Euch stoßen. Braucht Ihr noch etwas?« Die Worte sprudelten so rasch aus dem Mund der jungen Frau, als wären sie auswendig gelernt. Offenbar war sie nicht weniger nervös als die Dichterin selbst.

Minna schwirrte der Kopf. So viel Wirbel um ihre Person … Damit hatte sie nicht gerechnet.

»Ich bin wunschlos glücklich«, sagte sie freundlich, um der Magd ihre Aufregung zu nehmen. Diese verbeugte sich ein weiteres Mal, ohne Minna direkt anzusehen, ehe sie durch die Tür huschte. Einige Schalen standen bereits auf dem Tisch. Frisches Obst, Schokolade, Desserts und Kuchen. Dazu brachte die Magd Platten mit Gemüse, Fleisch und Kartoffeln. Zuletzt kehrte sie mit zwei Tellern frischer Tomatensuppe mit gerösteten Brotwürfeln zurück.

Als die Magd alles gebracht hatte, blieb sie an der Seitentür stehen und öffnete diese weit. »Werte Dichterin, darf ich Euch bitten, die Königin zu begrüßen?«

Minna erhob sich von ihrem Platz und stellte sich neben ihren Stuhl. Leise Schritte erklangen durch den nahe gelegenen Flur, dann erschien die Königin im Türrahmen. Sie war allein, keine Wachen begleiteten sie.

Minna verbeugte sich vor der Königin. Sie bemühte sich, ihre Nervosität nicht zu zeigen, doch innerlich schlug ihr das Herz bis zum Hals. Immerhin lag ihre Zukunft in den Händen dieser Frau.

Die Königin kam zu ihr und tat etwas, das Minna vollkommen überrumpelte: Sie umarmte sie. Die Königin, die nach außen hin immer eine leicht kühle Ausstrahlung hatte, lächelte sie an.

»Wie schön, dass wir uns endlich kennenlernen, Minna. Ich darf doch Minna sagen, oder? Ihr glaubt gar nicht, wie lange ich auf diesen Tag gewartet habe.«

Minna gelang es, sich rasch zu sammeln. »Sicher dürft Ihr das, Eure Majestät. Ich fühle mich sehr geehrt. Und ich bedanke mich für Eure Einladung und Eure Gastfreundschaft.«

Die Königin winkte ab und deutete stattdessen auf den gedeckten Tisch. »Lasst uns gemeinsam essen und uns ein wenig kennenlernen. Ich bin unglaublich gespannt darauf, was Ihr zu erzählen habt.«

Minna neigte den Kopf, nachdem sie sich wieder gesetzt hatte. »Ich wusste nicht, dass Ihr einen Auftritt wünscht, sonst hätte ich mich besser vorbereitet.«

Die Königin lachte. »Oh, nein, ich dachte eher daran, dass Ihr etwas *Echtes* erzählt. Etwas über Euch. Etwas aus dem Leben. Aber erst …« Sie griff zu ihrem Weinglas und deutete mit dem Kinn auf Minnas, das bereits gefüllt war. »Lasst uns anstoßen.«

Sie erhoben ihre Gläser und nickten einander stumm zu. Der Wein schmeckte süß, auch wenn er im Nachgang bitter war.

»Also, erzählt mir von Euch, Minna. Stillt meine Neugier.« Die Königin lehnte sich entspannt in ihrem Stuhl zurück, als hätte sie alle Zeit der Welt.

»Ich weiß nicht, ob mein Leben auch nur halb so spannend ist wie die Geschichten, die ich erzähle«, erwiderte Minna ruhig.

Die Augen der Königin funkelten. Sie trank einen Schluck Wein, ehe sie den Löffel nahm, um ihre Suppe zu essen. Minna kannte sich mit höfischem Gebaren zu Tisch nicht aus, doch sie wollte sich nicht vor der Königin blamieren. Bemüht gelassen ahmte sie die Königin nach.

»Ist Euer Leben nicht die Ursache Eurer Inspiration?«

»Auf keinen Fall, Eure Majestät.«

»Wieso das nicht? Wie ich gehört habe, seid Ihr viel herumgekommen in Phantopien.«

Minna lächelte vorsichtig. »Eine Königin weiß darüber Bescheid, was in ihrem Reich vor sich geht.«

Statt zu antworten, aß die Königin gemächlich weiter.

Minna räusperte sich. »Das bin ich in der Tat. Ein Leben als Dichterin ist schwerlich von dem heimischen Herd aus zu führen.«

Die Königin nickte. »Wie kam es, dass Ihr Euch dazu entschieden habt, selbigen zu verlassen?«

Das waren private Fragen, dachte Minna. Vielleicht war dieses Treffen eine Art zweite Prüfung. Vielleicht wollte die Königin wissen, wen sie sich in ihre Stadt und an ihren Hof holte.

»Die Berufung hat mich hinausgetrieben. Meine Familie hatte nie Verständnis dafür, ich war also sehr schnell auf mich allein gestellt.«

»Ihr seid also mittellos durch das Land gereist, weil die Leidenschaft für Eure Geschichten so stark war?«

»So war es wohl.«

»Sehr faszinierend.«

Eine Weile aßen sie schweigend und gingen zum Hauptgang über. Trotz ihrer Anspannung genoss Minna das Mahl. So gut hatte sie seit Jahren nicht mehr gegessen. Jeder Bissen war eine Geschmacksexplosion auf ihrer Zunge. Sie zwang sich, langsam zu essen und nicht zu schlingen. Falls sie diese indirekte

Prüfung nicht bestehen sollte, so hatte sie wenigstens eine gute Mahlzeit bekommen.

»Darf ich Euch eine persönliche Frage stellen?«

»Mir schien, als wären alle Fragen bisher eher privater Natur, Eure Majestät.«

Die Königin hob eine Augenbraue. »Ihr habt mich durchschaut. Möglicherweise ist diese aber persönlicher als die anderen Fragen.«

»Es steht mir wohl kaum zu, Euch etwas zu verbieten.« Minna lächelte. Es hieß ja nicht, dass sie nicht immer noch entscheiden konnte, ob sie antworten wollte.

Die Königin nickte nachdenklich. »Das ist richtig.«

Die Magd unterbrach sie, als sie die Teller abräumte und ihnen feingeschliffene Glasschalen für den Nachtisch servierte. Minna löffelte sich Obst, Pudding und eine Masse aus Schokolade, deren Namen sie nicht kannte, in ihre Schale. Die Königin hingegen nahm nur ein paar Bissen eines Apfelkuchens.

»Nun, ich muss gestehen, es interessiert mich brennend: Woher kommt sie, Eure Fantasie? Was habt Ihr dafür getan, dass es Euch gelingt, Geschichten zu erzählen, die eine ganze Stadt verzaubern?«

Was für eine komplizierte Frage. Und zugleich war sie so einfach.

»Ich könnte Euch vielleicht etwas Ähnliches fragen: Woher kommt Eure Königswürde? Manche Dinge sind einfach vorhanden, Eure Majestät, und es hat keinen Sinn, nach ihrem Ursprung zu fragen. Denn diese Dinge machen uns aus. Sie sind ein Teil von uns. Das Talent, Geschichten zu schaffen, macht mich aus. Ich kann gar nichts anderes.«

Der Blick der Königin war aufmerksam. Minna konnte das Gesicht der Königin zwar klar und deutlich erkennen, aber es war schwer, darin zu lesen. Die Königin hatte ihre Züge gut unter Kontrolle, sie war unglaublich beherrscht. So hatte Minna keine Ahnung, ob ihre Antwort ausreichend war.

»Vermutlich besitzt jeder von uns etwas, das ihn ausmacht«, sagte die Königin nach einer Weile. Ihre Miene wurde etwas weicher, aber Minna hatte immer noch nicht den Hauch einer Ahnung, was in ihrem Kopf vor sich ging.

»Da stimme ich Euch zu«, sagte sie verhalten.

»Aber dennoch: Findet Ihr es nicht erstaunlich, dass manche Gaben die Welt verändern können? Dass sie Geschichte schreiben, dass sie vielleicht etwas Unvergleichliches bewirken, während andere Gaben so schwach ausgeprägt sind, dass sie möglicherweise ein Leben lang nicht einmal zum Vorschein kommen?«

»Eigentlich nicht. Talente und Gaben sind so unterschiedlich wie die Menschen selbst.«

»Also hat es mit Glück zu tun, meint Ihr?«

Mit dieser Frage überrumpelte die Königin sie. Was sollte sie darauf antworten? Darüber hatte sie noch nie nachgedacht.

»Was meint *Ihr* denn?«, gab sie die Frage ausweichend zurück.

»Ich erkenne Eure rhetorischen Tricks.« Die Königin hob ihr Weinglas an die Lippen. »Immerhin habe ich schon einen Dichter am Hofe.«

Minna lächelte unverbindlich. »Dann fürchte ich, dass ich keine passende Antwort weiß oder zumindest keine, die Euch zufriedenzustellen vermag. Es könnte Glück sein oder Vorsehung. Oder vielleicht gibt es gar keinen nachvollziehbaren Grund. Wer weiß das schon?«

Die Königin setzte das Weinglas ab und tupfte sich mit ihrer Serviette einen Tropfen Rotwein von ihrem Mundwinkel. »Die Unwissenheit sollte uns nicht daran hindern, zeitlebens nach der Erkenntnis zu streben.« Für einen Moment wandte die Königin sich zum Fenster, und ihr Blick verlor sich, während sie das Panorama von Fernab betrachtete.

»Möchtet Ihr mit dem Gewinn, den Ihr durch den Dichterwettstreit erhalten habt, in Fernab leben, Minna? War das Euer

Ziel? Teil einer Stadt zu werden, die Ihr nur vom Hörensagen kanntet?« Jedes auch nur angedeutete Lächeln war aus dem Gesicht der Königin wie weggewischt. Ihr Ausdruck war so ernst, als hinge von Minnas Antwort etwas ab, das sie nicht überblicken oder erkennen konnte.

»Nun ja …« Die Dichterin kam ins Stocken. »Mein vorrangiger Gedanke war nicht, *etwas* zu gewinnen. Ich wollte gewinnen, um die Bestätigung zu bekommen, nach der ich all die Jahre gesucht habe.«

»Eine Bestätigung wofür?«

»Eine Bestätigung, dass ich etwas kann. Dass ich gut in dem bin, was ich tue. Dass ich einen Wert besitze, auch wenn alle etwas anderes behaupten oder wenn fehlende Besitztümer vom Gegenteil zeugen wollen. Dass meine Geschichten andere Menschen berühren können.«

»Und habt Ihr all das gefunden?«

»Ja«, sagte Minna aus vollem Herzen.

»Und beantwortet Ihr nun meine Frage: Möchtet Ihr hier leben? Seid Ihr gewillt, Familie und Freunde dafür aufzugeben?«

»Bei allem Respekt, Eure Majestät: Ich habe am heutigen Tage nicht mehr aufzugeben als noch vor vier Tagen. Ich bin dieselbe und ich habe nichts und niemanden zu verlieren, aber umso mehr zu gewinnen.«

»Ihr habt nichts und niemanden zu verlieren …«, wiederholte die Königin und blickte sie nachdenklich an. »Ich habe nichts anderes erwartet, doch es tut gut, diese Worte aus Eurem Munde zu hören. Sie ersparen mir viel Arbeit, versteht Ihr?« Die Königin ließ ihre Silbergabel auf den Teller sinken.

»Ich fürchte, ich verstehe nicht, Eure Majestät?«, entgegnete Minna irritiert.

Mit ihrer Serviette tupfte sich die Königin ein weiteres Mal über die Lippen. Dann legte sie das Tuch zur Seite. Ein roter Abdruck verriet, dass sie Farbe auf dem Mund trug. Sie rückte mit dem Stuhl ein Stück zurück und ging auf Distanz zu Minna, als könne sie die Nähe zu einer gewöhnlichen Untertanin plötzlich nicht mehr ertragen.

»Ich meine, dass es schwierig gewesen wäre, hättet Ihr da draußen ein echtes Leben geführt. Wenn es Menschen gäbe, die vielleicht auf Briefe von Euch warteten oder denen Ihr hin und wieder einen Besuch abstatten müsstet. Aber so erscheint es mir, dass wir beide etwas sehr Wesentliches teilen. Wir sind beide sehr begabt in dem, was wir tun, und wir sind beide einsam. Im Gegensatz zu mir ist es bei Euch allerdings so, dass Euer Verschwinden niemandem auffallen wird, nicht wahr?«

Ganz langsam ließ Minna ihr Besteck sinken. Sie ließ es nicht fallen, sondern legte es fein säuberlich parallel nebeneinander ab.

Alle Andeutungen waren also wahr. Sie hatte ihnen nur keinen Glauben schenken wollen. Sie hatte zu dieser Königin von dort unten, von ihrem Platz im Sand aus aufgesehen. Aber diese Königin hatte Geheimnisse, und worin auch immer sie bestanden, Finsternis war ein Teil von ihnen.

»Mein Verschwinden?«, wiederholte sie so gelassen wie möglich. Nur keine Schwäche zeigen. Nicht jetzt, da der Triumph sie hoch katapultiert hatte, nur damit sie jetzt tief fiel. »Was wollt Ihr von mir?«

Ein leises Glöckchen ertönte. Die Königin und die Dichterin erhoben sich beinahe zeitgleich, als die schwere Tür zur Bibliothek geöffnet wurde. Soldaten traten ein. So viele Soldaten, als wäre sie eine Schwerverbrecherin, eine Mörderin, eine Hexe.

»Ist das nicht offensichtlich, Minna?«, fragte die Königin so sanft, als wäre sie ein dummes Kind.

Den Soldaten stand ein Mann vor, der Minna vage bekannt vorkam. War er ein Bediensteter, den sie während des Wettstreites gesehen hatte? Seine markanten Gesichtszüge und die feine Narbe an seiner Stirn sprangen einem sofort ins Auge, und sie war sich sicher, ihn schon einmal gesehen zu haben. Während die anderen Wachen einen großen Kreis um sie schlossen, ohne sie anzurühren, kam dieser Mann geradewegs auf sie zu. Seine Miene war so verschlossen, als wäre er innen wie außen aus Stein.

»Dichterin Fabelreich, ich bitte Euch höflich, mit mir mitzukommen.«

Minna hob das Kinn. Ihre Augen blitzten. Ein Teil von ihr ärgerte sich darüber, dass sie ausgerechnet heute jemand anderes hatte sein wollen, mit geflochtener Frisur, mit hübscher Kleidung, eine Frau, die nicht nur schön mit Worten war. Mit ihrer Kleidung hatte sie auch ihr Messer abgelegt. Nun hatte sie nur ihre Fingernägel und ihren Stolz als Waffen, und beides brachte sie nicht weit.

»Nennt mir Euren Namen«, forderte sie ihn auf. »Damit ich weiß, wem ich den Verlust meiner Freiheit zu verdanken habe.«

Der Mann kniff die Augen zusammen. Sie glaubte, für einen Augenblick, Aufbegehren darin zu erkennen.

»Valerian.« Die Stimme der Königin war leise, aber gefährlich bedrohend.

Der Mann ignorierte sie einfach. »Mein Name ist Valerian Ohneruh. Man nennt mich den Gabensucher.«

Der Name weckte eine Erinnerung. »Ihr habt mir die Einladung überbringen lassen.« Somit zerfiel die vermeintlich aufregendste Reise ihres Lebens zu Asche. All das war von Anfang an eine Lüge gewesen.

Der Mann hob die Hand, als wollte er nach ihr greifen, ließ es aber. »Folgt mir, Minna.«

»Wohin?« Sie wollte sich wappnen. »Wohin bringt Ihr mich?«

Valerian warf der Königin einen Blick zu, den Minna als zornig deutete. *Antwortet Ihr.*

Die Königin bewegte sich nicht von der Stelle, als traute sie der Dichterin nicht über den Weg. »Das werdet Ihr schon früh genug erfahren. Es ist gut, dass wir zusammen gespeist haben, Dichterin. Das wird Euch Kraft geben für das, was kommen wird.«

Kälte durchströmte Minna. Eine Eiseskälte, wie sie sie noch nie zuvor gespürt hatte, nicht einmal in den Wanderprärien. Es war die Kälte einer Vorahnung, die man nur fühlen, aber nicht benennen konnte. Man wusste, dass etwas Schlimmes auf einen zukam, aber man konnte nicht sehen, woher, bis es einen plötzlich von den Füßen holte. All ihre Anstrengungen waren umsonst gewesen.

Und gleichzeitig zu dieser Vorahnung machte sich noch etwas anderes in Minna breit. Müdigkeit. Unendliche Müdigkeit, die in diesem Augenblick völlig deplatziert war. Am liebsten hätte sie die Wachen gebeten, ihr einen Moment Ruhe zu geben, damit sie für ein paar Minuten die Augen schließen konnte. Ganz kurz nur … Warum war sie so verdammt erschöpft?

Sie schwankte und zwang sich, gegen die bleierne Schwere ihres Körpers anzukämpfen. Die Königin stand da wie eine Schlange, die in einem unbeobachteten Moment zubeißen würde.

»Ihr habt mir immer noch nicht gesagt, was Ihr von mir wollt.« Sie versuchte, sich abgeklärt zu geben.

»Eure Fantasie, Minna. Ich will Eure Geschichten, Eure Ideen, Eure Fantasie. Ich will alles.«

TEIL III:

DIE MAGIE DER STERBENDEN KÜNSTE

Auszug aus »Historie Phantopiens Band 1 (Fernmagische Zeit)«, niedergeschrieben im Turm der Zeiten von Chronistenlehrling Gregor:

Minengräber fanden vor etwa zweitausend Jahren einen seltenen schwarzen Stein unter dem stählernen Gebirge und auch an weiteren Orten des Landes. Wo die Aufregung zunächst groß war, fand man schnell heraus, dass der Stein keinen Wert besaß und sich somit als Währung oder für die Verwendung als Schmuckstein als unbedeutend herausstellte.

Die geöffneten Schächte wurden verschlossen, und das Pulsieren, das den nachtschwarzen Stein hin und wieder erschütterte, blieb lange Zeit unbemerkt. Nach dem heutigen Stand der Wissenschaft hat es aber damit keine weitere Bewandtnis.

32.
Valerian

Ein bisschen was von jeder Gabe

Ein Gabensucher zu sein bedeutete mehr, als nur einen Titel zu tragen. Vielmehr war es ein Schicksal, das einem auferlegt war, und Valerian war sich sicher, dass dieses Schicksal einst etwas Heiliges gewesen war. Dass Gabensucher für Gutes eingesetzt wurden, für die Suche nach außergewöhnlichen Talenten, nach seltenen Talenten, die gebraucht wurden, um die Welt zu einem besseren Ort zu machen.

Die Königin hatte mit dieser Tradition gebrochen, als sie Valerians Bestimmung für ihre verdorbenen Ziele missbraucht hatte. Ihre Mutter hätte sich im Grabe umgedreht, hätte sie gesehen, was aus ihm geworden war, was sie aus ihm gemacht hatte.

Er saß auf dem Fensterbrett seines Zimmers, das für seinen Rang zu klein und zu einfach war. Um sich selbst zu strafen, hatte er seine alten Gemächer verlassen und war in ein verwaistes Turmzimmer des Schlosses gezogen. Er hatte Rang und Vorzüge nicht mehr verdient. Wie ein unbeweglicher Klumpen saß ihm sein Herz in der Brust und schlug schwer, beinahe unwillig. Seine Hände zitterten. Hier konnte er nicht länger verbergen, dass ihn die Gefangennahme der Dichterin mitgenommen hatte. Er hatte alles versucht, um diesem Augenblick entgegenzuwirken. Er hatte gegen die Regeln der Königin verstoßen und stattdessen versucht, Minna vor ihrem Schicksal zu bewahren. Es hatte nicht gereicht, ihr das Werkzeug ihrer Arbeit zu stehlen. Er hätte sie mit eigenen Händen aus der Stadt jagen sollen. Er hätte …

Sein Blick fiel auf die Regalwand. Dort lagen die Gegenstände, die alle Gaben personifizierten, wie eine Sammlung der Unterwelt. Alles, was er für die Königin gesucht und gefunden hatte, bewahrte er in diesem Raum auf, damit er nicht vergaß, dass er nicht minder schuld war. Eine Flöte, mehrere Pinsel, ein Topf voller Farbe, Klaviertasten, zerriebene Kräuter, eine Rezeptsammlung, alles reihte sich dort aneinander. Nicht zuletzt hatte Minnas Geschichtenbuch seinen Platz inmitten der anderen Dinge gefunden. Aber dieses Buch hatte seine Rebellion sein sollen, keine Erinnerung. Er hatte es gestohlen, ehe sie aufgetreten war. Aber es hatte nichts genutzt. Gewonnen hatte sie dennoch.

Die Dichterin war die Letzte auf seiner Liste gewesen. Die letzte Gabe war gefunden und eingekerkert. Er war nicht darin eingeweiht, was geschehen würde oder wann die Königin ihren unseligen Bann über ihn endlich löste. Aber er hatte das Gefühl, es keinen Augenblick länger ertragen zu können, unter ihrer Kontrolle zu stehen.

Er öffnete das Fenster. Er atmete mehrmals tief die frische Luft ein, der Dreck auf seiner Seele wollte sich dennoch nicht lösen.

Das Abendlicht tauchte Fernab in eine so friedvolle Atmosphäre, dass Valerian dieser Täuschung gern erlegen wäre. Eine Weile starrte er auf die weißen Dächer, die sich in den Strahlen der untergehenden Sonne rötlich färbten, bis sie hinter den Klippen in den Wellen des Meeres verschwand. Es dauerte, bis er diesen winzigen schwarzen Schatten bemerkte, der immer wieder in die Nähe seines Fensters kam.

Es war eine Elster. Und wüsste er es nicht besser, so würde er glauben, dass diese Elster auf der Suche war. Sein Turmzimmer lag zu weit oben, als dass sich Vögel auf der Suche nach Nahrung hierher verirrten. Manche bauten unter den Dachbalken Nester, aber die Elster hatte weder Äste in ihrem Schnabel, noch schien sie Ausschau nach einem geeigneten Nistplatz zu halten.

Valerian öffnete das Fenster weiter und stieß einen leisen Pfiff aus. Noch im Flug neigte der Vogel ihm den Kopf zu und steuerte auf das Fenster zu. Der Gabensucher konnte gerade noch schnell genug zur Seite treten, als die Elster ins Zimmer schoss und sich wild mit den Flügeln schlagend auf der Bettkante niederließ. Ihr Kopf drehte sich ruckartig zu allen Seiten. Mit wenigen Blicken maß sie Valerian und jeden Winkel des Zimmers.

Der Gabensucher kniff nervös die Augen zusammen. Er hatte noch nie erlebt, dass ein Wildvogel einfach so in ein bewohntes Gebäude flog. Dazu waren sie normalerweise zu scheu.

Dann fiel Valerian etwas anderes ins Auge. Am Bein der Elster war eine winzige Papierrolle festgebunden. Seine Mundwinkel verzogen sich zu einem grimmigen Lächeln. Der Vogel war vermutlich das Werk eines Spions. Ein königlicher Hof hatte immer und aus allen Richtungen mit Spionen zu kämpfen.

Geräuschlos näherte er sich der Elster in leicht gebückter Haltung, um sie nicht aufzuschrecken. Doch das Tier schien menschlichen Umgang gewohnt zu sein. Es blickte ihn argwöhnisch an, blieb allerdings sitzen. Als Valerian es fast erreicht hatte, ging er in die Knie. So verharrte er einen Augenblick, damit der Vogel sich an ihn, seinen Geruch und seine leisen Atemgeräusche gewöhnen konnte. Erst als die Elster begann, ihr Gefieder zu putzen, streckte Valerian ganz behutsam die Hand nach dem dürren Beinchen aus, um den Zettel abzubinden. Dann rutschte er ein, zwei Schritte zurück und rollte das Papier auseinander.

Finn,

ich weiß nicht, wo du bist, denn Schwarzklaue hat meine erste Nachricht wieder zu mir zurückgetragen. Ich habe den Wettstreit gewonnen und bin heute zu Hofe geladen. Wenn das Treffen vorbei ist, werde ich nach dir suchen, sollte Schwarz-

klaue dich bis dahin nicht gefunden haben. Vielleicht hast du einen Unterschlupf gefunden, zu dem ein Vogel nicht durchdringen konnte?

Ich habe sehr merkwürdige Dinge gehört, Schatzsucher. Ich gehe mit gemischten Gefühlen zum Schloss. Aber diese Stadt war mein Traum, und ich will sie mir nicht von Gerüchten verderben lassen.

Bitte lass mir über Schwarzklaue ausrichten, wo wir uns treffen.

In der Hoffnung auf ein baldiges Wiedersehen,
Minna

»Sieh an«, murmelte Valerian. Die Elster gehörte also zu Minnas Begleitung. Obwohl die Männer der Königin das gesamte Gebiet um die Stadt herum auf den Kopf gestellt hatten, hatten sie den Schatzsucher nicht auftreiben können. Dieser Mann war ziemlich geschickt darin, sich zu verbergen.

Valerian richtete sich auf. Er müsste sich auf der Stelle zur Königin begeben und ihr von dieser neuen Information berichten. Es bestand die Möglichkeit, dass der Schatzsucher sich in der Unterstadt aufhielt, wo es alle Menschen hinzog, die nach einem verbotenen Weg nach Fernab suchten.

Aber irgendetwas hielt ihn davon ab. Ein starker innerer Sog. Sein Gewissen vielleicht, dieses elende Gewissen, das sich viel zu leicht niederschlagen ließ. Nur kurz hatte er versucht, klammheimlich gegen die Königin zu arbeiten, und war gescheitert. War sein Gewissen damit beruhigt? Für den Moment ja. Denn er stand so kurz davor, seine Familie aus den Fängen der Königin zu befreien. Bald durfte er seinen Bruder aus dem Labyrinth holen und die Stadt für immer verlassen. Konnte er eigentlich dem Wort der Königin trauen?

Was, wenn sie dich niemals gehen lässt? Wenn sie nach Vollendung ihres Planes nur noch mehr Macht über dich besitzt?

Er blickte auf den Zettel in seiner Hand hinab. Dann sprang

er so hastig auf die Beine, dass die Elster hektisch mit den Flügeln schlug. Bemüht ruhig ging Valerian zu seinem Schreibtisch, um die Botschaft zu ergänzen. Es war nicht mehr viel Platz auf dem Stück Papier, also musste er sich kurzfassen. Als er fertig war, kehrte er zu dem Vogel zurück.

»Schwarzklaue ist dein Name, nicht wahr?«, sagte er leise, als er die Rolle wieder an ihren ursprünglichen Platz band. Beim Klang ihres Namens hob die Elster den Kopf und starrte ihn an.

»Such deinen Besitzer. Überbring ihm diese Nachricht. Suche so lange, bis du ihn findest. Ich weiß, dass du hier nach der Dichterin gesucht hast, aber du wirst sie nicht finden, nicht in diesem Teil des Schlosses und auch in keinem anderen. Sie ist längst dem Untergang geweiht. Also rasch. Beeil dich …«

Als hätte der schwarze Vogel jedes einzelne Wort verstanden, stieß er sich ab und flog nach draußen. In der Luft drehte er einen Kreis und segelte noch einmal am Fenster vorbei, bevor er einen beunruhigenden Schrei ausstieß.

Dann verschwand er aus Valerians Sichtfeld. Und der Gabensucher wünschte sich, er könnte es dem Vogel gleichtun, aber Pflicht und Einschüchterung ließen ihn wie mit schweren Ketten ans Schloss gefesselt zurück.

33.
Minna

Gefangen

Über ihr war Wasser.

Über ihr war … was?

Minna schreckte auf, hielt die Hände unwillkürlich schützend vors Gesicht. Aber entgegen ihrem ersten Schrecken geschah nichts. Die Massen prallten nicht auf sie nieder. Sie blieb trocken. Langsam nahm sie die Hände von ihrem Gesicht weg. Tatsächlich war über ihr Wasser, sogar unendlich viel, aber zwischen ihm und ihr befand sich eine Glasschicht. Sie wagte nicht aufzustehen und sie zu berühren, weil sie Angst hatte, dass eine flüchtige Berührung schon ausreichte, um das Glas zu sprengen, auf dem ein unsäglicher Druck lasten musste.

Zu ihrer Linken befand sich hingegen Felsen. Dunkle Steinwände mit einer eingelassenen Tür, um genauer zu sein. Noch bevor sie die Tür erreicht hatte, war ihr klar, dass sie verschlossen war und sie rütteln konnte, so viel sie wollte, sie würde sich kein bisschen öffnen.

Wo war sie gelandet? Ganz sicher in einem Gefängnis, aber wo genau? So viel Wasser gab es in Fernab eigentlich nur an zwei Orten: Am Meer und am königlichen See. Angesichts ihres Besuches im Schloss war Letzterer naheliegender.

Mit einem Fluch auf den Lippen, den sie nicht zurückhielt, ganz gleich, was sie ihrer geliebten Sprache damit antat, setzte sie sich wieder auf die schmutzigen Decken, auf denen sie aufgewacht war. Sie erinnerte sich nur dunkel daran, was geschehen war. In einem Moment hatte sie noch in der Bibliothek der

Königin gesessen, sie hatten gemeinsam gespeist und über die Geschichten, Bücher und die Dichtkunst philosophiert, und im nächsten war sie von Wachen umzingelt und plötzlich so … müde gewesen.

Der Wein. Natürlich.

»Dieses Miststück«, murmelte sie. Sie hatte sich wie eine Anfängerin über den Tisch ziehen lassen. Sie hatte sich blenden und täuschen lassen von diesem goldenen, königlichen Schein, an dem von Anfang an etwas faul gewesen war.

Sie versuchte, ihre Gedanken zu sortieren. Die Königin wollte etwas von ihr, aber was? Ihre Erinnerungen waren ein zäher, undurchdringlicher Wald aus blickdichten Bäumen.

Eure Fantasie. Ich will Eure Fantasie.

Minna sprang auf die Beine, als wäre sie von einer Biene gestochen worden. Unruhig tigerte sie in der gläsernen Kammer auf und ab. Was war das nur für eine seltsame Aussage der Königin gewesen? Das konnte unmöglich ihr Ernst gewesen sein.

Oder doch? Konnte man jemandes Fantasie stehlen? Wie sollte so etwas zu bewerkstelligen sein? Die Königin konnte ihren Geschichtenband stehlen, aber nicht ihre Fantasie. Minna hielt inne. Vielleicht *hatte* die Königin ihren Geschichtenband gestohlen und es war gar nicht der Verschwindefluch gewesen, wie sie angenommen hatte. Und vielleicht glaubte sie, dass darin nicht alles stand, was sie sich jemals ausgedacht hatte. Sie hätte beinahe erleichtert gelacht. So musste es sein. Wie naiv von ihr zu glauben, die Königin könnte tatsächlich etwas nehmen, das einzig und allein in ihrem Kopf vorhanden war.

Wenn sie doch nur irgendwem begreiflich machen könnte, dass das, was in ihrem Buch verewigt war, alles war. Mehr besaß sie nicht, jedes einzelne Wort war darin festgehalten. Sie musste das jemandem mitteilen. Mehrmals klopfte sie gegen die Tür, zunächst höflich mit den Fingerknöcheln und irgendwann mit der flachen Hand, wobei sie mit bestimmter Stimme verlangte, jemanden sprechen zu können. Mehrmals glaubte sie, auf der anderen Seite Gelächter zu hören, aber vielleicht waren das die Geräusche des Wassers, das mit einem dumpfen Dröhnen am Glas widerhallte. Sie hätte niemals gedacht, dass Wasser klang, als wäre es ein Ungeheuer, das ein tiefes Brummen ausstieß, bevor es zum Angriff überging.

Irgendwann war sie erschöpft vom Rufen und Klopfen. Niemand nahm von ihr Notiz. Sie kauerte sich auf den Decken zusammen und starrte eine Weile ins Wasser. Man konnte nicht weit sehen, weil es trüb und undurchsichtig war, sodass es einen in gewisser Weise mehr einengte als Gitterstäbe. Man musste gegen die Angst, erdrückt zu werden, ankämpfen. Gegen die Panik, die sanft an der Oberfläche kratzte. Außerdem war sie durstig. Das Essen war so würzig gewesen, dass ihr Mund trocken war und ihre Zunge sich wie ein schwerer Fremdkörper anfühlte. Vielleicht war das alles nur eine Art, sie gefügig zu machen. Sie aber würde sich so lange wie möglich dagegen wehren.

Und irgendwann schlief sie über all den rebellischen Gedanken in ihrem Kopf ein, die Schläfe gegen das Glas gelehnt.

»Minna? Minna, wacht auf.«

Eine Hand berührte sie vorsichtig an der Schulter, und Minna schreckte hoch. Ihr Körper nahm sofort eine Verteidigungshaltung ein, ihr Herz klopfte schnell und hart gegen ihre Rippen.

Vor ihr kniete Galvan, der bei ihrer Reaktion sofort aufsprang und ein paar Schritte zurückwich.

»Verzeiht mir, dass ich Euch so unsanft geweckt habe.«

Einen Augenblick war Minna angesichts seiner Höflichkeit sprachlos. Ihm tat es leid, dass er sie unsanft aufgeweckt hatte?

»Euch sollte lieber leidtun, dass Ihr mich eingesperrt habt«, erwiderte sie kühl. Sie strich ihren Rock glatt und kam so anmutig, wie es ihr möglich war, auf die Beine.

Galvan neigte den Kopf. »Ihr habt allen Grund dazu, Euch darüber zu beschweren, dass Ihr Euch ungerecht behandelt fühlt.«

»Ungerecht behandelt? Ihr habt mich eingekerkert! Ich, die als Gast in Eurem Hause war! Das könnte man als Verbrechen bezeichnen.«

Galvan nickte. »Ich verstehe Euren Ärger, glaubt mir. Und auch wenn Ihr mir das sicher nicht abnehmen wollt: Ich war genauso erstaunt darüber wie Ihr, was Euch widerfahren ist.«

Minna runzelte misstrauisch die Stirn. »Jetzt behauptet nicht, Ihr hättet nichts davon gewusst.«

Galvan lächelte sanft, und irgendwie war dieses Lächeln in diesem diffusen Licht der dunklen Seewasserwelt beruhigend. »Ihr seid eine Dichterin, Minna, und ich bin ebenfalls ein Dichter. Glaubt Ihr, ich möchte jemanden, der meine größte Liebe teilt, gefangen sehen?«

Betont gleichgültig zuckte Minna mit den Schultern. »Ich kenne Euch nicht. Wie sollte ich da also mit Gewissheit antworten können?«

»Das könnt Ihr nicht. Aber ich möchte Euch die Gelegenheit geben, das zu ändern. Seid bitte so freundlich und folgt mir.«

Minna rührte sich keinen Fußbreit. Argwöhnisch kniff sie die Augen zusammen und beobachtete die einladend offenstehende Tür. Sie gab sich keiner Illusion hin: Selbst, wenn sie den Hofdichter überwältigen und in den Flur fliehen könnte, würde sie den Wachen in die Arme laufen. Außerdem hatte sie nur eine Vermutung, wo sie sich befand, und kannte das Gangsystem kein bisschen. Das waren denkbar schlechte Voraussetzungen für einen kopflosen Fluchtversuch.

Galvan senkte die Stimme. »Ich weiß, dass Ihr mir nicht vertraut. Aber mein Einfluss ging zumindest weit genug, um zu erwirken, dass man Euch nicht hält wie ein Tier.«

Minna trat unruhig von einem Bein aufs andere. Sie traute Galvan nicht. Aber welche Wahl hatte sie schon?

»Seht es so: Noch schlimmer kann es nicht kommen.«

Minna verneinte. »Das ist nicht wahr. Ich besitze noch mein Leben und die Fantasie, die man mir anscheinend wegnehmen will. Könnt Ihr mir das erklären? Wieso will die Königin meine Geschichten? Oder meine Fantasie?«

Ein trauriger Schatten huschte über Galvans schönes Gesicht mit den weisen Augen. »Mir wurde strengstens untersagt, mich dazu zu äußern, Minna. Ich darf mich nicht gegen den Befehl der Königin auflehnen. Damit helfe ich weder Euch noch mir.«

»In Ordnung. Trotzdem möchte ich vorher eins klarstellen.«

Der Hofdichter nickte. »Nur zu.«

»Ich habe vor meinem Auftritt beim Dichterwettstreit mein Geschichtenbuch verloren. Mittlerweile vermute ich, dass es gestohlen wurde, vielleicht sogar von den Soldaten der Königin. Wenn die Königin meine Geschichten haben will, so hat sie mit diesem Buch alles, was es von mir gibt. Es gibt also keinen weiteren Grund, mich festzuhalten. Sie besitzt bereits alles von mir.« Sie konnte den bitteren Unterton in ihrer Stimme nicht vermeiden. Der Verlust dieses Buches hatte eine klaffende Wunde in ihr Herz geschlagen.

Galvan stieß ein Seufzen aus. »Ich werde Eure Worte weitergeben, Minna. Aber wie ich schon sagte: Ich kann mich dazu nicht äußern und Euch auch keine Hoffnungen machen. Ich kann nur das tun, was in meiner Macht steht.«

Minna verschränkte die Arme vor der Brust. »Und was wäre das?«

»Euch Euren Aufenthalt hier angenehmer machen.«

»Wenn das wirklich Euer Anliegen ist, dann gebt mir mein Buch zurück. Das ist das Einzige, was ich wirklich brauche.«

»Ihr kennt meine Antwort bereits, Minna«, erwiderte er sanft.

Am liebsten hätte Minna ihm entgegengeschleudert, dass er in diesem Falle verschwinden sollte, denn dann gab es nichts, was er ihr bieten konnte. Doch sie tat es nicht. Die Stimme der Vernunft in ihrem Kopf flüsterte ihr zu, dass sie jede Möglichkeit, Informationen zu sammeln, nutzen sollte, damit sie sie für eine spätere Flucht nutzen könnte. Es war klug, jetzt mit ihm zu gehen. Viel schlimmer konnte ihre Lage wirklich kaum werden.

»In Ordnung«, willigte sie zögernd ein.

»Das freut mich sehr, Minna. Wirklich.«

Galvan trat einen Schritt zur Seite. Minna wollte nicht vor ihm gehen, sie wollte niemanden in ihrem Rücken wissen, aber ihr blieb keine andere Wahl. Also kniff sie die Lippen aufeinander und ging voran. In Begleitung eines Wachmannes folgten sie dem Verlauf schier endlos wirkender Treppen. Wie tief unter dem Schloss hatte man sie vergraben?

»Ihr habt eine seltsame Art, Eure Gefängnisse zu errichten«, sagte sie, als ihr das Schweigen und das Hallen ihrer Schritte an den Felswänden zu laut wurde.

»Ihr meint wegen des Sees? Dann habt Ihr offenbar erkannt, wo das Gefängnis angesiedelt ist.«

»Ich traue Ihrer Majestät mittlerweile eine Menge zu, aber nicht, dass sie die Macht hat, ihre Gefangenen im Meer zu versenken.«

»Noch nicht«, murmelte der Hofdichter. Mittlerweile waren sie im bewohnten Teil des Schlosses angekommen. Die Gänge waren hier wieder breit genug, um nebeneinander zu gehen.

Sie bogen ständig in Flure und weitere Flure ab, gingen Treppen, bis Minna glaubte, sich zuvor nicht in einem Kellergefängnis aufgehalten zu haben, sondern in der Unterwelt selbst. Trotz der vielen Gänge und Türen kamen ihr allerdings die Bilder und Pflanzen und Schriftzüge auf dem Boden und an den Wänden vertraut vor, doch sie halfen ihr nicht, sich zu orientieren. Nach einer gefühlten Ewigkeit waren sie am Ziel des Hofdichters angelangt. Am Ende eines Korridors stand eine Tür offen und ein weiterer Wachmann wartete vor dem weiß gestrichenen Holzrahmen.

»Das ist Harold. Er wird Euch während Eures Aufenthalts hier nicht von der Seite weichen. Er ist ein guter Mann und sicherlich eine höfliche Begleitung.«

Minna sog scharf die Luft ein. Eine höfliche Begleitung? Er würde ihr Aufpasser sein. »Wie außerordentlich gönnerhaft«, sagte sie ironisch.

Galvans Miene wurde milder. »Ich kann mich nur wiederholen, Dichterin. Ich möchte alles versuchen, Euren Aufenthalt so angenehm wie möglich zu gestalten. Das kann ich tun. Und ich bemühe mich mit allen Kräften darum. Seht nur …«

Er betrat das Zimmer, das offenbar für die nächste Zeit ihres sein sollte. Zögernd folgte sie ihm. Sie witterte bereits eine neue Falle, die zuschnappen würde, wenn sie am wenigsten damit rechnete. Harold lächelte sie im Vorbeigehen freundlich an. Er musste etwa das Alter ihres Vaters haben. Tatsächlich strahlte er eine gutmütige Ruhe aus, die deutlich besser zu ertragen war als die starre, bleierne Emotionslosigkeit der anderen königlichen Wachen.

Im Türrahmen blieb Minna wie angewurzelt stehen. Das Zimmer war wunderschön. Es war ein Abbild ihrer Träume, als hätte sie jemand klammheimlich studiert, als sie tief und fest geschlafen hatte. Es war hell und einladend. An der Wand stand ein breites, mit Daunenkissen und Decken ausgelegtes Bett. Neben dem Bett vor dem Fenster stand ein Schreibpult, sodass man, wenn man daran arbeitete, einen Ausblick auf ganz Fernab hatte. Es war mit allem ausgestattet, was sie sich wünschen konnte: Mit losen Papierblättern und einem in Leder gebundenen Buch, das ganz sicher leere Seiten hatte, mit Schreibfedern in verschiedenen Größen und mehreren Fässern Tinte. Das Schönste aber war eine zweite, zunächst unscheinbar wirkende Tür, die Galvan bereits mit einem geheimnisvollen Lächeln geöffnet hatte. Minna ging mit einer leisen Vorahnung quer durch den Raum. Dicke Fellteppiche dämpften ihre Schritte.

Die Tür führte direkt zur Bibliothek, genauer gesagt zu der

Empore auf der zweiten Etage, die sie während des Essens von unten gesehen hatte.

»Ihr habt freien Zugang zur Bibliothek. Wann immer Ihr möchtet, könnt Ihr Euch dort umsehen oder Euch Bücher ausleihen. Wenn Ihr Harold Bescheid sagt, dürft Ihr in seiner Begleitung das Zimmer verlassen und Spaziergänge im Schloss und im Garten unternehmen. Ihr sollt Euch so wenig wie nötig wie eine Gefangene fühlen.«

»Auch wenn ich eine bin?«

»Auch wenn Ihr eine seid.«

Ihr Blick wanderte zur Bibliothek zurück. Dann trat sie zögernd durch die Tür. Von der Empore aus wirkte sie noch verwunschener. Der vertraute Geruch von altem Papier und Holz stieg ihr beruhigend in die Nase.

Galvan warf einen Blick über die Schulter. Harold war ihnen nicht gefolgt. Die Vordertür der Bibliothek säumten zwei weitere Wachen, ebenfalls außer Hörweite.

»Auch wenn ich mir vorstellen kann, dass Euch nicht der Sinn danach steht: Nutzt die Schreibmaterialien. Falls die Gedanken so sehr drängen, dass sie zu Papier gebracht werden müssen. Ich weiß, wie es ist, wenn man sich des Stroms der Worte nicht erwehren kann.«

Wenn die Königin doch meine Fantasie will, werde ich ihr kein einziges Wort geben, dachte Minna rebellisch. *Kein einziges noch so schnödes Wort.*

»Warum tut Ihr das?«, fragte sie laut. »Warum bemüht Ihr Euch so sehr?« Sie hätte gern mehr gefragt, hätte gefragt, was genau mit ihr geschehen würde. Was sie tun musste, um freizukommen. Aber der Hofdichter würde kein Sterbenswörtchen verraten, das hatte er bereits mehrfach betont.

»Weil ich … Weil ich Euch lehren möchte«, erklärte Galvan langsam. Eine seltsame Müdigkeit folgte auf seine Worte. Als lastete etwas Schweres auf ihm, das durch das Nichtaussprechen nur noch bedrückender wurde.

»Was wollt Ihr mich lehren?«

»So vieles, Minna, so vieles. Unaussprechliches.«

»Alles kann ausgesprochen werden.«

Er schüttelte den Kopf. »Nicht für alles gibt es Worte. Selbst für Menschen wie Euch und mich nicht.«

»Das glaube ich nicht. Was also wollt Ihr mich lehren?«, beharrte Minna. In ihren Fingern kribbelte es. Sie wollte ... loslaufen. Hinein in all diese Bücher, die so leicht ihr Zuhause sein könnten.

»Ich wünschte, wir hätten mehr Zeit, Minna. Zeit, uns gegenseitig beizubringen, was wir wissen. Aber dazu wird unsere Zeit nicht reichen. Daher bringe ich Euch etwas anderes bei.«

Etwas Kaltes umschlang Minnas Brustkorb. Da war sie wieder, die dunkle Vorahnung. »Und was?«

Ein trauriges Lächeln umspielte Galvans Mund. »Die Mechanik der Magie von Fernab. Eine Magie, die Euch möglicherweise bald schon töten wird.«

34.
Finn

Vom Verschwinden der Worte

Es war, als hätte Finn sein ganzes Leben lang auf diese Zeit gewartet. Es trieb ihn durch die Stadt, er erkundete jeden Winkel, jede Gasse, jedes verlassene Haus, jedes Gasthaus, jede Kunsthalle, jedes Theater. Schätze konnte man in Fernab zu jeder Zeit und an jedem Ort finden, sie konnten urplötzlich direkt vor der eigenen Nase auftauchen, wo vorher nichts gewesen war.

Finn genoss diese Aufregung, den Nervenkitzel und die Suche, die ihn vorantrieb. Der erste Schatz, den er gefunden hatte, war zugleich der mit Abstand wertvollste gewesen, und jetzt hatte er Blut geleckt. Er wollte mehr, denn er wusste, dass es möglich war, mehr als Alltagsgegenstände oder Erinnerungen alter Zeiten zu finden. Er musste nur gründlich genug suchen und zum richtigen Zeitpunkt am richtigen Ort sein.

Von diesem ersten Schatz war nicht mehr viel übrig. Ein Drittel gab er als Bezahlung für die Einladung an den Täuscher ab. Das nächste Drittel sollte seine Unkosten in der Unterstadt abdecken. Dafür, dass er nur einen einfachen Schlafplatz in einer Höhlennische mit dünnen Decken besaß, bezahlte er ihn teuer. Trotzdem stritt er nicht darum. Es gab ohnehin aufgrund des Dichterwettstreits kein freies Gastzimmer in Fernab. Hier dagegen trug sein Geld dazu bei, dass alle überlebten, die Starken, die Diebe in der Nacht, die Räuber, aber auch die Schwachen und Ausgestoßenen. Auf diese Weise konnten die Waisenkinder und Menschen wie Agnes über Wasser gehalten werden.

Von allen Unterstädtlern hatte Finn vor allem sie ins Herz geschlossen. Auch wenn sie sich nicht mitteilen konnte, so kümmerte sie sich rührend um ihn, kochte für ihn, schnitt seinen Bart und wusch seine Sachen, damit er sich weiterhin als Edelmann ausgeben konnte. Deswegen hatte Finn beschlossen, ihr etwas zu schenken, ohne dass es durch die Hände des wachsamen Täuschers ging. In der Kiste seines ersten Fundes hatte er ein schlichtes silbernes Diadem gefunden, das vermutlich, wie der übrige Schmuck, einmal einer adeligen Dame gehört hatte.

Das wollte er ihr geben, damit sie etwas hatte, das sie behalten, verkaufen oder verschenken konnte – damit sie nicht nur von dem Wohlwollen anderer abhängig war.

Zwischen all dem Gerümpel – von dem das meiste unnütz war, aber wer war er schon, das zu beurteilen? – schien sie eigenartig zufrieden mit dem Leben, das sie in Armut und ewigem Schweigen führte. Ihre Bewegungen waren bedächtig, als müsste sie erst überlegen, ehe sie ihren Arm hob oder einen Fuß vor den anderen setzte. Manchmal bewegte sie die Lippen, als versuchte sie sich zu erinnern, wie Sprechen und Singen funktionierten. Zunächst hatte Finn geglaubt, man hätte ihr die Zunge herausgeschnitten, aber sie besaß ihre Zunge noch, nur die Worte fehlten ihr. Kleine Gesten verrieten, dass sie das nicht unberührt ließ: Finger, die sich krümmten, eine steile Falte auf der Stirn, der traurige Zug um ihren Mund. Es gab Situationen, in denen sie das Bedürfnis zu haben schien, etwas sagen, sich irgendwie mitteilen zu wollen. Aber diese Situationen gingen vorüber. Meistens zuckte sie dann mit den Schultern und wandte sich der Tätigkeit zu, mit der sie gerade beschäftigt war, als wäre nichts gewesen. Es war, als wäre sie immer auf der Suche nach etwas, und kurz bevor sie es zu fassen bekam, entglitt es ihr wieder.

Finn wartete bis nach dem Abendessen. Als alle Kinder in ihre Betten gekrochen und alle anderen zu ihren Missionen oder nächtlichen Beschäftigungen ausgeschwärmt waren, gesellte er sich zu Agnes. Er half ihr, das Geschirr im Strom des kleinen Baches zu säubern, während das Diadem in der Innentasche seines Hemdes steckte. Bevor er nach einem Teller greifen konnte, schüttelte sie den Kopf und legte ihre Hand auf seinen Arm. Er verstand nicht gleich, was sie wollte, aber da begann sie bereits, ihre Ärmel hochzukrempeln, damit sie nicht mit Wasser und Dreck in Berührung kamen. Endlich begriff er: Er sollte es ihr gleichtun, denn er durfte seine kostbare Kleidung nicht beschmutzen, da sie nicht leicht zu beschaffen war.

Eine Weile arbeiteten sie schweigend nebeneinander, auch wenn der Schatzsucher mit seiner verkrüppelten Hand deutlich länger brauchte als Agnes. Dann begann Finn von seinem Tag zu erzählen. Niemandem sonst konnte er von den Eindrücken berichten, die er von dieser wunderlichen Stadt gewonnen hatte. Minna war weit fort, sie wurde von der ganzen Stadt bejubelt, und er gönnte ihr diesen Erfolg. Trotzdem gab es da diesen Neid, den er wie einen Nadelstich spürte. Hatte sie diesen Erfolg nicht auch ihm zu verdanken? Hatte er sie nicht in die Stadt gebracht? Hatte sie ihn vergessen, ihn, den Taugenichts und erfolglosen Schatzsucher, weil sie nun etwas Besseres war? Oder aus welchem Grunde sonst hatte sie Schwarzklaue nicht zu ihm geschickt?

Schwarzklaue war der größte Verlust, wie ein Loch, das in seinem Herzen klaffte. Über einen langen Zeitraum war das Tier sein einziger wirklicher Gefährte und Freund gewesen. Er hatte nicht gedacht, dass sie so lange getrennt sein würden, als er ihn der Dichterin überlassen hatte. *Wollte* der Vogel vielleicht sogar lieber bei Minna bleiben und nicht zu ihm zurückkehren? Agnes war also die einzige Person, die einer Vertrauten nahekam, und vielleicht, dachte er bitter, war sie es auch nur, weil sie niemandem von seinen Schwächen erzählen konnte.

Er wartete, bis sie die Arbeit beendet hatten. Ihm war bereits aufgefallen, dass es ihr wichtig war, täglich einem immer gleichen Ablauf zu folgen. Struktur, Ordnung, Alltag: Das brachte ihr Ruhe. Obwohl die meisten entweder schliefen oder auf Beutezug waren, achtete er sorgsam darauf, dass niemand in ihrer Höhlennische war, als sie dorthin zurückkehrten.

Agnes räumte das Geschirr in ein provisorisches Holzregal. Finn zog das Diadem aus seiner Hemdtasche. Klein und zierlich lag es auf seiner Handfläche. Er hatte es mit einem Tuch poliert, bis die Staubschicht und die Patina auf dem Silber verschwunden waren.

»Agnes?« Er wartete, bis sie sich umdrehte. Wie so oft lag ein Lächeln auf ihrem Gesicht, das mehr ausdrückte, als andere es mit Worten taten.

»Sieh mal. Ich habe etwas für dich. Als ich es gefunden habe, musste ich gleich an dich denken.« Er kam langsam zu ihr, ganz ruhig und bedächtig, weil die ältere Frau manchmal zusammenzuckte, wenn man sich ihr zu hastig näherte oder wenn sie nicht mit einer Bewegung und plötzlicher Nähe rechnete. Man musste sie mit Samthandschuhen anfassen, und Finn fragte sich manchmal, was sie wohl Grässliches erlebt hatte.

Aber die Unterstädtler hatten alle ihr Päckchen zu tragen, der eine ganz offen und der andere verborgen.

Agnes' Blick war neugierig. Der Schatzsucher hob seine Hand, damit sie das Diadem im Schein des dämmrigen Lichts besser betrachten konnte. Und da, wo er ein Lächeln erwartet hatte, begegnete ihm eine Dunkelheit, die ihn erschrecken ließ. Agnes wich zurück. Sie starrte auf seine Hand, als hielte er eine Schlange darin, kein Schmuckstück, das als Geschenk gedacht war.

Nach einigen Schreckenssekunden hob sie den Blick und sah ihn direkt an. Sie schien sich gefangen zu haben, schüttelte aber energisch, fast schon drängend den Kopf und deutete mit den Händen auf das Diadem. Verzweifelt versuchte sie, mit dem Mund Worte zu formen. Einige sinnlose Laute entwichen ihren Lippen. Dieser Umstand machte sie wütend, denn ganz offenbar *wollte* sie ihm etwas mitteilen, wollte ihre Abneigung irgendwie in Worte fassen. Als säßen die Gedanken in ihrem Kopf, ohne sich einen Weg nach draußen bahnen zu können.

Mit der Hand deutete sie ein weiteres Mal auf das Diadem, dann auf ihren Mund.

»Ich verstehe«, sagte Finn, so sanft er konnte. »Du möchtest mir etwas sagen, kannst es aber nicht. Das ist in Ordnung, Agnes. Verzeih mir, wenn ich dich in irgendeiner Form gekränkt habe. Das war nicht meine Absicht.«

Doch Agnes schüttelte erneut den Kopf. Wieder zeigte sie auf den Schmuck, dann nahm sie ihn Finn zu seiner Überraschung aus den Händen. Mit einer vor Abscheu verzogenen Grimasse und spitzen Fingern setzte sie sich das Silberstück auf den Kopf. Danach legte sie ihre Hände an den Rock und hob ihn mit feierlicher Miene an, ehe sie ein paar anmutige Schritte durch den Raum machte und schließlich vor Finn knickste.

Finn versuchte zu verstehen. »Meinst du, das Diadem hat einer Edelfrau gehört? Das mag sein. Ich habe es gefunden. Ich schwöre, dass es nicht gestohlen ist.«

Agnes gab ein verächtliches Schnauben von sich. Sie hob die Arme und wies mit einer ausholenden Armbewegung nach oben, ehe sie ihre Hand auf ihren Brustkorb legte. Finn zerbrach sich den Kopf.

»Meinst du die Stadt?«

Agnes nickte.

»Die Stadt ist … in deinem Herzen?«

Kopfschütteln. Schnauben.

»Sie gehört dir?«

Ein halbherziges Nicken, ein Tippen gegen das Diadem.

Finns Gesicht erhellte sich. »Die Königin?«

Agnes' Miene verfinsterte sich, trotzdem nickte sie.

»Glaubst du, dass das Diadem ihr gehört?« Ein skeptischer Ton hatte sich in Finns Stimme geschlichen. Ihm wäre es lieber, wenn sein erster Schatz anonym blieb. Er wollte von seinem Besitzer nichts wissen, weil er ihn behalten wollte, und das konnte er nicht, wenn er den rechtmäßigen Eigentümer kannte. Dann wäre er der Grenze zum Dieb schon wieder zu nahe, und er wollte doch, dass sich sein Ruf auf andere Weise verbreitete. Er wollte, dass seinem Vater zu Ohren kam, dass es in Fernab einen Schatzsucher gab. Einen Schatzsucher namens Finn Minengräber, der mit nur einer Hand alles finden konnte.

Agnes aber gab ein leises Wimmern von sich. Sie näherte sich Finn, in der zitternden Hand das Diadem umklammernd, das sie sich aus dem grau gesträhnten Haar gezogen hatte. Er nahm es an sich, denn es war offensichtlich, dass sie es unter keinen Umständen haben wollte.

Doch es war mehr als das. Mehr als die Vermutung, die er in den Raum gestellt hatte. Immer wieder schüttelte Agnes den Kopf, als wäre es wichtig, dass er begriff, dass er wirklich verstand, was in ihr vorging, dass es gewaltig und überwältigend war.

Sie trat ganz nahe an ihn heran, ihre Finger gruben sich in den Stoff seines Hemdes. Ihre Kuppen berührten das Diadem, das er festhielt, bevor sie ihre Hand unendlich langsam zu ihrem Gesicht hob, als wäre sie schwer wie der Felsen, der sie beide umgab. Zwei Tränen lösten sich aus ihren Augenwinkeln, als ihr Zeigefinger auf ihren Lippen zum Erliegen kam.

In Finn arbeitete es. Seine Gedanken rasten und drehten sich im Kreis und weigerten sich, die aufkeimende Erkenntnis wirklich als solche anzunehmen.

»Die Königin … Hat sie dir das angetan?«

Heftiges Nicken.

»Ist sie schuld daran, dass du nicht sprechen kannst?«

Ein zustimmender Laut kam rau aus ihrer Kehle.

Ihm wurde heiß und kalt zugleich. Seine Stimme wurde eindringlich. »Ist die Königin gefährlich, Agnes?«

»Offenbar ist der Zeitpunkt gekommen, an dem du von einigen dunklen Geheimnissen erfährst, Schatzsucher.« Der

Täuscher war genauso lautlos aufgetaucht wie bei ihrem ersten Aufeinandertreffen.

»In gewisser Hinsicht habe ich dir einen so feinen Instinkt gar nicht zugetraut.« Leif beachtete ihn gar nicht, sondern legte einen Arm um Agnes' Schultern, zog sie an sich und streichelte beruhigend über ihren Rücken, während er Finn einen drohend kühlen Blick schenkte.

»Herzlichen Glückwunsch, Schatzsucher. Du bist soeben auf das gestoßen, was wir *Kabinett der Grausamkeiten* nennen. Und wenn ich mit meiner Vermutung richtigliege, hat die Königin bereits ein neues Opfer. Die Gewinnerin des Dichterwettstreits.«

35.
Valerian

Ein Moment königlicher Abwesenheit

Der erste Abend war vergangen, und er bedeutete Verlust. Möglicherweise bedeutete er sogar Schlimmeres.

Treffen wir uns nach Sonnenuntergang am Gasthaus Zum fliegenden Pinsel.

Mehr nicht, keine Unterschrift, keinen Namen. Keinen Hinweis auf seine eigene Identität.

Offenbar war der Vogel erfolglos gewesen und hatte seinen Besitzer noch nicht finden können. Oder aber er hatte es getan, und der Schatzsucher wagte sich nicht aus seinem Versteck, weil er eine Falle witterte. Beides war denkbar, und vermutlich hätte der Gabensucher selbst nicht anders gehandelt. So aber verfluchte er das Misslingen seines Vorhabens, als er im Schutz der Dunkelheit zum Schloss zurückkehrte. Jeder Tag, den Valerian ohne Verbündete von außen vergeudete, war ein verlorener Tag und brachte Minna Fabelreich dem Tag näher, an dem sie alles verlieren konnte, was sie ausmachte und was auf eine Weise schlimmer als der Tod sein mochte.

Normalerweise genoss er es, durch Fernab zu spazieren, wenn auch am Abend oder in der Nacht noch Leben, gemeinsames Musizieren und Lachen gegenwärtig waren, aber nicht heute. Sein Auftrag war offiziell beendet, so hatte er eigentlich keinen Grund mehr, sich außerhalb der Schlossmauern aufzuhalten, obwohl die Königin es ihm nicht ausdrücklich verboten hatte.

Er ließ sich über den See rudern und nahm dann einen Eingang, der direkt in den Dienstbotentrakt führte. Von dort aus nahm er den Weg durch das Schloss zu seinem Turmzimmer, wobei er darauf achtete, niemandem zu begegnen.

Auf dem oberen Treppenabsatz angekommen sah er, dass in seinem Turmzimmer Licht brannte. Das war seltsam, denn der Gabensucher ließ seine Lampen niemals brennen. Jemand musste dort sein.

Und gab es am Ende nicht nur eine Person, die das sein konnte?

Am liebsten hätte Valerian auf dem Absatz kehrtgemacht. Raus hier, nur weg. Er war es müde. So müde, immer gegen den Drang anzukämpfen. Doch er konnte nicht weglaufen. Das war sein Zimmer. Sein einziger Rückzugsort. Wollte sie ihm diesen ebenfalls nehmen, nachdem sie ihm seine Freiheit, seinen Willen und seine Familie geraubt hatte? Was wollte sie noch von ihm? Hatte sie nicht schon längst alles in ihren Klauen?

Bald ist es vorbei.

Vielleicht hatte sie ihre Meinung geändert und suchte ihn deshalb auf. Um Joran und ihn freizulassen. Entschlossen legte er die letzten Schritte zurück. Vor der Tür hielt niemand Wache, was den Gabensucher überraschte. Die Königin war niemals allein unterwegs. Harold und mindestens ein anderer Gardist der königlichen Wache folgten ihr überallhin.

Dieser Umstand ließ ihn misstrauisch werden.

Trotz aller Hoffnung öffnete Valerian die Tür im Schneckentempo. Sein Körper war angespannt, auf Angriff und Flucht zugleich eingestellt.

Auf der Kante seines Bettes saß die Königin. Sie trug lediglich ein schlichtes Kleid in Erdtönen, keine königlichen Gewänder, keinen Schmuck. Ihr Haar war schon für die Nachtruhe geflochten. Sie war allein, und neben ihr auf dem zerwühlten Laken, dem Beweis seiner schlaflosen, zermarternden Nächte, lag das Geschichtenbuch der Dichterin aufgeschlagen. Die Königin schien bis zu seinem Eintreffen darin gelesen zu haben.

Sie wirkte seltsam entspannt, als hätten sich ihre Gedanken bei der Lektüre des Buches in Geschichten verloren.

Sie sah so zerbrechlich aus, dass es Valerian für einen Moment den Atem raubte. Wüsste er nicht, wozu sie fähig war, so würde er all den Gruselgeschichten über sie keinen Glauben schenken. Aber sie war kein anderer Mensch, nur weil sie ihre Königswürde ablegte.

»Was machst du hier?«, fragte er herrisch.

Die Königin zog ob seiner unangemessenen Anrede die Augenbraue hoch, doch sie schalt ihn nicht.

»Lesen.«

Er wusste nicht, was er tun sollte, ob er näher kommen oder sich besser an die Wand drücken sollte, um einen möglichst großen Abstand zu ihr zu halten. Ihr Geruch hing in dem kleinen Zimmer und hüllte alles ein, als wollte sie damit auch seine letzte Zuflucht vergiften.

Valerian musterte sie wachsam. So unschuldig sie sich gab, er wusste, dass sie nur aus Berechnung hier war.

»Was willst du hier?«, fragte er mit noch härterem Tonfall, als könnte er eine Antwort durch die Gewalt seiner Worte erzwingen.

»Ich wollte dich sehen, Valerian.«

»Nenn mich nicht so.« Sein Name auf ihren Lippen, das durfte nicht sein, das widersprach ihrer stillschweigenden Abmachung aus gegenseitiger verpflichtender Abhängigkeit und der Abscheu, die sie gewissenhaft pflegten. Sie waren nicht mehr Valerian und Malwine. Das war in einem anderen Leben gewesen, das war schon lange her, eine Ewigkeit, die in Tagen vielleicht keine war, im Herzen allerdings schon.

Die Königin schüttelte den Kopf. »Ich nenne dich, wie ich will. Und warum ich hier bin? Das ist ganz einfach: Warum ist das Buch der Dichterin hier?«

Da war sie also, die Frage, die ihm das Genick brechen konnte. Und vielleicht wäre er daran sogar selbst schuld, denn welcher Dummkopf bewahrte den Beweis seines Verrates in den eigenen vier Wänden auf? Jemand, der gefunden werden wollte? Jemand, der von seinem Gewissen geplagt wurde?

Trotzdem hob er das Kinn und starrte sie herausfordernd an. »Ich bewahre mir von ihnen allen ein Andenken auf, das weißt du.« Er machte eine ausladende Armbewegung, die die Regale ringsum einschloss.

»Minna hatte dieses Buch nicht bei sich, als sie gefangen genommen wurde.«

Valerian neigte den Kopf. Er ließ sich nicht einschüchtern. Nicht mehr. »In dieser Stadt verschwinden jeden Tag Dinge und tauchen an einem anderen Ort wieder auf.«

Ein Lachen folgte auf seine Antwort. Ein trockenes Lachen ohne Freude und ohne Wärme, wo es früher voller Farben gewesen war.

»Du willst mir also ernsthaft sagen, der Verschwindefluch trägt die Verantwortung dafür?«

Valerian zuckte mit den Schultern.

»Die Wahrscheinlichkeit wäre äußerst gering, stimmst du mir zu?«

»Es gibt die eigenartigsten Zufälle. Du hier in meinem Zimmer. Das ist ein weiterer.«

»Valerian, das ist kein Zufall.« Ihre Stimme war leise geworden, fast so, als plagte sie dieselbe Müdigkeit wie ihn. »Das ist Macht.«

Bei ihrer Arroganz verlor er die Fassung. Dieser Mangel an Mitgefühl, dieser Mangel an … *Malwine*, das wollte ihn durchdrehen lassen. Sein Herz klopfte wild. Das war die Gelegenheit. Er und sie. Sie beide. Hier. Allein. Keine Wachen weit und breit.

War sie wahnsinnig, dieses Risiko einzugehen? Oder tat sie es sogar ganz bewusst?

»Wenn du mir auch nur ein Haar krümmst, werden sie die Schleusen öffnen«, sagte sie. »Sie sitzen direkt am Hebel. Man muss ihn nur umlegen.«

»Du drohst mir schon so lange damit. Aber ziehst du es wirklich durch?«, raunte er heiser. Er konnte sich kaum konzentrieren. Alles, was er sah, war die Gelegenheit, *seine* Gelegenheit.

»Willst du das Risiko eingehen, dass ich die Schleusen des Labyrinths öffnen lasse und sich Wassermassen über deinen Bruder ergießen?«, fragte sie leise. Ohne den Blick von ihm abzuwenden, erhob sie sich und ging zum Fenster. »Das ist meine letzte Warnung, Valerian. Die letzte Gnade, die ich dir gewähre. Denke daran, dass da draußen überall Leute sind, die mir über jeden deiner Atemzüge berichten. Die mir ganz genau sagen, was du tust, wohin du gehst und mit wem du sprichst. Und ich gebe dir noch einen Rat: Höre auf, mich hintergehen zu wollen. Glaubst du, ich ahne nicht, dass du einen Verrat planst?«

Valerian fühlte sich so überwältigt von seiner unterdrückten Wut, dass er fürchtete, mit der nächsten Bewegung etwas Schreckliches zu tun. Ein Verbrechen, das das seines Bruders noch übertreffen würde. Und gleichzeitig fragte er sich, ob er jemals Hand an sie legen könnte, selbst wenn sie beide ganz allein in einer Wüste stünden und niemand sie beschützen würde.

Geh endlich. Und komm niemals zurück.

»Verschwinde«, zischte er zwischen zusammengebissenen Zähnen hervor. Seine Hände zitterten. »Verschwinde auf der Stelle.«

Für den Bruchteil einer Sekunde glaubte er, Trauer in ihren grünen Augen zu erkennen. Trauer über die ausweglose Situation, in die *sie* sie beide manövriert hatte. Vielleicht auch Zorn darüber, dass sie nicht vollständig die Kontrolle halten konnte, weder über ihn noch über sich selbst. Und vielleicht war da noch mehr. Altes. Vergangenes. Geträumtes. Zerbrochenes. Hoffnung, die sofort wieder erlosch, weil sie jedes Mal im Keim erstickt wurde.

Doch zu seiner großen Überraschung tat sie etwas, mit dem er nicht gerechnet hatte: Sie gehorchte ihm. Sie gehorchte *sei-*

nem Befehl, als hätte sie Stolz und Besessenheit mit ihrem königlichen Umhang abgelegt.

An der Tür drehte sie sich noch einmal um. Er bemerkte erst jetzt, dass ihre Füße nackt waren. Sie lief barfuß durch das Schloss. Sie, die Königin, zeigte Verletzlichkeit. Diese Tatsache erschütterte ihn bis ins Mark.

»Gute Nacht, Gabensucher.« Ihre Stimme war kühl wie ein Regenschauer.

Und Valerian wusste, dass ihr kurzer gemeinsamer Ausflug in die Vergangenheit vorbei war.

Sie waren wieder, was ihre Bestimmung hergab.

Sie waren Königin und Gabensucher.

36.
Minna

Die Magie der Bibliothek

Es war ein seltsames Gefühl, zu leben, wenn man wusste, dass einem nur noch eine begrenzte Zeit gegeben war. Es war, als befände sich plötzlich eine Wand aus Glas zwischen der Welt und einem selbst, die alles Fühlen, jedes Geräusch, jeden Windstoß abfederte, aber gleichzeitig war alles so intensiv, weil man nicht wusste, ob es jetzt gerade *zum letzten Mal* war.

Über Nacht hatte Minna sich, ohnmächtig vor Wut und Hilflosigkeit, in ihrem Zimmer verbarrikadiert und alle Riegel vorgeschoben, auch wenn sie wusste, dass man die Tür notfalls aufbrechen konnte, um sie herauszuholen.

Eine Magie, die Euch schon bald töten wird.

Was genau hatte Galvan damit gemeint? Und wäre es nicht gerecht gewesen, all ihre Fragen zu beantworten, wenn man sie schon mit dem Tod bedrohte oder … womit auch immer? Galvans Andeutungen hatten ihr nicht sehr viel weitergeholfen.

Diese Gedanken hatten Minna den Schlaf geraubt, sodass sie am nächsten Morgen müde und erschöpft war, als eine Bedienstete an der Tür klopfte und ihr höflich erklärte, dass man ihr Frühstück in der Bibliothek bereitgestellt hatte. Danach, führte sie weiter aus, würde man sie gern in die königliche Therme für ein wärmendes Bad bringen.

Minna zog sich an und wusch sich mit dem parfümierten Wasser, das nach den Rosen aus dem Garten roch und das sie unter anderen Umständen vielleicht als wohltuend empfunden hätte. Da sie Hunger und Durst hatte, begab sie sich auf den Weg in die Bibliothek.

Zu ihrer Erleichterung hatte man den Esstisch, an dem sie mit der Königin gespeist hatte, fortgeschafft und ihr stattdessen auf der Empore einen Stuhl an einem kleinen Tisch bereitgestellt, der mit Brot, Käse und Obst sowie warmer Milch mit Honig gedeckt war. Minna machte sich hungrig darüber her, denn in der Kerkerzelle hatte sie so gut wie nichts zu sich genommen.

»Lasst es Euch schmecken, Dichterin«, sagte eine weibliche Stimme neben ihr ruhig.

Beinahe wäre Minna das Stück Käse aus der Hand gefallen, von dem sie gerade abbeißen wollte.

Da war sie. Die Königin. Hier bei ihr. *Einfach so.*

Sie stand an einem Regal in der Nähe des Tisches und hielt einen kleinen Bücherstapel auf dem Arm. Anderen hätte es in einer solchen Situation möglicherweise die Sprache verschlagen.

Nicht der Dichterin. »Euch hätte ich am allerwenigsten hier erwartet«, sagte sie. Bewusst ließ sie die förmliche Anrede weg. Oder den respektvollen, demütigen Tonfall, der ihr vor zwei Tagen noch auf der Zunge gelegen hatte. Die Königin hatte ihren Respekt verloren, denn Respekt war immer ein Weg, der in beide Richtungen führen musste.

»Ihr hättet mich am allerwenigsten an dem Ort erwartet, an dem ich mich am meisten aufhalte?«, fragte die Königin belustigt.

Minna zuckte mit den Schultern. »Das hat mir Euer Hofdichter nicht verraten.«

»Wenn es Euch beruhigt: Er hat mir ebenfalls nicht verraten, dass er Euch freien Zugang zur Bibliothek gewährt hat.«

Minna lehnte sich zurück. Erst jetzt fiel ihr auf, dass man ihr Frühstück bereits vorgeschnitten hatte und es kein Besteck gab, das sie als Waffe nutzen konnte. Das wunderte sie nicht. Wer traute schon einer Gefangenen, die nichts zu verlieren hatte?

»Sicher liegt es in Eurer Macht, diese Erlaubnis rückgängig zu machen.«

»Sicher«, bestätigte die Königin und zog ungerührt ein weiteres Buch aus dem Regal, um es auf den Stapel auf ihrem Arm zu legen. »Vielleicht tue ich das, wenn Ihr mich stört. Aber im Augenblick könnt Ihr in Ruhe speisen. Ich bin keine schlechte Gastgeberin, die jemanden während des Essens unterbricht.«

Der Zugang zur königlichen Bibliothek ist natürlich ein gerechter Austausch gegen ein Leben.

Minna öffnete den Mund, um eine spitze Bemerkung über die Gastgeberfähigkeiten der Königin zu äußern, als diese ihr einen warnenden Blick schenkte.

»… außer Ihr *möchtet*, dass man Euch dieses Privileg entzieht?«

Minna biss ein Stück Brot ab. Nach zwei Tagen Hunger schmeckte es köstlich, wobei ihr vermutlich sogar trockene Kanten wie ein Festmahl vorgekommen wären. Außerdem gab es ihr eine Ausflucht, nicht antworten zu müssen. Natürlich wollte sie nicht, dass man ihr die Bibliothek verbot. Sie war alles, was sie jetzt noch hatte.

Die Königin wandte den Blick ab und legte die Bücher auf dem Treppenabsatz ab. Als Minna sie schließlich verstohlen musterte, wurde ihre Miene wieder freundlicher. Der Umgang mit Büchern schien etwas Ruhe in die rastlos wirkende Königin zu bringen.

»Nun, wenn Ihr schon hier seid: Könnt Ihr mir eine gute Lektüre empfehlen, Dichterin?«

»Das hängt ganz von Eurem Geschmack ab, Eure Majestät. Ist er sehr blutig?«, erkundigte Minna sich betont höflich.

Die Königin überhörte diese ironische Bemerkung. »Ich bevorzuge Biografien historischer Persönlichkeiten oder naturwissenschaftliche Abhandlungen.«

»Das klingt recht nüchtern, Eure Majestät. Liegen Euch Romane nicht, die zu Herzen gehen?«

»Ich würde es zumindest nicht offen zugeben.« Ein kleines Lächeln umspielte den Mund der Königin.

»Nun, in diesem Fall kann ich Euch zu *Das untadelige Leben der Helga Faltenrock* raten. Es ist ein moderner, komödiantischer Roman über eine mütterliche Dame, die es sich in den Kopf gesetzt hat, auf ihre älteren Tage noch die Position einer Mätresse des Königs zu ergattern.«

»Zu zeitgenössischen Romanen komme ich in der Tat gar nicht. Ein interessanter Vorschlag.« Die Königin wirkte jedoch ganz und gar unbeeindruckt und machte keine Anstalten, auf die Suche nach diesem Roman zu gehen.

Minna kam noch etwas anderes in den Sinn. »Da Ihr eine Vorliebe für interessante historische Persönlichkeiten hegt, kann ich Euch noch die fesselnden Memoiren von Rosa Weltenkundlerin ans Herz legen, die mit einer Horde Piraten losgezogen ist, um die Welt zu vermessen und eine der ersten Karten unserer Lande gezeichnet hat, an der man sich noch heute orientiert. Eine bemerkenswerte Frau.«

Nun zeichnete sich ein Lächeln auf dem Gesicht der Königin ab. »Das ist sie, da stimme ich Euch uneingeschränkt zu. Ich wünschte, es würden mehr solcher Geschichten niedergeschrieben. Von den Frauen dieser Welt. Ich bin sicher, es gibt diese Geschichten, sie werden nur nicht niedergeschrieben. Oder nicht in der Form und mit der Ehre, die ihnen gebührt.«

Die Königin zog die Leiter, die an einem Bücherregal lehnte, näher zu Minnas Tisch, um direkt neben ihr ein paar Sprossen zu erklimmen und in der oberen Reihe nach einem Buch zu greifen. Minna erkannte den Schriftzug, als die Königin ihr den Buchrücken entgegenhielt.

Vom Finden einer Welt – oder mehreren. Die Memoiren von Rosa Weltenkundlerin.

»Warum wollt Ihr dann Ratschläge von mir, wenn Ihr Euch doch bereits bestens selbst auskennt?«

Die Königin stellte das in Leder eingebundene Buch wieder

an seinen Platz zurück. Dabei war sie so vorsichtig, als hielte sie ein Neugeborenes in der Hand, und sie antwortete erst, als das Buch sicher zwischen den anderen stand. Mit wenigen federnden Schritten kletterte sie die Leiter herab.

»Weil ich keine Dichterin bin. So einfach ist das. Das ist übrigens auch die Antwort auf Eure Fragen, die Euch sicherlich nicht ausreichend erscheinen wird.« Der Tonfall der Königin hatte etwas von der bisherigen Leichtigkeit verloren, und da erst wurde Minna bewusst, mit *wem* sie sprach. Und *worüber*.

Welch folgenschwere Themen doch unausgesprochen zwischen ihnen standen und wie banal ihre Worte im Vergleich dazu waren. Sofort kehrte die Wut zurück. Sie sollte nicht auf die Königin zugehen, ihr nicht das Gefühl geben, dass es schon in Ordnung war, Verbrechen zu begehen.

»Was meint Ihr damit?«, fragte Minna tonlos.

»Ich meine«, antwortete die Königin, »dass man manchmal der einzige Mensch auf dieser Welt ist, der weiß, was zu tun ist, und es niemand sonst versteht. Das kann eine einsame, lästige Angelegenheit sein. Glaubt Ihr, Rosa Weltenkundlerin war eine einsame Frau?«

Tausend Gedanken schossen Minna durch den Kopf. Sie hatte das Gefühl, dass die Königin einerseits absichtlich in Rätseln sprach, ihr andererseits trotzdem etwas mitteilen wollte. Aber was?

»Jeder ist einsam, wenn er allein an Dinge glaubt, an die zuvor niemand anderes geglaubt hat«, antwortete sie zögerlich.

Die Königin nickte. »Das, Minna Fabelreich, ist mein Leben. Auch ich bin eine Forscherin. Eine Entdeckerin auf der Suche nach etwas Gewaltigem, das alles für Phantopien zum Besseren wenden kann. Natürlich versteht Ihr es nicht, zumindest jetzt nicht, aber andere Menschen werden es verstehen. Irgendwann, wenn sie zurückblicken, wenn sie das große Ganze sehen. Nur das zählt am Ende. Das große Ganze.«

Minna schluckte. Ihr Hals war trocken. »Und für dieses große Ganze muss ich sterben?«

Die Königin kehrte zu ihrem Bücherstapel zurück. Sie hob ihn vom Boden auf und drückte ihn an ihre Brust, als könnte sie sich daran festhalten. »Vielleicht. Ich weiß es nicht. Ich weiß nicht, ob ein Mensch ohne das überleben kann, was einen Großteil seines Wesens ausmacht. Ihr seid etwas Besonderes, Dichterin. Genau das brauche ich für meine Forschung.«

»Aber warum weiht Ihr mich nicht ein? Habe ich das nicht verdient?«

Das Lächeln der Königin wurde kühl. »Ihr verdient, was immer ich entscheide. Vergesst nicht, dass ich Eure Königin bin.«

Minna dachte an all die Ortschaften, die sie in den letzten Jahren bereist hatte. An die um sich greifende Armut. An die Gleichgültigkeit, die die Menschen für das Geschehen außerhalb ihres kleinen Dorfes empfanden. An Menschen, die alle Hoffnung verloren hatten und somit auch den Glauben an die Künste, weil beides Hand in Hand ging.

»Das seid Ihr, Eure Majestät. Aber – und vergebt mir, wenn ich mir erlaube, künftig angesichts meines drohenden Schicksals kein Blatt mehr vor den Mund zu nehmen – Ihr seid eine unsichtbare Königin, die sich meistens in einer unsichtbaren Stadt verbirgt. Da draußen, in den Augen des einfachen Volkes, seid Ihr eher eine Legende als eine wahre Königin. Ihr seid kaum mehr als eine Geschichte, Eure Majestät. Eine Geschichte, die man erzählt, aber bald schon wieder vergisst.«

Zorn funkelte in den grünen Katzenaugen der Königin auf. Sicher hörte sie nicht oft solche unverblümten Worte. Als Königin erhielt man mehr Zustimmung als Widerstand. Mit einem Knall legte sie die gesammelten Bücher auf dem kleinen Esstisch ab. Beinahe wäre Minna zusammengezuckt. Beinahe.

Die Königin beugte sich zu ihr hinunter, bis ihr Gesicht ganz nahe war. »Wusstet Ihr, dass Fernab noch immer in Magie getaucht ist, auch wenn man selbige nicht auf den ersten Blick zu sehen vermag?«

Ein süßlicher Geruch stieg Minna in die Nase. Ein Geruch, der so gar nicht zur Königin zu passen schien. »Ja«, antwortete sie leise. Sie bemühte sich, dem stählernen Blick der Königin nicht auszuweichen. Doch das war nicht leicht. Die Königin war eine würdige Gegnerin und ihre Stärke nicht allein ihrem Geburtsrecht geschuldet. Da lag so viel in diesem Blick: Ein dunkler, so dunkler Abgrund und das Wissen, dass sie sich aus diesem nicht mehr retten konnte. Das Wissen, dass sie zu allen Waffen greifen konnte, weil sie nichts mehr zu verlieren hatte.

»Weil Ihr Geschichten darüber gehört habt, nehme ich an?«

Wieder bejahte Minna. Sie wäre gern zurückgewichen. Die Königin bedrängte sie. Sie mochte so viel Nähe nicht, sie war Freiheit und Raum gewohnt. Und plötzlich wurde ihr bewusst, dass sie all das nie wieder bekommen würde.

»Ich sage Euch etwas.« Eine Falte erschien auf der Stirn der Königin. »Ganz viel Magie entstammt dieser Bibliothek, vielleicht sogar auf eine kluge Art die größte Magie. Viele dieser Bücher sind keine normalen Bücher.«

Minnas Körper kribbelte vor Anspannung. Wovon sprach die Königin? Über … magische Bücher?

»Die meisten Bücher sind von Menschenhand geschrieben worden. Einige … eben nicht. Sie wurden von Magie geschrieben, und sie erzählen von der Wahrheit. Von den Geschichten der Menschen, die hier in Fernab leben. Sie erzählen diese Geschichten unverfälscht und genau so, wie sie sich zugetragen haben und wie sie sich im nächsten Augenblick zutragen werden. Wann immer wir eines dieser Bücher aufschlagen … Es endet genau *jetzt*, in diesem Augenblick.«

»Das ist faszinierend«, sagte Minna leise, und obwohl die Königin noch immer bedrohlich über ihr ragte, so war sie dennoch von dieser Erkenntnis beeindruckt. Sie berührte ihre Liebe zu Geschichten, gab ihr so viel Raum für neues Wissen und unendliche Möglichkeiten. Am liebsten wäre sie sofort aufgesprungen, um nach solchen Büchern zu suchen, würde die Königin ihr nicht den Weg versperren.

Und die Königin, die für einen kurzen Augenblick zugänglicher geworden war, da sie ihre majestätischen Mauern gesenkt hatte, war nicht gewillt, den Weg freizugeben. *Sie* freizugeben.

»Lasst Euch eins gesagt sein. Niemand in dieser Stadt ist unsichtbar, Dichterin. Man muss nur tief genug graben, um jede einzelne Geschichte zu finden. Und wenn ich etwas beherrsche, dann ist es die Kunst zu graben.«

Die Dichterin wandte den Blick von der Königin ab, weil sie die Härte darin nicht länger bezwingen wollte. Dabei fiel ihr der Titel des obersten Buches ins Auge, das auf dem Stapel lag, den die Königin zusammengestellt hatte. Und der trieb ihr die Luft aus den Lungen, bis sie das Gefühl hatte, nie wieder atmen zu können.

Minna Fabelreich – Vom kurzen Leben einer Dichterin, die einen großen Wettstreit gewann

»Speist in aller Ruhe, Dichterin. Später wird eine Siegesfeier zu Euren Ehren stattfinden, und dafür solltet Ihr bei Kräften sein.«

37.
Valerian

Über das Gabensuchen

In dieser Nacht lag etwas Besonderes in der Luft. Etwas, das den Instinkt des Gabensuchers leise schwingen ließ, als hätte er die Saite einer Harfe sanft angeschwungen. Dieses Gefühl verursachte Wärme in Valerians Innerem, gleichzeitig aber auch Einsamkeit, weil er es mit niemandem teilen konnte.

Vor langer Zeit einmal hatte es viele Gabensucher in Phantopien gegeben. Man könnte sogar sagen, dass jene Menschen mit dieser Fähigkeit kaum weniger angesehen waren als die Königinnen und Könige des Landes. Das Gabensuchen war eine hohe Kunst, die jede Frau und jeder Mann, jedes Kind und jeder Greis verehrt hatte. Die Gabensucher waren sogar noch bedeutsamer als die Magiebändiger, welche die Magie Phantopiens in geordnete Bahnen lenkten, denn ohne Gaben gab es keine Magie und ohne Magie war Phantopien nur ein Land wie jedes andere.

Vor langer Zeit war die Magie viel gegenwärtiger gewesen, als sie es heute war. Überall in Phantopien hatte sie gesprüht und gefunkelt, und jeder Atemzug war von ihr durchdrungen gewesen. Man war von ihr umhüllt, wohin man gegangen war. Um all diese Magie am Leben zu erhalten, waren viele Gabensucher ausgebildet worden, die den Kreislauf der Magie, die sich aus Künstlern und Menschen mit außergewöhnlichen Fähigkeiten erschloss, am Leben erhalten sollten. Einige Jahrhunderte war ihnen dies gelungen, und sie hatten magische Geschichte geschrieben, bevor das Zeitalter des abnehmenden Zaubers das Ende eines blühenden Phantopiens eingeläutet hatte.

Irgendwann – und über den genauen Zeitpunkt stritten sich die Chronisten im Turm der Zeiten im Norden des Landes noch heute – aber hatte sich etwas Grundlegendes geändert. Die Magie verschwand nach und nach und mit ihr auch ihre Bändiger und die Gabensucher. Die Mentalität der Phantopier veränderte sich, ihr Verhältnis zu den Künsten wurde kühler. Man hatte keine Zeit mehr für so etwas, man wollte mehr wie die anderen Länder sein: fortschrittlicher, weiter, mechanischer, höher. Man wollte *mehr*, ohne dieses *Mehr* genau benennen zu können.

Valerian war nun der letzte Gabensucher. Die beiden anderen, die während der Herrschaft der vorigen Königin in deren Dienst gestanden hatten, waren vor ein paar Jahren verstorben, und er war als Einziger nachgerückt, auch wenn seine Ausbildung noch nicht vollendet gewesen war. Seine Gabe war so schwach ausgeprägt, dass man sie erst bemerkt hatte, als er bereits Gardist geworden war. Das und die Tatsache, dass es neben ihm keinen weiteren gab, zeigte, wie schlecht es um die Magie in Phantopien bestellt war. Sollte die Magie eines Tages gänzlich versiegen, so würde er als Letzter seiner Dynastie sterben, und niemand würde seine Nachfolge antreten.

Der Gabensucher atmete die klare Nachtluft ein. Er war schon eine Weile unterwegs, hatte den Treffpunkt aufgesucht und ihn wieder verlassen, als zur vereinbarten Zeit niemand aufgetaucht war. In seinem Körper hatte sich ein leises Surren eingestellt. Dieses Surren war ihm so vertraut wie jeder Muskel und jeder Knochen. Es war die Art und Weise, wie seine Gabe sich bemerkbar machte. Seine Gabe, die ihm sagte, dass jemand Besonderes in der Nähe war, jemand, der etwas konnte, wozu andere Menschen wenig oder gar nicht in der Lage waren. Er konnte nicht sagen, um welche Kunstfertigkeit es sich handelte und zu wem sie gehörte, dazu war sie noch zu weit entfernt, aber wenn er es zuließ, wenn er es wirklich wollte, würde sie ihn rufen, und er würde sie finden.

Doch Valerian hatte gelernt, seine Gabe eisern zu kontrollieren. Im letzten Jahr hatte seine Gabe nicht den Zweck erfüllt, zu dem sie diente. Er hatte sie nicht eingesetzt, weil Phantopien sie brauchte, weil die Magie sie brauchte, sondern hatte damit Schaden angerichtet. Und vielleicht erhielt er jetzt seine Strafe dafür. Nicht nur die persönliche Strafe, die ihm seine Familie genommen hatte, sondern auch eine Strafe des Schicksals. Immer öfter hatte er das Gefühl, dass seine Gabe nachließ. Dass das Surren in seinem Kopf schwerfälliger wurde, dass er erhebliche Konzentration aufwenden musste, um es zu orten und die dazugehörige Person zu finden.

Und vielleicht … wäre es gar keine Strafe, sondern ein Segen, sie los zu sein. Möglicherweise konnte er sich nur ganz oder gar nicht von dieser Stadt und ihrer Königin lossagen. Wenn seine Gabe verschwinden würde, wäre er nicht weiter von Nutzen.

Die Sonne war hinter dem Meer untergegangen, aber das Surren hinter seiner Stirn schwoll an. Valerian rieb sich mit den Fingerspitzen über die Schläfen, dann schlug er den Kragen seines Mantels hoch und sah sich verstohlen um. Die Häuser um ihn herum warfen lange Schatten, in den Gassen war es längst dunkel. Irgendwo in dieser Dunkelheit lauerte jemand, der darauf wartete, von ihm gefunden zu werden. Seine Gabe drängte ihn, die Fährte aufzunehmen. Sein Verstand aber wehrte sich dagegen. Seine ihm aufgetragenen Aufgaben für die Königin waren erledigt, die letzte erforderliche Gabe gefunden. Für ihn gab es nichts und niemanden mehr zu finden.

Und doch … Er sollte die Gabe ignorieren, aber es fiel ihm so schwer. Sein Atem beschleunigte sich. So eine ausgeprägte Gabe hatte er selten gespürt. Er kniff die Augen zusammen und spähte in die Dämmerung. Der Gabensucher sperrte sich dagegen, doch gegen diesen animalischen Instinkt kam er nicht an. Er folgte dem Drang, der ihn durch die Straßen trieb. Eine innere Stimme warnte Valerian, diesem Weg zu folgen, denn er führte ins Unglück. Wollte er wirklich einem weiteren Menschen Unheil bringen?

Das Surren in seinem Kopf wurde lauter. Die Gabe nahm Form an, er war nicht mehr weit von der Person entfernt, zu der sie gehörte. Er spürte, wie seine Haut zu brennen begann, auf diese angenehme Weise, als wäre sein Körper in Sonnenlicht getaucht. Seit der Entdeckung von Minna Fabelreich hatte er dieses Gefühl nicht mehr erlebt, und bei seiner Seele, er hatte es so sehr vermisst.

In dieser Gasse brannten keine Lichter. In diesen Häusern wohnten Schauspieler, die um diese Zeit nicht zuhause waren, sondern allesamt auf den Bühnen dieser Stadt, im Theater oder auf offener Straße spielten und probten. Sie machten die Nacht zum Tag, wie es viele Künstler taten.

Valerian kannte die Stadt besser, als jeder Kartenzeichner es vermocht hätte. Er wusste um jede Nische, jeden Winkel, jedes Schlupfloch. Er kannte jedes Loch im Mauerwerk, jede Ritze, in denen geheime Briefe oder kurze Gedichte versteckt wurden. Und er wusste, zwischen welchen Häusereingängen man sich verbergen konnte, wenn man unentdeckt bleiben wollte. Er passierte das Haus des Maksim Maskeraque, eines ausländischen, von der Krone außerordentlich gut bezahlten Schauspielers, der dem Theater am Hofe vorstand. Das Surren wandelte sich allmählich in ein Vibrieren, das in seinen Knochen sang. Wie ein Versprechen lag es in der Dunkelheit. Ein zaghaftes Versprechen, dass seine Gabe gerade jetzt, in diesem Augenblick, noch da war.

Er blieb stehen. Lauschte. Atmete ein. Filterte den Geruch in der Luft, suchte nach einer Note, die ihm unvertraut war. Lauschte wieder. Die Person konnte sich höchstens ein paar Schritte von ihm entfernt aufhalten. Wenn er doch nur durch Mauern und Nacht sehen könnte …

Weiter vorne in der Gasse raschelte es. Ein Kleidungsstück, das vom Wind bewegt wurde. Dann setzte die Person sich in Bewegung, als hätte sie begriffen, dass sie entdeckt worden war. Das war der entscheidende Moment, in dem Valerian sich an ihre Fersen heften musste, sonst würde sie im Schutze der Düsternis entkommen. Und genau das hätte sie tun sollen ... Er sollte diese Gabe gehen lassen, denn er hatte keinen Auftrag von der Königin, und seine eigentliche Aufgabe, Gaben für Phantopien und seine Magie zu sammeln, führte er schon lange nicht mehr aus. Es hatte also keinen Sinn, ihr nachzusetzen. Keinen. Verdammten. Sinn.

Valerian atmete so flach wie möglich, als er mit langen, lautlosen Schritten zur Verfolgung ansetzte. Nicht einmal seine eigenen Atemzüge durften die Geräusche in seiner Umgebung übertönen. Er musste alles hören, jedes Schmetterlingsflügelschlagen und jedes Steinchen unter einem Schuhabsatz. Er war geübt darin, Spuren zu lesen und Menschen zu verfolgen, ohne dass sie es bemerkten.

Der Gejagte war offenbar ortskundig, aber Valerian erkannte schnell, dass er noch nicht lange in Fernab lebte. Er kannte die Hauptstraßen und bewohnten Gassen, nicht aber die Abkürzungen zwischen den Siedlungen. Und der Gabensucher begriff schnell, wohin es die Person zog.

Nach *unten*.

Er kannte einige Eingänge in die Unterstadt, vermutlich längst nicht alle. Die Königin hatte bislang kein Interesse daran gehabt, das Eigenleben, das sich dort entwickelt hatte, zu unterbinden. Sie hatte andere Sorgen. Wenn ihr Plan erst gelungen war, sagte sie oft, dann würde sie sich mit dieser Unannehmlichkeit beschäftigen. Solange Fernab und seine ehrenwerten Bewohner keinen Schaden davontrugen, sah sie keinen akuten Handlungsbedarf.

Valerian war noch nie *unten* gewesen, obwohl es ihn manchmal juckte, sich auf Erkundungsreise zu begeben, die Stufen in das dunkle Höhlensystem und vielleicht in seinen eigenen Abgrund hinabzusteigen. Er hatte von großen Taten geträumt, von Verbündeten gegen seine Feindin an der Oberfläche. Er hatte von seinem eigenen Mut geträumt. Beinahe hätte er über seine

Naivität gelacht. *Nicht träumen, Sohn*, pflegte seine Mutter zu sagen. *Nicht träumen. Machen.*

Der Gabensucher ließ die Person ziehen und bog nach rechts ab. Der verwinkelten Gasse folgte eine steile Treppe abwärts. Sie waren in der Nähe der Klippen, und der Boden war feucht, sodass er sich besonders auf seine Schritte konzentrieren musste. Ein falsch gesetzter Fuß konnte ein gebrochenes Genick bedeuten. Die Stufen waren unterschiedlich hoch, was für einen Ortsfremden tückisch sein mochte, nicht aber für ihn. Unten angekommen passierte er eine Schmiede, umrundete einen Hinterhof, bis er sich am Hintereingang einer Schenke befand.

Das Surren in seinem Kopf verstummte. Stattdessen strömte eine wohltuende Wärme durch seinen Körper, die Kälte und Schmerz und Traurigkeit vertrieb. Ja, sie war so heilend, dass sie ihn für einen Augenblick sogar sein stets pochendes Gewissen vergessen ließ. Diese Wärme war seine Belohnung.

Er hatte die Gabe gefunden.

Ein tiefes, männliches Fluchen ertönte, als der Fremde beinahe gegen ihn gerannt wäre. Er war von der Hauptstraße gekommen und hatte Valerian nicht gesehen, vermutlich weil er sich nur nach hinten abgesichert hatte, nicht aber nach vorne.

»Bei der Unterwelt, Ihr habt mir einen Mordsschrecken eingejagt«, fuhr der Mann ihn an, den Valerian nun im Schein der Lampe an der Hintertür näher betrachten konnte. Er war wie ein Edelmann gekleidet. Seine Kleidung war offenkundig teuer, allerdings hier und da mit feinem Staub bedeckt. Auch an den Händen hatte der Fremde Dreck. An einer trug er einen schwarzen Handschuh. Der Mann schob die Hand hinter den Rücken, als er Valerians Blick bemerkte. Aber dem Gabensucher war etwas anderes ins Auge gefallen, das ihn mehr interessierte als das Erscheinungsbild des Mannes. In der anderen Hand hielt er einen vergoldeten Pinsel. Nein, er war nicht vergoldet. Er war aus Gold gefertigt. Und er schien sehr alt zu sein.

Feine Verzierungen auf dem Griff zeugten von einer Kunstepoche, die schon lange vorüber war. Valerian hatte so etwas noch nie gesehen. Und genau das gab ihm Aufschluss über die Identität des Mannes, ohne dass sie je ein Wort miteinander gewechselt hatten.

Valerian lächelte kalt. »Hallo Schatzsucher. Endlich lernen wir uns kennen.«

Sein Gegenüber erwiderte das Lächeln. Bevor er etwas sagte, spürte der Gabensucher einen Windhauch hinter sich. Er wollte herumwirbeln, wollte … Ein Sack wurde über seinen Kopf gestülpt, ehe ihn ein zielgerichteter Schlag gegen die Schläfe in sich zusammensacken ließ.

Irgendwo schrie eine Elster.

38. Die Königin

Ein Ende in Sicht

Der Berater hatte ihr einen Tag genannt.

Und obwohl dieser Tag noch nicht morgen war, sondern in wenigen weiteren Nächten, so war ihr doch ein Stein vom Herzen gefallen. Es tat gut zu wissen, wann diese Scharade endlich ein Ende hatte, wann der Plan in die Tat umgesetzt wurde und dieses stete Misstrauen ihrer Bediensteten vorbei sein würde. Wenn sie erst sahen, was sie geleistet hatte, wenn sie erst sahen, wie Glorie und Licht und Ruhm wieder nach Phantopien zurückkehrten … dann würde man sie mit anderen Augen betrachten.

Sie würde eine Heldin sein.

Bis dahin gab es aber noch viel zu tun. Die Königin musste einige Schriftstücke aufsetzen, die in fünf Tagen mit Kurierreitern versendet werden sollten. Schriftstücke, um verlorene Gebiete zurückzufordern, um neue Handelsbedingungen mit anderen Ländern festzusetzen oder um ihre Machtposition neu zu definieren.

In fünf Tagen würde sie in die Fußstapfen der mächtigsten Königinnen Phantopiens treten, und die ganze Welt sollte davon erfahren.

Es gab noch eine letzte Sache, über die sie sich den Kopf zerbrechen musste: Was sollte mit dem *Kabinett der Grausamkeiten* geschehen? Sie konnte sie nicht ewig im Labyrinth oder an einem anderen dunklen Ort im Schloss gefangen halten. Sie musste eine endgültige Lösung finden. Eine *wirklich* endgültige. Die Ideen des Beraters kannte sie schon zur Genüge, und sie waren von ganz und gar endgültiger Natur, aber sie selbst … sie zögerte aus unerfindlichen Gründen noch.

Ihr habt diesen Pfad betreten, waren die ungerührten Worte des Beraters gewesen. *Nun geht ihn auch bis zum Schluss. Seid eine Königin, die sich ihren Titel verdient und ihn nicht nur durch Geburt geerbt hat.*

Bisher hatte sie keine Skrupel gehabt. Bisher hatte sie zu jeder Handlung ihres Beraters ihre Zustimmung gegeben, so verwerflich sie auch gewesen sein mochte. Sie hatten die Namen auf der Liste nacheinander abgearbeitet, aber sie waren noch nicht alle durchgestrichen. Der Name der Dichterin fehlte noch.

Die Königin richtete den Blick auf den Bücherstapel, der auf dem Nachttisch ihrer privaten Gemächer lag. Es handelte sich um die Exemplare, die sie herausgesucht hatte, als sie in der Bibliothek überraschend auf die Dichterin getroffen war. Sie hatte ihr Gesicht gewahrt, dabei hätte sie am liebsten sofort nach Galvan geschickt und ihn zur Rede gestellt. Was hatte er sich dabei gedacht, eine Fremde in die Bibliothek zu lassen? In *ihren* Rückzugsort?

Aber trotz ihres stählernen Herzens war es ihr schwergefallen, ihre tägliche Routine fortzuführen und eine Auswahl zu treffen. Sie musste jede freie Minute nutzen, jedes einzelne Buch der Bibliothek durchzugehen. Irgendwo musste ein Kapitel über das Leben ihrer Mutter verborgen sein – und damit eine genaue Schilderung, wie sie zu Tode gekommen war. Joran beteuerte immer wieder seine Unschuld, aber außer ihm war niemand bei ihrer Mutter gewesen.

Sie hätte natürlich ihre Bediensteten damit beauftragen können, aber sie wusste nicht, welche Wahrheit ihr am Ende begegnen würde, und sie hatte Angst vor weiteren Skandalen. Jedes Geheimnis konnte zu einer Schwachstelle werden, was ihr Ansehen minderte.

Die Königin schickte Madeleine aus dem Raum. Wie jedes

Mal, wenn sie ihre Zofe für den Moment entließ, schien die junge Frau erleichtert zu sein, nicht länger in ihrer Nähe sein zu müssen.

War das nicht ungerecht? Hatte sie ihr nicht eine gute Stellung gegeben? War sie ihr nicht immer höflich begegnet?

Denk nicht an Banalitäten. Auf dich wartet Größeres.

Entschlossen griff die Königin nach dem obersten Buch und schlug es auf. Langsam blätterte sie es durch. Ein Buch umfasste in der Regel die Geschichten mehrerer Menschen, die in Fernab lebten oder gelebt hatten. Pro Person gab es ein Kapitel. Die Länge richtete sich danach, wie vielfältig das gelebte Leben des Einzelnen war, sodass manche Bücher ein oder zwei Dutzend Geschichten enthalten konnten, während andere vielleicht drei erzählten. Ganz selten kam es vor, dass ein Buch von einer einzelnen Person berichtete, wie es bei Minna Fabelreich der Fall war. In der Regel überflog die Königin die Geschichten nur. Manchmal gab es welche, die so faszinierend waren, dass sie davon in den Bann gezogen wurde und sich später über sich selbst und die vergeudete Zeit ärgerte.

Bis zur Mittagsstunde arbeitete die Königin sich durch die Lektüre. Das Buch über die Dichterin schien spannend zu sein, doch schon bald brach die Königin es ab und widmete sich den Geschichten von Menschen, denen sie nicht das Essentielle wegnehmen würde. Denn je mehr sie über Minna lernen würde, desto näher würde diese an ihr kaltes Herz heranrücken.

Die anderen Bücher waren deutlich ungefährlicher. Manchmal machte sie sich Notizen, wenn sie über Informationen stolperte, die wichtig sein konnten. Wissen über Adelige, über Kaufleute, über wichtige Verbündete oder Feinde. Einige Male war es ihr schon zugutegekommen, dass sie über die Magie der Bibliothek verfügte. Es stärkte ihre Position, Geheimnisse zu wissen, die niemand kennen durfte. Sie fragte sich oft, ob ihre Vorgängerinnen diese Magie ebenfalls für ihre Zwecke genutzt hatten.

Kurz bevor die Sonne ihren höchsten Stand erreicht hatte,

war die Königin beim letzten Buch angekommen. Hastig blätterte sie durch die Seiten, denn es warteten andere Aufgaben, die abgearbeitet werden mussten, allen voran die Vorbereitungen für die Siegesfeier der Dichterin. Das Volk musste Minna Fabelreich noch einmal zu Gesicht bekommen, solange ihr Name in aller Munde war. Das war die letzte Gelegenheit, dem möglichen Misstrauen des Volkes entgegenzuwirken, bis ihr Plan beendet war.

Die Lebensgeschichte über Wilfriede Weberknecht, einer alten Spinnerin, die über neunzig Jahre alt geworden war, neigte sich ihrem Ende zu, und es blieb eine einzige übrig.

Die Königin überging die leere Seite, die als Trennblatt angelegt war, und stockte, als die Buchstaben erst verschwommen, dann gestochen scharf vor ihren Augen lesbar wurden.

Malwine Wüstenherz

Dies ist die Geschichte über eine Königin, die zu Fall gebracht werden sollte

Es war einmal eine Königin, die Licht und Schatten zugleich war …

Mit rasendem Herzschlag schlug die Königin das Buch so fest zu, dass ein lauter Knall durch ihre Gemächer hallte. Sofort klopfte es zaghaft an der Tür. Eine unausgesprochene Frage drang durch das Holz.

»Es ist alles in Ordnung«, flüsterte sie, ehe sie sich räusperte und es laut wiederholte. »Es ist alles in Ordnung, mir ist nur etwas heruntergefallen«, sagte sie lauter. »Kein Grund zur Beunruhigung.«

Ihre Finger zitterten. Niemals, nein, niemals hatte sie ihre eigene Geschichte finden wollen. Niemals hatte sie lesen wollen, was die Geschichtsbücher zum jetzigen Zeitpunkt über sie schrieben, wenn die guten Seiten ihrer Taten noch nicht ans Tageslicht gekommen waren.

Dies ist die Geschichte über eine Königin, die zu Fall gebracht werden sollte …

Was war damit gemeint? War das ein Hinweis auf ihre Zukunft? Würde sie versagen? Nein, das konnte nicht sein. Die Magie der Bibliothek reichte von der Vergangenheit in die Gegenwart, sie konnte nicht in die Zukunft blicken oder Voraussagen treffen. Sollte sie doch einen Blick riskieren? Vielleicht plante jemand einen Komplott gegen sie, den sie aufdecken musste. Vielleicht …

Nein, nein, nein!

Die Königin starrte das Buch an, als wäre es ein haariges, finsteres, feuerspeiendes Ungeheuer mit einem Höllenschlund. Sicher würde es genau über ein solches berichten, würde in die Welt verbreiten, was für ein Monster sie war.

Sie sprang so hastig auf, dass ihr Kleid unter dem Stuhlbein hängenblieb und am Saum aufriss. Mit dem Fuß stieß sie heftig gegen das am Boden liegende Buch, bis es unter ihr Bett schlitterte.

Es war am Ende wie in allen Geschichten der Welt.

Die Monster schliefen unter Betten.

39.
Minna

Der Freiheit so nah

Man hatte ihr neue Kleidung gebracht. Nichts Prunkvolles, nichts, das zu viel Aufmerksamkeit auf sich ziehen würde. Sie trug ein einfaches blaues Kleid aus Leinen und ein helles Wolltuch über den Schultern. Außerdem hatte man ihr ein Bad eingelassen und ihre Haare zu einem Zopf geflochten. Die Kammerzofe der Königin hatte sich persönlich darum gekümmert, dass sie vorzeigbar war.

Minna betrachtete sich im Spiegel. Sie sah aus, wie sie aussehen sollte: Wie eine demütige, dankbare Siegerin. Wie eine Dichterin, die ihren rechtmäßigen Platz in Fernab und am Hofe einnahm. Am liebsten hätte sie etwas Schweres gegen ihr Spiegelbild geschleudert. Das war nicht sie. Das war nur eine formbare Hülle. Sie war eine Dichterin, die sich ihre Geschichten nicht vorschreiben ließ. Ihre Worte waren ihre Waffen, jetzt mehr denn je.

Sie würde nicht direkt vors Volk treten, dafür hatte die Königin gesorgt. Vielmehr würde sie die Königin auf den königlichen Balkon begleiten und der Menge von dort aus zuwinken, während die Menschen auf der anderen Seite des kleinen Sees feierten. Das würde alles sein. Alles nur eine Scharade, eine Ablenkung, eine Versicherung dessen, dass alles mit rechten Dingen zuging. Das alles kam ihr so bekannt vor. So hatte ihr Leben bis vor fünf Jahren ausgesehen. Sie, die Kaufmannstochter, hatte vorgeben sollen, jemand zu sein, der sie nicht war. Wie sie ihrem Vater zur Hand gegangen war und alles über Metalle und Währungen hatte lernen müssen, wie sie mit Zahlen jonglieren sollte, während Worte doch viel besser zu ihr passten.

Sie war der Drohung, enterbt zu werden, zuvorgekommen, sollte sie in Erwägung ziehen, etwas anderes zu tun, als in das elterliche Geschäft einzusteigen und eines Tages entweder zu heiraten oder das Geschäft selbst zu führen. Eines Nachts hatte sie ihre Siebensachen gepackt und war gegangen. Und möglicherweise war es ihr großer Vorteil gewesen, dass sie an die Welt da draußen keine Erwartungen gesetzt hatte, vor allem nicht die Erwartungen einer wohlhabenden, träumenden Kaufmannstochter. Sie hatte die Armut kommen sehen und sie mit offenen Armen empfangen, weil sie ihr im Gegenzug etwas bot, das ihr niemand zuvor je hatte geben können: Die Freiheit, tun und lassen zu können, was sie wollte, ohne sich gegenüber jemand anderem als sich selbst verantworten zu müssen.

Diese Freiheit hatte ihr die Königin nun genommen. Am liebsten hätte Minna die Zähne gebleckt. Ihr wäre es lieber gewesen, ihr hätte jemand von hinten die Kehle durchgeschnitten, anstatt sie wieder einzusperren. Worte konnten sich in einem Käfig nicht entfalten. Sie brauchten Weite, den Himmel und den Wind und keine Angst im Nacken.

Gerade als sie überlegte, die ordentliche Frisur wieder zu lösen und in ihre Kleidung von Ani zu steigen, klopfte es an der Tür.

»Minna? Kann ich reinkommen?«

Am liebsten hätte sie Nein gesagt. Diese Fragen waren ohnehin nur ein Produkt vorgetäuschter Höflichkeit. Aber der Hofdichter war möglicherweise die einzige Person am Hofe, die ihr wohlgesonnen war. Sie würde vorsichtig sein, ihn aber nicht auf Distanz halten. Vielleicht könnte er ihr noch von Nutzen sein.

»Ja«, erwiderte sie knapp und löste sich von ihrem Spiegelbild.

Galvan öffnete die Tür und blieb im Rahmen stehen.

»Ihr seht aus, als trüget Ihr ein Kostüm«, stellte er trocken fest.

»So fühle ich mich auch.«

Der Hofdichter sah hingegen in der hellen Leinenkleidung entspannt und auf eine unaufdringliche Weise gut aus.

»Ich habe Euch etwas mitgebracht.«

»Ach ja? Einen Schlüssel für den Hinterausgang vielleicht?«

»Wie schön, dass Ihr Euren Sinn für das Komische nicht verloren habt«, sagte er.

»Ich würde sogar so weit gehen, zu sagen, dass dieser sich während meiner *Zeit* hier durchaus weiterentwickelt hat.«

»Man muss immer das Gute sehen, nicht wahr?« Doch Galvans Stimme hatte an Humor verloren. Er wusste, wie bitterernst ihre Situation war.

Er trat neben sie, öffnete die Hand und präsentierte eine kleine Silberkette, an der ein kleiner Saphiranhänger in einer schlichten Fassung hing. Es war eine hübsche Kette, das musste Minna zugeben. Schlicht, aber schön. Nicht zu prunkvoll, als dass sie zu viel Aufmerksamkeit auf sich lenkte. Tatsächlich brauchte es sogar einen zweiten Blick, bis Minna erkannte, in welche Form die spitz zulaufende Fassung gearbeitet worden war.

Es war eine Schreibfeder.

Widerstreitende Gefühle machten sich in ihr breit. Es war ein nett gemeintes Geschenk, das stand außer Frage. Ein Geschenk, über das sie sich in jeder anderen Situation gefreut hätte. Aber die Tatsache, dass es vermutlich ihr *letztes* Geschenk war, zerstörte es.

Sie brachte keinen Dank über die Lippen. Stattdessen nickte sie kurz. »Helft Ihr mir, es anzulegen?«

»Es ist mir ein Vergnügen.«

Der Hofdichter öffnete den Verschluss und legte die Kette um ihren Hals. Er schloss den Haken und trat dann einen Schritt zurück.

»Ihr seid eine würdige Trägerin«, erkannte er leise.

In diesem Augenblick dämmerte es Minna. »Einen Augenblick mal. Die Kette ist von der Königin, oder? Eine Art Siegerpreis?«

Galvan lächelte, wobei dieses Lächeln seine Augen nicht erreichte. »Ich wollte es Euch nicht sagen, damit Ihr Euch deswegen nicht noch schlechter fühlt.«

»Macht das nie wieder«, sagte Minna kühl. »Wenn ich eines verdiene, dann ist es die Wahrheit.«

»Ihr verdient sehr viel mehr. Zumindest aber den Platz in der Welt, der Euch versprochen wurde.« Er stieß ein Seufzen aus, ehe er zur Tür deutete. »Es bringt alles nichts. Die Königin erwartet uns.«

Minna holte tief Luft.

Möge der letzte Wettstreit beginnen.

Würde. Hätte. Könnte.

Minna wünschte sich, sie könnte diese Momente aus den Augen anderer erleben. Das hier war, was sie sich immer erträumt hatte, nur dass es sich in einen Albtraum verwandelt hatte.

So stand sie wie betäubt auf einem weitläufigen Balkon, der festlich geschmückt war, und betrachtete den See, auf dessen Wasseroberfläche Kerzen leuchteten, und das jenseitige Ufer, an das die Bewohner Fernabs sich drängten. Frauen, Männer, Alte, Kinder, Zerbrochene, Künstler, Besucher aus fernen Ländern, sie alle feierten laut und ausgelassen. Über ihren Köpfen schoss ein Feuerwerk in den Himmel und brachte ihn zum Funkeln.

Die Königin hatte für eine großartige Darbietung gesorgt, das stand außer Frage. Minna stand wie eine mechanische Statue an Ort und Stelle und hob hin und wieder die Hand, um zu winken. Sogar lächeln sollte sie, denn die Fernrohre auf der anderen Seite des Sees waren auf sie gerichtet. Es befanden sich auch Kuriere aus dem Ausland unter den Anwesenden, die die

Kunde weit hinaustragen sollten, dass Minna ihren Preis erhalten hatte und fortan am Hofe leben würde.

In ein paar Tagen würde sie in Vergessenheit geraten.

Allein dieser Gedanke löste Übelkeit in der Dichterin aus. *In Vergessenheit geraten.* Davor hatte sie in all den Jahren, die sie ganz unten in Dreck und Armut verbracht hatte, am meisten Furcht gehabt. Dass all das umsonst gewesen war und sie irgendwann starb, ohne etwas von ihren Geschichten in der Welt zu hinterlassen.

Sie rückte näher zur Königin. Sofort wurden die Wachen, die sich in diskretem Abstand zu ihnen am Eingang des Balkons positioniert hatten, unruhig. Natürlich trauten sie einer Gefangenen nicht.

»Eure Majestät.«

Das stechende Rot ihres Haars leuchtete, als die Königin sich ihr mit gerunzelter Stirn zuwandte.

»Euch fehlen die höfischen Manieren, Dichterin.«

Minna hob fragend eine Augenbraue.

»Ist Euch nicht bekannt, dass man eine Königin nicht anspricht, wenn man keine Erlaubnis dazu besitzt?«

»Verzeiht mir, meine Definition von Manieren hat sich in den letzten Tagen etwas verschoben.«

Die Miene der Königin wurde sanfter, als erinnerte sie sich daran, dass Minna kein normaler Untertan war, sondern ein Lamm kurz vor der Schlachtung.

»Was wollt Ihr wissen?«

»Ich möchte mit Euch verhandeln.«

Nun zuckte die Augenbraue der Königin ebenfalls. »So? Und worum möchtet Ihr verhandeln?«

»Um die Wahrheit.«

Der nachgiebige Zug um den Mund ihres Gegenübers wurde hart. »Ich weiß nicht, wovon Ihr sprecht.«

»Ich möchte die Wahrheit von Euch hören. Euren Plan. Alles.«

Die Königin lachte. In der Ferne tobte Applaus. Eine junge, schöne Königin und eine bezaubernde Dichterin. Das mussten sie sein, wenn man sie beide durch ein Fernrohr sah.

»Ihr habt mir nichts im Gegenzug zu bieten, Dichterin. Nichts, das ich mir nicht ohnehin einfach nehmen kann.«

»Seid Ihr Euch da sicher?« Ungeachtet der nervösen Wachen, deren Hände an ihren Schwertknäufen lagen, rückte Minna noch dichter an die Königin heran.

»Absolut.«

»Ich glaube nicht, Eure Majestät.«

»Und was könnte Euer Angebot sein?«

Minna blickte der Königin in die grünen Augen.

»Vergebung.«

40.
Finn

Die Geschichte einer Frau ohne Worte, die noch viel zu sagen hatte

Alte Gewohnheiten legt man nicht ab.

Selbst wenn man fest daran glaubt, besser zu sein, sie abzustreifen wie einen alten Mantel, dem man entwachsen ist, so kommt man irgendwann an den kritischen Punkt, an dem einen diese alten Gewohnheiten wieder einholen, an dem man nach ihnen greift, weil sie wie ein vertrautes Werkzeug in der Hand sind.

In einer Stadt, in der ihm alles und jedes fremd war, vertraute Finn niemandem. Nicht einmal seinem eigenen Spiegelbild. Erst recht nicht einem mysteriösen Brief von einem Unbekannten, wenn er gleichzeitig von der städtischen Wache gesucht wurde. Deshalb hatte er den Plan ausgeheckt, den Fremden an einen Ort zu locken, an dem er ihn stellen konnte. Es war überraschend einfach gewesen, den Unbekannten dazu zu bringen, ihm zu folgen. Der Mann schien ein Gespür für Leute wie ihn zu haben.

Mit Hilfe von zwei Jungen, die unter Agnes' Fittichen standen, hatte Finn den dunkelhaarigen Mann unter Tage gezerrt. Nicht bis in die Unterstadt, schließlich ging ihn das Leben dort nichts an, aber in einen feuchten Nebengang, nicht weit vom Tavernenkeller entfernt. Dort lag er gefesselt auf dem Rücken und immer noch mit dem Sack über dem Kopf, der ihm das Atmen hörbar schwer machte.

Finn ließ ihn eine Weile zappeln, während er ruhig auf einem Felsen saß und die Federn seines Gefährten streichelte. Schwarzklaue war endlich wieder an seiner Seite. Er hatte ihn letzte Nacht gefunden, als Finn gerade eine alte, wunderschöne Spieluhr aus Gold gefunden hatte. Ein Gefühl der Vollkommenheit erfüllte den Schatzsucher. Er hatte jetzt alles. Einen Weg, der klar vor ihm lag, und einen Gefährten, der ihn auf diesem begleitete. Und das Wissen, dass Minna ihn nicht vergessen hatte. Er musste unbedingt herausfinden, wo sie war und wie es ihr ging, vor allem aber, wie jemand anderes an ihre Nachricht herangekommen war.

Als der Fremde schließlich mit einem Schnauben aufgab, sich gegen die Fesseln zu wehren, erhob sich Finn und nahm ihm den Sack ab.

»Herzlich willkommen in den finsteren Abgründen der Stadt«, sagte er mit einer ironischen Verbeugung.

»Es wäre nicht nötig gewesen, mich zu entführen, um mich kennenzulernen.« Der Fremde spuckte Blut auf den Boden. Offenbar hätte Finn seine beiden Helfer anweisen müssen, mehr Vorsicht walten zu lassen.

Er zuckte mit den Schultern. »Ich weiß weder, was du von mir willst, noch, ob du jemanden zu dem Treffen mitbringst. Aus irgendeinem Grund scheine ich recht beliebt in dieser Stadt zu sein.«

»Ich kann nichts für die Machenschaften der Königin.« Seine Stirnfalte vertiefte sich.

Finn ging vor ihm in die Hocke. »Das kann jeder behaupten. Du stehst in ihren Diensten.«

»Das stimmt, leider.«

Die Antwort ließ Finn kurz stutzen. »Wie sollte ich wissen, dass du mich nicht in eine Falle locken wolltest?«

»Ich kann dir nur anbieten, mir zu vertrauen. Ich will dir keine Falle stellen. Ich halte mein Wort.«

»Dann fürchte ich, dass wir vor einem Dilemma stehen.«

Die Kiefer des Mannes zuckten, es gelang ihm erstaunlich

gut, die schwelende Wut zu verbergen. Und eben wegen dieser Talente musste Finn auf der Hut sein.

»Warum?«, wollte er wissen.

»Warum was? Drück dich deutlicher aus, Schatzsucher.«

»Warum will man mich festnehmen? Welchen Verbrechens werde ich beschuldigt?«

»Des Verbrechens, zur falschen Zeit am falschen Ort gewesen zu sein.«

Finn lehnte sich ein Stück nach vorne. »Geht's konkreter?«

Der Mann schwieg und schien mit sich zu ringen. Mit den wenigen flackernden Lampen war es zu dämmrig, um den Blick seiner Augen richtig einschätzen zu können, also musste Finn sich auf die kaum sichtbare Mimik und seine Intuition verlassen.

»Weißt du, das mit dem Vertrauen ist so eine gegenseitige Sache«, sagte er endlich. »Du hast keinen Schimmer, ob du mir vertrauen kannst, aber mir geht es ebenso. Und im Gegensatz zu dir habe ich viel zu verlieren.«

»Mehr als deine Freiheit oder dein Leben?«, fragte Finn spöttisch.

»Ja.« Seine Stimme war heiser und kalt zugleich. »Das kannst du nicht verstehen, weil du allein auf dieser Welt bist, Finn Minengräber. Habe ich recht?«

»Du bist schnell darin, Informationen zu beschaffen. Dann ist es nur gerecht, wenn du mir deinen Namen verrätst.«

»Nenn mich Valerian.« Er lachte freudlos. »Schnell? Sicher, aber so schnell nun auch wieder nicht. Es hat eine Weile gedauert, bis ich herausgefunden habe, warum du mir bekannt vorkommst, Schatzsucher. Du warst damals mit einer heruntergekommenen Bande in dem Gasthaus, in dem Minna Fabelreich aufgetreten ist. Ja, in Querfeld. Und ich erinnere mich sehr gut daran, dass du Probleme mit der Bande hattest, die du offenbar lösen konntest.«

»Zumindest hast du gute Augen und ein vortreffliches Gedächtnis, das ist ja schon etwas.«

Valerian zuckte umständlich mit den Schultern. Mit gefesselten Händen war das schwierig.

Finn richtete sich auf und wischte sich den Staub von den Händen. »Genug Geplänkel. Kommen wir zum Punkt. Warum wolltest du mich sehen?«

»Weil du ein Freund der Dichterin bist. Das ist zu deiner Information auch das Verbrechen, das du begangen hast.«

»Ich verstehe nicht.«

Valerian seufzte. »Natürlich nicht. Du hättest dich besser über Fernab kundig gemacht, ehe du dich auf die Suche danach gemacht hast.«

»Du hast Minna die Einladung übergeben lassen«, erwiderte Finn scharf. »Wenn es etwas gegeben hat, wovor man Minna hätte warnen müssen, wäre das der beste Zeitpunkt gewesen.«

»Manchmal hat man eine Wahl und manchmal nicht.«

Finn kniff die Augen zusammen. »Ich frage noch einmal: Warum wolltest du mich sehen? Was willst du von mir? Geht es um Minna?«

»Ja.«

»Ist sie in Gefahr?«

»Das ist milde ausgedrückt.« Valerian lachte trocken.

»Dann wird es Zeit zu reden.«

Finn konnte sehen, dass sein Gegenüber mit sich kämpfte. Reden oder schweigen? Auspacken oder das Geheimnis für sich behalten? Ein Risiko eingehen oder nicht?

»Erst bestellst du mich mit einer geheimen Botschaft zu einem Treffpunkt, und dann willst du nicht reden. Warum nicht? Verrätst du mir wenigstens das?«, versuchte Finn es ein weiteres Mal.

»Ich bin ein Untergebener der Königin. Dass ich hier bin, bedeutet, dass ich Verrat begehe«, erklärte Valerian langsam. Er wirkte plötzlich erschöpft und weniger argwöhnisch. »Verrat an der Königin wird hart bestraft. Sollte sie herausfinden, dass ich hier gewesen bin und geplaudert habe, dann wird das nicht nur mich das Leben kosten, sondern auch meine Familie. Ich muss dir also vertrauen, aber ich tue es nicht gerne, weil alles, was ich von dir weiß, die Tatsache ist, dass du ein Freund der Dichterin bist. Unter anderen Umständen würde ich keinem Schatzsucher vertrauen, aber ich fürchte, jetzt geht es nicht anders. Darum: Ich helfe dir, und du hilfst mir. Ist das ein gerechter Handel?«

Als der Mann geendet hatte, war seine Stirn gerunzelt und sein Blick abwartend. Finn wollte antworten, wurde aber von Geräuschen abgelenkt. Aus dem Höhlensystem echote ein Ruf von den Wänden. Einer der Jungen rief seinen Namen. Ohne seinen Blick von Valerian abzuwenden, antwortete Finn laut genug: »Ich bin hier.«

Bald mischten sich Schritte mehrerer Personen zu den raschen Atemgeräuschen der beiden Männer, die reglos ausharrten. Der Junge, Henry, hatte Agnes dabei.

Als die grauhaarige Frau Finn erblickte, spiegelte Erleichterung sich auf ihrer Miene wider. Sie kam mit offenen Armen auf ihn zu, ehe sie den am Boden sitzenden Mann bemerkte.

Sie blieb abrupt stehen und wäre fast gestolpert. Die Erleichterung verschwand so plötzlich aus ihrem Gesicht, als hätte man sie mit flacher Hand geschlagen.

Agnes öffnete den Mund, und zum allerersten Mal überhaupt konnte Finn hören, wie ihr ein Laut entwich.

Es war ein Laut des Entsetzens, wie er ihn noch nie zuvor vernommen hatte.

»Ihr kennt euch.« Es war keine Frage, sondern mehr eine wütende Feststellung, denn irgendwie hatte Valerians Anwesenheit Agnes große Angst eingejagt. Die ältere Frau saß auf einem Felsvorsprung, ihre Arme und Beine zitterten, und sie ließ sich nur schwer davon überzeugen, dass ihr keine Gefahr drohte.

Du bist in Sicherheit. Du bist in Sicherheit. Dir wird nichts geschehen, das verspreche ich dir.

Wieder und wieder hatte Finn es ihr ins Ohr geflüstert, während er ihr tröstend über die schmalen Schultern gestreichelt hatte. Er wusste, er konnte es noch tausende Male sagen, sie würde ihm nicht glauben. Sie glaubte nur den Fesseln an Valerians Händen und Füßen. Sie waren das Einzige, was ihr Sicherheit bot.

Valerian war gänzlich in Schweigen verfallen. Seine Miene, die bis eben noch ein mildes, gleichgültiges Interesse gezeigt hatte, war nun ein Wechselbad der Gefühle. Er war blass geworden, und um seine Mundwinkel zuckte es. Panik und Mitgefühl standen in seinem Gesicht geschrieben.

Als Agnes sich beruhigt hatte und er sie in der Obhut der beiden still gewordenen Jungen lassen konnte, kehrte Finn zu Valerian zurück.

Dieser betrachtete abwechselnd ihn und Agnes, die ihre Hände gedankenverloren an ihrer Schürze abwischte, obwohl sie sauber waren. Und obwohl das Licht zwielichtig war, bemerkte Finn den schmerzlichen Ausdruck auf Valerians Gesicht. Ein Schmerz jener Art, als hätte man ihm direkt und mit voller Wucht in die Magengrube getreten.

»Wenn du wüsstest, wozu die Königin fähig ist, dann hättest du Angst.« Plötzlich schwang in Valerians Stimme die Müdigkeit eines Lebens mit, das man ihm noch gar nicht ansah, weil er zu jung dafür war.

»Was meinst du: Wozu die Königin fähig ist?«, hakte Finn nach.

Statt die Frage zu beantworten, wies Valerian mit dem Kinn auf Agnes. »Weißt du, was ihr widerfahren ist? Hat man es dir erzählt?«

Eine Gänsehaut zog sich über Finns Arme, und er wusste,

dass sein Gegenüber dies bemerkte. »Ich weiß, *dass* man ihr etwas angetan hat. Und man munkelt, dass es am königlichen Hofe geschehen ist.«

»An Gerüchten ist meistens viel Wahres dran.«

Finn verschränkte die Arme vor dem Oberkörper. »Du scheinst mir genau zu wissen, was Agnes zugestoßen ist.«

»Zugestoßen.« Valerian flüsterte das Wort nur. »Das klingt so ... als wäre alles ein großer, unglücklicher Irrtum, an dem niemand Schuld hat. Aber das stimmt nicht.«

Finn wartete. Der Mann verzog das Gesicht, als fügte die Erinnerung, die er gerade durchlebte, ihm körperlichen Schmerz zu.

Scheiß auf deinen Schmerz, dachte Finn wütend. *Du hast deine Sprache noch und sie nicht. Du lebst in Saus und Braus und sie in einem unterirdischen Loch.*

»Die Königin hat einen Plan.«

»Die Königin?«

Valerian nickte langsam.

Finn machte eine ungeduldige Geste. »Welchen Plan?«

»Sie will die Magie nach Phantopien zurückbringen.«

»Sie will ... was?« Finn hatte mit vielem gerechnet, aber nicht damit. Die Magie zurückbringen? Niemand wusste, woher die Magie kam oder wohin sie ging. Wie sollte man sie da zurückholen?

Er ahnte Böses. »Wie soll das funktionieren?«

»Ich kenne die praktische Umsetzung nicht, aber die Theorie ist, die größten Gaben des Landes aus den vier sterbenden Künsten zu vereinen, sie zu kanalisieren und mit der Magie zu verknüpfen.«

»Ist die Königin zu so etwas fähig?«

Valerian schüttelte den Kopf. »Sie hat einen Berater, der damit experimentiert. Er hat einige ... Versuchsobjekte gebraucht, um sich in seiner Kunst zu üben.« Unwillkürlich glitt sein Blick zu Agnes.

Und Finn verstand. »Man hat ihr die Sprache genommen, weil das ihre Gabe war?«

»Richtig.«

»Du hast sie ausgesucht. Du bist ein Gabensucher.« Er fragte nicht. Er wusste, dass er recht hatte.

Valerian ballte die Hände zu Fäusten, bis seine Knöchel weiß hervortraten. »Ja, das stimmt.«

Finn runzelte die Stirn und wartete. Es wurde Zeit, die gesamte Geschichte erzählt zu bekommen.

Valerian wurde unruhig, bewegte sich so heftig in seinen Fesseln hin und her, dass er sich seine Haut schmerzhaft aufscheuern musste.

»Ich weiß, was du von mir hören willst, aber das kann ich dir nicht geben. Ich bin nicht dabei, wenn die Versuche durchgeführt werden. Ich sehe die Menschen nur, wie sie vorher waren und wie sie nachher sind. Ich sehe den Unterschied. Was man ihnen genommen hat. Ich weiß, was für eine talentierte Erzählerin diese Frau einst war.« Er hielt inne. Sein Atem ging stoßweise. »Sie hätte niemals verloren gehen dürfen. Der Himmel weiß, wie sie entkommen ist. Durch ihre Existenz hier sind die ersten Gerüchte entstanden.«

»Keine *Gerüchte*«, widersprach Finn scharf. »Warum bist du Teil dieses Spiels? Warum lässt du dich für solche Zwecke missbrauchen? Gabensucher waren schon immer sehr angesehene Menschen. Deine Gabe hat dieses Land einst geschützt.«

»Ich weiß«, sagte Valerian. Er schloss die Augen. »Aber sie hat ein Druckmittel.«

»Die Königin?«

»Ja. Deswegen wollte ich mich mit dir treffen. Um einen Ausweg aus einer ausweglosen Situation zu finden. Wir müssen nicht darüber reden, dass ich irgendwann in der Unterwelt landen werde, sollte es eine geben. Dafür habe ich dieser Königin und ihrem Bastard zu viele Leute in die Hände gespielt. Aber vielleicht können wir noch etwas Gutes tun.«

»Willst du das denn? Wie lautet dein Plan?«

Dazu stand wieder die Vertrauensfrage im Raum. *Vertraust du mir? Vertraue ich dir? Oder spinnen wir Intrigen gegeneinander, spielen miese Kartentricks?*

»Sag mir, Schatzsucher, wie viel liegt dir an der Dichterin? Bist du bereit, für sie zu sterben?«

41.
Minna

Die Geschichte eines Mannes, der viele Gewänder trug

Die Bibliothek war Minnas einziger Zufluchtsort. Seit ihrer ersten Begegnung hatte sie die Königin nicht mehr häufig dort angetroffen. Meistens kam sie am frühen Morgen nach Sonnenaufgang und holte sich einen Stapel Bücher. Jene, die sie am Vortag gelesen hatte, räumte sie selbst wieder an Ort und Stelle ein, als traute sie diese Aufgabe niemand anderem zu.

Seit der Siegesfeier ging die Königin ihr aus dem Weg. Vielleicht hatte Minnas Anwesenheit sie vertrieben, oder ihr Angebot war ihr einfach gleichgültig, und die Dichterin hatte sich verschätzt: Ein Teil von ihr glaubte, dass die Königin irgendwo unter ihrer eisernen Haut einen guten Kern besaß, den man erreichen konnte, wenn man beharrlich blieb. Aber vielleicht war das ein naiver Irrglauben, weil sie jede noch so kleine Hoffnung nähren wollte, um nicht zu verzweifeln.

Weiterhin erhielt sie keine Informationen darüber, was genau geschehen würde – und wann. Jeden Morgen wachte Minna mit rasendem Puls und dem Nachhall schrecklicher Albträume auf. Sie wünschte sich, sie hätte Schwarzklaue nicht fortgeschickt, denn dann hätte sie zumindest noch ein ihr freundlich gesonnenes Wesen bei sich. Selbst wenn die Elster ihren Besitzer wiederfand, was würde Finn schon tun? Weder ahnte er, was ihr bevorstand, noch konnte er die Stadt betreten, geschweige denn das gut bewachte Schloss.

Minna hatte sich daher einen eigenen Rhythmus angeeignet, der sie davon abhalten sollte durchzudrehen. Sie stand früh auf, nahm ein Morgenmahl ein, ging mit Harold spazieren und unterhielt sich ein wenig mit dem alten Mann, der sehr offen war und ihr erstaunlich viel über die königlichen Gärten zu erzählen vermochte. Nur über die Königin wollte er nicht reden. Interessenkonflikt, sagte er mit einem Zwinkern. Aber alles in allem hatte Galvan recht gehabt. Harold war vermutlich der angenehmste Gefängniswächter, den man sich wünschen konnte.

Am Nachmittag beschäftigte sich Minna dann mit den Büchern. Es gab so viele, die sie noch nicht gelesen hatte, und noch viel mehr, die sie auch niemals lesen würde. Sie wünschte, sie hätte tausend Leben zur Verfügung, einfach, um all die literarischen Geheimnisse dieser Welt zu erkunden. Das Wissen, dass die Bücher, die sie im Augenblick las, möglicherweise die letzten sein mochten, war eine schwere Bürde, und sie erschwerte den Auswahlprozess ungemein. Welches Buch war es wert, dass man mit seinen Worten auf den Lippen dem Ende entgegensehen konnte?

Vor dem Abendessen besuchte sie wie gewohnt der Hofdichter. Es schien Galvan ein persönliches Anliegen zu sein, dass Minna sich wohlfühlte und ihrer Passion nachgehen konnte. Sie unterhielten sich über Texte, über Gedichte und über das Buch, das Minna gerade las.

Am Nachmittag des vierten Tages im Schloss brachte der Hofdichter ihr etwas mit. Einen Gegenstand, der in einen weichen Lederumschlag eingeschlagen war und den Galvan wortlos auf dem Lesetisch auf der Empore ablegte.

»Ich entschuldige mich im Namen der Königin dafür«, waren seine ersten Worte.

Minna schüttelte verständnislos den Kopf. »Wofür?«

»Öffnet es.« Galvan nahm ihr gegenüber Platz.

Zögernd lehnte Minna sich nach vorne und schlug das Leder zur Seite. Ein kleiner Laut entwich ihren Lippen.

Vor ihr lag ihr Geschichtenband. Genauso alt und verbraucht und schön, wie sie ihn in Erinnerung hatte. Ein rasches

Durchblättern verriet, dass die Seiten noch vollständig zu sein schienen.

»Danke«, flüsterte sie. »Woher habt Ihr es?«

»Es wurde offenbar von einem höfischen Mitarbeiter beschlagnahmt. Die genauen Umstände sind mir nicht bekannt. Aber die Königin hat ausdrücklich befohlen, dass man es Euch zurückgibt. Sie bedauert den unglücklichen Vorfall zutiefst.«

»Tut sie das?«

Galvan ging nicht darauf ein. »Ich konnte nicht widerstehen, Minna. Ich hoffe, Ihr verzeiht mir, dass ich einen Blick in Euer Buch geworfen habe.«

Ein Stich durchzuckte Minna. Ihr Geschichtenbuch war ihr Allerheiligstes. Alles, was darin geschrieben stand, ging die Menschen erst dann etwas an, wenn sie bereit war, es zu teilen.

Er hatte nicht das Recht, es zu lesen.

»Ihr erinnert mich sehr an mich selbst, als ich noch jünger war«, fuhr der ältere Mann sanft fort, als sie nicht antwortete.

»Inwiefern?«

»Eure Geschichten besitzen noch diese faszinierende Mischung aus Weisheit und Unbefangenheit. Ihr seid alt genug, um die Tücken des Lebens kennengelernt zu haben. Ihr kennt die Hindernisse, Ihr kennt das Gefühl, ganz unten zu stehen und von einem besseren Leben träumen zu dürfen. Ihr seid auf der anderen Seite jung genug, dass Ihr den Glauben habt, diesen Träumen noch nahe zu sein und sie eines Tages erreichen zu können.«

»Und wohin haben mich diese Träume gebracht, Galvan?«

Dieses Mal war er derjenige, der Schwierigkeiten damit hatte, die passenden Worte für eine Antwort zu finden.

»Minna«, begann er dann. »Ich stehe schon sehr lange in den Diensten des Hofes. Ich kam als junger Mann hierher, da war die Mutter Ihrer Königlichen Majestät gerade an die Macht gekommen und selbst noch eine junge Frau. Mein Vater war Chronist im Turm der Zeiten, und für ihn war es glasklar, dass ich eines Tages in seine Fußstapfen treten sollte. Leider war er einer dieser Menschen, die im Laufe der Jahrzehnte vergessen, dass Söhne oder Töchter andere Träume haben, und zwang mich, meine Ausbildung als Chronist anzutreten. Diese Ausbildung war mir zuwider. Chronisten besitzen in diesem Land ein hohes Ansehen, aber ich wollte diese Art von Ruhm nicht. Ich wollte nur Ruhm für etwas ernten, für das ich aus vollem Herzen brannte.«

Sein Blick wanderte aus dem Fenster. In seiner Erinnerung kehrte er offenbar in die Zeit zurück, in der er als junger Mann einen Pfad einschlagen musste, den er zutiefst verabscheute. Minna kannte dieses Gefühl nur zu gut.

Warum zwingen sie alle einen dazu, etwas zu tun, das man nicht will? Wir haben nur dieses eine Leben. Lasst uns doch die Freiheit, aus eigener Kraft zu fallen und wieder aufzustehen.

»Aber irgendwie habt Ihr Euren Weg ändern können?«

Galvan nickte lächelnd. »In der Tat. Eine der letzten Ausbildungsphasen wird am Hofe der regierenden Königin absolviert. Man soll dort lernen, gegenwärtige Geschichtsschreibung zu protokollieren und in den kulturellen Zusammenhang zu setzen. In der Regel verbringen die Absolventen dann mehrere Monate oder manchmal sogar ein ganzes Jahr im königlichen Schloss, um zu beobachten und sich darin zu üben. Ich war Gast und lernte natürlich Moira Wüstenherz, Malwines Mutter, kennen. Wir waren damals im selben Alter und von ähnlicher Natur: Beide in einen wilden Fluss geworfen, in dem wir ohne Hilfe und mit viel Widerwillen das Schwimmen lernen mussten.«

Der Hofdichter warf einen Blick über seine Schulter, als wollte er sich vergewissern, dass sie beide wirklich allein und ungestört waren und niemand ihrer Unterhaltung lauschte.

»Die Königin war erst seit kurzem an der Macht, und sie hatte ein Problem, das den Anfang ihrer Herrschaft verkomplizierte: Sie konnte nicht richtig lesen und schreiben. Zeitlebens hatte sie ein Problem damit, Buchstaben und Worte zu erkennen. Also haben wir uns nachts, wenn alle schliefen, in diese Bibliothek gesetzt und klammheimlich bei fahlem Kerzenschein Buchstaben für Buchstaben gelernt. Ich habe ihr einen speziellen Füllhalter geschenkt, da mir schnell klar wurde, dass sie sich mit dem Schreiben mit der rechten Hand schwertat. Es hat viel Geduld und Zeit gekostet, aber eben damit und dank ihres Sturkopfes hat sie es irgendwann hinbekommen, Briefe selbst zu verfassen und nicht mehr vortäuschen zu müssen, Texte lesen zu können.«

Der Hofdichter hatte so eine Art, über die alte Königin zu sprechen, die Minna aufhorchen ließ. Vermutlich schweißten solche Probleme einen zusammen.

»Lasst mich raten: Sie hat sich revanchiert.«

Galvan lachte. Die Fältchen um seine Augen herum vertieften sich. »Das hat sie. Und wie sie das hat! Sie hat dem Turm der Gezeiten einen Brief geschrieben, dass sie sich einen neuen Absolventen suchen müssten. Sie benötige ganz dringend einen geeigneten Hofdichter, und ich wäre für diese Aufgabe perfekt geschaffen. Ich musste nie wieder in den kalten Turm mit den verknitterten alten Männern zurück. Die Königin hat in vielerlei Hinsicht mein Leben gerettet. Ich war nicht nur von dieser elenden Pflicht befreit, sondern konnte mich fortan auch dem Studium der Literatur widmen, wie ich es immer gewollt hatte. Mein Vater hat getobt und gewettert, aber gegen einen Befehl der Königin konnte er sich nicht auflehnen. Das hätte er nicht gewagt. Und somit bin ich heute ein Hofdichter und ein fast ausgelernter Chronist.«

»Ihr habt eine bewegte Lebensgeschichte hinter Euch und seid offenbar viel mehr, als Ihr scheint, Hofdichter.«

Galvan fuhr sich mit den Fingerspitzen gedankenverloren über den kurzen grauen Bart. »Das bin ich wohl. Aber sind wir das nicht alle?«

»Vielleicht.« Plötzlich war Minna müde. So zu tun, als wäre

alles normal, zehrte an ihren Nerven. Man behandelte sie respektvoll, trotzdem drohte stets die unbekannte Gefahr über ihr.

»Galvan, Ihr habt mir vor einigen Tagen etwas versprochen.«

Der Hofdichter schien den ernsten Klang in ihrer Stimme zu bemerken. »Wovon sprecht Ihr?«

»Ihr sagtet, Ihr wolltet mir die Magie zeigen, die mich töten wird. Ihr wolltet mich lehren. Ihr wolltet, dass ich wenigstens weiß, was mich das Leben kosten wird. Ich ertrage diese Ungewissheit nicht länger. Sie frisst mich von innen auf.«

Eine Weile entgegnete Galvan nichts. Schließlich seufzte er. »Ihr habt recht, Minna. Ich dachte, es wäre doch besser für Euch, wenn man Euch Ruhe und Erholung gönnt, aber natürlich sollt Ihr nicht das Gefühl haben, innerlich aufgefressen zu werden. Ich werde alles Notwendige für den morgigen Tag veranlassen.«

Minna nickte langsam. Ihr Herz klopfte ungewöhnlich laut. Ihre Hände bebten, sodass sie die Finger ineinander verschränken musste, um das Beben nicht offen zu zeigen. Sie wollte nicht schwach wirken, jetzt noch weniger als sonst.

Morgen also. Morgen erfuhr sie endlich, was man mit ihr vorhatte.

Die Sonne ging hinter den Fenstern unter, und wie an den Tagen zuvor war das der Zeitpunkt, an dem Galvan sich verabschiedete. Minna wartete, bis der Hofdichter die Bibliothek verlassen hatte, ehe sie ihre zittrigen Finger voneinander löste. Es war niemand mehr da, vor dem sie sich verstellen musste.

Ein paar Minuten lief sie wie ein eingesperrtes Raubtier auf den hölzernen Dielen auf und ab. Bewegung beruhigte sie, das war schon immer so gewesen. Vielleicht hatte sie ihre langjährige Wanderschaft aus diesem Grund auch nie als Qual empfunden.

Als sie sich etwas beruhigt hatte, zog sie wahllos ein Buch aus dem Stapel, der sich auf ihrem Lesetisch befand. Es war ein besonders dickes Exemplar, das den Titel *Über das Aussterben der Magiebändiger* trug. Minna überflog das langatmige Vorwort des Chronisten, der sich dieses Themas angenommen hatte. Es folgte ein Kapitel, das den Niedergang der Magiebändiger erzählte, die nach und nach im Gleichklang mit der versiegenden Magie verschwanden, denn wo es keine Magie gab, gab es auch nichts zu bändigen.

Weitaus interessanter war dann eine lange Auflistung aller Magiebändiger, die je in Phantopien gewirkt hatten, meistens im Auftrag des königlichen Hofes. Ihre Aufgabe war es, die Magie in geregelte Bahnen zu lenken und zum Wohle des Landes einzusetzen, wie etwa für eine gute Ernte, den Bau von Häusern, die Heilung von Krankheiten oder zur Unterstützung der verteidigenden Armee. Ihre Verwendung war vielseitig. Minna blätterte einige Kapitel weiter. Vor einigen Jahrhunderten hatte es noch so viele Magiebändiger gegeben, dass es nur simple Namenslisten gab. Im Laufe der Zeit, als die Magie mehr und mehr verschwand, gab es zu den Magiebändigern auch kurze Kapitel, die die wichtigsten Punkte ihrer Arbeit wiedergaben.

Als Minna auf den letzten Seiten angelangt war, war ihre Neugierde geweckt. Sie las nun aufmerksamer und überflog den Text nicht mehr seiten- oder absatzweise, sondern hangelte sich von Zeile zu Zeile.

[…] Der letzte lebende Magiebändiger wurde als erster Sohn von William und Erna Niederschrieb in dem beschaulichen Dorf Krähenstätte geboren. Alles über das Leben des Mannes mit den vielen Gewändern findet Ihr in Regal 48, Etage 1, Reihe 3, siebtes von links. […]

Minna war verwundert, dass das Buch auf ein anderes verwies, trotzdem war sie nun so fasziniert, dass sie in die untere, größere Etage ging, um dort die nummerierten Regale abzusuchen. Zum Glück war die Bibliothek der Königin ausgesprochen ordentlich strukturiert, sodass es ihr leichtfiel, die genannte Ausgabe zu finden.

Im Gegensatz zu dem Vorgänger war dieses Buch keines, das

ein Chronist niedergeschrieben hatte. Der Autor war die Magie der Bibliothek, welche die Lebensgeschichten der Stadtbewohner festschrieb.

Der letzte lebende Magiebändiger …

Das musste bedeuten, dass es irgendwo in Fernab noch jemanden geben musste, der das bisschen Magie lenken konnte. Hieß es nicht, dass es schon lange keine Magiebändiger mehr gab? Dass dieser Beruf längst ausgestorben war?

Minna konnte es nicht abwarten, das Buch wieder mit auf die Empore zu nehmen, und setzte sich stattdessen auf den Stuhl, der zum Arbeitsplatz der Königin gehörte. Mit Sicherheit hatte sie nicht die Befugnis, hier zu sitzen, aber was wollte die Königin ihr schon antun, das sie nicht ohnehin tun würde?

Der letzte lebende Magiebändiger wurde als erster Sohn von William und Erna Niederschrieb in dem beschaulichen Dorf Krähenstätte geboren. Sein nach ihm geborener Bruder Elias verstarb mit nur sieben Jahren bei einem Stallbrand, der auch den Magiebändiger verletzte. Seine Ausbildung absolvierte der Magiebändiger zunächst im Turm der Zeiten, ehe er eine Anstellung als Hofdichter am Schloss von Königin Moira Wüstenherz fand.

Minna wurde abwechselnd heiß und kalt. Ihr Blick flog hoch zu ihrem Lesetisch oben am Geländer, an dem sie bis gerade mit Galvan gesessen hatte. Hatte er das Buch über Magie auf ihren Tisch gelegt? Hatte sie es selbst unbewusst getan?

»Das kann unmöglich Zufall sein«, murmelte sie. Hatte er ihr seine Lebensgeschichte deshalb erzählt? Damit sie diese Verbindung herstellen konnte? Aber … wozu?

Sie zwang sich zur Konzentration und übersprang die Teile der Lebensgeschichte, die sie bereits kannte, um zu den relevanten Punkten vorzudringen. Mit der freien Hand machte sie sich auf einem Blatt Papier der Königin Notizen.

Die Königin und den Magiebändiger verband bis kurz vor ihrem Tod etwas Besonderes: Freundschaft, Verständnis fürei-

nander und eine Liebe, die gegenwärtig war, aber nie laut ausgesprochen wurde. Selbst als die Königin einen Adeligen aus den nördlichen Landen heiratete [Vermerk: Mehr zum Leben und der kurzen Ehe von Moira Wüstenherz, die 124. Königin von Phantopien, in Regal 9, Etage 2, Reihe 8, zehntes Buch von links], ebbte diese Liebe nicht ab.

Unter anderen Umständen hätte Minna diese Lebensgeschichte berührt. Selbst zwischen den Zeilen war die Traurigkeit, die eine nie ausgelebte Liebe mit sich brachte, deutlich spürbar. Jetzt aber erfasste die Dichterin ein Fieber aus umtriebiger Eile. Sie hatte das Gefühl, unter ihren Fingerspitzen brodelte etwas so gewaltig, als würde im nächsten Augenblick ein Vulkan ausbrechen. Wissen. So viel unentdecktes Wissen.

Vor einigen Jahren aber geschah etwas, das das Leben des Magiebändigers grundlegend veränderte. Er hatte kaum Erfahrung im Bändigen der Magie, denn es gab niemanden, der es ihn hatte lehren können. So zog er alles Wissen aus Büchern und Selbstversuchen. Er übte mit der Magie unter dem Schloss in der Annahme, dort weit genug von Menschen, die er möglicherweise verletzen konnte, entfernt zu sein. In den Büchern, die über Magie und ihr Bändigen erzählten, fand er Hinweise darauf, dass es Möglichkeiten gab, Magie zu verstärken, sogar die wenige Magie, die in Phantopien übrig war. Der Magiebändiger begann zu experimentieren, ohne Kenntnisse, ohne Schutz durch andere Magiebändiger. Er stellte sich ganz allein einer gewaltigen Herausforderung.

Und wie so oft ging ein eigentlich gut gemeinter Gedanke fürchterlich daneben.

Minna spürte, wie ihre Hände schwitzig wurden und die Seiten ihr entglitten. Sie ahnte, dass sie allmählich den Punkt erreichte, an dem es kritisch wurde, weiterzulesen. Sie war sich sicher, dass das, was sie hier erfuhr, gefährliches Wissen war. *Sehr* gefährliches Wissen.

Ihr Blick wanderte schneller und schneller über die Seiten,

während sie mit halbem Ohr immer auf Schritte im Korridor lauschte. Sobald sie jemanden hörte, hielt sie inne, bis sie wieder erleichtert aufatmen konnte, sobald die Schritte sich entfernt hatten.

Als sie auf der letzten Seite angekommen war, sog sie zischend die Luft ein.

Es ereignete sich, dass Galvan, abtrünniger Chronist, höfischer Dichter und heimlicher Magiebändiger, bei diesen Versuchen die Magie der Stadt missachtete – und sich selbst dabei das Herz herausriss.

Den Schlüssel zu diesem Herzen findet man nur in den Untiefen des Labyrinths.

Galvan war ein Magiebändiger. Er konnte die Magie von Fernab beherrschen. Der Hofdichter, dem sie sich nahe fühlte, weil sie beide ihre Leidenschaft für Geschichten teilten …

Ihr kamen seine Worte wieder in den Sinn. Er wollte sie etwas lehren, was sie damals nicht verstanden hatte: *Die Mechanik der Magie von Fernab. Eine Magie, die Euch bald schon töten wird …*

Siedend heiß begriff Minna: Es war nicht die Königin, die sie töten würde, sie würde zumindest nicht das metaphorische Schwert führen. Es war Galvan. Der Mann, dem sie Zuneigung entgegenbrachte, war ein Verräter der Künste.

Sie senkte ihren Kopf zu den letzten Zeilen. Ihr war speiübel.

Und so kam es, dass der Mann, der vielen Bestimmungen folgte, das größte Verbrechen beging, das im Lande Phantopiens unter Strafe stand …

Er legte Hand an eine Königin.

42.
Der Magiebändiger

Die Mechanik der Magie

Ein Teil des Labyrinthes gehörte dem Magiebändiger, und zwar ihm ganz allein. Er herrschte über sein ganz eigenes Reich, das er mit niemandem teilte, nicht einmal mit der Königin. Auch wenn sie dem Namen und ihrem Geburtsrecht nach Herrin über alles war, so hatte sie doch keine Kontrolle über ihn, sosehr sie sich das auch einreden mochte. Wenn sie wüsste, wie wenig Macht sie über ihn hatte, dann hätte sie ihn niemals gewähren lassen.

In einem Raum tief unter dem See und in den Eingeweiden der Stadt konnte der Magiebändiger das Herz der Macht schlagen hören. Es schlug durch den Felsen wie ein starker Puls. Diesen Raum durfte außer ihm selbst und der Königin niemand betreten. Er war riesig und beeindruckend, die größte unterirdische Halle aus Felsen, die in ganz Phantopien, vielleicht sogar auf der ganzen Welt, existierte. Sie hätte den Beschreibungen eines Märchenbuches entspringen können, hätte vielleicht die Stätte einer zwergischen Goldsammlung oder eines Trollkönigs sein können.

Fabelwesen, dachte er mit einem grimmigen Lächeln. *Das letzte Fabelwesen auf der Welt bin ich, und mir sieht man meine Fratzenmaske nicht an.*

Es herrschte Leben in der Halle, die der Magiebändiger gern als sein Fabrikantenlager oder *Das mechanische Herz* bezeichnete. Es war das Herz der Stadt, von dem niemand wusste. Hier lief alles zusammen, alle Knoten, alle Linien, alles fügte sich an diesem Ort zur Ordnung. Deshalb hatte er diese neue Möchtegern-Königin gebeten, hier unten ein Kergefängnis zu bauen, das einen jeden das Fürchten lehren konnte – damit er aus diesem Gefängnis seine Versuchsobjekte holen konnte.

Die Luft flirrte. Niemand außer ihm konnte das wahrnehmen. Niemand sonst konnte das Kribbeln auf der Haut spüren, als würden tausend Ameisen mit weichen Beinchen über sie laufen und ihn mit Leben einhüllen, als würden winzige Spinnen ihn sicher einweben.

Du bist einer von uns, flüsterte die Magie. *Und uns dürstet es nach mehr.*

Bald.

Die Magie zischte und surrte und war mit ihrer Geduld am Ende. Ihre Stimmen klangen wütend in seinem Kopf, verlangend, das *Mehr* heftig einfordernd.

Bald, tröstete er wieder. Die Luft flirrte erneut. Feine Blitze knisterten. Unzählige Gegenstände verschwanden und tauchten wieder auf. Manche Dinge setzten Staub an, solange verweilten sie in dieser Halle, andere machten sich auf die Reise, nachdem sie gerade erst angekommen waren. Dieser Raum war zeitlos und zugleich ein stetes Kommen und Gehen. Alles, was oben an der Oberfläche verschwand und irgendwann dorthin zurückkehrte, legte hier eine Pause ein. Hier, am Mittelpunkt der Magie und damit, so glaubte der Magiebändiger, auch am Mittelpunkt der Welt.

Ihn störte das Umtreiben nicht. Es gab ihm das Gefühl, beim Experimentieren mit der Magie nicht allein zu sein. Denn obwohl die Magie ein Teil von ihm war oder er vielmehr von ihr, so war sie bisweilen sperrig und bissig und verbrannte ihn, wenn er sich zu tief vorwagte. Manchmal war sie sanft und zärtlich zu ihm, und manchmal wollte sie ihn in Scherben brechen. Er hatte eine Weile gebraucht, bis er begriffen hatte, dass sie meistens ein Spiegel seiner selbst war.

Das Flirren wurde lauter. Es war so ungeduldig. *Er* war so ungeduldig. Sein Verlangen nach mehr war beinahe ins Unermessliche gewachsen und trocknete ihn von innen aus. Es war besser geworden, als er die Malerin, den Schausteller und die Musikerin in diesen Hallen empfangen hatte. Die Magie hatte förmlich nach ihnen gelechzt.

Saug sie aus. Gib uns jeden Tropfen ihrer Gaben.

Er war der Magie untertänig und hatte getan, was sie verlangt hatte. Das hatte er schon immer getan. Er stellte ihre Anweisungen nie infrage.

Selbst an jenem einen Tag hatte er es nicht getan. Tief in seinem Inneren hatte ein Teil von ihm rebelliert. Aber es ging nicht um ihn. Es ging um das große Ganze. Es ging um die Magie und darum, Phantopien einen Dienst zu erweisen.

Wenigstens das hatte die junge, nutzlose Königin begriffen. Dass sein Plan, der Magie Nahrung zu geben, Vorteile für sie alle hatte.

Der Magiebändiger näherte sich dem mechanischen Herzen. Die Wände der Höhle waren mit Adern aus schwarzem, schimmerndem Stein durchzogen, der gelegentlich hell aufleuchtete. Dieses Leuchten zog sich zum Ende des Raumes, in dem die feinen Linien zu einem Steinbrocken zusammenliefen. Den riesigen Stein nannten die gewöhnlichen Menschen Nachtonyx, weil seine dunklen Adern sich durch Erde und Felsen des ganzen Landes zogen und die Magie hierher leiteten, auch wenn mittlerweile kaum noch etwas ankam. Er pulsierte schwarz und schwach flackernd. Er war beinahe tot gewesen, als er ihn gefunden hatte. Seine Oberfläche war blass und abgenutzt gewesen. Aber die Gaben, von denen er sich genährt hatte, die Galvan ihm in ihrer reinsten Form zugeführt hatte, hatten ihm mehr Leben eingehaucht. Wenn er die Fantasie der Dichterin bekommen würde, würde das Herz heilen. Es würde die Magie in die Welt hinaustragen können, und er selbst wäre in der Lage, all das zu kontrollieren.

Ganz genau, wisperten sie in seinem Kopf. *Du wirst unser alleiniger Herr.*

Der Magiebändiger durchquerte den Raum, bis er die stählerne Sicherheitstür am anderen Ende des Raumes erreicht hatte. Er öffnete sie mit seinem Schlüssel.

Auf der anderen Seite hielten zwei Männer Wache, die nun von ihren Stühlen aufsprangen.

»Sagt der Königin, dass es so weit ist«, befahl Galvan leise. Er konnte den brennenden Triumph, der das Blut durch seine Venen fegte, kaum verbergen.

»Sagt ihr, dass man die Dichterin wie besprochen für die Gabenschenkung vorbereiten soll. Wir können nicht länger warten.«

Die Magie ist bereit, sie zu verschlingen.

43.
Minna

Der letzte Hauch von Freiheit

Minna hatte sich die ganze Nacht auf ihrem Bett herumgewälzt. Weil sie ohnehin nicht schlafen konnte, war sie in der Früh aufgestanden. Sie wusste, dass die Königin nach Sonnenaufgang ihren morgendlichen Rundgang in der Bibliothek erledigen würde, daher war sie an diesem Morgen schneller. Sie saß auf dem Stuhl gegenüber dem königlichen Arbeitsplatz, als die Flügeltüren geöffnet wurden und die Königin eintrat. Sie sah erschöpft aus, als hätte sie eine ebenso unruhige Nacht verbracht.

Und so erschöpft sie wirkte, so wenig erfreut war sie über Minnas Anblick.

»Ich erinnere mich nicht daran, dass Ihr jetzt eine Audienz bei mir habt«, sagte sie statt einer Begrüßung.

»Ich auch nicht, Eure Majestät, aber wie gut, dass wir uns zufällig begegnet sind.«

Minnas Stimme war sanft, und sie sprach mit Bedacht. Das Buch mit dem gefährlichen Wissen, das sie am Vorabend entdeckt hatte, lag schwer wie ein Felsen auf ihrem Schoß. Sie wusste, dass sie die Königin nicht damit überfallen durfte. Entweder kannte sie den Inhalt bereits und es war ihr gleich, was sie zu einer noch skrupelloseren Gegenspielerin machte, oder … Minna wusste nicht, wie sie es aufnehmen würde. Sie musste vorsichtig vorgehen.

»Nun, es trifft sich zumindest insofern gut, als dass Ihr heute Abend dem Labyrinth einen Besuch abstatten werdet. Das wollte ich Euch heute ohnehin mitteilen lassen.«

Das Labyrinth.

Minna musste ein Schaudern unterdrücken. Die Kerker musste sie nicht noch einmal von innen sehen. Und sie hatte nur einen Bruchteil davon gesehen … »Es ist also jetzt so weit?«, fragte sie. Sie konnte nicht verhindern, dass ihre Stimme dünn klang.

Die Königin, die zwischenzeitlich Platz genommen hatte, sah zu ihr. Ihre verärgerte Miene entspannte sich ein wenig. »Minna, macht Euch keine Gedanken.«

»Doch, Eure Majestät, ich habe Euch schon einmal gefragt und frage Euch jetzt ein weiteres Mal: Glaubt Ihr nicht, ich habe ein Anrecht auf die Wahrheit?«

Ich kenne die Wahrheit bereits. Aber ich will sie aus Eurem Munde hören. Ich will hören, wie Ihr Eure Verbrechen rechtfertigt.

Die Königin stieß ein Seufzen aus und legte ihre Schreibfeder wieder zur Seite.

»Wie Ihr wünscht, Minna. Wisst Ihr, ich muss gestehen, dass ich Eure Beharrlichkeit und Euren Mut bewundere. Und entgegen der Meinung, die Ihr Euch über mich gebildet habt: Es gefällt mir nicht, wie mit Euch verfahren werden muss. Ich erkenne Euer ungeheuer kostbares Talent an und glaube, dass Ihr für diesen Hof eine wirkliche Bereicherung hättet sein können.«

Das rötliche Licht der Morgensonne färbte das ohnehin schon auffällige Haar der Königin, das heute in einem strengen Dutt gebändigt war, noch feuriger.

»Ich möchte die Magie zurückholen, Minna. Ich möchte, dass ihr kümmerlicher Rest nicht nur spärlich hier in Fernab vorhanden ist, sondern dass sie wieder in ganz Phantopien blüht. Ich möchte, dass jeder Einzelne von uns wie damals ganz Einzigartiges, Wildes und Wunderbares erschaffen kann. Das ist mein fürchterlicher Plan.«

Für einen Augenblick fragte Minna sich, wie sie in diese Situation hatte kommen können. Wie sie einer Königin in die

Augen sehen konnte, in denen etwas stand, das sie niemals laut aussprechen würde: Der Wunsch nach Vergebung. Als wäre dieses Vorhaben so ehrenhaft, dass Minna sich auf der Stelle dafür hergeben müsste.

»Ich weiß, was Ihr von mir hören wollt.«

Die Königin zuckte kaum merklich zusammen, als wäre sie ertappt worden. Der Versuch eines Lächelns misslang. »Ich will gar nichts von Euch, das ich mir nicht nehmen kann.«

»Ihr seid eine Königin, aber auch Königinnen sind irgendwo tief hier«, Minna deutete auf die Stelle, an der ihr Herz schlug, »noch Menschen. In Euch gibt es einen Rest Menschlichkeit, da bin ich mir sicher.«

»Es reicht, Dichterin. Ihr habt genügend Worte gesprochen.«

»Oh nein, Eure Majestät. Ich werde niemals genügend Worte sprechen, dafür sorgt Ihr schon. Ihr glaubt, der Zweck heiligt die Mittel, ist es nicht so? Ihr glaubt, ein paar wenige Opfer sind es wert, wenn es am Ende einem ganzen Land dient?«

»Ich ahne, worauf Ihr hinauswollt. Dass ich einem einzigen Leben einen Wert zuspreche. Oder *ab*spreche, je nachdem, wie man es sehen mag. Aber auch wenn es so aussieht, so ist dies nicht wahr.«

»Ihr könnt Leben nicht schätzen, wenn Ihr es nehmt. Oder vielmehr: Wenn Ihr den Menschen das nehmt, was sie ausmacht.«

Die Miene der Königin wurde hart. »Was wisst Ihr schon davon? Ihr seid eine einfache Dichterin. Auf Euren Schultern lastet nicht die Verantwortung für ein ganzes Volk. Ihr habt keine Ahnung davon, was es heißt, zu regieren und Opfer bringen zu müssen. Seit Beginn der Menschheit gab es immer wenige, die den Preis für das Wohlergehen vieler bezahlen mussten. Nennt mir einen einzigen Herrscher auf dieser Welt, der moralisch unantastbar ist.«

»Es geht nicht um Opfer. Wir befinden uns nicht im Krieg.

Wenn Ihr ehrlich zu Euch selbst seid, geht es nur um Euren Namen in den Geschichtsbüchern. Und um die Macht, Rache zu nehmen. Das ist der wahre Grund, nicht wahr?«

Die Königin zuckte zurück, als hätte Minna sie geschlagen. Ihr Gesicht wurde leichenblass. »Woher … Woher wisst Ihr das?«

Minna lockerte ihre Finger, die sich um den Einband des Buches auf ihrem Schoß gekrampft hatten. Vorsichtig hob sie es an und legte es auf die Tischplatte. »Das hier ist die Lebensgeschichte Eures Hofdichters. Und wenn ich das Gelesene richtig verstanden habe, seid Ihr nicht weniger ahnungslos, als ich es bis eben war.« Sie atmete tief durch. Ihre Stimme durfte nicht zittern, nicht wanken. »Erinnert Ihr Euch an Galvans Beitrag während des Dichterwettstreits, Eure Majestät?«

»Nicht wörtlich.«

»*Aber am Ende kam alles anders*«, rezitierte Minna leise, »*am Ende warst du allein, dort oben auf dem weißen Mond, und ließest mich hier, verschlungen, umhüllt, ausgebrannt, in der Finsternis. So harre ich, wo das Dunkle der Nacht begegnet. Abhandengekommen ist mir die Liebe.*«

Der Blick der Königin war angespannt. »Was wollt Ihr mir damit sagen?« Ihre Fingerspitzen berührten das Buch so zögerlich, als könnte es jeden Moment Feuer speien.

»Euer Magiebändiger ist nicht auf Eurer Seite, Eure Majestät. Aber Ihr müsst die Worte selbst lesen. Aus meinem Munde würdet Ihr sie nicht glauben. Ihr würdet mir eine Lüge unterstellen, mit der ich mich selbst retten wollen würde.« Am liebsten hätte Minna die richtige Seite aufgeschlagen und die Königin gezwungen, die Buchstaben jetzt und hier zu lesen. Doch das lag nicht in ihrer Macht.

Aber letzte Worte, die lagen in ihrer Macht. Sie lehnte sich vor. »Vielleicht geht Ihr es falsch an, Eure Majestät. Vielleicht geht es gar nicht um die Magie. Und ganz vielleicht ist nicht die Magie das, was wir verloren haben. Vielmehr haben wir die Fähigkeit verloren, uns etwas zu erzählen, uns an Liedern und Bildern und Geschichten zu erfreuen, auch wenn wir diese Dinge nicht berühren können. Weil wir diese Dinge nicht mehr schätzen, haben wir etwas anderes verloren. Die Begabung, ganz Kleines wertzuschätzen. Die Begabung, den Wert von etwas zu erkennen, das keine Goldschicht hat. Und am Ende …« Minnas Stimme wurde von Traurigkeit überschattet. »Am Ende haben wir das, was uns ausmacht, verloren. Wir haben die Magie aus eigenen Stücken verjagt und können sie nicht zwingen, zurückzukehren, weil wir doch diejenigen sind, die sich verändert haben.«

Die Dichterin wagte es nicht, den Kopf zu heben und der Königin ins Gesicht zu sehen. Sie hatte Angst, auf Ablehnung zu stoßen, Angst, dass die Königin ihre letzte Hoffnung zerstörte, dass es möglich war, sie zur Einsicht zu bewegen. Es stand mehr als ihr Leben auf dem Spiel. Da war noch etwas, das mehr wog.

Minna schloss die Augen. Sie wollte nicht sehen, nur hören. Hören und Zuhören, das war ihr Leben. Worten lauschen und den Nuancen dazwischen, den versteckten Botschaften.

»Wollt Ihr damit sagen, dass wir uns erst selbst wiederfinden müssen, bevor die Magie zurückkehren kann?« Der Tonfall der Königin war beherrscht und kühl. Ganz wie immer. Aber Minna nahm noch etwas anderes wahr. Ein ganz leichtes Flackern. Die Königin war unsicher.

»Ich will damit sagen«, antwortete Minna langsam, »dass es nicht wichtig ist, ob sie zurückkehrt oder für immer verloren ist.«

»Die Magie ist der Grundpfeiler der Macht von Phantopien.«

Minna schüttelte den Kopf. »Die Magie war einst ein Grundpfeiler, ja. Für Menschen, die voller Fantasie waren. Verwechselt das nicht, Eure Majestät. Die Menschen haben sich verändert. Muss es immer um Macht gehen? Um Größe? Um

Reichtum? Glaubt Ihr, das ist es, was die Menschen da draußen wirklich wollen?«

Jemand klopfte an der Tür.

»Was gibt es?«, fragte die Königin ungehalten.

Harold öffnete die Tür einen Spalt breit. »Der Gabensucher ist hier, Eure Majestät. Er wünscht Euch sofort zu sprechen. Er sagt, er hätte einen Gefangenen bei sich, der für Euch von Interesse ist und mit dem er seine Treue zu Euch unter Beweis stellen möchte. Einen Schatzsucher.«

Minna sprang auf die Beine, ihre Brust schien ihr plötzlich viel zu eng zum Atmen zu sein. Sie öffnete den Mund, um etwas zu sagen, aber die Königin kam ihr zuvor. Jegliche Unsicherheit war aus ihrem Gesicht verschwunden.

»Geleite die Dichterin bitte in ihr Gemach, Harold. Wenn sie es wünscht, lass ihr ein Bad ein, sie einen Spaziergang durch die Gärten machen oder sie jede Speise, die in unserer Küche verfügbar ist, zu sich nehmen. Aber bis zum Sonnenuntergang muss sie für die Zeremonie bereit sein. Lass sie keinen Moment aus den Augen.«

Sonnenuntergang. Ihre Stunde hatte also geschlagen.

»Lest diese Geschichte, Eure Majestät. Eure Fragen werden darin beantwortet. Eure Welt wird zusammenbrechen. Was Ihr aus ihren Bruchstücken macht, liegt an Euch, aber verdammt, lest sie.«

Minna wandte sich von der Königin ab und bewegte sich auf die Treppe zu, die hoch zur Empore und zu ihrem Zimmer führte. Ihre Knie waren so weich, dass nur ihr eiserner Wille sie Schritt für Schritt nach vorne drängte. Hinter sich vernahm sie das Rascheln von Papierseiten.

Sonnenuntergang.

44.
Die Königin

Über einen Mann, der die Liebe unter Tage verlor

Es fiel der Königin unsäglich schwer, die Beherrschung nicht zu verlieren. Heute war *der* Tag. Sie hatte so lange auf ihn hingefiebert, und nun, da er endlich gekommen war, war ihr übel. Diese Dichterin hatte mit ihrem Gerede über Moral und Magie und dem, was die Menschen wirklich bräuchten, ihre Geduld auf eine harte Probe gestellt.

Ist es nur deine Geduld, die sie gereizt hat? Oder vielmehr dein Gewissen?

Vor ihr lag das Buch, in dem angeblich Galvans Lebensgeschichte verewigt war. Sie hatte immer gehofft, dass es ihr eines Tages während der Suche nach der ihrer Mutter in die Hände fiel, aber dieses Glück war ihr bislang nicht vergönnt gewesen.

Sie hatte Angst, es aufzuschlagen, schreckliche Angst davor zu lesen, was die Dichterin bereits angedeutet hatte. Sie hatte immer gewusst, dass Galvan ein Mann mit vielen Gesichtern war, aber sie hatte nur eines sehen wollen: Das des Mannes, der ihr half, ein Vermächtnis aufzubauen. Phantopien zurückzugewinnen. Den alten Zauber neu zu entfachen. Bereit für die großen Geschichtsbücher der Welt zu sein.

Der Einband des Buches war besonders alt und so unscheinbar, dass sie es vielleicht aus diesem Grunde nie ausgewählt hatte.

Ich muss es nicht lesen. Ich kann es einfach hier liegen lassen. Ich muss nie herausfinden, was drinsteht. Morgen früh ist die Welt ohnehin eine andere.

Jenseits der Flügeltüren drang Stimmengewirr zu ihr. Harold und Valerian stritten sich. Der Gabensucher wollte immer noch sofort zu ihr. Er würde weiter warten müssen. Gerade war er der Letzte, den sie sehen wollte.

Mit einem Herzschlag, der in ihren Ohren dröhnte, zog sie das Buch heran und schlug es auf. Minna Fabelreich hatte an der Stelle, an der das Wesentliche begann, ein kleines Stück Pergament als Lesezeichen eingelegt, damit sie gar nicht erst in die Versuchung kam, sich im Nebensächlichen zu verlieren.

Die Königin und den Magiebändiger verband bis kurz vor ihrem Tod etwas Besonderes: Freundschaft, Verständnis füreinander und eine Liebe, die gegenwärtig war, aber nie laut ausgesprochen wurde. Selbst als die Königin später einen Adeligen aus den nördlichen Landen heiratete [Vermerk: Mehr zum Leben und der kurzen Ehe von Moira Wüstenherz, die 124. Königin von Phantopien, in Regal 9, Etage 2, Reihe 8, zehntes Buch von links], ebbte diese Liebe nicht ab.

Die Königin hielt den Atem an. Sie hatte immer so eine vage Ahnung gehabt, aber jetzt schwarz auf weiß zu lesen, was sie bisher nur vermutet hatte, war etwas ganz anderes. Und es verstärkte die Angst, die sich wie mit langen Tentakeln in ihrem Körper festgeklammert hatte.

Es ereignete sich, dass Galvan, abtrünniger Chronist, höfischer Dichter und heimlicher Magiebändiger, bei diesen Versuchen die Magie der Stadt missachtete – und sich selbst dabei das Herz herausriss.

Den Schlüssel zu diesem Herzen findet man nur in den Untiefen des Labyrinths.

Während die Königin las, wich alle Farbe aus ihrem Gesicht. Sie hatte gewusst, dass Galvan ein Magiebändiger war, denn ohne diese Fähigkeiten wäre es kaum möglich, die vier Gaben zu benutzen, um die Magie Fernabs zu kanalisieren. Allerdings hatte sie nicht gewusst, was die Experimente, die Galvan in den Untiefen des Schlosses ausübte, anrichten würden.

»Er hat die Magie gegen sich selbst gewandt. Oder die Magie hat sich gegen ihn gewandt?«, flüsterte die Königin ungläubig. Der Zauber, den er versucht hatte, der Zauber der Gabenschenkung, den er auch heute an Minna ausüben würde, hatte sich gegen ihn gewandt und ihm das genommen, das ihn ausgemacht hatte.

Seine Liebe. Die Liebe zu ihrer Mutter. Die Liebe, die ihn trotz seiner Fähigkeiten und der Macht, die die Magie ihm verleihen konnte, bodenständig und bescheiden sein ließ. Die Liebe, die eine Mauer um all das Schlechte in ihm gebildet und es daran gehindert hatte, auszubrechen: Den Ehrgeiz und die Gier nach mehr.

Mehr.

Hatte das nicht auch die Dichterin erwähnt? Dass es gar nicht immer um mehr gehen sollte?

Wie im Fieber wandte die Königin sich wieder dem Text zu.

Ohne die Liebe gab es nichts mehr, was den Magiebändiger davon abhielt, all die Pläne, die tief in ihm schlummerten, auszuleben. Doch es gab noch eine Instanz, die ihm nicht alles durchgehen ließ. Eine Instanz, die diesen Plänen einen Riegel vorschob.

Die Königin.

Die Königin bemerkte, dass der Magiebändiger sich verändert hatte und ihre gemeinsamen Ziele für Phantopien nicht länger von Bedeutung waren. Wo sie zusammen dafür gekämpft hatten, talentierte Künstler nach Fernab zu locken und eine Stadt zu formen, in der die vier sterbenden Künste noch blühen konnten, so reichte dies dem Magiebändiger nicht länger aus. Seine Pläne wurden ehrgeiziger und sie verlangten zu viele Opfer. Opfer, die die Königin nicht zu bringen gewillt war.

Wüsste die Königin es nicht besser, so hätte sie das Buch für eine Botschaft aus dem Grab gehalten, die Moira Wüstenherz ihr sandte, um ihr Vorhaltungen zu machen. Um ihr vorzuwerfen, dass sie sich wie ein Maulesel vor Galvans Karren hatte spannen lassen, sich benutzen ließ. Dass sie schwach war und sich nicht behaupten konnte, wo ihre Mutter sich mit aller Macht behauptet hatte.

Und hätte sie damit nicht sogar recht? Gehe ich nicht über Leichen, die ich mir schönrede?

Sie zwang ihre Aufmerksamkeit auf die folgenden Seiten. Es waren nicht mehr viele, und wenn sie den Tumult vor der Tür richtig deutete, war der Gabensucher mittlerweile kaum noch im Zaum zu halten.

»Verflucht seist du, Valerian«, murmelte sie bitter und wusste, dass sie eigentlich zu sich selbst sprach.

Es war ein sonniger Tag, als sich ein historisches Unglück dramatischen Ausmaßes ereignete. Niemand hätte geahnt, dass sich an diesem Nachmittag ein Schatten auf das Land werfen sollte, den es so schnell nicht abstreifen würde. Die Königin und der Magiebändiger hatten sich an diesem Tage ausgesöhnt, nachdem sie erst kurz zuvor einen Streit miteinander ausgefochten hatten. Um ihre Versöhnung zu feiern, unternahmen sie einen Ausflug in die Stadt und wohnten einem Schauspiel bei, das man zu Ehren der königlichen Familie uraufführte. Danach lud Galvan seine Königin zu einer Bootsfahrt auf dem Schlosssee ein. Er hatte das große Problem endlich gelöst, und er war sich sicher, einen Weg gefunden zu haben, den Moira akzeptieren konnte.

Gesteuert wurde das Boot von einem jungen Mann namens Joran Ohneruh, der erst seit kurzem in den Diensten der Königin stand und weniger Erfahrung hatte als manch anderer ausgebildete Fährmann. Das Wetter an diesem Tag war ruhig, kein Windhauch regte sich in der hoch über den Klippen angesiedelten Stadt.

Eiseskälte durchzuckte die Königin. Sie hatte geglaubt, Kälte zu kennen, denn sie hatte sie immer willkommen geheißen, sonst hätte sie all die Befehle im letzten Jahr nicht geben können. Sie hätte ohne diese Kälte, mit der sie den letzten Rest

Menschlichkeit unterdrückte, nichts davon tun können, hätte nicht mit harter Hand herrschen können.

Diese Kälte war nichts im Vergleich zu der, die sie nun heimsuchte. Die Vorahnung, die wie eine Welle aus eisigem Meerwasser unaufhaltsam auf sie zu schwappte, um sie unter tonnenschwerem Gewicht zu begraben. Um ihr das anzutun, wovor sich ihre Gefangenen im Labyrinth jeden Tag fürchteten. Vor dem Ertrinken. Vor dem Ersticken in der eigenen Panik.

Sie alle waren davon ausgegangen, dass Joran mit der Königin allein im Boot gewesen war, als es unterging. Zwar hatte er später behauptet, Galvan zuvor in der Nähe des Boots gesehen zu haben, diese Aussage aber später zurückgenommen.

Es war zu spät, das Buch zuzuschlagen oder besser noch, es aus dem Fenster auf den Grund des Sees zu werfen. Was nutzte es auch? Sie hatte es schwarz auf weiß, denn die Magie irrte sich nicht. Sie konnte die Augen nicht länger vor der Wahrheit verschließen. Sie war zu weit gegangen, um nun umkehren zu können. Und am Ende konnte man vor der Wahrheit bis ans Ende der Welt fliehen, sie jagte einen dennoch, bis man atemlos in einer Ecke ohne Ausweg kauerte.

Auf der anderen Seite verspürte sie auch den Anflug von Erleichterung. Bald hatte sie Gewissheit. Und hatte sie nicht immer danach gesucht? Nach der Wahrheit?

So viele Emotionen tobten in ihr. Am liebsten hätte sie einen lauten Schrei ausgestoßen und irgendetwas mit ihren bloßen Händen zertrümmert. Aber wenn sie sich jetzt gehen ließ, dann würde sie einen Punkt überschreiten, an dem es kein Zurück mehr gab. Der Plan war trotzdem noch da.

Ist er das?

Obwohl ihr übel war, zwang sie sich, mit zitternden Händen zur vorletzten Seite zu blättern. Die Zeilen verschwammen vor ihren Augen.

Abhandengekommen ist mir die Liebe.

45.
Valerian

Durch eine Wand aus Schatten und Nacht

Warum begriff der alte Mann nicht, wie ernst es ihm war? Er konnte und wollte keine einzige Sekunde länger vor dieser Tür stehen und wie ein armseliger Bittsteller warten. Er war bereits eine ganze Nacht fort gewesen, weil die Verhandlung mit dem Schatzsucher so lange gedauert hatte, er konnte keine weitere Verzögerung ertragen.

Vielleicht war es auch schon längst zu spät, und er wusste es nur noch nicht.

Seine Geduld war jedenfalls am Ende. »Du lässt mich jetzt rein, Harold.«

Der Ältere setzte eine strenge Miene auf. »Du weißt genauso gut wie ich, dass niemand ohne Erlaubnis in die Privaträume der Königin marschieren darf. Auch du nicht.«

Valerian kniff die Augen zusammen. Er war verschwitzt und dreckig. Niemand würde in diesem Aufzug vor die Königin treten. Aber er musste zu ihr. Er musste wissen, ob es für seinen verzweifelten Plan noch Hoffnung gab oder ob er sein Schwert ziehen und sich den Weg durch das Schloss zu seinem Bruder freikämpfen musste.

Nachlässig klopfte er sich den Schmutz von seiner Hose. Feiner Staub rieselte auf die makellosen Fliesen. »Du wirst mich einlassen. *Jetzt.*« Seine Stimme war leise geworden.

»Nein.« Harold blieb gelassen. Doch Valerian war nicht entgangen, dass seine Hand zum Knauf seines Schwertes geglitten war.

Er zwang sich, ruhig durchzuatmen. »Muss ich dich an deinen Rang erinnern?«

»Wenn du dir dein eigenes Grab schaufeln willst, bitte. Tu dir keinen Zwang an. Aber behaupte später nicht, ich hätte dich nicht gewarnt.«

»Später?«, erwiderte Valerian. »Warum glaubst du, dass es ein Später geben wird?« Er schob den Mann grob zur Seite. Als Gabensucher stand er über der Königsgarde. Strenggenommen war er im Rang gar nicht so weit unter der Königin, wie sie ihm weismachen wollte. Er musste nicht darum betteln, in die Höhle der Löwin vorgelassen zu werden. Die Schlinge um seinen Hals durfte er sich aus eigener Kraft zuziehen.

Er stieß die Tür heftiger auf, als er beabsichtigt hatte. Wenigstens zu einer Verbeugung ließ er sich herab, um den Anschein von Respekt zu wahren.

»Meine Königin.«

Doch wo er einen Sturm erwartet hatte, schlug ihm nicht einmal eine sanfte Brise entgegen. Die Königin saß an ihrem Schreibtisch. Es war ein vertrauter Anblick, aber etwas trübte das gewohnte Bild. Ein Mosaikteilchen, das nicht zum Rest passen wollte.

Sie beachtete ihn nicht einmal. Sie ignorierte, dass er eine Grenze überschritten hatte. Was war mit ihr, dass sie ihm *das* durchgehen ließ? Das Gefüge aus Macht und Erpressung war das Einzige, das sie ihn wieder und wieder mit aller Härte spüren ließ.

»Meine Königin.« Er hätte lauter sprechen müssen, stattdessen war seine Stimme leiser geworden. Als wäre sie ein verwundetes, blutendes Tier, das verletzt in einer Ecke lag und jeden Augenblick aufgeschreckt werden konnte.

Sie schien ihn nicht zu hören. Ihr Blick war starr auf das Buch gerichtet, das sie fest umklammert in den Händen hielt, als hinge ihr Leben davon ab.

»Malwine.« Ihr Name kam nur schwer über seine Lippen,

war fremd und ein wenig faulig, ein verdorbener Geschmack einer einst süßen Frucht.

Die Königin regte sich. Ihr Name drang offenbar zu ihr durch. Ganz langsam hob sie den Kopf und sah ihn an, als wäre er ein Fremder. Es dauerte einige Wimpernschläge, bis sich Erkennen auf ihrem Gesicht abzeichnete. Valerian wartete darauf, wie sich dieses Erkennen in Wut verwandelte, in die altbekannte Abscheu, in den leisen Triumph.

Aber nichts davon geschah. Ihre Miene blieb ausdruckslos, und in ihren Augen … Er hatte schon lange nicht mehr ein solches Entsetzen gesehen. Sie wirkte, als wäre sie gerade einem Toten begegnet.

Er zwang sich, ihren Anblick einfach auszublenden. Was immer sie gerade für ein Schreckensmärchen gelesen hatte, es ging ihn nichts an.

»Malwine, kann ich dich einen Augenblick sprechen?«

Sie öffnete den Mund und schloss ihn wieder. Stattdessen gab sie einen Laut von sich, der wie Wimmern und Seufzen zugleich klang. Dann ging ein Ruck durch ihren Körper, als stünde jemand über ihr und zöge an unsichtbaren Fäden, um sie aufzurichten.

»Valerian?«

Eine unangenehme Gänsehaut machte sich auf seinem Körper breit. Ihre Stimme war so unverstellt, so ohne die übliche herrische Nuance, ohne die fehlende Duldung von Widerspruch, ohne die Kälte, die ihr steter Begleiter war.

»Ja, meine Königin?« Er war auf der Hut. Vielleicht war das ein Trick, um ihn in Sicherheit zu wiegen und dann zuzuschlagen.

Sie sagte etwas, dass er nicht verstand, sodass er näher herantreten musste. Ihr Gesicht war leichenblass.

»Ist alles in Ordnung, meine Königin?«

»In Ordnung?«, wiederholte sie. »Nein. Ich …« Sie brach ab. Offensichtlich begann sie, sich zu besinnen. Sich darauf zu besinnen, dass *er* da war. Sie hatte bereits zu viel Schwäche gezeigt.

Aber sie schien gar nicht zum herrischen Bild einer Königin zurückkehren zu wollen. Sie schob das Buch zur Seite, lehnte sich zurück und schloss die Augen. Sie schloss wahrhaftig in seiner Gegenwart und ohne Wachen die Augen. Vertraute sie ihm plötzlich? Hatte sie denn gar keine Angst? Oder war es ihr schlichtweg *egal*, dass er ihr etwas antun konnte?

»Ich habe Neuigkeiten mitgebracht«, sagte er vorsichtig.

»Gib mir bitte einen Augenblick.«

Bitte?

Die Königin holte langsam und tief Luft, um sie dann wieder auszustoßen. Als würde ihr das Atmen helfen, sich auf das Hier und Jetzt zu konzentrieren. Was auch immer sie gerade gelesen hatte, hatte sie aus dem Gleichgewicht gebracht.

Valerian wartete eine Weile, bis sie sich gefasst hatte. Er konnte förmlich dabei zusehen, wie sich ihr Atem beruhigte, wie sie sich aufrichtete und ihre Schultern sich strafften.

Die wahre Königin kehrt zurück, dachte er ironisch.

Sie öffnete ihre Augen. »Komm her und setz dich zu mir.«

Zögernd leistete er ihrem Befehl Folge. Nun, da er so nahe bei ihr war, konnte er einen unverschleierten Schmerz in ihren stechend grünen Augen sehen. Ihm war dieser Schmerz nicht unbekannt, war er doch seit einem Jahr präsent, aber bisher hatte sie ihn gut verborgen wie eine schlecht heilende Wunde.

Er wollte diesen Schmerz nicht wahrnehmen. Schmerz machte jeden von ihnen menschlich. Und er wollte sie nicht menschlich sehen. Er wollte sie als eine Sonne sehen, die er aus der Ferne hassen konnte, weil sie ihn mit ihrem Licht verbrannte.

»Was wolltest du mir mitteilen, das so dringend ist?« Da schwang kein Tadel mit.

»Ich habe den Schatzsucher gefunden. Finn Minengräber, den Begleiter der Dichterin, auf den Ihr ein Kopfgeld ausgesetzt hattet. Er sitzt in den Kerkern des Labyrinths.«

Die Königin nickte nur. Er hatte erwartet, dass sie sich darüber freuen würde, ein mögliches Risiko beseitigt zu wissen. Aber es schien ihr egal zu sein, als wäre Finn Minengräber bedeutungslos.

Sie ist viel zu passiv. Irgendetwas stinkt hier zum Himmel.

Das beunruhigte ihn zutiefst. Er hatte einen Plan. Der Schatzsucher und er hatten einen Plan. Aber dazu musste er auch *ihren* Plan kennen.

Er konnte es kaum erwarten, sie hinter einer verschlossenen Tür zu sehen. Ihr anzutun, was sie seinem Bruder angetan hatte.

»Was gedenkt Ihr, mit ihm zu machen?«

»Ich weiß es nicht.«

»Ihr wisst es nicht?«, erwiderte der Gabensucher irritiert. »Ihr wolltet ihn vor wenigen Tagen noch tot sehen.«

»Vor wenigen Tagen war die Welt noch eine andere.«

Er sollte nicht nachfragen. Es sollte ihn einen Dreck interessieren, was sie so sehr betrübte. Er sollte darüber lachen und sich an ihrem Leid erfreuen. Hatte er sich das nicht all die Zeit gewünscht? Dass sie so sehr litt, wie seine Familie gelitten hatte? Dass Gleiches mit Gleichem vergolten wurde?

»Was ist geschehen?« Seine eigenen Worte fühlten sich wie ein Schlag ins Gesicht seines Bruders an. Wenn er in den Spiegel sähe, sähe er einen untreuen Bastard.

Die Königin sah ihn direkt an. In ihren Augen lag eine so pure Verzweiflung, dass Angst in ihm hinaufkriechen wollte. Die Königin hatte viele Eigenschaften, und die meisten widerten ihn an. Aber sie war auch unerschütterlich auf ihrem Pfad. Wenn sie ins Schwanken kam, musste eine Tragödie passiert sein.

»Ich stecke in einem Dilemma, Valerian. Ich habe keine Ahnung, wie ich mich hinausmanövrieren soll.«

»Von welcher Art Dilemma sprechen wir?«

Die Königin kämpfte mit ihrem Stolz, das konnte er sehen. Über Schwächen und Fehler zu sprechen behagte ihr nicht. Es machte sie angreifbar.

Sie beugte sich vor. Ihre Hände lagen auf der Tischplatte nur fingerbreit von seinen entfernt. Für einen Sekundenbruchteil hatte er den Eindruck, sie wolle nach seinen greifen.

»Ich habe mich geirrt, Valerian. Ich habe mich so schrecklich geirrt, dass ich kaum Luft bekomme, wenn ich sehe, was ich getan habe.« Angesichts der Schwere ihrer Worte war ihre Stimme erstaunlich fest.

Er musterte sie. »Spreche ich jetzt mit der Königin oder mit … Malwine?«

Seine Frage entlockte ihr ein kaum merkliches Lächeln. »Die Königin hat den Raum für eine Weile verlassen.«

»Wenn das so ist: Ich stimme dir zu. Du hast in vielen Dingen schrecklich geirrt. Aber ich nehme an, du sprichst von etwas Bestimmtem?«

»Ja, ich … Lies selbst.«

Sie schlug das Buch mit einer angeekelten Miene auf, blätterte auf die letzte Seite und hielt es ihm hin.

Er las, was ihre Welt auf den Kopf gestellt hatte. Und als ein Mann, der viele Jahre seines Lebens in den Dienst der Krone gestellt hatte, verschlug es ihm den Atem.

»Galvan hat deine Mutter getötet?«

Die Worte waren ausgesprochen und schwebten wie eine graue Wolke über ihren Köpfen. Diese Tatsache warf ein neues Licht auf den Plan der Königin. Das bedeutete, dass er all seine Verbrechen aus den falschen Motiven heraus begangen hatte, denn dem Hofdichter war es in Wahrheit nie um das Wohl Phantopiens gegangen, sondern nur um die eigene Macht.

Ein furchtbarer Gedanke schoss ihm durch den Kopf. »Das ist der Beweis dafür, dass mein Bruder unschuldig ist.«

In der Miene der Königin war das geschrieben, was er dachte: Der Wunsch, die Zeit zurückdrehen zu können.

»Ich werde sofort veranlassen, dass er freigelassen wird«, sagte sie. Sie versuchte erst gar nicht, sich zu entschuldigen. Sie wussten beide, dass es keine Rechtfertigung dafür gab, dass sie seinen Bruder ohne Beweise ein Jahr lang festgehalten, mit dem Tode bedroht und ihn selbst damit erpresst hatte. Es gab keine Ausrede für all die Verbrechen, die sie veranlasst und die er ausgeführt hatte. Galvan mochte die meisten mit seinen finsteren Hintergedanken initiiert haben, doch sie beide hatten sie ausgeführt.

»Wir stehen vor einem Scherbenhaufen, nicht wahr?«, fragte sie.

»Vor Scherben, die wir nicht mehr zusammensetzen können«, stimmte er zu. »Ich möchte dir so viel an den Kopf werfen. Aber jetzt ist nicht der richtige Zeitpunkt. Jetzt muss ich wissen: Willst du an deinem Plan festhalten? Träumst du noch immer groß, und willst du weitere Menschen dafür opfern?«

Die Königin schluckte. Dann schüttelte sie den Kopf. »Er will die Dichterin heute Abend haben. Er will die Gabenschenkung durchführen. Damit wäre er im Besitz der Gaben aller vier sterbenden Künste. Ich bin keine Magiebändigerin, aber ich bin mir sicher, dass er dann über mehr Macht verfügt, als er mir bislang vormachen wollte.«

Heute Abend. So wenig Zeit nur noch.

»Dann unternimm etwas dagegen«, verlangte er hart. »Bring die Dichterin in Sicherheit. Schaff sie weit fort.«

»Solange sie existiert, wird er sie jagen. Sie wird niemals in Sicherheit sein. Wenn es ihm gelungen ist, eine Königin umzubringen, besitzt er bereits mehr Macht, als ich angenommen habe. Immerhin hat dein Bruder ihn nicht ausgeliefert.«

Diese Bemerkung versetzte Valerian einen Stich. Sie hatte recht. Warum hatte Joran sich ihm nicht anvertraut? Hätte das etwas ändern können? Hätten sie eine Chance gegen Galvan und seine Intrigen gehabt?

»Galvan hat deinen Bruder unter Druck gesetzt. Wenn er ihn verpfeift, würde dir oder deiner Familie etwas Schlimmes zustoßen. Er hat ihn damit erpresst«, sagte die Königin. »Genau wie ich.«

Sie massierte ihre Schläfen mit den Fingerspitzen. Beinahe hätte der Gabensucher Mitleid mit ihr gehabt. Die Reue und das Entsetzen setzten sich allmählich durch und brachten die alte Malwine zum Vorschein.

»Wir müssen sofort …«

Ein Klopfen an der Tür unterbrach ihre Unterhaltung, und sie schreckten beide auf. Harold öffnete die Türe ein kleines Stück und steckte den Kopf herein.

»Sprich, Harold.«

»Eure Majestät, Galvan lässt ausrichten, dass die Zeremonie um einige Stunden vorverlegt werden muss.«

Sie sprangen beide zugleich von ihren Stühlen auf.

»Das habe ich nicht erlaubt. Richte Galvan aus, er soll die Zeremonie auf morgen verschieben.«

Harold wurde blass. Nichts lag ihm ferner, als seiner Königin nicht zu gehorchen. »Eure Majestät. Er hat sie bereits abholen lassen.«

Die Götter seien uns gnädig.

46.
Finn

Das größte Abenteuer von allen

Auf was für eine Scheiße hatte er sich da nur eingelassen?

Finns bisherige Gegner waren Bauern, einfache Leute, ein paar Kaufleute oder Rogars Bande und vor allem er selbst gewesen. Jetzt hatte er sich freiwillig in den bestbewachten Kerker des Landes einbuchten lassen.

Was in aller Welt hatte er sich dabei gedacht?

Der Gabensucher und er hatten nicht lange gefackelt. Sie waren auf den offiziellen Straßen zum Schloss gegangen, und dieses Mal war Finn an Händen und Füßen gefesselt gewesen. Sie hatten sich einen raschen Plan zurechtgeschustert. Valerian würde Finn in den Kerker schleusen, wo er versuchen würde, den Zauber zu manipulieren, den die Königin und ihr Berater ausgeheckt hatten. Außerdem war da noch der waghalsige Teil, den Valerian sich für die Königin ausgedacht hatte ... Er wollte sie mit der vorgetäuschten Gefangennahme hinunter in die Keller locken und in eine der Seezellen sperren. Wenn es Finn bis dahin gelungen war, die anderen gestohlenen Gaben zu stehlen, würde es keine Zeremonie geben, und Galvan würde nicht die Macht bekommen, sich und die Königin zu retten.

Das zwischen dem Gabensucher und der Königin schien etwas Persönliches zu sein.

Er wusste, dass dies die größte Falle aller Zeiten sein konnte und er ebenso als dümmster Schatzsucher der Welt in die Geschichte eingehen konnte – immerhin *ging* er dann in die Geschichte ein. Aber er hatte keine Wahl, er musste Valerian vertrauen, wenn er den Hauch einer Chance haben wollte, Minna zu befreien.

Trotzdem hatte er sich ein Sicherheitsnetz gewebt. Die Unterstadt kannte seinen Aufenthalt. Das Brodeln in der Stadt war mit jedem verschwundenen Menschen lauter geworden. Sollten Finn und Valerian gegen die Übermacht im Schloss versagen ... Dann stünde Hilfe unter der Erde bereit.

Warum tust du das für eine Frau, die du kaum kennst?, hatte er sich auf dem Weg immer wieder gefragt. *Warum tauschst du deinen eigenen Traum gegen eine ungewisse Zukunft?*

Eine endgültige Antwort darauf hatte er nicht gefunden. Er hatte Minna trotz der kurzen Zeit ins Herz geschlossen, weil sie ihm eine zweite Chance gegeben hatte, obwohl er ihr das Allerwichtigste gestohlen hatte. Außerdem verkörperte sie in seinen Augen alles, was Phantopien verloren hatte: eine Frau, die ihre Träume niemals aufgab.

Vielleicht aber auch, weil irgendjemand kämpfen, rebellieren, aufbegehren musste. Wenn am Ende alle schweigend zusahen, wie eine Herrscherin ihren Untertanen Leid zufügte, dann trugen die Menschen an ihrem eigenen Untergang Mitschuld.

Valerian hatte Finn den Wachen übergeben und sie angewiesen, ihn ins Labyrinth einzusperren. Er selbst wollte sich unverzüglich zur Königin begeben, um sie darüber in Kenntnis zu setzen, dass der Gesuchte gefunden worden wäre. Zum Schein hatte Finn Widerstand geleistet und sich einige Tritte und einen Faustschlag gegen den Kiefer eingefangen, der noch immer pochte. Es juckte ihn in den Fingern, es den Wachen heimzuzahlen. Er hatte sich lange genug herumschubsen lassen. Er führte ein neues Leben, ohne Erniedrigungen und körperliche Angriffe.

Er rief sich zur Ordnung, denn natürlich würde ihm das nichts bringen. Geduld war seine Stärke. Außerdem besaß er wortwörtlich den Schlüssel zum Erfolg. In einer Wange hielt er den metallisch schmeckenden Kerkerschlüssel des Gabensuchers zwischen den Zähnen fest, um ihn nicht aus Versehen zu verschlucken.

Dazu hatte Valerian ihm einige Informationen gegeben. So war es leicht für ihn, sich den Weg ins Labyrinth zu merken. Im Geiste zeichnete er sich eine Karte mit allen Kreuzungen, Treppen, Verliesen, von denen er etwa ein Dutzend zählte. Es war düster, da die Wege nur von wenigen an der Decke hängenden Flimmerlichtern spärlich erhellt wurden. Es schien nur ein Ein- und Ausgang ins Labyrinth zu existieren. Das erklärte, warum in den Gängen keine weiteren Wachen patrouillierten. Der feuchte Boden sah überall gleich aus, aber Finn erkannte immerhin, dass es sich um die gleiche Art Felsen handelte wie in der Unterstadt. Hier und da leuchtete sogar schwarzer Nachtonyx auf. Die schwarzen Adern schienen hier gezielt in eine bestimmte Richtung zu verlaufen, die noch weiter in die Tiefe führte.

An einer Abzweigung glaubte Finn, einen Schemen in der Düsternis zu erkennen, eine weitere Tür aus Felsen oder Stahl, die größer als die runden Verlieseingänge war. Er vermutete, dass sich dahinter etwas Wichtiges befand, das weiterer Sicherung bedurfte, vielleicht sogar der Raum des Magiebändigers, von dem Valerian gesprochen hatte.

Bevor er sich gründlicher umschauen konnte, hielten sie an. Die niedrige Tür vor ihm wurde geöffnet und er betrat sie rasch, bevor man ihn mit einem unsanften Schubs hineinbefördern konnte.

Das ist also das Labyrinth.

Er hatte in den letzten Tagen viel darüber gehört. Der Täuscher hatte ein paar Sätze darüber fallen gelassen, nachdem er ihm erzählt hatte, wie er auf Agnes gestoßen war. Es war allerdings das eine, Gerüchte zu hören, und das andere, ihren wahren Kern mit eigenen Augen zu sehen. Schwere Wassermassen erhoben sich über ihm und hätten jeden anderen Gefangenen vermutlich das Fürchten gelehrt. Finn machte der Anblick nichts aus. Er hatte da draußen in der Welt Schlimmeres gesehen. Freyd hatte dafür gesorgt, dass es nicht mehr viel gab, das ihm Angst einjagen konnte.

Der Schatzsucher wischte sich die dreckigen Hände an der Hose ab. Es war keine Zeit mehr gewesen, die adelige Kleidung abzulegen, außerdem musste er seine Verkleidung gegenüber Fernab aufrechterhalten. Er fragte sich, wie lange der Stoff noch hielt.

Er durchsuchte den Raum nach möglichen provisorischen Waffen, musste aber schnell feststellen, dass die Wachen ihre Arbeit ordentlich machten. Nachdem er sicher war, dass sie sich von seiner Zelle entfernt hatten, spuckte er den Schlüssel in seine Hand und wischte den Speichel von der Oberfläche ab. Er konnte seine Flucht nicht sofort in die Wege leiten, sondern musste die Wachen erst ihre ursprünglichen Posten einnehmen lassen, bevor er es wagen konnte, die Türe zu öffnen. Ihn zog es nicht zum Eingang zurück. Sein Ziel war die verschlossene Tür.

Was *genau* sich dahinter befand, hatte der Gabensucher nicht gewusst. Er hatte den Raum nie betreten dürfen, wusste aber, dass der Schurke und seine Königin an diesem Ort ihre Untaten verübten und die Menschen ihrer Gaben beraubt hatten.

Finn betrachtete den Schlüssel in seiner Hand skeptisch. Valerian hatte ihm keine Garantie geben können, dass der Schlüssel passen würde. Der Gabensucher besaß einen Generalschlüssel für den unterirdischen Kerkerbereich, doch er wusste nicht, ob er an den Ort vordringen konnte, der für jeden außer dem Berater und der Königin verboten war.

Was für ein verzweifeltes Paar wir sind. Als könnten wir ein ganzes Königsschloss mit einem Schlüssel und ein bisschen Mut bezwingen.

Finn nahm sich einen Moment, um sich zu setzen und seine Kräfte zu sammeln. Er hatte nicht geschlafen und kaum gegessen, seine Energie musste er sich sorgsam einteilen. Angeekelt ob der feuchten Schmutzschicht auf dem Boden hob er das rechte Knie an und zog sich den Schuh aus. Darin befand sich ein leicht gebogener Draht, mit dem er Schlösser öffnen konnte, zu denen er keinen passenden Schlüssel besaß. Warm schmiegte er sich in seine Handfläche, nachdem Finn ihn herausgezogen hatte. Das kleine Stück Metall gab ihm ein Gefühl der Sicherheit, während über ihm ein feiner Lichtschein durch das Wasser brach.

Als er sicher war, lange genug gewartet zu haben, bewegte er sich lautlos auf die Verliestür zu. Sie war aus faustdickem Eisen. Er steckte den Schlüssel ins Schloss und drehte ihn ganz langsam, bis es sich mit einem Klicken öffnete. Bevor er die Tür aufstieß, ließ Finn etwas Zeit verstreichen, in der er auf Schritte lauschte. Aber niemand kam, und so stieß er sich gegen das schwere Eisen, bis es aufschwang und er hindurchhuschen konnte. Dann drückte er die Tür wieder zu, damit auf den ersten Blick niemand bemerkte, dass ihr Gefangener entkommen war.

Die Zeremonie soll sehr bald stattfinden. Entweder ist Minna schon unten im Herz des Labyrinths, oder es wird nicht lange dauern, bis sie dorthin gebracht wird. Halt dich ruhig, bis du sicher bist, dass der Berater fort ist, und suche das Buch, in dem die Zeremonie niedergeschrieben sein muss. Er trägt es im Schloss oft bei sich, daher lass uns beten, dass er es in seinem Loch für sicher genug aufbewahrt hält und es nicht bei sich trägt. Ansonsten bewahrt er dort auch die anderen Gaben auf, die er den anderen Künstlern bereits entnommen hat. Die kannst du ebenfalls verschwinden lassen, denn ohne sie kann das Ritual nicht stattfinden.

Theoretisch gesehen war das der simple Teil ihres Plans. Der, den Finn noch am meisten kontrollieren konnte, weil er sich auf seine Fähigkeiten verlassen musste.

Er schlich sich den Gang zurück in die Richtung, aus der sie gekommen waren, bis er zu der Kreuzung gelangte, an der rutschige, unebene Stufen in die Tiefe führten. Finn ging in die

Hocke, beugte sich vor und horchte an Boden und Wänden nach Schritten, Stimmen oder anderen Auffälligkeiten. Abgesehen vom Rauschen des Wassers und einem gelegentlichen leisen Tropfen blieb es still. Kurz wurde das düstere Flimmerlicht von einem plötzlichen Aufflackern erhellt, das Finn schon ein oder zwei Mal in der Unterstadt bemerkt hatte. Der Täuscher hatte es als Beben des Nachtonyx bezeichnet. Da diese Lichterschütterung aber offenbar keine Konsequenzen hatte, machte sich niemand Gedanken darum.

Finn war froh, als er einige Nischen bemerkte, deren Lage er sich für den Fall, dass er ein Versteck brauchte, sorgsam einprägte. Je näher er der Tür kam, die, wie er jetzt erkannte, aus dickem Stahl war, desto mehr nahm der Schatzsucher ein leises Zischen und Geklapper wahr, das ihm zuvor nicht aufgefallen war.

Mehrmals kontrollierte er, ob die Geräusche sich veränderten, und sicherte sich ab, dass der Frieden nicht trog oder er doch in eine Falle hineintappte. Zumindest dem Gabensucher traute er mittlerweile. Der Generalschlüssel hatte gepasst. Er hatte sein Wort gehalten. Jetzt musste der zweite Teil des Plans aufgehen.

Bald hatte er die geheimnisvolle Tür erreicht, von der niemand wusste, was sich hinter ihr verbarg. Er lauschte, konnte aber keine Geräusche dahinter ausmachen, vermutlich, weil sie so dick war, dass sie keinen Ton hindurchließ. Sie – oder vielmehr der Raum dahinter – war ein Mysterium, das er, der verkrüppelte Schatzsucher, jetzt möglicherweise als erster Normalsterblicher enträtselte. Er probierte Valerians Generalschlüssel, der wie erwartet nicht ins Schloss passte. Seine Hände schwitzten, als er den Draht hob, den er die ganze Zeit nicht losgelassen hatte, um das Schloss damit zu knacken. Sie schwitzten aber nicht nur vor Anspannung, sondern auch, weil sein Instinkt erwachte. Was sich hinter dieser Tür befand … war wertvoll. Unsagbar wertvoll, das spürte er bis ins Mark.

Hallo, flüsterte eine Stimme direkt neben seinem Ohr.

Erschrocken fuhr Finn herum, aber hinter ihm war nur Leere.

»Wer ist da?«, wisperte er. Seine Stimme würde schnell durch die Gänge getragen werden, wenn er zu laut sprach. Er musste auf der Hut sein.

Du kannst uns nicht sehen, nicht wahr? Aber hören kannst du uns, das ist ungewöhnlich.

Finn konnte die Quelle der Stimme nicht identifizieren. Sie schien von überall und nirgends herzukommen. In dem einen Augenblick war sie so nahe, dass er förmlich nach ihr greifen könnte, und im nächsten Welten entfernt. Außerdem schienen sich mehrere Stimmen ineinander zu mischen, hohe und tiefe, alte und junge, leise und laute.

»Wer ist da?«, wiederholte er fordernder. Er würde sich nicht zum Narren halten lassen.

Wir sind das, was hinter der Tür auf dich wartet. Wir sind das, was die Tür verschlossen hält.

»Ihr sprecht in Rätseln.«

Tun Mythen das nicht immer? Sonst wären sie sehr schnell entschlüsselt.

Er glaubte, ein unangenehmes Lachen in seinem Kopf zu hören. So recht konnte er sich nicht entscheiden, ob er fasziniert oder beunruhigt sein sollte. Vielleicht waren diese Stimmen gar nicht echt und nur ein fauler magischer Trick, mit dem man Eindringlinge wie ihn von der Tür verscheuchen wollte.

Er konzentrierte sich wieder auf das Hindernis vor ihm. Das Schloss gestaltete sich schwieriger als jedes, das er bisher zu knacken versucht hatte.

Wir wissen, was du suchst, Finn Minengräber.

Er erstarrte. Sie kannten seinen Namen? Mit raschem Blick in alle Richtungen vergewisserte er sich, dass es keine Nischen oder Löcher in den Wänden gab, von wo aus man ihn unbemerkt beobachten konnte.

»Woher wisst ihr, wie ich heiße?«

Weil wir alles wissen.

»Ist das so? Dann verratet mal, wie ich am schnellsten hier reinkomme.«

Wenn wir dir das verraten würden, würdest du verlieren, was dich ausmacht, Schatzsucher.

Er runzelte die Stirn. Ein weiteres Rätsel.

Deine Gabe ist stark. Sie braucht keine Führung. Lass dich von ihr leiten.

Plötzlich überkam ihn Ruhe. Sie hatten recht. Seine Gabe brauchte keine Führung. Er wusste, dass hinter dieser Tür Schätze auf ihn warteten. Sie war kein ernstzunehmendes Problem für ihn, sondern nur ein Stein, den er zur Seite treten musste. Es gab nichts, das sich zwischen ihn und einen Schatz stellen konnte, seit er das größte Hindernis von allen – sich selbst – überwunden hatte.

Seine Hände arbeiteten präzise, und nach wenigen Atemzügen entriegelte sich das Schloss mit einem vernehmlichen Klacken.

Ganz langsam schob er die Tür mit der Hand auf.

Vor ihm offenbarte sich das Herz der Magie und raubte ihm schier den Atem.

47.
Minna

Eine Gabe für die andere

Sie hatte immer gedacht, dass sie genügend Zeit hätte. Genügend Zeit für all die Geschichten, die in ihrem Kopf spukten, manche von ihnen nur aus flüchtigen Bildern, Ideen oder Schemen bestehend, andere schon fast greifbar. Sie hatte gedacht, sie hätte ein ganzes Leben, um all das niederzuschreiben, hätte so viele Jahre, bis sie alt und grau geworden wäre und ihre Hände beim Schreiben zitterten, ihre Schrift ungelenk und so buckelig wie ihr Körper.

Sie hatte gedacht, wenn sie diese Welt verlassen würde, hätte sie *genug* von allem. Nicht nur vom Leben selbst oder vom Schmerz, den sie bereits erfahren hatte, sondern auch von den schönen Dingen, von jenen, die sie bislang nur aus der Ferne beobachtet hatte: von erreichten Träumen und verzweifelter Liebe, von Sesshaftigkeit und vielleicht sogar von … Heimat.

Sie hatte so sehr gehofft, dass sie nicht als unbeschriebenes Blatt Papier gehen würde, wenn ihre Zeit gekommen war. Sie wollte vielmehr ein zerknittertes Pergament sein, voller Tintenkleckse und eng beschriebener Zeilen, voller Knicke und Fingerabdrücke.

Nun würde das eintreten, vor dem sie sich immer am allermeisten gefürchtet hatte und gegen das selbst Armut und Hunger immer ein ertragbares Übel gewesen waren. Sie würde gehen, und nichts würde an sie erinnern. Ihr Name würde verblassen, ihr Körper, ihr Buch und ihr Vermächtnis zerfallen. Ihr Tod war von endgültiger Natur.

Sie hatte viel zu viel Zeit damit verbracht, zu überlegen, wie sie ihre letzten Stunden nutzen sollte. Was sie essen, was sie tragen, ob sie ein Bad nehmen sollte. Am Ende hatte sie nichts von alledem getan. Sie hatte weder gegessen noch getrunken oder gelesen, war nicht durch den Rosengarten gegangen und hatte den lieblichen Duft eingeatmet.

Am Ende hatte sie sich ein Blatt Papier und ihre Schreibfeder genommen und hatte das Einzige getan, was sie wirklich konnte. Sie hatte geschrieben. Sie hatte sich die Seele aus dem Leib geschrieben, bis alles wund und heil zugleich war, bis sie ein Ende gefunden hatte, das ihrer würdig war. Sie würde keine Bibliothek der Welt ihre Lebensgeschichte schreiben lassen.

Das tat sie selbst mit ihren eigenen bebenden Fingern.

Diese Entscheidung war die einzig richtige. Galvans Männer kamen zu früh, früher als abgemacht. Nicht einmal sein letztes Versprechen hielt der Mann ein.

Sie ließ sich in Wehmut fesseln und abführen. In der Hand hielt sie ihr Geschichtenbuch. Sie hatte keine Ahnung, ob sie die Prozedur überleben würde. Offenbar war die Überlebenschance – so stand es im Buch über die Magiebändiger – niedriger, desto stärker die Gabe war, denn ab einem bestimmten Punkt könne der Körper nicht aushalten, wenn man ihm etwas Essentielles stahl. Falls sie überleben sollte, so war ihr bewusst, dass ihr Leben danach ein anderes sein würde. Ihre Fantasie würde weg sein. Sie würde nie wieder eine Geschichte erfinden, keine Charaktere erschaffen, die so eigen waren, als wären sie echte Menschen, die einem auf der Straße begegnen konnten.

Wenn sie Glück hatte, verschwanden ihre Erinnerungen daran und ihr Verlangen danach. Und wenn nicht … Dann zog sie vielleicht noch ein wenig Freude daraus, in ihren alten Geschichten zu blättern.

Der Weg hinab in die unterirdischen steinernen Gewölbe zog schemenhaft an ihr vorbei, weil sie gegen die Panik kämpfen musste, die sie viel zu schnell atmen oder würgen lassen wollte. Sie durfte sich davon nicht überrollen lassen. Sie musste die Kontrolle behalten, musste sehen, was mit ihr geschah, falls sich wider aller Erwarten noch eine Fluchtmöglichkeit ergab.

Zwei Wachen öffneten eine Tür, die ihr auf dem Weg aus ihrer Zelle hoch in ihr angenehmeres Gefängniszimmer neben der Bibliothek nicht aufgefallen war.

»Ihr wartet hier. Von nun an übernehme ich, bis die Königin eintrifft«, erklärte Galvan in einem Ton, der keinen Widerspruch duldete.

Der jüngere Wachmann warf ihm einen zweifelnden Blick zu, erwiderte aber nichts.

Zögerlich betrat Minna den Raum. Nach den spärlich beleuchteten Felsengängen brauchten ihre Augen einen Moment, bis sie in der plötzlichen Helligkeit mehr als nur Silhouetten und Schatten erkennen konnte.

Ihr entwich ein Keuchen.

»Nicht wahr?«, raunte Galvan viel zu dicht hinter ihr. Er klang zufrieden, beinahe ein wenig stolz, als wäre all das, was sich ihr darbot, sein Werk. Aber das war es nicht. Das hier war Phantopiens Werk. Phantopiens Magie.

Ohne dass man es ihr erklären musste, wusste sie, dass sie das Herz der Magie vor sich sah. Das mechanische Herz. Der Nachtonyx. Hierher wurde die Magie geleitet, die Phantopien in all den Jahren erschaffen hatte.

Aber es gab noch eine weitere Wunderlichkeit. In der Höhle herrschte so viel Unruhe, dass Minna nicht wusste, wohin sie zuerst blicken sollte. Die Höhle war voll mit Gegenständen, Besteck und Kelchen, Schmuck und Pinseln, Büchern und überhaupt allem, dessen man in dieser Stadt habhaft werden konnte. Aber nichts davon blieb an Ort und Stelle. Wo gerade noch ein kleiner Holzhocker in einer Ecke gestanden hatte, entdeckte sie im nächsten Moment eine Zinkwanne.

»Ist das der Verschwindefluch? All die Gegenstände … landen hier?«, wollte sie ungläubig wissen.

»So ist es.«

»Woher kommt dieser Fluch überhaupt?« Sie redete, ohne dass es ihr bewusst war. Sie versuchte Zeit zu schinden. Sie wollte sich noch einige Momente an ihre Fantasie klammern, an all die unerzählten Geschichten, die in ihr lauerten und darauf warteten, in die Welt entlassen zu werden.

»Es gibt Legenden, dass einer der ersten Magiebändiger, der sich nach dem Fund des Nachtonyx hier in der Stadt niedergelassen hatte – kurz bevor man Fernab zur Hauptstadt des Landes erklärte, weil auch die Könige und Königinnen sich in der Nähe der stärksten Magie aufhalten wollten –, einige Versuche durchführte. Er wollte mit Hilfe der Magie Gegenstände aus großer Entfernung an andere Orte transportieren. Das Ganze ist gründlich misslungen, und der Zauber entpuppte sich schlussendlich als Fluch, den die Bewohner hier zunächst als Plage und später als notwendiges Übel ansahen.« Galvan zuckte mit den Schultern. »So ist das mit der Wissenschaft: Bevor man Erfolge verbuchen kann, muss man die lange Straße an Fehltritten hinter sich bringen.«

»Wie viele Fehltritte habt Ihr Euch mit der Magie geleistet, Galvan?«

Sein Blick flackerte kurz. Sie hatte ihm verraten, dass sie wusste, wer er war und was er vorhatte. Dann machte er eine wegwerfende Geste. Er hatte sie, wo er sie haben wollte. Was sie wusste oder auch nicht, spielte keine Rolle mehr.

»Einige. Aber das soll Euch nicht belasten, Dichterin. Ihr werdet kein Misserfolg sein, im Gegenteil. Ihr seid das letzte fehlende Stück in diesem großartigen Gefüge.«

Er packte sie grob am Oberarm und zog sie durch den Raum, vorbei an stapelweise wertlosem Gerümpel und Kisten voller Goldschätze, bei denen Finns Herz höhergeschlagen hätte.

Bei dem Gedanken an den Schatzsucher zog sich Minnas Herz unangenehm zusammen. Er würde nie erfahren, was aus ihr geworden war. Er würde vermutlich nicht einmal von ihrem

Verschwinden erfahren. Sie kannten einander kaum, und trotzdem waren sie so etwas wie Freunde geworden. Zwei Fremde, denen das Schicksal nicht wohlgesonnen gewesen war und die trotz aller Rückschläge für ihre Träume gekämpft hatten. Sie wünschte, sie hätte ihm Lebewohl sagen können. Und sie hoffte, dass diese vermaledeite Stadt ihm den Zugang für alle Zeiten verwehrte. Es wäre besser für ihn, diese trügerischen Gassen niemals zu betreten, sosehr er es sich auch all die Jahre gewünscht hatte.

Galvan führte Minna zu einer Anrichte, die ein paar Schritte von dem pulsierenden Zentrum des Nachtonyx entfernt war. Über ihnen wölbte sich eine gläserne Kuppel und dahinter das Seewasser. Auf der Anrichte standen vier große, verschlossene Gläser aufgereiht. Drei waren mit Gegenständen befüllt: Einem Pinsel, einer Flöte und einem Stück dickem roten Stoff. Das vierte war leer.

Das vierte wartete auf deine Fantasie, schoss es ihr durch den Kopf. Der Gedanke ließ ihr Herz rasen.

»Was genau wird jetzt geschehen?«, fragte sie. Ihr Mund fühlte sich trocken an, ihre Zunge wie ein Fremdkörper.

»Im Prinzip nutze ich den Verschwindefluch und leite ihn mit Hilfe der Magie aus dem Nachtonyx um«, sagte Galvan sanft. »Der Fluch wirkt sich normalerweise nur auf Gegenstände aus, nicht auf Menschen, da muss ich nachhelfen. Es hat eine Weile gedauert, diese Prozedur zu perfektionieren, aber jetzt beherrsche ich sie vollständig.«

»Wie wird das ablaufen?« Ihre Stimme klang zu dünn. Der Anschein von Selbstkontrolle, den sie aufrechtzuerhalten versuchte, bröckelte. Es fühlte sich an, als rinne ihr das Leben wie feiner Wüstensand durch die Finger und sie könne ihn nicht aufhalten.

Galvan lächelte und deutete mit der Hand auf den leuchtenden Nachtonyx. »Ihr müsst nichts anderes tun, als diesen Stein zu berühren. Ich leite die Magie des Verschwindefluchs und

Eure Fantasie, also die Magie, die in Eurem Kopf schlummert, vorübergehend in dieses Glas und bewahre sie dort auf. Für das, was ich danach vorhabe, ist Eure Anwesenheit nicht mehr vonnöten, und ich geleite Euch nach nebenan.«

»Was ist nebenan?«

»Dort ist eine geräumige Wohnung, in der Ihr bestens versorgt werdet, bis etwas Gras über diese Sache gewachsen ist. Manche nennen diesen Ort das *Kabinett der Grausamkeiten*, aber diesen Namen trägt er zu Unrecht. Ihr werdet alles haben, was Ihr für ein annehmliches Leben braucht.«

»Alles außer meiner Fantasie meint Ihr.«

Galvan schwieg. Sie wussten beide, dass sie damit ins Schwarze traf.

»Kommt, ich nehme Euch die Fesseln ab.« Er hob ein Messer von der Anrichte und schnitt damit die dicken Seile um ihre Handgelenke durch. Es tat gut, die einengenden Fesseln los zu sein, mit denen sie ihr Buch kaum hatte halten können, und Minna rieb sich über die roten Stellen, während sie bemüht unauffällig auf das scharfkantige Messer schielte.

»Denkt nicht einmal daran.«

Aus Galvans Stimme war jegliche Wärme oder Sanftheit, die ihn als Hofdichter ausgezeichnet hatte, verschwunden und kalter Strenge gewichen. Die Zeit für Floskeln war vorüber.

»Es ist so weit, Minna. Gebt mir Euren Geschichtenband.«

Minna wurde schreckensbleich und wütend zugleich. »Nein. Er gehört mir und hat in Euren Händen nichts zu suchen.«

»Ihr werdet ihn mir geben«, antwortete Galvan ungerührt und entriss ihn ihren Fingern. Ehe sie reagieren konnte, hatte er wahllos eine Seite aufgeschlagen und sie herausgerissen. Er knüllte das Papier zusammen und steckte es in das leere Glas.

»Jede Magie braucht einen Gegenstand, an den man sie binden kann«, murmelte er und strich zärtlich über das kühle Glas. »Und dieser Gegenstand muss in einem Zusammenhang mit der Gabe stehen, die er binden soll.« Er legte das Buch auf der

Anrichte ab. »Ihr könnt es später wiederhaben, wenn Ihr überlebt. Ansonsten spende ich es der Stadt. Es gibt immer ein paar arme Kinder, die sich über Geschichten freuen. Sagt Lebewohl, Dichterin, zu all den Figuren in Eurem Kopf, die Ihr nie kennenlernen werdet.«

Ohne Vorwarnung drehte er sich zu ihr um. Seine Hand schnellte vor und umfing ihren Unterarm. Plötzlich gab der schwarze Stein ein hohes Summen von sich, das lauter wurde, je näher Minna von Galvan in seine Richtung gedrängt wurde. Vage bekam sie mit, dass sie auf einen Stuhl gesetzt und erneut gefesselt wurde. Sie glaubte, ihr Trommelfell würde platzen. Es war, als gierte der Nachtonyx nach ihr, als zerrte er an ihrer Haut oder etwas, das darunter verborgen lag. Sie spürte ein Kribbeln, das rasch zu einem unerträglichen Brennen anschwoll, bis sie sich am liebsten mit den Fingernägeln die Haut aufgekratzt hätte.

So fühlte es sich also an, wenn man in Flammen aufging.

48. Die Königin

Gefangen zwischen Wasser und Reue

Sie war eine Königin.

Sie war dazu geboren, zu herrschen, die Verantwortung für unzählige Leben auf den Schultern zu tragen, Schlachten zu schlagen, sie zu gewinnen, Entscheidungen zu treffen, die niemand sonst treffen wollte, und dennoch ihr eigenes Spiegelbild zu ertragen.

Sie war eine Königin.

Sie war eine Königin, und niemand widersetzte sich ihr. Nicht einmal jemand, der die letzte Magie beherrschte. Sie hatte sich noch nie so mächtig und hilflos zugleich gefühlt wie in diesem Augenblick, in dem sie in Begleitung von Valerian, Harold und fünf weiteren Gardisten zu den Kellern marschierte.

Das Entsetzen war einer Wut gewichen, wie sie sie seit einem Jahr immer und immer wieder durchlebte. Und jetzt endlich hatte diese Wut ein Ziel, auf das sie sie richten konnte. Sie wollte es mit Fackeln und Feuer niederbrennen.

Abhandengekommen ist mir die Liebe.

Dieser Satz, dieser so unbedeutend wirkende Satz, durchbrach diese Kette aus Wut und Rachegelüsten hin und wieder. Die Lebensgeschichte hatte nicht nur von Galvans Taten erzählt, von seinen Plänen und seiner Gier, sondern auch davon, dass die Magie ihm etwas genommen hatte, das ihn alle Skrupel vergessen ließ. Sie hatte ihm die Liebe gestohlen, die er zu ihrer Mutter empfunden hatte.

Und da gab es noch eine Sache, die ihre feurigen Gedanken

besänftigte. Valerian war bei ihr. Sein Schritt war im Gleichklang mit ihrem. Zu ihrer eigenen Überraschung war er aus freien Stücken an ihrer Seite. Nicht weil sie ihn zwang, nicht weil sie seinen Bruder als Druckmittel gegen ihn nutzte. Er tat es, weil sie die gleiche Absicht verfolgten. Eine *gute* Absicht. Dieser Gedanke gab ihr die Zuversicht, dass sie das Schlimmste noch würden verhindern können.

Sie war nicht allein. Zum ersten Mal seit langem war sie nicht mehr allein in ihrer sich selbst auferlegten Einsamkeit. Sie wusste, dass dieser Zustand nicht lange andauern und im selben Augenblick zerbrechen würde, sobald sie die Dichterin aus Galvans Fängen befreit hatten. Sie konnte das, was sie ihm und seiner Familie zugemutet hatte, nicht mit einem Fingerschnippen ungeschehen machen. Sie konnte die Zeit nicht zurückdrehen, sosehr sie es sich auch wünschte.

Galvan könnte die Macht dazu bekommen, wenn du ihn gewähren lässt, flüsterte eine böse Stimme an ihrem Ohr. *Vielleicht ist er dann mächtig genug, sogar Unmögliches möglich zu machen.* Sie schüttelte heftig den Kopf und ballte die Hände zu Fäusten.

Niemals. Nicht noch ein Name auf der Liste, den sie durchstreichen würde. Diesen letzten würde sie zu verhindern wissen.

Und was ist mit den anderen?

Nein. Sie durfte nicht daran denken. Nicht jetzt, wo sie Galvan aufhalten musste. Wenn das alles vorbei war, dann würde sie sich mit der Fratze in ihrem Spiegel beschäftigen.

Sie hatten keine Zeit mehr zu verlieren, daher gab die Königin ihre Anweisungen Harold, Valerian und den anderen Wachen auf dem Weg in den Keller.

»Seht zu, dass ihr die Höhlen evakuiert«, befahl sie ihnen. »Ich möchte, dass ihr jeden einzelnen Gefangenen, der sich hier unten befindet, raus ins Freie bringt. Valerian, kümmere du dich bitte darum, dass das Kabinett in Sicherheit gebracht wird.« Übelkeit wallte in ihr auf. Das Kabinett … Das war auch ihr Vermächtnis.

Kaum einen Atemzug später spürte sie, wie sich Valerians Finger sanft, aber bestimmt um ihr Handgelenk schlossen.

»Was ist mit dir?« Das Misstrauen in seiner Stimme war nicht zu überhören, und sie konnte ihm nicht einmal böse deswegen sein. Sie hatte es verdient, und trotzdem bohrte es sich schmerzhaft in ihr Herz. »Was hast du vor?«

»Ich muss etwas gutmachen«, flüsterte sie leise und hoffte fast, dass er es nicht hörte. Ihre laschen Versuche, die Welt umzukehren.

»Du hast meine Frage nicht beantwortet.«

Sie zwang sich zu einem Lächeln. »Es wäre doch langweilig, wenn sich von heute auf morgen *alles* ändern würde, oder?«

»Du versuchst abzulenken, Malwine, darauf falle ich nicht rein. Also: Was hast du vor?«

»Ich muss etwas besorgen, das wir gebrauchen können. Es wird nicht lange dauern, versprochen. Bitte, ihr müsst alle von hier fortbringen.«

Er schüttelte ungeduldig den Kopf. »Lass mich das machen.«

»Nein«, widersprach sie vehement. »Das ist meine Bürde, und du kannst sie nicht tragen.«

Er neigte den Kopf. Die spärliche Beleuchtung durch die Flimmerlichter warf tiefe Schatten auf sein Gesicht. Sie prägte sich Valerians Gesicht ein. Sie wollte sich jedes Detail für immer an einem Ort ihres Herzens aufbewahren, wo sonst niemand Zutritt hatte.

»Warum? Warum musst du sie allein tragen?« Er schien mehr sagen zu wollen, viel mehr noch, aber …

»Ist das nicht offensichtlich?« Sie holte tief Luft. »Ich bin eine Königin.«

Sie war eine Königin, und dieser Gefahr musste sie sich alleine stellen.

Valerian musterte sie eingehend. Sein Blick ging ihr unangenehm unter die Haut, weil sie das Gefühl hatte, dass er nicht ihre Worte auf den Prüfstand stellte, sondern vor allem ihr Herz. Er wollte nicht ihre Taten sehen, sondern die Beweggründe dahinter.

Sie wünschte, die Brücke, auf der sie beide balancierten, wäre fest genug, nach seiner Hand zu greifen, wie sie es früher getan hätte. Es hatte eine Zeit gegeben, da war Valerian der einzige Mensch auf der Welt gewesen, bei dem sie nicht nur eine zukünftige Königin war. Sie hatte wütend, launisch, unglücklich oder schwach sein dürfen, genauso, wie er es hatte sein können. Bei ihm war all das in Ordnung gewesen. Sie hatten einander verstanden, vor allem in den schlechten Zeiten.

Wenn sie all das doch nur aussprechen dürfte. Wenn sie das Siegel von ihren Lippen nehmen könnte. Wie hatte sie glauben können, dass es etwas gab, das es wert war, all das, was sie einst gehabt hatte, aufzugeben?

Weil es das ist, was wahre Königinnen tun. Sie opfern. Sie opfern andere für das Land, über das sie herrschen, und am Ende opfern sie auch sich selbst.

Sie hatten die königlichen Flure längst hinter sich gelassen und gingen bereits über Felsen. Das Echo ihrer Schritte wurde gleichsam mit dem Schlag ihres Herzens lauter, unbändiger.

»Öffnet die Türen«, befahl sie den Wachen am Eingang, die zu zögerlich von ihren Plätzen aufgesprungen waren.

»Macht schon«, fuhr sie sie barsch an.

Hastig suchten sie nach dem richtigen Schlüssel, um die Königin und ihr Gefolge einzulassen. Ohne sie eines weiteren Blickes zu würdigen, eilten sie weiter. Der Gang war nun zu eng, um nebeneinander zu gehen. Harold wollte sich an die Spitze der Truppe schieben, und die Königin ließ ihn passieren. Die Männer bewegten sich in Richtung der Zellen mit den Gefangenen, während Valerian mit einem letzten Blick auf sie in den Gang einbog, der zum *Kabinett der Grausamkeiten* führte. Bald war er aus ihrem Sichtfeld verschwunden.

Ohne Umschweife steuerte die Königin auf Galvans Reich zu, während sie sich innerlich wappnete. Ebendiesem Ort verdankte das Labyrinth seinen Namen. Es war ein seltsamer Ort, an dem die Magie ihr Zuhause hatte, ein Ort, den sie mied, weil sie immer das Gefühl gehabt hatte, er benötigte keine Menschen um sich herum, weil er sein ganz eigenes Universum war, an dem Gewöhnlichkeit keinen Platz hatte. Selbst Galvan schien in ihren Augen nie recht dorthin gehört zu haben, auch wenn er anderer Meinung war. Das Herz der Stadt war für ihn bestimmt, sagte er zutiefst überzeugt, sodass er sie eines Tages davon überzeugt hatte, dass ihr Bauchgefühl sie trog.

Wie ein schwarzes Omen hoben die Linien des Nachtonyx sich vom umliegenden Stein hervor. Nein, sie waren kein schwarzes Omen. Das Labyrinth war kein böser Ort. Er war nicht gut oder schlecht, er war das, was man aus ihm machte, war das Werkzeug, das man für etwas Gutes oder Zerstörerisches nutzen konnte.

Und die Königin … Sie würde zerstören.

49. Finn

Ein Schatz von grausamer Natur

Zwischen Minna und Finn befand sich nur eine dünne Regalwand und gleichzeitig eine ganze Welt. Er hätte so gern geflucht, aber jeder Laut würde seine Anwesenheit verraten, weshalb er es nicht einmal wagte, sich hinter dem vollgestopften Regal hervorzubewegen, hinter dem er sich versteckt hielt. Er hockte dicht am Boden und hielt sich mit den Fingerspitzen an der Wand fest. Seine Sinne beisammenzuhalten kostete ihn gerade alle Kraft. So viele Schätze in einem einzigen Raum, dass er das Gefühl hatte durchzudrehen. Das Adrenalin rauschte durch seine Venen, als wollte es ihn vor sich hertreiben wie ein wildes Tier auf der Suche nach saftiger Beute. Unter anderen Umständen wäre dieser Raum wie der Fund der größten Schatzkiste gewesen. Ein leises Surren ging von dem riesigen schwarzen Stein am anderen Ende der Höhle aus. Ein warmes, lockendes Surren, das ganz leise in Finns Kopf sang. Ohne es zu wissen, ahnte er, dass der Stein die Ursache für das Surren und auch die Stimmen in seinem Kopf war.

Hatte Valerian gewusst, was er ihm antun würde, wenn er ihn in diese Katakomben schickte? Und wo zur Hölle blieb der Gabensucher? Er glaubte doch nicht ernsthaft, dass Finn hier unten allein etwas ausrichten konnte?

Du bist die letzte Karte in diesem Spiel, hatte er gesagt. *Du musst die Dichterin retten, falls es mir nicht rechtzeitig gelingen sollte*.

Den waghalsigen Plan, den Valerian dann vor ihm ausgebreitet hatte … Finn wollte nicht weiter darüber nachdenken, nicht über Hebel und Wassermassen nachgrübeln.

Du musst die Gaben stehlen, die Galvan bereits in seinem Besitz hat. Wenn er die nicht hat, kommt er mit dem Rest seines Plans nicht voran. So bekommen wir mehr Zeit, Minna endgültig aus seinen Fängen zu befreien.

Waghalsige Pläne dieser Art funktionierten im echten Leben nicht. Sie funktionierten in Büchern oder Erzählungen oder auf einer Bühne, aber niemals in der Realität. Als Finn die Höhle betreten hatte, hatte es nur wenige Augenblicke gedauert, bis weitere Schritte den Gang entlanggekommen waren. Kurz nach ihm hatte der Magiebändiger die Halle mit Minna betreten, obwohl Valerian behauptet hatte, die Zeremonie wäre erst für den frühen Abend angesetzt. Finns Möglichkeiten, sich vorzubereiten, waren somit hinfällig, und stattdessen kauerte er wie ein räudiger Hund in einer dunklen Ecke und wartete auf den berüchtigten richtigen Moment. Aber wie sollte er die Gläser mit den Gaben stehlen, wenn Galvan die ganze Zeit in der Nähe blieb?

Vorsichtig hatte er sich schließlich hinter einigen Regalen näher an die beiden herangeschlichen. Ihre Stimmen drangen jetzt deutlich zu ihm, sodass er jedes Wort verstehen konnte. Er kannte Minna gut genug, um die Angst unter der vorgespielten Tapferkeit zu erkennen. Sie hatte Angst. Und dass *sie* Angst hatte, bereitete *ihm* Angst.

Valerian hatte wenig über das gewusst, was hier unten vor sich ging. In Finn schwelte Wut, die allmählich größer wurde, denn dieser Galvan hatte auch Agnes verstümmelt. Am liebsten wäre er aus seinem Versteck gestürmt und hätte sich auf ihn geworfen. Er hatte sich nicht einmal eines Hofdichters würdig erwiesen. Am liebsten hätte er ihn an Ort und Stelle für all die Verbrechen an unschuldigen Menschen bestraft.

Aber so lautete nicht der Plan.

Ich will sie beide in dieser Zelle wissen, die Königin und ih-

ren Handlanger. Ich will in ihren Augen die nackte Angst sehen, wenn das Wasser über sie hereinbricht. Ich will, dass sie für all das leiden, was sie anderen angetan haben. Ich will, dass sie für jede einzelne Tat um Entschuldigung betteln, dieser Bastard und seine Königin.

Der Schatzsucher wusste nicht, was zwischen dem Gabensucher und der Königin vorgefallen war und warum er sie erniedrigt oder sogar tot sehen wollte. Die Königin hatte sein Leben nie berührt, sie war wie eine ferne Statue gewesen, so wie die Königin davor. Finn wollte nur Minna aus ihren Fängen retten und mit ihr so schnell wie möglich abhauen. Aber dazu brauchte er ein geeignetes Lockmittel. Wenn er schon nicht an die Gläser mit den Gaben herankam, musste er den Magiebändiger wenigstens von seinem Opfer weglocken.

Schließlich entschloss sich Finn dazu, einen anderen Versuch zu wagen. Die Höhle war so riesig, dass er den Nachtonyx in einem weiten Halbkreis umrunden konnte, um sich so nicht mehr in Minnas, sondern Galvans Rücken zu befinden. All der Kram, der auf dem Boden aufgetürmt war, bot ihm genügend Sichtschutz, wenn er es geschickt und lautlos anging.

Der ständige Lärm neu erscheinender Gegenstände gab ihm Deckung. Er schlich sich an Schränken und Bergen aus Schmuck und Besteck und Büchern vorbei, bis er außer Sichtweite des Magiebändigers war. Dafür hatte er bald ein Regal gefunden, von dem aus ihn Minna entdecken könnte, wenn er sich ein Stück weit aus seinem Schatten herauswagte.

Er wartete, bis Galvan sich mit Minnas Geschichtenband beschäftigte und abgelenkt war, ehe er sich einen Ruck gab und ein Stück nach vorne kroch. Er hob den Arm, um Minnas Aufmerksamkeit zu erregen, und legte dann sofort einen Finger auf seine Lippen, damit sie ihn nicht versehentlich durch eine unbedachte Reaktion verriet.

Für den Bruchteil einer Sekunde verwandelte sich ihr Gesichtsausdruck in pure Erleichterung. Er war da. Sie war nicht länger allein. Aber dieser Ausdruck hielt nicht lange an, dann wurde sie blass und schüttelte kaum merklich den Kopf.

Geh, formten ihre Lippen. *Geh weg.*

Nun war er derjenige, der den Kopf schüttelte. Mit der Hand deutete er auf Galvan.

Minna schien zu ahnen, was er vorhatte. Erneutes Kopfschütteln. *Zu gefährlich*, flüsterte sie lautlos. In ihren Augen stand die blanke Panik geschrieben.

Er gestikulierte wild mit den Händen. *Ich gehe nirgendwohin.*

Minna richtete ihre Aufmerksamkeit gerade noch im richtigen Augenblick auf Galvan, als dieser sich ihr zuwandte und etwas Unverständliches murmelte.

In Finns Beinen juckte es vorzupreschen. Jetzt, jetzt, jetzt war sein Moment, der einzige vielleicht, der sich bieten würde. Galvan rechnete nicht mit ihm. Er musste sich nur von hinten auf ihn werfen und …

Minna flüsterte ein Wort immer und immer wieder. Ihre Augen waren eindringlich und hielten Finns Blick so lange gefesselt, bis er verstanden hatte, was er – oder vielmehr sie – brauchte.

Einen Füllhalter? Jetzt? Wozu? Wofür? Verdammt, Minna. Es wäre viel einfacher, den Mann mit einem Knüppel niederzuschlagen, wie Rogar es mir beigebracht hat. Schön von hinten, lautlos und richtig niederträchtig. So wäre es am effektivsten.

Sollte er es doch wagen, sich auf Galvan zu stürzen, in der Hoffnung, ihn mit dem Überraschungsmoment auf seiner Seite überwältigen zu können? Der Hofdichter hatte Minna zwischenzeitlich gefesselt, und sie sah aus, als würde sie schreckliche Schmerzen leiden. Ein leises Wimmern drang zu ihm herüber. Wieder überlegte er, aus seiner Deckung zu springen. Aber er hatte keine Ahnung, wie mächtig Galvan wirklich war, nicht einmal Valerian wusste dies mit Sicherheit.

Finn heftete den Blick auf die Dichterin, wartete, dass sie

ihm vielleicht einen weiteren Hinweis gab. Sollte er eingreifen? Doch sie formte mit ihren Lippen nur ein weiteres Mal dieses eine Wort und lächelte schwach. Die Erschöpfung stand ihr ins Gesicht geschrieben. Schweiß perlte über ihre Stirn. Er sollte sich beeilen. Sie heckte irgendetwas aus, wofür sie dieses Ding benötigte. Finns Blick ging auf Wanderschaft. Wie sollte er einen solch kleinen Gegenstand aus hunderten oder tausenden herausfischen? Wie sollte er etwas so Unscheinbares zwischen all dem Glimmer finden?

Konzentrier dich. Dein Instinkt weiß längst, was du haben willst. Du musst dich einfach nur hinführen lassen.

Er schloss die Augen, inhalierte die feuchte Luft und blendete alle Geräusche aus. Er spürte den Sog, der ihn in alle Richtungen zugleich zerren wollte.

Hier!

Nimm mich!

Ich bin Gold, ich bin deine Zukunft.

Sieh nur, wie ich schimmere …

Er konzentrierte sich auf diesen einen Schatz, der alle anderen überstrahlte, der warm und hell leuchtete und der Ruhepol in diesem unendlichen Chaos war. Mit einer Sicherheit, wie er sie noch nie zuvor verspürt hatte, wusste Finn, dass dieser Schatz der vermutlich unscheinbarste der Welt sein würde, aber sein Wert würde unermesslich sein.

Der Schatzsucher duckte sich und robbte beinahe über den Boden, um zu einer gegenüberliegenden Regalreihe zu gelangen, ohne in Galvans Sichtfeld zu geraten. Dabei atmete er nicht einmal, wobei bei dem Lärmpegel in der Höhle vermutlich nicht einmal eine versehentlich zu laute Bewegung zu hören wäre.

In einer Felsnische lag ein unauffälliger Korb im Stroh. Finn warf immer wieder einen Blick über die Schulter, als er mit der verkrüppelten Hand ein Strohbüschel anhob. Die andauernde Feuchtigkeit der Unterwelt, die seinen Knochen nicht gut tat, hatte den Schmerzpegel in seiner Hand auf ein unangenehmes

Niveau eingependelt, deswegen musste er die Zähne zusammenbeißen. Mit der anderen Hand griff er hinein und bekam einen kalten, länglichen Gegenstand zu fassen, der sich bei Berührung sofort wohltuend erwärmte. Das mittlerweile vertraute Gefühl des Triumphes jagte durch seinen Körper.

Er rutschte mit dem Ding in seiner Hand in einen Lichtschein, um es genauer betrachten zu können.

Es war ein alter Füllhalter. Es war das, was Minna haben wollte.

Er hatte keine Ahnung, was genau ihn so einzigartig machte, aber er musste wichtig sein, also verstaute er ihn in seiner Tasche. Mittlerweile stand ihm der Schweiß auf der Stirn. Galvans und Minnas Stimmen drangen gedämpft zu ihm, das Ploppen und Klirren und Quietschen der kommenden und gehenden Gegenstände und das leise Surren, das beständig an den Wänden echote, verschluckten den Großteil ihrer Unterhaltung.

Der verfluchte Gabensucher ließ sich dagegen immer noch nicht blicken. Wie sollte Finn es anstellen, Galvan von Minna wegzulocken? Er ließ seine Beute keine Sekunde aus dem Blick.

Finn blieb keine andere Option, als zu seinem vorherigen Platz zurückzuschleichen. Als Finn Minnas Blick auffangen konnte, hielt er den Füllhalter in die Höhe. Der Anflug eines grimmigen Lächelns huschte über ihr Gesicht. Obwohl Galvan drohend über ihr aufragte, wirkte sie in diesem Augenblick so stark, als gäbe es nichts und niemanden, der ihr etwas anhaben konnte, weil nur ihre Hülle, nicht aber ihr kampfbereiter Geist verletzlich war. Und Finn begriff in diesem Augenblick, dass er nicht nur zu ihrer Rettung geeilt war, weil sie eine Freundin war. Nein, er war auch aus einem anderen Grund hier.

Sie war Hoffnung für ihn. Die Hoffnung, dass die alten Werte, für die Phantopien einst gestanden hatte, nicht gänzlich untergegangen waren. Dass es da draußen noch Menschen gab, denen es nicht wichtig war, wie angesehen oder reich sie waren, denen es gleich war, ob ihr Spiegelbild ansehnlich oder unvollkommen war, die nicht mitleidig auf verkrüppelte Menschen wie ihn herabsahen. Sie verkörperte, dass Geschichten bedeutsamer waren als Goldkugeln, dass alte Bücher wichtiger waren als Diamantschmuck und dass man den sternfernen Träumen folgen und an seinen Überzeugungen festhalten sollte statt an den Werten, die Gewohnheit und Misstrauen vor Veränderung vorgaben.

Finn wollte diese Hoffnung nicht sterben sehen.

»Galvan ...« Wie tosender Regen peitschte ihre Stimme durch die Höhle. »Ich glaube, es gibt da etwas, das du nicht brechen sehen willst!« Sie nickte ihm entschlossen zu.

Und der Schatzsucher trat aus seinem eigenen Schatten heraus.

50.
Der Magiebändiger

Was wir ohne unser Bestes sind

So mächtige Gaben. Kannst du das spüren, Magiebändiger? Kannst du spüren, wie stark sie sind?

Sie zischten ungeduldig in seinem Kopf. Ihnen ging die Prozedur zu langsam. Er konnte sie verstehen, doch er musste zur Geduld mahnen. Sie hatten bereits so lange auf diesen Moment gewartet, dass er ihn nicht durch unüberlegte Hast zerstören wollte.

Die Dichterin saß gefesselt auf einem Stuhl und hatte sich von dem Eindruck des Nachtonyx wieder etwas erholt.

»Ich glaube, ich verstehe jetzt.« Die Stimme der Dichterin war beinahe ehrfürchtig, und er konnte diese Ehrfurcht nachempfinden. Er fühlte sie jedes verdammte Mal, wenn er diese heiligen Hallen betrat.

Ihre Blicke glitten gleichzeitig zu dem pulsierenden Nachtonyx, der in diesem Augenblick schimmerte. Der Stein erweckte den Anschein, eine glatte, ebene Oberfläche zu haben, aber wenn man ihn berührte, spürte man die raue Ummantelung des Herzens der Magie. Der Magiebändiger hatte ihn nur ein einziges Mal berührt. Seitdem sah er viel klarer, und was zuvor wichtig gewesen war, hatte an Bedeutung verloren. Er hatte die Welt vorher durch einen Schleier aus Nichtigkeiten gesehen, dessen war er sich danach bewusst gewesen.

»Könnt Ihr es auch spüren?«, fragte er. »Die Erhabenheit dieses Ortes? Die Präsenz der Magie?«

»Ja«, erwiderte die Dichterin leise. Ihr Gesicht wurde von

schwebenden Flimmerlichtern erhellt. »Aber ich spüre auch etwas anderes. Etwas, das Euch abhandengekommen ist.«

Ein ungutes Gefühl setzte sich in seiner Magengegend fest. Diese Wortwahl … Sie war vermutlich reiner Zufall.

»Was meint Ihr?«, fragte er fast beiläufig, während seine Hände ihre Beschäftigung wiederaufnahmen. Er legte einen Deckel neben das letzte Glas, in das er die Seite eingelegt hatte, um es zu verschließen, sobald die Fantasie der Dichterin darin verwoben war.

»Ich habe Eure vollständige Geschichte gelesen, Galvan. Ich weiß, was Ihr vorhabt. Ich weiß aber auch, was Ihr verloren habt.«

Er hielt kurz inne. Erinnerungsfetzen kamen in seinem Kopf auf, und sie waren so vage wie der Nebel in den Wanderprärien. Sie waren da, ohne dass man ihrer gewahr wurde, weil sie sich von hinten anschlichen, aber wenn man sich umdrehte, um nach ihnen zu greifen, waren sie längst wieder fort. Diese Erinnerungen fühlten sich an, als stammten sie aus dem Leben eines Mannes, in dessen Haut er geschlüpft war. Vor seinem inneren Auge sah er Moira strahlendschön und jung, er sah sie beide in einem beengten Bedienstetenzimmer beim Studium, er sah sie heimlich lachen und schäkern, weil sie es nicht wagten, offen zueinander zu sein. Sie waren manchmal mutig und meistens feige, aber immer voller unausgesprochener Liebe, die wuchs, desto mehr Jahre ins Land zogen.

Das alles ist nicht mehr wichtig. Nur du und wir, das ist wichtig.

Natürlich. Er hatte sich ablenken lassen. Die Dichterin hatte ihm weise gewählte Worte zugeworfen wie ein Zirkusdompteur einem seltenen Löwen ein verlockendes Stück rohes Fleisch.

»Das ist nicht mehr von Belang«, sagte er abwehrend.

»Ist es nicht? Habt Ihr Moira vergessen, Galvan? Weil Eure Gefühle für sie irgendwo in einem kleinen Gegenstand in diesem Raum versteckt sind, haltet Ihr sie für gestorben?«

Er sprach nicht. Die Magie schimpfte in seinem Kopf.

Töte sie. Wir brauchen nur ihre Fantasie, ihr Körper soll verrotten. Soll sie auf einem verdorrten Feld verfaulen und von den Würmern zerfressen werden.

»Ich wette, irgendwo in Euch ist noch ein Teil Eures alten Ichs, Galvan. Dieser Teil bewahrt diesen Gegenstand auf. Ihr habt ihn nicht zerstört, nicht wahr? Ihr habt nicht alle Zeugen von Moiras und Eurem gemeinsamen Leben beseitigt. Eure eigenen Gefühle sind in diesem Raum, habe ich recht?«

»Es reicht jetzt. Ihr wollt nur Zeit schinden«, knurrte er bestimmt. Sie hatte seinen wunden Punkt getroffen, aber das würde er ihr nicht auf die Nase binden. »Das bringt Euch nichts. Niemand außer der Königin und mir hat Zutritt zu diesem Raum.«

Er wandte sich demonstrativ ab und beschäftigte sich mit einem seltsamen Röhrchen, das er in das leere Glas mit ihrer entrissenen Seite steckte, sodass die dünne Öffnung ein Stück weit herausragte.

»Glaubt Ihr nicht, dass die Königin sich gegen Euch wenden wird, wenn sie herausfindet, dass Ihr ihre Mutter auf dem Gewissen habt?«

Er versteifte sich.

Sie spielt mit dir. Lass das nicht zu.

Das wütende Zischen der Magie füllte seine Gedanken.

»Selbst wenn, dann ist es ohnehin zu spät für Rachegedanken. Und jetzt kein Wort mehr.«

Der Nachtonyx surrte inzwischen unerträglich laut. Er spürte die Magie in Minna, und er verlangte danach, so wie er nach der Magie der anderen Künstler verlangt hatte. Galvan konnte seine Anspannung bei dem Gedanken kaum unterdrücken, was passieren würde, wenn er alle Gaben vereinen konnte.

Die Dichterin schien nicht zu begreifen, was ihr bevorstand, denn ihr Blick hatte sich in einer dunklen Ecke der verwinkelten Höhle verloren. Dann … tat sie etwas, mit dem er nicht gerechnet hatte.

Sie lächelte. Sie lächelte so strahlend, als würde ihr die Sonne entgegenscheinen.

»Galvan … Ich glaube, es gibt da etwas, das du nicht brechen sehen willst.«

Die Magie in ihm schrie zornig auf. *Sie nimmt dich auf den Arm, fall nicht darauf rein.*

Dieses eine Mal irrte die Magie. Plötzlich waren die Dichterin und er nicht mehr allein. Ein junger Mann tauchte aus dem Nichts auf. Und dieser Fremde hielt einen Gegenstand umschlungen, bei dessen Anblick Galvans Herzschlag für einen Atemzug aussetzte.

»Das ist der Füllhalter, den Moira genutzt hat, nicht wahr?«

Der Magiebändiger machte eine wegwerfende Geste. Er täuschte Gleichgültigkeit vor. Denn eigentlich war Gleichgültigkeit das Einzige, das er empfand. *Eigentlich.*

Aber der Füllhalter war nicht nur ein Gegenstand der Melancholie. Er trug *seine* Gabe. Was ihn ausmachte, steckte in ihm, und vielleicht konnte er eines Tages einen Weg finden, diese Magie zurückzubekommen …

Du lässt dich von deiner einzigen Schwäche beherrschen. Immer noch.

Der Zorn der Magie glühte wie ein weißer Stern in seinem Verstand, und dieses Mal war er selbst ihr Ziel. Galvan riss sich zusammen und maß den Fremden mit einem kalten Blick. Er hatte ihn noch nie gesehen, aber nur eine Person würde der Dichterin zu Hilfe eilen.

»Finn Minengräber«, sagte er ruhig, aber nicht weniger bedrohlich. »Wenn Ihr jetzt nicht auf der Stelle diesen Raum, nein, das Schloss verlasst, dann werdet Ihr eine Strafe erhalten, die schlimmer ist als der Tod.«

Der blonde Mann zuckte ungerührt mit den Schultern. »Ach ja? Und was soll das sein?«

»Den Verlust Eures Rufes.« Er nahm eine kurze Regung des Schatzsuchers wahr, auch wenn er es zu verbergen versuchte.

»Ich habe keinen Ruf zu verlieren.« Seine Stimme war herausfordernd.

»Doch, das habt Ihr«, erwiderte Galvan und bewegte sich auf eine niedrige Kommode zu. »Wenn Ihr der Annahme seid, ich kenne Euch und Eure Motivation nicht, dann liegt Ihr falsch. Glaubt mir, ich kenne jeden, der einen Fuß in diese kostbare Stadt setzt, Finn Minengräber. Ich weiß, warum Ihr hier seid: Ihr wollt Euren armseligen Vater übertrumpfen, der sich mit den Schätzen älterer Generationen im Gebirge der Vier Weisen verschanzt hat und sich darauf ausruht, die Habseligkeiten anderer Leute zusammengetragen zu haben. Und ich sage Euch noch etwas: Wenn Ihr mir nicht aus den Augen tretet, dann werde ich Euren Ruf unter meinen Schuhsohlen zertreten. Es wird so sein, als hätte es Euch nie gegeben, als wärt Ihr nicht der erste Minengräber-Schatzsucher gewesen, der Fernab jemals betreten hat. Ihr werdet in den Augen Eures Vaters nicht mehr wert sein als der Köter, der seine Füße wärmt. Und Ihr werdet nie wieder in die Nähe eines wahren Schatzes kommen, dafür werde ich Sorge tragen.«

Der Schatzsucher begegnete seinem Blick so ungerührt, so ohne jede Spur von Respekt. »Ich habe Fernab gefunden, Hofdichter. Damit habe ich längst erreicht, was ich erreichen wollte.« Er spielte lässig mit dem Füllhalter in der Hand, als wäre er ein belangloser Gegenstand, aber Galvan wusste genau, worauf er hinauswollte:

Dieser Füllhalter gegen die Dichterin.

Ob Finn Minengräber eine Ahnung hatte, wie schlecht dieser Handel war? Dass er ihn niemals eingehen würde?

»Von mir aus kannst du dieses Ding verbrennen, es würde mich nicht kümmern. Es war nett, Eure Bekanntschaft gemacht zu haben, Schatzsucher«, sagte Galvan mit einem ironischen Lächeln und deutete eine Verbeugung an. Er war kein begnadeter Magiebändiger, *noch* nicht. In wenigen Augenblicken würde sich das ändern, aber bis dahin konnte er die Magie nur schlecht kontrollieren. Seine Fähigkeiten reichten allerdings aus, eine Vase, die sich hinter dem Schatzsucher auf einem Regalbrett befand, anzuheben und sie lautlos durch die Luft sausen zu lassen. Sie traf den jungen Mann am Hinterkopf, ohne dass er sie kommen sah.

Finn Minengräber sackte in sich zusammen und rührte sich nicht mehr. Der Füllhalter entglitt seiner Hand und kullerte auf Galvan zu, der sich bückte und ihn aufnahm. Sein Blick begegnete dem der Dichterin, und als er die verzweifelte Hoffnung darin las, lachte er laut.

Mit Wucht schleuderte er den Füllhalter dann zu Boden und zertrat ihn unter seinem Absatz. Die Spitze brach ab und splitterte. Tintenklumpen verteilten sich auf dem Untergrund.

Seine Liebe war ihm endgültig abhandengekommen. Und seine größte Schwäche ebenfalls … Etwas in ihm zerbrach und ließ die endlose Finsternis, die zuvor nur Teile seines Bewusstseins eingenommen hatte, in ihn eintauchen. Emotionslos starrte er auf die Splitter auf dem Boden. Wie konnte etwas so Simples für ihn einmal so wichtig gewesen sein?

Er packte den bewusstlosen Schatzsucher am Kragen und zerrte ihn zur Tür, wo die Wachen wie befohlen warteten und den Mann einsammelten.

»Sperrt ihn in die Zelle. Und öffnet die Schleusen, wenn ich es befehle. Ich möchte, dass die Dichterin zusieht. Aber erst, wenn ich mit ihr fertig bin und sie nur noch ein Schatten ihrer selbst ist.«

51.
Die Königin

Das Feuer erwacht

Die Hand einer Königin durfte nicht zittern, ganz gleich, ob sie ein Zepter zum Herrschen oder ein Schwert zum Hinrichten führte.

Aber die Regeln, die man ihr in ihrer Kindheit eingetrichtert hatte, hatten mit der Realität wenig gemein. Ihre Hand zitterte, ihr ganzer Körper zitterte. Sie hatte nur eine einzige Möglichkeit, diese Kette von tragischen Ereignissen, die sie selbst ausgelöst hatte, zu verhindern.

In ihrer Hand flackerte es leise. Und genau deshalb durfte ihre verdammte Hand nicht zittern. Das Feuer, das sie trug, war hier unten in der Tiefe so gefährlich, dass eine einzige Bewegung, zu nah an die Wände mit Nachtonyx, das ganze Höhlensystem in Windeseile in Schutt und Asche legen konnte. Sie musste ihren Körper beherrschen. Sie musste ihre Nerven bändigen. Sie musste die Königin sein, die Phantopien verdiente, wenigstens dieses eine Mal.

Aus der Ferne vernahm sie Aufruhr. Laute Schritte, noch lautere Stimmen. War sie zu spät? War der Weg nach oben zur nächsten Fackel zu lang gewesen oder der Weg zurück zu zögerlich, weil sie nur einen Schritt vor den nächsten wagte? Wenn sie einen Fehler machte, würde sie das Schloss in die Luft jagen. So viele Leben standen auf dem Spiel, dass sie bald nass geschwitzt war und ihr das Haar unangenehm im Nacken klebte.

Das Flimmerlicht an den Wänden folgte ihr und leuchtete den Weg gleichmäßig und unaufdringlich, während das Feuer in ihrer Hand wilde Schatten auf den Boden warf. Jede leise Brise zerrte an der Flamme, als wollte sie sie dazu bringen, unbändig und unvorsichtig zu werden.

Schließlich hatte sie den Gang, der zu Galvans Reich führte, erreicht. Sie wurde langsamer, als sie erneut leisen Tumult vernahm, der sich in dem dunklen Korridor abspielte. Sie hätte gern gewusst, was dort vor sich ging, wollte aber nicht riskieren, entdeckt zu werden, wenn sie die Flamme zu nahe an die Tür heranführte. Falls sie offen stand, würde man sie sehen. Also drückte sie sich enger in eine tiefe Nische und schirmte das Licht mit ihrem Körper ab, sorgsam Abstand zu den Wänden haltend. Dann erklangen Schritte auf dem Boden, die auf den Hauptgang zusteuerten. Sie erkannte die Wachen, die sich über einen Gefangenen unterhielten, den sie offenbar im Schlepptau hatten. Sie wartete atemlos ab. Als die Königin sicher war, dass sich niemand mehr in den Gängen herumtrieb, schlüpfte sie aus ihrem Versteck und huschte auf Zehenspitzen in das Herz des Labyrinthes hinein.

Der mächtige Nachtonyx pulsierte und schimmerte und brachte ihr stets eine unangenehme Gänsehaut ein, wenn sie ihn sah. Er war das Machtzentrum, auf das ihre Familie seit Generationen aufbaute, und gleichzeitig war er ihr Untergang gewesen, weil sie ihre eigene Gier genauso wenig im Griff gehabt hatte wie Galvan. Wäre sie doch so genügsam gewesen wie ihre Mutter, die den Niedergang der Magie akzeptiert hatte … Hätte sie Galvans Machenschaften nur früher durchschaut …

Nicht jetzt, Malwine. Jetzt ist nicht der richtige Zeitpunkt, dich selbst für das Leid der Welt verantwortlich zu machen.

Sie drängte sich hinter einen Schrank zu ihrer Linken, wobei sie weiterhin auf ausreichenden Abstand zum Holz und der steinernen Wand achtete.

Das Feuer wird mich verraten.

Reglos verharrte sie an Ort und Stelle, während Schritte

durch den Raum hallten und dann plötzlich innehielten. Galvan hatte bemerkt, dass sich jemand eingeschlichen hatte.

Das war ihr Stichwort.

Sie schob sich aus ihrem Versteck und stellte sich zwischen ihren einstigen Berater und den Ausgang, der sich nun in ihrem Rücken befand. Wenn Galvan die Dichterin auch nur anrührte, würde er ein Feuerwerk erleben.

»Meine Königin«, sagte er verwundert und misstrauisch zugleich. »Ich bin erstaunt, Euch mit einer Fackel hier unten zu sehen. Ihr wisst doch, wie gefährlich das sein kann.« Er hob die Hand an sein Kinn und strich geistesabwesend mit den Fingern über den Bart. Die Königin ignorierte seine Bemerkung, blickte sich um und sah Minna Fabelreich in der Nähe des Nachtonyx. Sie musste sie aus dem Raum schaffen, koste es, was es wolle.

»Ich bin Euch keine Rechtfertigung schuldig, Galvan. Ihr hingegen schuldet mir eine. Ihr schuldet mir sogar eine Entschuldigung, würde ich behaupten.«

Der ältere Mann wich ein wenig zurück. »Ich sehe schon, wir sprechen jetzt offen miteinander.«

Die Königin stieß einen wütenden Laut aus. Am liebsten hätte sie ihn angeschrien, mit den Fingernägeln sein Gesicht zerkratzt, ihn ihren Zorn am eigenen Leibe spüren lassen. »Ihr hättet vor einem Jahr offen mit mir sprechen sollen, als Ihr meine Mutter ertränkt und die Tat einem Unschuldigen untergejubelt habt.«

»Untergejubelt? So möchte ich es nicht bezeichnen«, entgegnete er gedehnt. »Das Boot hatte einige Lecks. Das liegt in der Verantwortung des Bootsführers.«

»Das Boot hatte kein Leck, als es vom Ufer abgesetzt hat. Joran hat sein Boot immer ordnungsgemäß instandgehalten. Ihr habt welche hineingezaubert. Der Fährmann hat sich nichts zuschulden kommen lassen. Aber er hatte keine Beweise. Und er hatte trotz allem Schuldgefühle. Meine Mutter hat, wie so viele Adelige, nie schwimmen gelernt, und er konnte gerade einmal sich selbst ans Ufer retten. Ihr habt das alles sehr gerissen eingefädelt.«

Galvan erwiderte ihren Blick ungerührt. »Und Ihr habt ihm nicht geglaubt. Ihr habt keine Fragen gestellt, Königin. Ihr habt all meine Worte gutgläubig angenommen.«

Damit traf er einen wunden Punkt, denn er hatte recht.

»Es geht jetzt nicht um mich, Galvan. *Mich* richte ich später.«

Er neigte den Kopf. Ein kaltes Lächeln umspielte seine Lippen. »Ah, Ihr seid hier, um zu *richten*, Königin? Habt Ihr deswegen die Fackel mitgebracht?«

»Ich habe das Feuer für den Fall mitgebracht, dass Ihr der Meinung seid, meinen Befehlen nicht mehr gehorchen zu müssen.«

»Und wie lautet Euer Befehl?«

»Dass Ihr die Dichterin gehen lasst. Auf der Stelle.«

»Das wird nicht möglich sein, meine Königin. Ich werde nicht länger auf das warten, was mir rechtmäßig zusteht.«

»Was Euch rechtmäßig zusteht? Ihr zeigt jetzt Euer wahres Gesicht, nicht wahr?«

»Nennt es, wie Ihr wollt. Zu Eurer Information: In den Zellen befindet sich auch der Schatzsucher. Wenn Ihr also ein weiteres Leben verwirken wollt, indem Ihr Euch mir in den Weg stellt …«

Die Information nahm der Königin die Luft zum Atmen. Sie hatte geglaubt, nahezu alle unschuldigen Leben außer Reichweite zu wissen. Konnte sie darauf hoffen, dass die anderen Wachen und Valerian ihren Befehl befolgt und alle Gefangenen befreit hatten?

»Seid Ihr Euch da auch sicher, Galvan?«

»Natürlich.« Für einen kurzen Augenblick flackerte Unsicherheit über Galvans Gesicht. Langsam und die Fackel immer im Blick bewegte der Magiebändiger sich auf die Anrichte zu, auf der er die bereits präparierten Gaben und das letzte Glas aufbewahrte. »Wenn Ihr Euch dazu entschieden habt, von unserem Weg abzuweichen, dann zwingt Ihr mich, die Schleusen zu öffnen, meine Königin.« Die letzten beiden Worte hatte er so sanft ausgesprochen, als stünde vor ihm ein trotziges Kind, das seine Grenzen austestete.

»Ich schätze, dann stecken wir in einem Dilemma. Ich habe nicht vor, irgendwohin zu weichen, Galvan. Ich werde hier stehenbleiben. Ich werde mich keinen Fuß breit von diesem Platz fortbewegen, bis die Wachen Euch abführen. Unser Plan war ein Fehler. Ihr habt mich eingewickelt, habt mich von etwas träumen lassen, das nicht real ist. Dafür bin ich selbst verantwortlich. Aber der Verantwortung für den Tod meiner Mutter könnt Ihr Euch nicht entziehen. Wenigstens diese Gerechtigkeit werde ich an Euch üben.«

Für den Bruchteil eines Augenblicks hatte die Königin das Gefühl, dass ein Schatten über Galvans Miene huschte. Die Ahnung von Traurigkeit, das Wissen, einen Fehler begangen zu haben, den man nie wieder würde gutmachen können. Die Königin kannte sich mit Magie nicht aus, aber vielleicht war sie nicht imstande, Galvan wirklich jeden Tropfen seiner Liebe zu nehmen. Vielleicht war dieses Gefühl nur sehr gut isoliert und an einem Ort eingemauert, zu dem er keinen Zugriff mehr hatte.

»Wollt Ihr Euch wirklich für eine Dichterin oder einen unbedeutenden Schatzsucher opfern, Königin? Wollt Ihr denselben Fehler begehen wie ich?« Ein Hauch Verzweiflung schwang in seinen Worten mit, aber gleichzeitig war da auch fanatische Entschlossenheit. Er wollte die Magie. Er wollte alles. Und er würde alles dafür opfern.

Die Königin spürte Minnas Blick auf sich ruhen. Ihre Miene war erschöpft, und sie wirkte, als würde sie die Nähe des zehrenden Steins nicht mehr lange aushalten.

»Unbedeutend?«, sagte die Königin und lächelte kaum merklich. »Wer sagt, dass ein einzelnes Leben unbedeutend ist?«

Die Mundwinkel der Dichterin zuckten kurz. Sie hatte verstanden, dass ihre Worte etwas bei der Königin bewirkt hatten.

Die Königin atmete durch und sammelte ihren ganzen Mut zusammen. Dann bewegte sie sich ohne zu zögern auf die Dichterin zu.

Galvan richtete sich alarmiert auf. »Was tut Ihr da? Bleibt sofort stehen.«

»Nein«, erwiderte die Königin entschlossen. »Die Dichterin wird diesen Raum verlassen, und wir werden unsere Differenzen alleine klären. Ohne Gesellschaft. Man wird sie nach oben geleiten, und dort wird sie warten, wie weiter verfahren wird. Ihr werdet diesen Plan nicht ohne mich durchführen, Galvan. Aber wir werden ihn auf meine Weise ausüben. Ihr habt mich einmal verraten und werdet es nicht wieder tun.«

Sie nutzte Galvans Überraschung, um Minnas Fesseln zu lösen und sie in Richtung Tür zu drängen. Für einen Augenblick trafen sich ihre Blicke.

»Lauft«, flüsterte die Königin. »Lauft, so schnell Ihr könnt.«

»Das werdet Ihr nicht tun, wenn Euch das Leben Eures Freundes lieb ist«, erwiderte Galvan wütend. Er machte einen Satz, aber die Dichterin war bereits losgerannt. Sie strauchelte kurz, als der Magiebändiger seine Drohung ausstieß, aber die Königin folgte ihr und schnitt Galvan damit den Weg zur Tür ab. Der Magiebändiger dachte allerdings nicht daran, der Dichterin zu folgen, sondern machte auf dem Absatz kehrt und lief zur Steuerung der Gefängniszellenschleusen.

Seine Hand zuckte auf den Hebel zu, den die Königin immer zu ziehen gedroht, aber kein einziges Mal berührt hatte. Vielleicht hätte sie irgendwann ihre Skrupel überwunden, wenn die Dichterin ihr nicht die Wahrheit überbracht hätte, wäre irgendwann so grausam wie Galvan geworden. Aber noch hatte sie es nicht übers Herz gebracht, einen ihrer Gefangenen in den Labyrinthzellen tatsächlich dem Wasser zu überlassen.

Und die Königin hatte in diesem Moment nur Wimpernschläge, um über Leben und Tod zu entscheiden, über ihre eigene Zukunft oder die ihres Landes. Mit der freien Hand stieß sie die Tür hinter sich mit übermenschlicher Kraft ins Schloss. Dann ließ sie das Feuer in ihren Händen los.

Ein einziger Funke, der eine feine schwarze Linie an der Wand in ihrem Rücken berührte, reichte aus, um ein Inferno auszulösen.

52.
Valerian

Der Befehl einer Königin

Lass sie gehen.

Er zwang sich, genau das zu tun, auch wenn sich alles in ihm dagegen sträubte, dem Befehl der Königin nachzukommen. Wenn er sie aus den Augen verlor, dann konnte alles passieren. Und *alles* konnte er nicht kontrollieren.

Das größere Problem aber war seine innere Zerrissenheit. Dass sie nun nicht mehr an seiner Seite war, brachte den Plan durcheinander. Sie musste bei ihm sein, damit er nicht nur Minna retten, sondern gleichzeitig auch Rache für alles üben konnte, was sie seiner Familie angetan hatte.

Beruhige dich. Lass sie gehen.

Er versuchte, sich einzureden, dass seine Unruhe nur damit zusammenhing, dass sein ursprüngliches Vorhaben durch Malwines Abwesenheit gestört war, aber er wusste, dass das eine Lüge gewesen wäre. Sie hatte etwas vor, etwas Gewagtes, das hatte er ihr am Gesicht ablesen können. Etwas, das er nicht gutheißen würde, und dieser Umstand machte ihn rasend vor Sorge.

Woher aber kam diese Sorge? Sie konnte ihm gleichgültig sein. Sein Bruder war frei, und wenn er klug gewesen wäre, hätte er sich selbst aus dem Staub gemacht. Er hatte die Schlachten der Königin lange genug mitgeschlagen. Er hätte jedes Recht dazu, sich abzuwenden, wo die Bande aus Zwang und Erpressung gekappt waren.

Aber etwas war geschehen. Etwas hatte die Königin wachgerüttelt. Das Buch über Galvans Leben und vielleicht die dazugehörigen Worte der Dichterin waren zu ihrem Herz durchgedrungen, das er von Dornen umgeben geglaubt hatte. Er hätte nie gedacht, dass es überhaupt möglich war, ihren menschlichen Teil noch zu erreichen, sonst hätte er es vielleicht nicht selbst aufgegeben. Er konnte ihr nicht verzeihen, aber … Er konnte auch sich selbst nicht verzeihen. Vielleicht wäre das, was sie einmal vereint hatte, stark genug gewesen, wenn er mehr gekämpft, wenn er mehr an ihnen beiden festgehalten hätte. Aber all diese Vielleichts spielten jetzt keine Rolle mehr. Sie mussten jetzt ernten, was sie gesät hatten, sie beide. Es fiel ihm trotzdem schwer, sie gehen zu lassen. Erst hatte er sie in eine Seezelle sperren wollen, sie das durchmachen lassen wollen, was Joran durchgemacht hatte. Er hatte sie zwingen wollen, über all ihre Taten nachzudenken. Dann aber hatte er bemerkt, dass sie sich veränderte, und hatte sie nicht allein lassen wollen, weil er Angst um sie hatte. Ob er wirklich jemals von ihr loskam?

Am Ende hatte er sie allein gelassen. Um ihr und sich die Gelegenheit zu geben, zu beweisen, dass alles, was sie gesagt hatte, nicht nur leere Worte gewesen waren.

Valerian blickte von Harold zu den anderen Wachen und legte den Zeigefinger an den Mund. Gemeinsam schlichen sie den Weg zurück, den sie gekommen waren. Sie hatten einen Befehl, und sie führten ihn gern und mit Nachdruck aus. Sie arbeiteten schnell und präzise: Harold ging voran und öffnete eine Zelle nach der anderen, dann holten sie die Gefangenen heraus. Diejenigen, die nicht aus eigener Kraft laufen konnten, wurden gestützt und von den übrigen Gardisten rasch nach oben gebracht. Als alle Insassen befreit und auf dem Weg nach oben waren, nahm Valerian Harolds Generalschlüssel an sich, da er seinen eigenen an den Schatzsucher vergeben hatte, um dem letzten Teil des königlichen Befehls nachzukommen, bei dessen bloßem Gedanken ihm mulmig wurde.

Nahe am Eingang des Labyrinths gab es für die einstmals Begabten luxuriös eingerichtete Gemächer, in denen sie bis nach der letzten Gabenschenkung eingesperrt waren. Drei Menschen harrten dort aus, drei Menschen, an deren Schicksal Valerian mitgewirkt hatte.

Er schalt sich, nicht jetzt darüber nachzudenken, sondern sich zu beeilen. Die Namen der drei Gabenlosen waren auf einer Tafel in edlen Lettern vor der vergitterten Tür angebracht:

Kara Schwingstrich
Hamelin Tausendgesicht
Una Wohlklang

Valerian schloss das Gitter auf, das quietschend über den Felsboden rasselte. Er schlug einen roten Vorhang zurück, der die drei vor den Blicken der Wachmänner schützte. Die Gemächer waren offen, aber durch einzelne Nischen hatte jeder der ehemaligen Künstler einen eigenen Bereich, in den er sich zurückziehen konnte.

Er vergeudete keine Zeit, in die verschreckten Gesichter zu sehen, sondern beeilte sich, sie rasch aus ihrem Gefängnis zu führen. Erklärungen konnten warten. In seinem Verstand war nicht genug Platz für Reue, Rache und Sorge auf einmal. Er ließ die drei Gabenlosen vorangehen. Die kaum den Kinderschuhen entwachsene Malerin Kara und der alternde Schauspieler Hamelin, der früher auf den großen Bühnen dieser Welt gespielt hatte, stützten Una. Die fremdländische Sängerin hatte in einem Krieg in ihrer Heimat vor einigen Jahrzehnten einen Fuß verloren. Mit Hilfe der anderen konnte sie auf einem Bein Stufe für Stufe erklimmen.

»Ist jetzt der Tag gekommen?«, fragte Kara. Ihre Stimme war immer noch so jung, dass sich Valerians Magen umdrehte.

»Nein«, antwortete er so sanft wie möglich. »Und dieser Tag, den du meinst, wird nur über meine Leiche kommen.«

Valerian wusste genau, wovor sie Angst hatte: entsorgt zu

werden. Galvan und die Königin hatten längst, was man von ihr brauchte. Jetzt war sie nur noch eine Last. Aber jeder Einzelne von ihnen war mehr als nur das Talent. Sie waren Menschen mit Stärken, mit liebenswerten Schwächen, und er war ein Idiot, das nicht längst gesehen zu haben. Er hätte sie niemals der Königin ausliefern dürfen. Er hätte stattdessen das Schloss mitsamt der Königin in die Luft sprengen oder den See mit Eimern leeren sollen, um seinen Bruder zu retten. Stattdessen hatte er sich vor ihren Karren spannen lassen.

Oben angelangt, übergab er die drei verstörten Gabenlosen an bang wartende Bedienstete, die ahnten, dass etwas vor sich ging, und trug ihnen auf, sich gut um sie zu kümmern und sie in den Gärten herumzuführen. Dann drehte er sich, um zurückzukehren, als jemand ihn beinahe umgerannt hätte, hätte er sich nicht geistesgegenwärtig am Türrahmen festgehalten.

Vor ihm war die Dichterin aufgetaucht, und sie war so außer Atem, dass sie kaum ein Wort hervorbrachte. Direkt hinter ihr kam Finn Minengräber zum Vorschein, Valerians Generalschlüssel fest mit einer Hand umklammernd.

»Weg … hier«, presste er japsend hervor.

Valerian kam nicht mehr dazu, nach dem Grund zu fragen, denn in diesem Augenblick schien der Boden unter seinen Füßen lebendig zu werden. Ein gewaltiges Beben erschütterte das Schloss. Bedienstete und Wachen schrien gleichermaßen erschrocken auf, warfen sich zu Boden und schützten ihre Häupter mit den Armen. Feiner Staub wirbelte durch die Luft. Lange Risse zogen sich durch den marmornen Boden, an manchen Stellen klafften sie fingerbreit auf. Durch das Treppenhaus nach unten ins unterirdische Reich begann Rauch heraufzuziehen, als wäre dort etwas in Brand gesetzt worden.

Valerian hatte sich über die Dichterin geworfen, um sie mit seinem Körper vor den herabfallenden Brocken zu schützen. Jetzt half er ihr auf die Beine, ehe er sich den Staub vom Gesicht wischte.

In seinem Kopf gab es nur Raum für eine einzige Frage. »Die Königin …«, sagte er drängend zu Minna. »Ist sie noch da unten?«

Die Dichterin nickte hustend. »Sie hatte eine Fackel dabei. Irgendetwas muss explodiert sein.«

Er wurde bleich.

Er müsste Genugtuung empfinden. Erleichterung.

Jetzt ist es vorbei. Nie wieder eine Marionette sein. Frei sein. Endlich frei sein.

Aber in Wahrheit fühlte er nichts, dieser Gedanke verschaffte ihm keine Befriedigung. Stattdessen fragte er sich, ob Malwine unversehrt war. Das war alles, was zählte, jetzt, wo sie doch endlich begriffen hatte, dass sie einen falschen Weg eingeschlagen hatte. Sie hatte noch ein Leben lang Zeit, Buße dafür zu tun. Aber dieses Leben brauchte sie, und er brauchte es auch.

Er riss sich ein Stück aus seinem Hemd und hielt es sich vor Mund und Nase.

»Was hast du vor?«, rief der Schatzsucher und packte seinen Arm. Ob man ihm seine Verzweiflung vom Gesicht ablesen konnte? Seine rasende Sorge?

Lass sie leben. Bitte lass sie leben.

Mit einem Ruck entzog er sich dem Griff des Mannes. »Ich muss sie finden.«

»Du kannst da nicht runtergehen. Das ist eine Todesfalle.«

»Du hast dich heute selbst in eine Todesfalle begeben, um jemanden zu retten.«

»Aber die Situation war eine völlig andere. Sie war längst nicht so aussichtslos.« Der Schatzsucher deutete mit dem Kinn auf die kopflos umherlaufenden Menschen in den Gängen. »Sie brauchen dich.«

»Es gibt nur einen Menschen, der mich jetzt braucht.« Valerian sah Finn direkt in die Augen. »Es wäre doch gelacht, wenn ein Schatzsucher am Ende des Tages mutiger wäre als ein Gabensucher.«

Dann stieg der Gabensucher in den Nebel aus Rauch und Angst hinab, und nie war ihm dieser Weg mehr wie ein Gang in einen schwarzen Abgrund erschienen als jetzt, da er nicht wusste, ob ihn Tod oder Leben erwartete.

53.
Die Königin

Licht am Ende eines steinigen Weges

Feuer ist seine Schwäche. Feuer ist seine Schwäche.

Daran hatte die Königin sich geklammert, an diesen einen Gedanken, den sie sich gemerkt hatte, seit sie Galvans Lebensgeschichte gelesen hatte. Er hatte jemanden, den er liebte, an das Feuer verloren und war selbst davon gebrandmarkt, und auch wenn die Erinnerung an den Verlust vielleicht nicht mehr an sein Herz heranreichen konnte, so vergaß niemand jemals den heißen, unbändigen Atem der Flammen, der ihn einmal auf der Haut gespürt hatte. Feuer war die einzige Schwäche, die Galvan selbst in sich nicht eliminiert hatte.

Feuer ist seine Schwäche.

Die Flammen waren längst heruntergebrannt und Galvans Knochen, und, wie es sich anfühlte, auch ihre eigenen, Asche. Die Explosion war kurz, aber heftig gewesen. Für einen Moment war es so heiß gewesen, dass es sich beim Einatmen anfühlte, als rannen ihr die Flammen selbst die Kehle hinab. Die Erschütterung hatte die Königin von den Füßen gerissen. Die Tür hing nur noch halb in den Angeln, nachdem sie dagegen geprallt war. Dann regnete von oben die Hölle auf sie herab.

Eine Ewigkeit verging, in der sie nicht wusste, ob sie tot oder lebendig oder irgendetwas dazwischen war. Etwas Schweres, vielleicht ein Felsbrocken, lag auf ihrem Brustkorb und hinderte sie daran zu atmen. Jede Bewegung ließ sie vor Schmerz aufstöhnen, weil sich jeder einzelne Knochen in ihrem Oberkörper anfühlte, als wäre er tausendfach gebrochen.

Für jedes Leben, das du zerbrochen hast, ein Knochen.

Die Königin versuchte, nicht an den allumfassenden Schmerz zu denken und den Felsbrocken, den sie in der Finsternis nur ertasten konnte, von sich zu schieben. Aber ihre Arme waren schlaff und kraftlos, und unterhalb der Hüften spürte sie gar nichts mehr, als schlich sich der Tod von ihren Zehenspitzen hinauf, um sie langsam und genüsslich im Ganzen zu verschlingen. Unter ihren Fingerspitzen fühlte sie Nässe. Offenbar hatte auch das Glas die Wucht der Explosion nicht überstanden. Vermutlich hatte es Risse bekommen, durch die das Wasser nun ins Innere des Labyrinths sickerte. Es stand noch nicht hoch und bedeckte gerade mal den Boden.

Es war so dunkel. Nicht einmal die Flimmerlichter leuchteten mehr. Die Explosion hatte alles ausgelöscht, selbst das Licht. Nur sie existierte für den Augenblick, als wäre sie Ungeziefer, nicht totzukriegen. Hätte der Nachtonyx nicht in einem langsamen Rhythmus hin und wieder aufgeblitzt, dann hätte sie gedacht, dass sie am Ende da angelangt war, wohin sie gehörte: in den dunklen Unterwelten.

Sie versuchte zu blinzeln. Ihre Augen waren so trocken und verklebt, dass sie die Lider kaum öffnen konnte.

Was für ein Ende sie sich da selbst zugefügt hatte. Sie hatte es nicht anders verdient, aber sie hatte gehofft, es ginge schneller und schmerzloser und dass sich nicht jede Sekunde wie eine Ewigkeit anfühlte.

Sie drehte den Kopf und versuchte, in der Dunkelheit etwas zu erkennen. Ob Galvan wirklich tot war? Er hatte direkt neben dem Nachtonyx gestanden, die Druckwelle und das kurze Feuer konnte er kaum überlebt haben, wenn sie, die meterweit entfernt gewesen war, so viel abbekommen hatte. Sie lauschte in die Stille. Außer ihrem eigenen Atem und dem Knacksen des Felsens, der offenbar seine Stabilität noch nicht wiedergefunden hatte, war da nichts, das diese Stille brach. Kein Zeichen von Leben außer ihrem eigenen, das am seidenen Faden hing.

Spitze Steine bohrten sich in ihren Rücken, als sie versuchte, eine bequemere Position einzunehmen, um sich Erleichterung zu verschaffen, aber es wurde nur schlimmer. Der Felsen auf ihrem Körper schien mit jedem Augenblick an Gewicht zuzunehmen und ihre Rippen zu erdrücken.

Wenn es nur nicht so finster wäre.

Sie hatte sich schon immer vor absoluter Dunkelheit gefürchtet. Schon als Kind hatte sie nur mit Kerzenschein schlafen können, weil mit dem Anbruch der Nacht auch die Träume kamen: Kinderträume von schwarzen Schatten und wilden Monstern. Nur Licht und die Anwesenheit ihrer Mutter hatte sie damals besänftigt. Beides war nicht mehr verfügbar. Jetzt war sie eine erwachsene Frau und Königin, aber manche Ängste legte man bis zum Tod nicht ab.

Sie schloss die Augen. Wartete. Wartete, dass dieser Tod sich endlich einstellte, denn er schwebte bereits über ihr und blies seinen kalten Atem auf sie, anders konnte sie sich die klirrende Kälte nicht erklären. Sie zitterte. Dieses Zittern tat so unsäglich weh. Es schüttelte ihren zermarterten Körper, der ruhig sein musste, damit die Pein nicht überhandnahm und alles andere ausblendete.

Es dauert nicht mehr lang.

Du hast es verdient. Du hast alles verdient, was du gerade durchmachst.

Dann übertönte eine andere Stimme ihre eigene, die sich hinterhältig festgesetzt hatte, um ihr Gemeinheiten ins Ohr zu wispern. Eine drängende, fordernde Stimme, die tiefer war als die in ihren Gedanken. Es dauerte eine Weile, bis ihr Verstand begriff, zu wem diese Stimme gehörte, weil sie ihm nicht mehr traute.

»Valerian?« Sie wollte laut nach ihm rufen, aber ihr Hals erlaubte nur ein heiseres Flüstern.

»Malwine? Kannst du mich hören?«

Ja, wollte sie sagen. *Ja, ich bin hier.*

Aber jede Silbe war ein Kraftakt. Jede Silbe kostete sie mehr, als sie noch zu geben hatte. Vielleicht war es ihr nicht mehr vergönnt, ihn ein letztes Mal zu sehen. Vielleicht war das Teil dieser Buße, die sie tun musste.

Aber bei den Göttern ... Die Königin wünschte, sie könnte noch ein letztes Mal seine Stimme hören, ihn lächeln sehen, das Feuer in seinen Augen zum Leuchten bringen.

Sie wünschte, sie dürfte gehen, ohne so viel zu bereuen.

54.
Valerian

Die Magie des Liebens

Sie musste sein Licht in der Nacht sein, anders konnte er sie nicht finden.

Die Stufen, die er hinabgestiegen war, waren zum großen Teil geborsten, sodass er quälend langsam vorankam, damit er nicht in den Tod stürzte. Unten flackerten wieder vereinzelte Flimmerlichter und erhellten die Gänge nur so weit, dass er seine Hand schemenhaft vor Augen sehen konnte. Seine Füße und Zehen würden am nächsten Tag blau und schwarz sein, so oft stieß er gegen hervorstehende Kanten und Steine, so oft stolperte er.

Immer wieder rief er ihren Namen, in der irrsinnigen Hoffnung, dass sie antworten würde, dass sie dieses staubende Chaos überlebt hatte.

Das kann niemand überleben. Auch sie nicht.

Doch, sie konnte das überleben. Manchmal geschahen Wunder. Sie hatte ihre Fehler begriffen und eingesehen, war das nicht schon ein Wunder gewesen, mit dem er nie gerechnet hatte?

Verdammt, es war so schwer, sich zurechtzufinden, wenn er sich nur auf sein Gedächtnis und das bisschen Licht, das ihm zur Verfügung stand, verlassen musste. Wege, die er sonst mechanisch ging, stellte er plötzlich infrage, weil er bewusst über sie nachdenken musste.

Mach auf dich aufmerksam, Malwine. Gib mir ein Zeichen.

Er hielt inne. Da war etwas. Ein Geräusch, ein … Husten? Ein Röcheln? Er versuchte, schneller zu gehen und das bedrohliche Knacken über sich zu ignorieren. Es war möglich, dass ihm die Decke wortwörtlich auf den Kopf fiel und er verschüttet wurde. Aber das Risiko musste er eingehen.

Valerian bog ab und hoffte, die richtige Richtung eingeschlagen zu haben. Er musste den Stofffetzen enger auf sein Gesicht pressen, denn der Staub hing hier dichter in der Luft. War das ein gutes Zeichen? War er auf dem richtigen Pfad? Doch, da ertönte es wieder. Es war eine weibliche Stimme, wenn auch nur schwer erkennbar, weil das Echo der Höhlenwände sie verzerrte.

»Malwine? Ich bin gleich bei dir.«

Er prallte gegen die Tür, die unter seinem Gewicht bedrohlich schwankte. Sie hing schief in den Angeln, sodass er sie vorsichtig einen Spalt öffnete, der breit genug war, um sich hindurchzuquetschen. Direkt dahinter hörte er Malwines rasselnden Atem.

In der Luft hing weniger Staub, dafür war sie glühend heiß, so dass jeder Atemzug schmerzte wie ein Messerstich. Valerian ließ den Stofffetzen fallen, ging in die Knie und tastete mit den Händen umher. In Galvans verschüttetem Reich gab es kein Licht, die Flimmerlichter waren hinter ihm zurückgeblieben.

»Malwine«, wisperte er, als er ihren kühlen Körper endlich fand. Im ersten Moment dachte er, sie wäre tot, so kalt war ihre Haut. Aber ihr Brustkorb hob und senkte sich, und sie schien bei Bewusstsein zu sein.

»Valerian?« Ihre Stimme war so dünn, dass er seinen Kopf nahe an ihren Mund halten musste.

»Ich bin hier. Du hättest nicht gleich das ganze Schloss in die Luft jagen müssen, um den Bösewicht aufzuhalten«, sagte er leise, und sie lachte und wimmerte gleichzeitig.

»Es ging nicht anders.«

»Lass mich nach deinen Verletzungen sehen, ja?«

»Da ist nichts mehr zu retten, Valerian.« Ihre Worte klangen erschöpft. »Aber ich bin froh, dass du hier bist.«

Das Leben, das noch in ihr war, fühlte sich unter seinen Händen so zerbrechlich an, dass er jede Berührung, die er gleichzeitig so sehr herbeisehnte, fürchtete. Er versuchte, den Felsen, der ihren schrecklich mitgenommenen Körper unter sich begrub, mit bloßen Händen zur Seite zu rollen, aber er war nicht stark genug. Unter seinen Fingerkuppen fühlte er Blut und gebrochene Knochen und einen viel zu flachen, hektischen Atem, als würde die Luft, die sie einatmete, ihre Lungen nicht erreichen.

»Halte durch«, sagte er drängend.

Du darfst nicht sterben. Nicht jetzt, nicht heute. Nicht unter meinen Händen. Nicht, wenn die Schicht aus Stein um dein Herz doch gerade abgetragen wird.

Die Königin hustete. Warme Flüssigkeit tropfte auf seine Hände. »Hast du starke Schmerzen?«, fragte er besorgt. »Kannst du lange genug aushalten, damit ich Hilfe holen kann?«

»Nein. Bleib bei mir, Valerian. Bleib bei mir.«

»Aber …«

»Valerian. Lass mich nicht allein in der Dunkelheit, ich flehe dich an.« Die Worte kamen panisch und nur gebrochen, weil jedes einzelne sie offenbar unermessliche Anstrengung kostete.

Er kniete sich tiefer in den Staub, ignorierte die Felssplitter, die sich in seine Knie und Handflächen bohrten. »Ist gut. Ich bin bei dir. Ich gehe nirgendwohin.«

Seine Antwort beruhigte sie. Ihr Atem wurde etwas regelmäßiger, auch wenn der Pfeifton aus ihrem Brustkorb nicht nachließ.

»Alles tut weh, Valerian. Selbst lieben tut weh«, wisperte sie ermattet. »Nein, *unser* Lieben tat weh.«

»Lieben kann auch etwas Schönes sein, Malwine.« Er strich über ihre Stirn, nur für einen Augenblick, weil sie sofort vor Schmerz weinte. Er wünschte, er könnte sie mehr berühren und mehr von ihr in der tiefen Dunkelheit sehen, aber nichts davon war ihnen noch erlaubt. Sie konnten nur ihren Atem und ihre Worte teilen, und nichts, nichts davon könnte jemals genug sein.

»Das war uns nicht vergönnt, Valerian. Warum waren uns

nicht mehr als ein paar gestohlene schöne Erinnerungen vergönnt?« Sie röchelte beim Sprechen, auch wenn sie versuchte, es zu verbergen. Selbst jetzt wollte sie Stärke zeigen. Verflucht sollte ihre königliche Erziehung sein. Jetzt bei ihm durfte sie einfach nur sie sein.

Er beugte sich vor, damit er ihr Wärme spenden konnte. Er hatte keine Decke, keinen Mantel, nichts außer seinem fiebrigen Körper. »Wir waren vielleicht nicht dazu geboren, glücklich zu sein. Du bist eine Königin und ich …« Er ließ den Satz unbeendet.

»Ich will so nicht gehen, Valerian.« Der verzweifelte Ton in ihrer Stimme zerriss ihm das Herz. »Ich will nicht gehen, ohne dass du weißt, dass du alles für mich warst, ohne dass die Menschen da draußen wissen, dass ich Gutes für sie im Sinn hatte, auch wenn der Weg dahin falsch war. Sie werden sich nur an die grausame Königin erinnern, die Menschen ihrer kostbarsten Gaben beraubt hat. Ich will so nicht in den Geschichtsbüchern stehen. Ich …« Ein weiterer Schwall Blut quoll aus ihrem Mund, und er konnte nichts tun, außer ihren Körper ein Stück anzuheben, damit sie nicht daran erstickte. Aber diese eine Bewegung reichte aus, um sie so furchtbar schreien zu lassen, dass es ihm durch Mark und Bein ging.

Valerian legte ihr den Finger auf die Lippen. »Sei still. Sprich nicht weiter, das überanstrengt dich. Wenn ich diese Höhle heute verlasse, werde ich der Welt erzählen, was du heute getan hast. Dass du dich geopfert hast, um Phantopien zu retten. Dass du wie eine wahre Königin gehandelt hast.«

»Niemand wird es … glauben.«

»Du hast eine Dichterin vor Schlimmem bewahrt. Die beste Dichterin, die Phantopien vielleicht je gesehen hat. Ihrem Wort wird jeder Glauben schenken.«

Er wollte so sehr, dass sie ihm glaubte. Sie sollte ihre letzte Reise nicht mit diesen Gedanken auf den Lippen antreten. Das hatte sie nicht verdient.

»Du musst Frieden mit dir selbst schließen, meine geliebte Königin.« Er fuhr ihr hauchzart über die Stirn. Es war kaum mehr als die Ahnung einer Berührung. »Und ich weiß es. Tief in meinem Herzen wusste ich es immer.«

Sie rang nach Luft. »Was … wusstest du?«

»Dass ich alles für dich war. Du warst auch alles für mich.«

»Aber …«

»Kein Aber, Malwine. Ich bin hier bei dir in der Finsternis, und über uns könnte jeden Augenblick alles zusammenbrechen. Brauchst du wirklich noch mehr Worte?«

Er spürte ihr schwaches Lächeln. »Nein.«

»Gut.« Der Gabensucher strich ihr das verkrustete Haar aus den Schläfen. Das Pfeifen in ihrer Brust wurde lauter.

»Schlaf jetzt, mein wildes Vögelchen. Ich werde hier sein und über deinen Schlaf wachen.« Seine Stimme brach. Noch nie hatte er sich so hilflos gefühlt wie in diesem Moment, in dem er sie anlog. Sie wussten beide, dass sie diese Katakomben nicht mehr verlassen würde.

Ihre Stimme wurde leiser, und er konnte sie nur noch verstehen, weil sein Ohr dicht an ihrem Mund war.

»Da ist ein Licht. Es ist so hell. Ist das der Nachtonyx?«

»Nein«, sagte er mit rauer Stimme. »Es ist das Licht, zu dem ich dir irgendwann folgen werde. Geh darauf zu und halte nicht an.«

Sie atmete ein letztes Mal langsam aus, ihr Oberkörper senkte sich unter seiner Hand. Eine gespenstische Ruhe kehrte ein. Seine Finger krallten sich in den zerrissenen, seidenen Stoff, als wollte er sie irgendwie aus dem Licht zurückholen, als könnte sie auf ihrem Weg ein letztes Mal innehalten und zu ihm zurückblicken.

Und dann war er allein in den Trümmern, in denen sie ihn zurückgelassen hatte.

55.
Minna

Was sie uns nicht nehmen können

Minna hatte es nicht länger im Schloss oder dem, was davon noch übrig war, ausgehalten. Kaum dass ein wenig Ruhe eingekehrt und der Gabensucher mit verhärmtem Gesicht wieder an der Oberfläche angekommen war, hatte sie Finns Hand genommen, und sie waren hinausgegangen, ohne dass sie jemand aufgehalten hatte. Es war stockfinster und kühl, und ihre Kehlen schmerzten von Asche und Staub und ihre Seelen von dem, was sie erlebt hatten. Nichtsdestotrotz ließen sie sich davon nicht überrumpeln, jetzt nicht und erst recht nicht irgendwann, denn sonst hätte Galvan am Ende doch gesiegt, er hätte ihnen etwas genommen. Sie ließen sich nichts, aber auch gar nichts nehmen. Sie waren Überlebende.

Stattdessen führte der Schatzsucher sie zu einem Ort, an dem Düsternis war, aber auch Licht. Es war eine Dachterrasse über einem alten, schiefen Gasthaus, das schon geschlossen hatte. Über ihnen waren die Sterne wie cremeweiße Farbtupfer an den Himmel gepinselt, ein Werk, das sie alle überdauern würde, und sie waren so sehr Kunst wie alles andere in der Stadt. Aus einer der engen Gassen schwang schwach vernehmbares Flötenspiel zu ihnen hinüber, wo eine einsame Musikerin noch durch die Straßen zog, weil die Inspiration auf dem unebenen Pflaster lag.

Hier oben saßen der Schatzsucher und die Dichterin bebend vor Kälte und vor Trauer und vor Glück.

Sie. Waren. Überlebende.

Ein weiterer Schatten mischte sich in das Schwarz des Himmels. Er kam flatternd näher, und Minna bekam eine Gänsehaut, als die Elster, die auch ihr Leben eine kurze Weile begleitet hatte, sich auf Finns Schulter und ihrem angestammten Platz niederließ.

Als die Flötenmusik verstummte und Schwarzklaue sich halb unter seinen Flügel gekauert hatte, wagte Minna es, die fragile Stille zu brechen, die so voll Unausgesprochenem war.

»Danke, Finn.« Noch nie hatte sie dieses eine Wort so ernst gemeint wie in diesem Moment. Ihr Leben und die Möglichkeit, sich bis an sein Ende Geschichten auszudenken und sie zu erzählen, wogen mehr als ein Wettstreit und Ruhm. Sie wogen tausendmal mehr.

»Wofür?«, fragte er.

Sie musste lachen, bis ihr die Tränen kamen. »Das fragst du noch?«

»Du meinst, dass ich in finstere Katakomben gestiegen bin, ohne zu wissen, was mich dort erwartet?« Er winkte grinsend ab. »Hab ich gern gemacht. Zumindest für dich, für jeden anderen hätte ich eine ordentliche Handvoll Goldkugeln verlangt.«

Ihr Lachen verebbte langsam. »Woher wusstest du, was mir zugestoßen ist? Ich dachte, du wärst aus der Stadt ausgesperrt gewesen.«

Finn erzählte ihr in aller Kürze über Leif, den Täuscher, die Unterstadt und seine flüchtige, aber erfolgreiche Zeit als Schatzsucher. Dabei erwähnte er auch seine Begegnung mit Valerian Ohneruh und ihre Startschwierigkeiten, bis sie in der Lage gewesen waren zusammenzuarbeiten. Er erzählte von Agnes und davon, wie er sich als vermeintlich Gefangener ins Schloss hatte einschleusen lassen.

Minna war überrascht, was er alles auf sich genommen hatte. Und weil sie ihm diese Ehrlichkeit schuldete, berichtete sie im Gegenzug von der tragischen Geschichte der beiden Königinnen und ihrem Hofdichter, der ebenso viel verloren hatte wie seine Opfer – oder vielleicht sogar noch mehr.

»Fernab ist nicht das, was wir uns erhofft haben, nicht wahr?«, schloss sie müde. Die Kälte hatte sie mittlerweile vollkommen im Griff, aber sie kämpfte nicht dagegen an. Das Zittern zeigte ihr, dass sie am Leben war.

»Doch, das ist sie. Sie ist einzigartig und voller Überraschungen«, erwiderte Finn. »Nur vielleicht nicht für uns.«

»Oder wir haben sie zum falschen Zeitpunkt betreten.«

Finn stieß ein zustimmendes Brummen aus, während Schwarzklaue sein Gefieder putzte.

»Ich hoffe, dass du deine Abenteuer ab jetzt genießen kannst. Du hast es verdient. Wir beide haben es verdient«, sagte sie.

Finn schüttelte leicht den Kopf. Das Sternenlicht war hell genug, um Minna seinen Gesichtsausdruck zu offenbaren. »Ich werde die Stadt verlassen, Minna. Ich werde nicht hierbleiben.«

Sie war betroffen. »Aber das hier … das alles war dein Traum. Dafür hast du die Strapazen auf dich genommen.«

»Ja, war es. Ich meinte allerdings ernst, was ich zu Galvan gesagt habe: Ich habe erreicht, was ich erreichen wollte. Sicher gäbe es noch viel in der Stadt zu entdecken. Aber ich tue es aus den falschen Gründen. Ich wollte mit dem Fund von Fernab meinem Vater beweisen, dass er mich unterschätzt hat. Das ist mir gelungen. Und gleichzeitig habe ich erkannt, dass er auf eine skurrile Weise recht hatte. Er hatte Macht über mich. Ich wollte ihm imponieren, und das hat mein Leben bestimmt. Diese Macht hätte er nie haben dürfen. Ich werde jetzt in die Welt hinausziehen und irgendwo in ihr entdecken, was im Leben wirklich auf mich wartet. Vielleicht kehre ich eines Tages zurück oder schließe mich Freibeutern an, die jenseits der Meere nach neuen Ländern suchen, ich weiß es nicht. Aber ich muss etwas finden, das nur mir gehört. Mir allein.«

Minna hätte ihn am liebsten in eine Umarmung gezogen, aber so viel Nähe war für sie beide nichts. Dass sie hier nebeneinander unter den Sternen saßen und einander ihre Schwächen zeigten, war mehr Nähe, als sie beide jemals zugelassen hatten.

»Schwarzklaue wird mich finden, oder? Wenn du eines Tages das Bedürfnis hast, mich zu besuchen oder mir wenigstens zu schreiben, dann wird er mich finden?«

Der Schatzsucher lächelte. »Das wird er, Dichterin. Und wenn er es nicht tut, dann werde ich es allemal, denn Schätze zu finden ist meine Bestimmung.«

Der Morgen graute bereits, als Minna Fabelreich den Gewürzladen betrat. Die wenigen Tage, in denen sie hier gewohnt hatte, erschienen ihr so wenig greifbar wie ein Traum. Entgegen ihrer Erwartung brannte Licht in den unteren Räumen, und nachdem sie die Tür hinter sich geschlossen hatte, bemerkte sie, dass sie nicht alleine war. Ani erwartete sie bereits. Ihre dichten Haare türmten sich auf ihren Schultern, und sie trug einen Morgenmantel, als wäre sie eilig aus dem Bett gerufen worden.

»Du hast Besuch, Minna.«

Etwas in Minna zog sich wachsam zusammen. Nach den Erlebnissen der letzten Tage war sie misstrauischer denn je.

»Ich glaube, du kennst den Sohn vom Blumenladen gegenüber bereits als den königlichen Gabensucher. Er wartet in der Küche.«

Minna rührte sich nicht vom Fleck. Das letzte Mal hatte dieser Mann sie abgeführt.

»Keine Bange, er ist allein. Er will reden.« Anis Blick wanderte mitfühlend über ihr Gesicht, über die feinen Kratzer und die Aschespuren von der Explosion. Minna hatte sich noch nicht gewaschen, und sie wünschte, sie könnte dem Gabensucher sauber und gefasst gegenübertreten.

Zögernd folgte sie der Gewürzhändlerin in die erste Etage. Jeder Schritt fühlte sich an, als würde sie sich wieder freiwillig in eine Zelle begeben. Trotz Finns Erzählungen hatte sie keine Ahnung, wie sie den Gabensucher einschätzen sollte, der sich offenbar erst ganz zum Schluss gegen die Königin gewendet hatte. Für sie persönlich hatte er erst alles ins Rollen gebracht. Seine Einladung hatte sie ins Verderben geführt.

»Ich lasse euch allein«, sagte Ani leise und lächelte ihr aufmunternd zu. »Du schaffst das, das weiß ich. Du bist eine Siegerin, das wusste ich bereits, als es noch niemand wusste. Ich weiß ja nicht genau, was da am Schloss passiert ist, aber ich bin mir sicher, dass du am Ende mehr besiegt hast als nur deine Konkurrenten.«

Minna nickte, weil sie keinen Ton herausbrachte. Sie blieb unter dem Türsturz stehen, eine Hand an den Rahmen gelegt, bereit, auf der Stelle kehrtzumachen, falls es nötig sein sollte. Aber sie hatte nicht erwartet, was sie zu sehen bekam.

Ein Mann mit gebrochenem Blick, der gebeugt auf dem Stuhl saß, solange er sich unbeobachtet wähnte. Als er Minna bemerkte, veränderte sich seine Haltung, sie wurde stolz und aufrecht, aber den gebrochenen Blick konnte er nicht mildern, nicht jetzt und vermutlich auch nicht morgen.

Sie wusste nicht, was sie sagen sollte. Ihr lagen Vorwürfe und Anschuldigungen auf den Lippen, aber seit sie wusste, dass er Finns Verbündeter in seiner Rettungsmission gewesen war, war es schwierig, zwischen Gut und Böse zu unterscheiden. Was sollte sie also tun? Ihm danken? Ihn hinauswerfen?

»Ist Galvan tot?«, fragte sie stattdessen.

»Ja. Wir haben seinen Leichnam gefunden. Er stand direkt neben dem Stein, als die Explosion hochgegangen ist.«

»Und die Königin?« Minna wusste nicht einmal, ob sie die Antwort wissen wollte.

Valerians Gesicht war reglos. »Ebenfalls tot.«

Minna schauderte. Sie schwankte abwechselnd zwischen einem Schockgefühl und Erleichterung.

»Seid Ihr hier, um mir das mitzuteilen?«

Valerian hob den Kopf und sah sie jetzt zum ersten Mal richtig an. Er hatte dunkle Schatten unter den Augen und einige verkrustete Verletzungen an den Händen. »Ich bin hier, weil Malwine … Weil die Königin vor ihrem Ableben gewünscht hat, dass man Euch ihr Bedauern mitteilt. Es tut ihr leid, dass sie Euch hat gefangen nehmen lassen. Ihr habt ihr die Augen geöffnet.«

Minna hob eine Braue. »Ihr versteht sicherlich, dass es mir schwerfällt, jetzt Anteilnahme zu zeigen, auch wenn Ihr der Königin offenbar nahestandet.«

»Wisst Ihr … Ich kenne Euch nicht gut, aber ich glaube, dass Ihr ein besseres Herz habt als ich. Ich habe lange damit gewartet, *zu* lange, bis ich die Erkenntnis zugelassen habe, dass Menschen nicht einfach gut oder böse sind. Meistens sind sie beides, und für welche Seite sie sich am Ende entscheiden, hängt oft damit zusammen, wie das Leben ihnen mitspielt.«

Die Dichterin wagte es nun, den Raum zu betreten und gegenüber von Valerian Platz zu nehmen. »Ihr wollt Vergebung?«

»Sie hat ihr Leben für Euch gegeben. Zählt das am Ende nicht?«

Minna begegnete seinem eindringlichen Blick. »Doch, Gabensucher, das zählt. Aber Vergebung braucht Zeit.«

Seine angespannten Gesichtszüge wurden weicher. »Damit kann ich leben. Zeit brauchen wir alle.«

Sie schwiegen eine Weile. Es gab so viele Antworten, die Minna haben wollte, aber die richtigen Fragen zu stellen erwies sich als herausfordernd.

»Wie geht es mit den anderen Gefangenen weiter?«, fragte sie dann. »Mit dem *Kabinett der Grausamkeiten*?«

»Sie sind frei und werden Entschädigungen aus dem Nachlass der Königin erhalten. Ebenso wie mein Bruder und alle Gefangenen, die zu Unrecht eingekerkert waren.« In seiner Miene blitzte Wut auf, die er kontrollieren wollte, und gleich danach schmerzliche Trauer. Es war derselbe Gesichtsausdruck, den Minna schon einmal gesehen hatte, als sie ihn vor dem Blumenladen gegenüber gesehen und seinen Namen noch nicht gewusst hatte.

Ja, sie alle brauchten Zeit.

»Schaut, Minna. Ich könnte Euch jetzt alles sagen, Euch schöne Worte darbieten. Wir wissen beide, dass dadurch nichts ungeschehen wird. Niemand gibt uns wieder, was wir verloren haben. Aber wir sind hier, weil die Königin sich im letzten Augenblick dazu entschieden hat, für das Gute zu kämpfen. Sie hat sich geopfert, um zu beenden, was sie selbst begonnen hat, obgleich man ihr irgendwann die Fäden aus den Händen genommen hat. Ich weiß, dass die Bewohner der Stadt und bald auch alle Phantopier des Landes, wenn ihnen erst zu Ohren kommt, was geschehen ist, auf den Straßen rebellieren. Die Magie war einmal unser Wahrzeichen, weil sie aus *unseren* Künsten entstanden ist. Diese Künste den eigenen Untertanen zu stehlen war vermutlich das schlimmste Verbrechen, das eine Königin begehen konnte. Aber sie hat dafür mit dem Leben bezahlt, mit dem, das sie hatte, aber auch mit dem, das sie noch hätte haben können. Ihr seid eine Wortkünstlerin. Eine Siegerin. Auf Euch werden die Menschen da draußen hören, auch wenn sie es möglicherweise nicht zugeben.«

Minna beugte sich nach vorne, die Stirn gerunzelt. Ihre Hände ballten sich. »Was verlangt Ihr von mir? Dass ich sie preise?«

»Ich verlange gar nichts. Nur dass Ihr das nicht vergesst. Dass Ihr in Euch hineinhorcht, dass Ihr daran denkt, dass Euch und die Königin nicht dasselbe Ziel, dafür aber dieselbe Liebe vereint hat.«

Draußen bahnte sich die Sonne ihren Weg über den Himmel. Jeden Morgen erklomm sie den immer gleichen Pfad über den Rand des Meeres, die ascheschweren Wolken hinauf bis ganz nach oben, nur um jeden Tag aufs Neue wieder zu fallen. Aber sie gab nicht auf, selbst wenn ihre Anwesenheit manchmal nur eine Ahnung hinter einem grauen Schleier war.

Minna richtete ihren Blick auf Valerian. »Ich weiß nicht, wer die Geschicke des Landes in Zukunft führen wird, und es ist mir auch gleich, aber Ihr als Gabensucher werdet immer eine tragende Rolle in der Herrschaft von Phantopien spielen. Deswegen verlange ich eine Sache, und die werdet Ihr mir geben, Valerian.«

»Wenn es in meiner Macht liegt, so sollt Ihr diese Sache haben. Weil die Stadt …« Seine Miene verzog sich, und seine Hand glitt für den Bruchteil eines Augenblicks an seinen Brustkorb. Er litt Schmerzen. »… Euch etwas schuldig ist.«

Die Dichterin lächelte sanft. Sie wünschte, sie hätte ihr Geschichtenbuch bei sich, aber das hatte der Nachtonyx unwiederbringlich zerstört. Und wer wusste schon, ob es nicht Zeit gewesen war, sich von den beschriebenen Seiten zu lösen und sich ganz auf ihren Kopf zu verlassen?

»Ich erbitte nichts für mich. Ich möchte vielmehr etwas für alle verborgenen Künstler Phantopiens tun. Ich möchte die versteckten Talente hervorlocken und ihnen Orte geben, an denen sie ganz sie selbst sein können. Ich möchte, dass Kunst wieder an Wert gewinnt und man nicht abfällig über sie spricht. Ihr und ich, wir haben Talente, die der Welt etwas nützen, egal, ob wir einen Preis für sie zahlen müssen. Wir beide werden die Magie noch nicht gänzlich aufgeben. Aber wir werden es dieses Mal richtig machen.«

56.
Freyd

Ein Brief aus der Ferne

Sei gegrüßt Freyd,

ich bin mir sicher, deine Freude über eine Nachricht von mir hält sich in Grenzen. Trotzdem wirst du ein paar Augenblicke deiner Zeit für diese Zeilen vergeuden müssen.

Ich schreibe dir diesen Brief, weil eine gute Freundin zu mir gesagt hat, dass man irgendwann loslassen muss, wenn man voranschreiten muss, und ich glaube, damit hat sie recht.

Viele Jahre habe ich gedacht, dass das Wichtigste in meinem Leben ist, dich stolz machen zu müssen. Ich wollte in deine Fußstapfen treten und es hat lange gedauert, bis ich erkannt habe, dass diese nicht für mich gemacht sind. Sie sind zu dreckig, voller Plörre und passen mir nicht.

Ich schreibe dir diesen Brief aus Fernab – das königliche Siegel ist der Beweis dafür, denn mein Freund, der Gabensucher, war so gut, es mir zu leihen – und ich wünschte, ich könnte dabei dein Gesicht sehen, während du in deiner Halle sitzt und dich fragst, wie dein missratener Sohn etwas schaffen konnte, das dir nie gelungen ist. Ja, ich habe es geschafft, und ich sage dir noch etwas: Ich werde noch mehr schaffen. Ich werde in die Welt segeln und nie wieder einen Gedanken an dich und deine Sippschaft verschwenden.

Und an dieser Stelle verrate ich dir ein Geheimnis:

Jeder findet am Ende aller Tage das, was er verdient. Auch du, Vater.

Finn, der Schatzsucher

Epilog

Von einer Welt, wie sie vielleicht irgendwann sein könnte

Der Schreibhain hatte viel von seiner alten Magie verloren, aber es war nicht alles im Boden versickert. Wenn man die Nase in den Wind hielt und ganz still war, konnte man die flüsternden Stimmen hören, die an die alten Zeiten erinnerten.

Magie, die verschwunden ist, kehrt nie wieder zurück.

Wenn Minna Fabelreich etwas aus all den hunderten und aberhunderten Geschichten, die sie kannte, gelernt hatte, dann war es das. Was einmal verloren war, kehrte niemals zurück.

Trotzdem war der Schreibhain kein Ort der Einsamkeit mehr, wie er es zuletzt gewesen war, als sie ihn zusammen mit Finn auf ihrer Reise nach Fernab kennengelernt hatte. Vielmehr hatte sie monatelang hart gearbeitet, um ihn wiederaufzubauen. Mit Hilfe einiger Männer, die Valerian vom königlichen Hofe abgestellt hatte, hatte sie neue Holztische und -bänke gebaut, überdachte, vor Wind und Wetter geschützte Regale unter großen Eichen erschaffen und die Botschaft verbreiten lassen, dass jeder, der ein Herz für Bücher und Worte hatte, hier kostenlos die Kunst des Dichtens erlernen durfte. Kunst sollte nach Minnas Ansicht für alle da sein, und wenn sie das Interesse in der Bevölkerung wieder steigern wollte, dann musste sie zunächst einen freien Zugang ermöglichen.

Außerdem wollte sie ihre Liebe nicht länger allein ausleben. Sie wollte sie teilen. Sie wollte sie weitergeben, weil sie wusste, wie vergänglich diese Liebe sein konnte.

Und tatsächlich waren ihrem Ruf einige Menschen gefolgt. Es hatte weitere Wochen gedauert, in denen sie fast die Hoffnung verloren hatte, aber schlussendlich hatte sich einer nach dem anderen zu ihr gesellt.

Von diesem Tage an lehrte Minna. Sie tat etwas, das sie noch nie zuvor getan hatte. Sie saugte Wissen und Geschichten nicht nur auf, sondern gab beides weiter, erklärte Rhetorik und Sprechtechniken, hielt Vorträge über die Historie der Literatur, über das Reimen in Versen, über Prosatexte und über das Dichten. Sie erzählte über die manchmal alles verzehrende Fantasie und über die Zweifel, die einen immer wieder heimsuchten. Der Ort, der so lange leer gewesen war, füllte sich allmählich mit Leben und dem unbeschwerten Lachen junger Leute, die nichts von Minnas Erlebnissen und den Ränken um das letzte bisschen Magie wussten und es auch nie wissen würden.

Sie wusste, dass Valerian, der nun einem von den Phantopiern gewählten Parlament vorstand, da die Königin keinen Erben hinterlassen hatte, auch die anderen drei Haine aufbaute. Der Nachtonyx hatte die Explosion unbeschadet überstanden, sein Leuchten wurde jedoch mit jedem Tag schwächer. In nicht allzu ferner Zukunft würde auch Fernab frei von Magie und sichtbar für die ganze Welt sein.

Magie, die verschwunden ist, kehrt nie wieder zurück. Das war die Lektion, die sie lernten.

Aber Minna wusste noch etwas anderes: Wenn Phantopien seinen Glauben in Geschichten und Musik und all die atemberaubenden Künste, die unser Herz brechen und gleichzeitig heilen konnten, wiederfand …

Dann, ja dann war vielleicht alles möglich.

ENDE

Danksagung

Was dient dir als Inspiration?

Das werde ich immer wieder gefragt, und ich habe mir schon oft Gedanken darüber gemacht. Die Wahrheit? Es sind viele Dinge, die im Kleinen oder im Großen inspirierend sind: das Meer. Wald. Menschen. Sonnenuntergänge. Blumen. Der Wind. Aber am allermeisten? Das ist für mich die Kunst anderer Menschen. Bilder, Musik, Bücher, Gedichte, Bühnendarstellung. Tanz.

Wir inspirieren uns gegenseitig. Wir nehmen und geben Kunst, formen sie, entwickeln sie weiter, wagen uns voran. Deswegen ein Danke an alle Künstlerinnen und Künstler da draußen, egal, ob ihr im stillen Kämmerlein arbeitet oder schon ein paar Schritte auf die Straße getreten seid. Was ihr tut, ist etwas wert. Vergesst das nie.

Ich bedanke mich bei Jennifer Benkau, die meine ersten wackeligen Schritte mit der Dichterin begutachtet hat, und bei Kira Minttu für die Hilfe beim ersten Kartenentwurf. Nicht vergessen möchte ich Kira Licht, weil sie mir eine unglaublich liebe Freundin und Kollegin ist.

Außerdem möchte ich an dieser Stelle ein unfassbar von Herzen kommendes Danke an Franziska Kopka aussprechen: Du warst ein kreativer Fels in der Brandung, und mit dir gemeinsam monatelang zu arbeiten, zu zweifeln, zu überlegen und sich gegenseitig anzufeuern, hat den Roman und mich in einer stressigen Zeit, in der ich kaum wusste, wie ich alles meistern sollte, gerettet. Und das Beste daran: Neben all dem habe ich noch eine Freundin dazugewonnen!

Ich bedanke mich bei Martina Wielenberg und dem Verlag dafür, dass sie aus »Die letzte Dichterin« so ein wunderschönes Buch gezaubert haben, und meiner Agentin Kathrin Nehm für ihre tolle Unterstützung, wann immer ich sie benötigt habe!

Dann folgt natürlich ein dickes Danke an meine Lektorin Diana Menschig, die aus dem Roman herausgekitzelt hat, was mir zuvor noch verborgen geblieben ist.

Zu guter Letzt bedanke ich mich bei DIR, weil DU dieses Buch gelesen hast. Ganz oft vergesse ich noch immer, dass ich diese Geschichten nicht (nur) für mich schreibe, sondern dass sie durch das ganze Land und vielleicht sogar weiter wandern und gelesen werden. Das ist ein Geschenk, und dafür danke ich DIR!

Eine Geschichte wie ein dunkler Traum: Voller Spannung und Romantik!

Katharina Seck
TOCHTER DES DUNKLEN WALDES
Roman
416 Seiten
ISBN 978-3-404-20880-7

Der Morgenwald ist verboten. Er ist Nacht. Er ist gefährlich.
Seit sie denken kann, hört die junge Lilah Warnungen vor dem finsteren Morgenwald. Niemand aus ihrem Dorf betritt ihn, auch wenn kaum jemand mehr weiß, was Wahrheit und was Legende ist. Doch dann wird am Waldrand die Leiche einer Frau gefunden. Sind die alten Geschichten also wahr? Gibt es Ungeheuer im Wald? Lilah wird es herausfinden. Denn zur selben Zeit verschwindet Dorean, der Mann, dem Lilahs Herz gehört. Er ist in den verfluchten Wald gegangen. Und Lilah trifft eine folgenschwere Entscheidung: Sie folgt ihm ...

Bastei Lübbe